GROOM

Wer wohnt nachts in deinem Schrank?

Anna Dugall

GROOM

WER WOHNT NACHTS IN DEINEM SCHRANK?

SCHOTTLAND-THRILLER

ANNA DUGALL

GROOM, 1. Auflage, 2026

ISBN: 978-3-9823064-9-0

Bookerfly Impressumservice
Anna Dugall
Fallerslebener Str. 4
39126 Magdeburg

Coverdesign und Grafiken: Laura Newman – design.lauranewman.de
Lektorat & Korrektorat: Ilka Sommer – postfach@ilka-sommer.de
Buchsatz: Mary Kuniz – marykuniz.de/herzblut-buchsatz

Für Bianca und Margot

*Dieser Thriller ist eine Geschichte für Kämpfer,
die ihr Herz dabei nicht verlieren.*

VORWORT

Liebe Leserin, lieber Leser,

Stellen Sie sich eine einsame Bucht in den schottischen Highlands vor. Hierher führt keine Straße, nur ein Trampelpfad. Hier lebt Fia mit ihrer Familie, abgeschnitten von der Außenwelt. Per Boot dauert die Fahrt zum nächsten Dorf eine halbe Stunde. Diese Bucht ist keine Fiktion. Sie liegt auf der Isle of Skye und sie hat mein Herz erobert. Jedes Jahr möchte ich wieder am See sitzen und die Landschaft auf mich wirken lassen. In dieser Einsamkeit spielt Fias Geschichte. Ich wünsche Ihnen gute Unterhaltung und entführe Sie jetzt in die entlegensten Gegenden Schottlands.

Ihre Anna Dugall

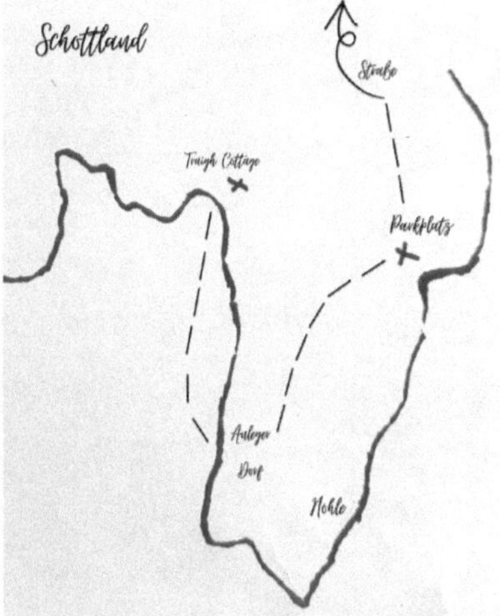

PROLOG

Mama?"

„Ja Honey?"

„Fressen Monster wirklich Kinder?"

Bonnie stopfte die Bettdecke unter Fias schmalem Rücken fest. Sie sah so zerbrechlich aus. Sanft strich Bonnie über die kleine Stupsnase und betrachtete das blasse Gesicht. Rote Haare verteilten sich auf dem Frotteekissen. „Wer hat dir denn das erzählt?" Dabei wusste sie es genau. Artair musste das Wort Empathie im Duden nachschlagen und selbst dann verstand er es nicht.

„Dad."

„Mach dir keine Sorgen, Kleines. Hier gibt es keine Monster." Bonnie schluckte und drängte die Tränen zurück. „Deine Sis schläft gleich nebenan und wenn du doch Angst bekommst, schau auf das Licht." Sie drückte Fia einen letzten Kuss auf die Stirn. Fluchtartig verließ sie das Zimmer. Egal, was sie sich einredete, sie ließ ihre Kinder heute Nacht im Stich und ein billiges Nachtlicht würde ihnen nicht helfen.

Fia zog die Bettdecke bis zum Kinn und starrte auf den Schrank. Sie hatte das Monster Groom getauft und es kam jede Nacht. Mum glaubte ihr nicht, obwohl sie seine grässliche Fratze genau beschreiben konnte. Am schlimmsten fand Fia seine Augen. Sie schimmerten schwarz im Halbdunkel ihres Zimmers und die Flammen seiner brennenden Hörner spiegelten sich orangerot darin. Seine Haut sah aus wie Leder.

Groom ähnelte dem Wesen, von dem Dad und Onkel Allan immer erzählt hatten. Dad missbrauchte die Legenden des Loch Coruisk oft als Gutenachtgeschichte. Zusammen mit ihrer großen Schwester Ronna kuschelte sie sich aufs Sofa und starrte in die tanzenden Flammen des Kamins. Händchenhaltend lauschten sie den Schauergeschichten. Im Wohnzimmer klangen die Legenden spannend und abenteuerlich. Die grollende See draußen und die schwarzen Berge konnten ihr nichts anhaben, solange ihre Sis und Dad neben ihr saßen. Nachts allein in ihrem Bett dagegen zitterte sie vor Angst. Ihr Ungeheuer *war* echt und somit gefährlicher als die Wesen des Sees. Gegen den schrecklichen Groom half kein Nachtlicht. Er kam, wenn alle längst schliefen.

Fia hörte das sanfte Schaukeln der Boote am Pier und das Knarzen der Taue. Wind heulte um das Cottage und brachte die Holzbalken zum Knacken. In der Ferne blökte ein Schaf. Plätschernd brandeten die Wellen gegen das Ufer. Knarrend schwang ihre Zimmertür ein Stück auf und ihr Herz setzte für einen Schlag aus. Im Schrank raschelte es. Fia hörte ein Schnauben.

Sie kroch ein Stückchen tiefer unter die Decke und kniff die Augen zusammen. *Bitte nicht. Geh weg*. Mit trockenem Mund begann sie zu zählen. Eins. *Ich mag Mums Kakao*. Zwei. D*ie Abenteuer in unserer Piratenhütte*.

Dad hatte ihr den Zahlentrick beigebracht. Im Gegensatz zu Mum wedelte er ihre Einbildung nicht mit einer Hand beiseite. Mit jeder Zahl dachte sie an etwas Schönes, um die Angst zu vertreiben. Schritte tapsten über den Dielenboden. Klackernd. Groom hatte Hufe, keine Füße. Sie näherten sich ihrem Bett. Fia hörte ein Keuchen.

Drei. Ich mag meinen Teddy und liebe Ronna. Sie zog die Decke über den Kopf. Das Monster atmete, direkt neben ihr. Es klang sogar lauter als das Donnern der Wellen draußen. Groom roch wie ein Hund. Eine feuchte kalte Nase stupste sie an.

„Rag!" Lachend schlug Fia die Bettdecke beiseite und streichelte den Australian Sheperd, der sich schnaufend neben dem Bett fallen ließ. Zufrieden rollte sie sich zur Seite und schlief endlich ein. Rag passte auf sie auf.

Beißender Gestank riss sie aus dem Schlaf. Etwas krachte und vor dem Fenster leuchtete ein orangeroter Schein. Sie konnte das Meer nicht mehr hören und das jagte ihr Angst ein.

„Mum!" Fia setzte sich im Bett auf und tastete nach Rags tröstenden, warmen Fell. Nichts. Der Hund war verschwunden.

„Mum!" Das Haus blieb still, das Krachen ließ sie jedes Mal zusammenzucken. Mit hämmerndem Herzen starrte sie auf das Fenster. Es brannte draußen und Fia schnappte nach Luft. Warum kam niemand? Mit aufgerissenen Augen sah sie sich im Zimmer um. Es wirkte wie immer, aber das rötliche Flackern tauchte die Möbel in ein bizarres Licht. Fia hustete, der Rauchgeruch verstärkte sich. Ihr Teddy sah jetzt aus wie Groom und sie schluchzte. Seine Gesichtszüge wirkten in dem Orangerot verzerrt und flackerten. Als hätte das Feuer Teddys Gesicht geschmolzen und neu zusammengesetzt.

Schweißgebadet krabbelte sie aus dem Bett und rannte in den Flur. „Mum! Dad! Ronna! Wo seid ihr?“ Niemand antwortete ihr, nur das Prasseln und Krachen klang jetzt lauter. Rauch brannte in Fias Hals. Mit Tränen in den Augen rannte sie zurück in ihr Zimmer und schnappte sich ihr zweitliebstes Kuscheltier. Zitternd drückte sie das abgewetzte Stoffschaf an ihre Brust. Wie festgeklebt stand sie mitten im Zimmer und lauschte. Rag bellte draußen wie verrückt, bei jedem Krachen winselte er.

„Fia!“ Unten knallte die Haustür zu und Ronna sprintete die Treppe hinauf. Putz rieselte auf den Teppich, als die Zimmertür gegen die Wand donnerte.

Für zwei Sekunden klang das Getöse unerträglich laut und Fia quetschte ihr Stofftier zusammen. Erleichtert klammerte sie sich in ihre Schwester, als Ronna sie umarmte.

„Du bist ja ganz kalt.“

„Es ist kalt draußen. Komm.“

Blind ließ sich Fia zurück zu ihrem Bett führen. Dabei quetschte sie ihr Stofftier vor der Brust zusammen. „Wo sind Mum und Dad? Ich hab Angst!“

Ronna setzte sich auf die Bettkante und klopfte auf die Matratze. „Ich passe auf dich auf. Mum und Dad sind draußen, du musst keine Angst haben.“

Fia kletterte zurück auf das Bett, ohne das Schaf loszulassen. Ihr Hals brannte weiterhin und das Flackern vor dem Fenster ließ nicht nach. Zuckende

Schatten tanzten über die Wände und sie kroch wieder unter die Bettdecke. Ronna stopfte den Frotteestoff um sie herum fest.

„Was passiert da draußen?“ Fia knetete das Schaf. Selbst Groom schien sich zu fürchten, die Schranktüren bewegten sich nicht. Stimmen mischten sich unter das Prasseln, Rag spielte verrückt. Kratzig bellte er gegen das Getöse an. Fia wusste nicht, dass Hunde heiser werden konnten. „Kannst du eine Kassette anmachen?“

„Na klar.“ Ronna stand auf und schaltete die Stereoanlage ein. Hui Buhs Stimme huschte durch den Raum. Sofort wirkte das Geprassel weniger unheimlich, aber der orangerote Schein blieb, genauso wie das laute Krachen und die Panik in den vereinzelt gebrüllten Sätzen draußen. Ronna setzte sich wieder auf die Bettkante und lächelte.

„Weißt du noch, was Dad immer gesagt hat? Was du tun sollst, wenn du Angst hast?“

Fia nickte und starrte auf die Schranktür, um das grelle Flackern nicht sehen zu müssen.

„Sollen wir zusammen zählen?“

„Nein. Geht es Mum und Dad gut?“

„Ja, keine Bange. Sie haben mich ja zu dir geschickt, damit du keine Angst mehr haben musst.“

„Ich hab aber Angst. Es brennt.“ Fia erwürgte unter der Decke das Stoffschaf.

„Nur das Boot, hier sind wir sicher.“

„Und wenn nicht?“ Wieder sah Fia zum Fenster, draußen tobte etwas Schreckliches.

Anstatt einer Antwort legte sich Ronna neben ihr aufs Bett und kuschelte sich an sie. Ronnas typischer Geruch nach Orange und Blumen beruhigte sie ein bisschen. Ihre Haare kitzelten Fia an der Wange.

„Welches Boot?“

„Die *Bonnie*.“

Dads Liebling. Niemand außer ihm und Onkel Allan durfte das Boot anfassen. Aus Liebe hatte Dad es nach Mum benannt und früher schipperte er oft gemeinsam mit seinem Bruder durch die Bucht. Heute ließ sich Allan fast nie auf Tráigh Cottage blicken.

Fia kannte ihn kaum, sie erinnerte sich höchstens an sein rechtes Ohr und das kleine Feuermal direkt darüber. Seit Jahren lebte er in Oban und schickte an den Feiertagen Geschenke. Draußen krachte es laut und Fia keuchte.

„Hat jemand das Boot angezündet?“

Ronna stützte sich auf ihren Ellenbogen. „Wie kommst du denn darauf?“

„Boote brennen doch nicht einfach so. Außerdem schwimmen sie auf dem Wasser.“

„Doch, das kann schon sein. Vielleicht ein Kurzschluss in der Elektrik, wer weiß. Komm, ich mach dir einen Kakao.“

Fia nahm die Hand ihrer großen Schwester und tapste hinter ihr durch den Flur in die Küche. Von hier aus wirkte das Flackern schrecklicher, näher. Sie hörte Rag und das Feuer, sonst niemanden. Wieder fragte sie sich, wo Mum und Dad waren und ob es ihnen gut ging. Wahrscheinlich versuchten sie, die *Bonnie* zu retten.

Fia ließ sich auf einen der Stühle fallen und vermied den Blick aus dem Fenster. Hier hörte sie das heisere Gebell und das Prasseln der Flammen deutlicher.

Wie eine Herde trampelnder Schafe, die alles über den Haufen rennt – oder eine Meute Grooms.

Erst im Grau der Morgendämmerung ließ das Prasseln und Krachen nach. Rauch stieg am Strand auf, die *Bonnie* war verschwunden. Mit hämmerndem Herzen sprang Fia auf, flitzte aus der Küche und warf sich rennend gegen die Haustür. Eisige Kälte schlug ihr entgegen und sie biss die Zähne zusammen.

„Fia! Warte! Bleib hier!"

Sie hörte, wie Ronna hinter ihr herrannte. Gefrorener Torf und Heidekraut schnitten ihr in die nackten Füße. Der kalte Schnee betäubte den Schmerz. Endlich sah sie Dad. Er stand vor den rauchenden Trümmern der *Bonnie* und drehte ihr den Rücken zu. Fia stoppte ihren Sprint. Schneeflocken wehten auf das Stoffschaf und sie zitterte in ihrem dünnen Schlafanzug. Sogar von hinten sah Dad anders aus, wie ein Hundertjähriger. Steif und gebeugt schien er auf die verkohlten Reste zu starren.

„Dad? Wo ist Mum?" Er reagierte nicht und Fia schluckte das Bittere hinunter.

Deutlich zeichneten sich die schwarzen Planken gegen den weißen Schnee ab. Die Blasen darauf sahen aus wie ein widerlicher Ausschlag. Der Gestank kratzte in Fias Hals und sie hielt sich das Schaf vor den Mund. Je länger Dad schwieg, desto mehr fürchtete sie sich vor ihm. Tränen rannen über ihre Wangen, er sah nicht aus wie er. Eher wie ein Fremder, ein Gespenst.

„Wo ist Mum? Daddy! Bitte sag doch was!" Wieder antwortete er nicht und Fia schluchzte. Die Tränen fühlten sich auf ihrem kalten Gesicht heiß an. Erst als er sich umdrehte, sah sie es. In den Trümmern lag etwas.

„Daddy!" Am liebsten hätte sie mit ihren kleinen Fäusten auf ihn eingeschlagen, aber er schwieg verbissen.

Stumm drehte er sich um und sah Fia an.

Keuchend wich sie zurück und prallte gegen Ronna. Dads Augen sahen aus wie schwarze Löcher, leer und riesig. Tiefe Falten hatten sich in sein Gesicht gegraben, immer wieder hob er die zitternden Arme und fuhr sich durch die Haare.

Die Nässe auf seinen Wangen kommt bestimmt vom Schnee. In seinem ganzen Leben hatte Dad nie geweint. Ruß klebte an seinen Fingern und färbte das Blond seiner Haare schwarz. Die verkrümmte Gestalt in den Trümmern konnte nicht Mum sein, dafür sah sie zu klein aus.

Wie ferngesteuert starrte Fia auf die Zähne, die sich in der verbrannten Gesichtshaut deutlich abzeichneten. Ein schreckliches Grinsen in einem verzerrten verkohlten Gesicht. Zusammengerollt wie ein Fötus lag die Leiche in den Trümmern, auf keinen Fall war das Mum.

Ronnas Schrei verlor sich in der Bucht. Der alte Mann, der nicht aussah wie Dad, sank wimmernd auf die Knie. Fia starrte weiter auf die Zähne. Selbst die See würde es nicht schaffen, die Spuren dieser Nacht wegzuwaschen.

Was da lag, würde sie für immer verfolgen.

KAPITEL 1

Tráigh Cottage

Wirst du das hier nicht vermissen?“ Ohne Appetit stocherte Fia in ihrem Lachs und zerpflückte ihn.

Dad zermatschte den Fisch zu einer undefinierbaren, grauen Masse. Er schien ebenso großen Hunger zu haben wie Fia. „Hier gibt's doch nichts zu vermissen. Ronna kann froh sein, hier wegzukommen, wenn du mich fragst.“

Peigi hob unter dem Tisch den Kopf und fiepte leise. Anders als Rag damals ließ sie sich nicht leicht aus der Ruhe bringen. Die Mädchen nannten die Hündin kurz Pei, allein Dad sagte Köter.

„Ich hab Ronna gefragt, nicht dich.“

Je länger Fia ihren Dad betrachtete, desto weniger schmeckte ihr der Lachs, den er heute extra für seine Töchter gefischt hatte. Dabei gab es in ihren Augen nichts zu feiern, im Gegenteil. Im Flur standen die fertig gepackten Koffer und schon morgen würde ihr Tráigh Cottage wieder einsam und abweisend vorkommen. So wie die letzten Jahre.

Gleich nach ihrem Abschluss war Ronna ins Ausland gegangen. Jetzt studierte sie in Dundee und kam nur in den Semesterferien heim, falls überhaupt. Zwar telefonierten sie regelmäßig, aber Fia fehlte die körperliche Anwesenheit ihrer Schwester genauso wie ihre Reibeisenstimme. Ihre Sis redete im Schlaf und das hatte Fia immer getröstet. Ohne Ronna konzentrierte sie sich auf Peis Schnarchen. Außer ihr hatte Fia niemanden, der sie beschützte. Mit Dad allein kam sie sich vor wie in einer Irrenanstalt. Keiner wusste, was ihm als Nächstes einfiel und er konnte von einer Sekunde auf die andere ausrasten wie ein aggressiver Patient in der Psychiatrie. Erst gestern hatte er sein Spiegelei quer durch die Küche geworfen, weil es ihm zu glibberig war.

Wie immer saß er in schmutzigen Arbeitsklamotten am Tisch und roch nach Fisch und Meer. Dreck von seinen Schuhen sammelte sich unter dem Stuhl. Mit seinen rauen rissigen Händen hielt er die Gabel wie eine Forke und schaufelte das Essen in sich hinein. Alle zwei Minuten wischte er sich die fettige Kräutersoße vom Kinn.

Niemand im Dorf interessierte sich noch für den garstigen Kauz, der selbst die Schafe brüllend von seinem Grundstück jagte. Dabei hatten sie es versucht. Immer wieder. Blair hatte ihm Kuchen aus ihrem Bistro mitgebracht und Scotty bot ihm damals ein altes Boot an, bis Dad sich ein Neues besorgen konnte. Nichts davon wirkte bei Artair. Selbst Pei kassierte einen derben Tritt, wenn sie sich ihm näherte. Anders als Rag bekam sie nie ein Leckerchen oder einen gutmütigen Knuff.

Fia spürte die warme Hundeschnauze auf ihren Füßen und legte die Gabel endgültig beiseite. Heute schmeckte der Lachs nicht. Genau wie sie schob Ronna die dampfenden, nach Zitrone duftenden Stücke an den Tellerrand. Pei leckte sich über die Lefzen und bettete ihren Kopf in eine bequemere Position. Ihr Atem wärmte Fias Füße. Schon als Kind hatte sie die kalten Fliesen in der Küche gehasst.

„Ich weiß nicht, irgendwie freue ich mich auch wieder auf die Uni und das Pauken." Ronnas Blick wanderte zu Dad und Fia wusste, was sie stumm hinzufügte. *Es tut mir leid.*

„Sag ich doch, hier gibt's nichts zu vermissen. Hast du dir eigentlich schon mal Gedanken darüber gemacht, was du machen willst? Seit über einem Jahr liegst du mir auf der Tasche und so langsam geht mir das auf die Nerven."

„Dad, ich *arbeite* für dich und was ich will, weißt du genau."

„So, weiß ich das? Deine Schwester weiß wenigstens, was gut für sie ist. Und das mit der Firma, schlag dir das aus dem Kopf."

Doch, hier gibt es einiges zu vermissen. Zum Beispiel meinen Dad. Mit dem Feuer damals hatte er seine Gutmütigkeit abgestreift wie ein mottenzerfressenes Sakko. Aus dem beliebten Brummbären war ein giftiger alter Mann geworden, den niemand mehr leiden konnte. Auf der *Heather* schipperte er jetzt Touristen durch die Bucht. Die meisten kamen wegen der Delfine. Fia fragte sich, warum die Gäste nicht vor seiner ewig schlechten Laune davonliefen.

„Hier kannst du jedenfalls nicht bleiben, nicht für immer."

„Was?"

Artair stand auf und ging zum Kühlschrank. Mit einer Flasche Wein in der Hand kehrte er an den

Tisch zurück und setzte sich wieder. „Ich werde Tráigh Cottage verkaufen."

„Das wirst du nicht." Mit einem Ruck stellte Ronna ihr Glas ab und sah Artair an. Wut flackerte in ihren Augen, Fia sah es an dem eisigen Blau. Ihre Schwester konnte fies werden, wenn sie wollte.

„Kannst du mir bitte mal verraten, wie ausgerechnet du das verhindern willst? Morgen bist du eh weg und überhaupt bist du seit Jahren hier nicht mehr zu Hause."

„An wem das wohl liegt?" Ronna beugte sich vor und ihre Augen funkelten. Die Finger krampften sich um das Messer. „Das ändert nichts. Du kannst das Cottage nicht verkaufen. Wir haben Mum hier begraben!"

„Ja und?" Schulterzuckend goss sich Artair ein weiteres Glas Wein ein. „Bonnie ist tot und mich hält hier nichts mehr. Sieh dich doch mal um." Mit dem Weinglas in der Hand zeigte er aus dem Fenster. „Da draußen ist nichts außer Schafsdreck."

„Nichts nennst du das also. Den Scheiß höre ich mir nicht länger an." Mit einem Ruck schob Ronna den verschmierten Teller von sich. Klappernd fiel die Gabel auf den Boden und sie floh aus der Küche.

Ohne ein weiteres Wort sprang Fia auf und stürmte hinter ihrer Schwester her. Erst draußen blieb Ronna stehen und atmete tief durch. Böiger Wind verstrubbelte ihre Haare. Pei schoss aus der Haustür, die mit einem Knall ins Schloss fiel.

„So ein ..."

„Hör auf, du weißt doch, wie er ist."

„Ja und? Ich vermisse Mum auch, aber das ist keine Entschuldigung und vor allem kein Grund. Tráigh Cottage verkaufen, das ist echt das Allerletzte."

„Ja." Mehr fiel Fia dazu nicht ein und sie schlenderte auf das alte Herrenhaus zu.

Es stand seit Jahren leer und früher hatten sie es zum Spielen genutzt. Als die Welt für sie noch in Ordnung war. Bis ihre Träume sich in einen Haufen Asche verwandelten. Pei und Ronna folgten ihr.

„Das kann er einfach nicht machen."

Fia schwieg und hörte der schäumenden Brandung zu. Pei schien die gedrückte Stimmung zu spüren. Mit hängendem Kopf trottete sie neben den Mädchen her, ohne sich für ihre Umgebung zu interessieren. Über dem Dorf auf der anderen Seite der Bucht lag ein Teppich aus Dunkelheit. Patschnass und kalt klebten Fias Socken an ihren Füßen. Ihre dicken Stiefel hatte sie in der Eile vergessen. Die Steinchen taten unter ihren Fußsohlen weh.

Erleichtert atmete sie auf, als Ronna die knarrende Tür zum alten Herrenhaus öffnete. Pei drängelte sich an ihnen vorbei und rollte sich neben einem Haufen staubiger Wolldecken zusammen. Eisiger Wind fegte durch die kaputten Fenster. Blätter trudelten über die verstaubten Planken.

„Puh." Fia zog ihre Schultern hoch und verschränkte die Arme vor der Brust.

Ronna suchte in ihrem alten Versteck nach Streichhölzern und zündete die Kerzen an. Aus Holzplanken hatten die Geschwister einen schiefen Tisch gezimmert und die Matratzen, die daneben auf dem Boden lagen, kamen aus Mums und Dads altem Ehebett. Die Federn knarzten, als Ronna sich fallen ließ. „Du kannst mich jederzeit anrufen, das weißt du doch."

Fia setzte sich zu ihr. „Das ist aber nicht dasselbe. Was soll ich denn jetzt machen? Ich brauche dich hier, Sis."

„Ich weiß.“ Ronna spielte mit der Flamme, die flackernde Schatten gegen die Wände warf. „Ich kann das Semester aber nicht einfach so sausen lassen. Wir schreiben uns, jeden Tag. Versprochen.“

Das nützt mir auch nichts. „Was, wenn Dad Ernst macht?“

Anstatt einer Antwort starrte Ronna in die tanzende Kerzenflamme. „Das kann er nicht. Tráigh Cottage gehört ihm nicht allein.“

Kann er schon. „Onkel Allan hat sich hier seit Jahren nicht blicken lassen. Außerdem hassen sich die beiden, hast du das vergessen?“

Ronna lachte trocken. „Ne, wohl kaum.“

Peigi rappelte sich auf und streckte sich. Gähnend trottete sie in das einstige Badezimmer nebenan. Jetzt lag in dem leeren Raum nichts außer Staub und Mäusekot. Kontrollieren musste die Hündin das Zimmer dennoch. Mäuse liebten das alte Herrenhaus, genau wie Fia. Anstatt mit einem Nager kam Pei mit Tapetenfetzen im Maul zurück.

„Ich wüsste nicht einmal seine Adresse. Du?“

Ronna schüttelte den Kopf. „Nein und ehrlich gesagt interessiert es mich auch nicht. Du musst mir auch schreiben, little Sis. Ich will wissen, was hier abgeht.“

Fia erwiderte das Grinsen ihrer Schwester, ohne dass es sich echt anfühlte. „Klar.“

Sie schwiegen und Fia hörte das Heulen des Windes deutlicher. Peigis Krallen klackten auf dem morschen Holzboden und die Erinnerung an damals überrollte sie wie die schäumende See draußen in der Bucht.

„Was ist?“ Ronna musterte sie. „Ist dir kalt?“

„Nein, ja auch. Das ist es nicht.“ *Ist das irgendwann mal vorbei?* Wie in jener Nacht hörte sie das Klacken der Krallen. *Groom.* Mit brennenden Hörnern schlich er sich an sie heran. Wieder sah sie die verkohlte Gestalt mit den weiß glänzenden Zähnen. In ihrem Magen grummelte es.

„Du denkst an damals, stimmt's?“ Ronna legte die Arme um ihre angezogenen Knie. Wie ein kaputtes Spielzeug wippte sie vor und zurück. „Bestimmt will Dad deshalb verkaufen. Es quält ihn. Irgendwie kann ich ihn sogar verstehen.“

„Glaubst du das wirklich? Die ganzen Jahre hat ihn Mums Tod nicht interessiert. Ich weiß nicht mal, ob er sie überhaupt vermisst. Du bist sowieso die meiste Zeit in Dundee und kriegst die Hälfte eh nicht mit.“

„Sis, warum hebt er dann den Ehering auf und hütet ihn wie einen Schatz?“

Fia zuckte mit den Schultern.

„Ganz unrecht hat Dad nicht. Du musst dir überlegen, was du machen willst, wenn hier wirklich alles den Bach runtergeht.“

„Ich gehe hier nicht weg. Das alles da draußen gehört zu mir, verstehst du? Ich will den Menschen zeigen, wie schön es hier ist. Hier bin ich ... zufrieden ... irgendwie. Zu Hause.“ Fia starrte auf den staubigen Fußboden.

„Stur wie Mum. Und wenn du weg musst?“

Dann bleibt mir nichts mehr. „Keine Ahnung. Ich bin nicht wie du. Die Uni ist nichts für mich. WG, Pauken, die Stadt. Ne danke.“ Fia lauschte dem Trippeln der Mäuse, die sich hinter den Wänden in ihren Gängen versteckten. Das ehemalige Herrenhaus schien sich ächzend unter dem Wind zu beugen, wie ein alter Mann mit Rückenschmerzen.

Ronna zog ihre Beine mit einem Ruck an den Körper und legte ihr Kinn auf die Knie. „Weißt du was? Lass uns einen Pakt schließen.“

„Einen was?"

„Na einen Pakt. Wir schwören. An Mums Grab."

„Wir sind doch keine zwölf mehr."

„Komm, darum geht es nicht." Ronna sprang auf und kniete sich vor ihre Schwester. Mit einem Funkeln in den Augen legte sie ihre Hände auf Fias Knie. „Es geht um uns, little Sis. Ich werde dich niemals allein lassen. Egal, wo ich hingehe."

„Ich dich auch nicht."

„Los komm."

„Echt jetzt?"

„Ja klar, oder hast du Schiss?" Ronna blies die Kerze aus und stand auf. Im Obergeschoss knackte es.

„Vergiss Pei nicht."

Mit dem Hund fühlte sich Fia sicherer. Nachts wirkte die Bucht unheimlich. Selbst die Schafe sahen mit ihren schwarzen Gesichtern und glänzenden Augen aus wie Dämonen. Niemand verirrte sich im Dunkeln hierher, bis auf die Albträume und Groom. Tagsüber sah sie in den schroffen Wänden der Cuillins ihre Beschützer. In der Dämmerung änderte sich das Bild. Das Monster näherte sich. Es kam mit der Dunkelheit.

„Lass ihr doch ihren Spaß. Komm."

Lächelnd betrachtete Fia Pei, die wie ein Kind an der Kasse die Süßigkeiten das vergilbte Tapetenknäuel zwischen ihren Vorderpfoten anstarrte. Sprungbereit und mit wedelnder Rute bellte sie die muffige Tapete an.

„Okay, lassen wir ihr den Spaß."

Ronna stieß die Tür auf und eiskalte Luft wehte herein. Die weißen Schaumkronen auf den Wellen glänzten. Gefrorenes Gras knisterte im Wind. Fia unterdrückte den Impuls, Pei herbeizurufen. Zitternd folgte sie Ronna, die um das alte Haus herum marschierte. Ihre Füße taten weh von den Steinen und der Kälte. Fia wünschte sich ihre Winterstiefel herbei, die warm und sicher im Cottage standen. Auf dem harten Sand lief es sich leichter und sie folgte ihrer Schwester hinunter zum Fluss. Bonnie hatte sein Gurgeln geliebt und der schmucklose Fels fiel in der kargen Ebene kaum auf. Genau so hatte Mum es sich gewünscht. Fast wäre Fia über die ineinander verschlungenen Hände gestolpert. Eine ragte aus dem Boden, die andere schien aus dem Stein zu kommen. Ein Händedruck für die Ewigkeit.

„Dein Arm." Ronna zog etwas aus ihrer Hosentasche. Erst auf den zweiten Blick erkannte Fia ihr Taschenmesser.

„Hast du sie noch alle? Wir sind keine fünf mehr."

„Wenn schon, dann richtig." Ronna ließ die Klinge herausspringen und kam mit zusammengekniffenen Augen einen Schritt näher. Der kalte Stahl schimmerte in der Dunkelheit.

Fia krempelte ihren Ärmel hoch und biss die Zähne zusammen. Ihre Sis drehte eindeutig durch. Die Zeit der Indianerspiele und Blutsbrüderschaften war lange vorbei. Ronna hielt das Messer in die Höhe und Fia starrte sie an. Ihre Sis kippte normalerweise beim Anblick einer Nadel um und jetzt wollte sie einen Pakt mit Blut besiegeln. Das passte nicht zu ihr. Es brannte und ein rotes Rinnsal lief über ihren Unterarm. Mit offenem Mund sah Fia auf den kleinen Schnitt. Mit zusammengebissenen Zähnen drängte sie den brennenden Schmerz zurück. Ronna meinte es ernst. Hier an Bonnies Grab bedeutete der Schwur etwas. Dieses Versprechen musste ihre Schwester halten. Mum gegenüber. Fia spürte den kalten Stein der ineinander gelegten Hände durch die dünnen Schuhe. *Mich kannst du enttäuschen, aber nicht Mum. So fies bist du nicht.* Ronna legte das Messer auf ihren eigenen Arm und zögerte keine Sekunde. Sie kniete sich neben den Felsen und streckte ihren Arm aus. „Los, komm schon."

„Du spinnst ja komplett."

„Haha. Wer will denn hier nicht weg und hat Angst vor dem Alleinsein? Los, komm."

Fia kniete sich neben Ronna in den Matsch. Sofort drang die Nässe durch die Jeans und ihre Haut prickelte. Raureif bedeckte die Inschrift auf dem Stein und sie schluckte. Die weißen Zähne waren das Schlimmste gewesen.

Ronna holte tief Luft. „Ich schwöre, meine little Sis niemals im Stich zu lassen und Tráigh Cottage für immer zu beschützen. Jetzt du."

Träge sickerte das Blut auf den Felsen. Widerwillig fasziniert starrte Fia auf den roten Fleck, der sich langsam ausbreitete. *Wie eine blühende Rose. Wunderschön und stachelig zugleich.*

„Jetzt mach schon oder soll ich hier erfrieren?"

Fia schluckte. „Ich schwöre, meine big Sis niemals im Stich zu lassen und Tráigh Cottage für immer zu beschützen." Schnell zog sie ihren Arm zurück und krempelte den Pullover wieder hinunter. „Hast du jetzt genug Indianer gespielt?"

Ronna antwortete nicht, stumm sah sie auf die kleine Messingplatte mit der zarten Inschrift. Außer Mums Name stand dort nichts. *Bonnie MacNiddry.* Mit Absicht kein Datum.

„Mir ist kalt. Lass uns bitte rein gehen." Fia wollte den dunkelroten Fleck auf dem Felsen nicht länger sehen. Langsam schlug das warme Blut Schneisen in den frischen Schnee. *Blutige Tränen.* Ein mulmiges Gefühl breitete sich in ihrem Magen aus und sie betrachtete ihre Schwester, die wie eine Eisskulptur auf dem Boden kniete. Ronna sah auf. Etwas in ihren Augen ließ Fia zusammenzucken. Fremd wie das, was sich damals in Dads Gesicht widergespiegelt hatte.

„Ja, lass uns reingehen. Besuchst du mich denn mal an der Uni?“

„Klar. Ehrensache.“

„Das hast du vor zwei Jahren auch schon gesagt.“

Den Blick auf den Boden heftend hastete Fia in Richtung altes Cottage. Den Abschied von ihrer Schwester hatte sie sich anders vorgestellt. Schon morgen würde sie wieder im Büro sitzen und Dads miese Laune ertragen. Mit dem drohenden Verkauf spülte er die Übergabe des kleinen Familienunternehmens davon wie der Atlantik ihre Fußspuren. Der Schnitt an ihrem Arm pochte und die Zukunft kam ihr in diesem Moment so düster vor wie das aufgewühlte Meer.

„Guten Morgen.“ Fia nahm den Kessel vom Herd und goss sich eine Tasse Tee ein. „Wann fährst du?“ Pei lag unter dem Küchentisch und knabberte an ihren Pfoten. Fias Blick wanderte zu den gepackten Koffern im Flur und zur Uhr, die über der Spüle hing. „Es ist gerade einmal fünf.“

„Ich weiß. Ich wollte wenigstens warten, bis du aufgestanden bist.“

„Ist Dad schon weg?“ *Blöde Frage.* Die *Heather* lag nicht am Pier und im Haus herrschte Stille. Einmal mehr fragte sich Fia, wie Dad ihr Zuhause einfach so aufgeben und einem Fremden überlassen konnte. Für sie gab es keinen anderen Ort auf der Welt. Sie hing an Tráigh Cottage mit seiner ganz eigenen Magie. Vor allem jetzt, wenn die Sonne langsam über die Berge kroch und die schneebedeckten Gipfel orangerot färbte, liebte sie die Stimmung in der Bucht. Trotz des Feuers und Dads schlechter Laune. Sie gehörte hierher. Erklären konnte sie das Gefühl nicht und leugnen genauso wenig.

„Ja, er muss mitten in der Nacht losgefahren sein."

„Von mir aus. Ohne ihn ist es schöner hier. Ich frage mich nur, wie lange ich noch seine dusselige Sekretärin spielen soll."

„Sis, er wird dir *Niddry Tours* niemals überlassen, jedenfalls nicht freiwillig. Geh zu Scott und lern von ihm. Da hast du mehr von. Mach dein eigenes Ding."

„Ja, wahrscheinlich."

Seit Jahren teilten sich Scott und Dad den Anleger. Ständig gerieten sie aneinander und Artair dachte sich immer neue Gemeinheiten für seinen Konkurrenten aus. Zuletzt hatte er tote Ratten auf der *Little Twin* versteckt. Scott schoss nie zurück. Schweigend ertrug er Dads Launen und Fia fragte sich, wie er das jeden Tag aushielt.

„Du wirst die *Heather* eines Tages entern müssen, wenn du wirklich für den Rest deines Lebens Touristen herumschippern willst."

Fia lehnte sich gegen die Theke und sah zu Ronna, die am Küchentisch saß und in ihre Tasse blies.

„Lass mich bloß nicht im Stich."

„Ach Sis, habe ich das jemals?" Ronna stand auf und räumte ihr Geschirr in die Spüle. „Du wirst schon klarkommen, wie immer. So."

„So?" *Doch, als du ins Ausland abgehauen bist, zum Beispiel.*

„Ich fürchte, es ist so weit." Ronna blieb in der Küche stehen, sie sah aus wie jemand, der seinen Zug knapp verpasst hatte. „Ehrlich gesagt fahre ich mit einem unguten Gefühl. Meld dich bloß zwischendurch."

„Ehrensache. Du aber auch." *Dann bleib doch hier*, fügte Fia stumm hinzu. Ohne ihre große Schwester fühlte sie sich hilflos und einsam, selbst wenn sie mit ihrer Freundin Sinann in Blairs Bistro saß. Seit dem Feuer schaffte es niemand außer Ronna, Groom zu vertreiben. Mit gesenktem Kopf ging Fia einen Schritt auf sie zu. „Ich will nicht, dass du fährst. Diesmal nicht." In ihrem Brustkorb schien ein glühendes Messer zu stecken, was sich mit jedem Wort tiefer hineinbohrte.

„Hey little Sis, ich bin immer da. Ich lass dich nicht alleine, selbst wenn ich in Timbuktu wäre, würde ich dich nicht im Stich lassen. Komm her."

Mit Tränen in den Augen umarmte Fia ihre Schwester und klammerte sich an sie. Die Einsamkeit steckte wie ein Giftpfeil in ihrem Herzen. Langsam verbreitete sich der Schmerz in ihrem Körper. *Warum bleibst du nicht hier?* Für familiäre Notfälle bekamen Studenten mit Sicherheit frei. War es das? Ein Notfall? Im Grunde genommen musste Fia seit Jahren allein klarkommen und Dads Gemeinheiten ertragen. *Sei nicht ungerecht.* Bislang hatte Ronna ihr immer beigestanden. Selbst aus Amerika. Weinend drückte Fia ihre Schwester an sich.

„Hey, du brichst mir ja das Rückgrat."

„Was soll ich denn ohne dich machen? Dad ist ... anders geworden und er will das Cottage verkaufen. Allein schaffe ich das nicht."

„Hör zu, du machst das, was du immer machst." Ronna schob Fia ein Stück von sich und legte die

Hände auf Fias Schultern. Mit ihrem Gletscherblick sah sie ihre Schwester an.

„Was soll das denn bitte heißen?"

„Na ja", sanft wischte Ronna eine Träne von Fias Wange, „weißt du damals, als Mum ... Weißt du eigentlich, dass du immer die Stärkere warst? Dass ich dich immer für dein Verhalten bewundert habe?"

„So ein Quatsch." Nie in ihrem Leben hatte Fia solche Ängste ausgestanden wie in dieser Nacht. „Ich war ein Feigling, nichts weiter. Ich bin vor Mums Anblick weggelaufen, hast du das vergessen?"

„Um Hilfe zu holen. Du warst kein Feigling. Das da", Ronnas Hand streifte ihr Feuermal, „bedeutet etwas."

„Ach ja?"

„Little Sis, du bist etwas Besonderes."

„Ein Freak vielleicht."

„Nein. Etwas Besonderes. Irgendwann kapierst du das auch. Bis dahin werde ich dich beschützen, egal wo ich gerade bin."

„Wir telefonieren, jeden Tag."

„Jeden Tag und jetzt muss ich los. Scott wartet schon."

Ronna nahm ihre Hände von Fias Schultern und sofort spürte sie die Kälte in der Küche deutlicher. Obwohl der Kamin brannte, bekam sie eine Gänsehaut. Fia sah ihrer Schwester zu, die sich im Flur Parka und Schuhe anzog. Einsamkeit waberte durch das leere Haus wie der Dunst, der morgens zwischen den Steinen hing. Sie lehnte sich gegen den Türrahmen und beobachtete Ronna, die ihre vollgestopfte Sporttasche schulterte.

„Mach's gut, Kleine. Ich melde mich, sobald ich da bin." Sie legte die Hand auf die Klinke.

„Tschüss und vergiss nicht – jeden Tag."

„Jeden Tag." Damit fiel die Haustür ins Schloss und die Stille im Haus traf Fia mit der Wucht eines Rammbocks. Nichts rührte sich, Ronnas Teetasse stand dreckig in der Spüle und das Wasser im Teekessel dampfte für niemanden. Das Kaminfeuer fiel langsam in sich zusammen. Dad wartete mit Sicherheit drüben im Büro auf sie, aber Fias Füße schienen auf den Fliesen festzukleben. Sie sah Ronna durch das Fenster hinterher, die ihre Tasche zum Strand hinunterschleppte. Ihre roten Haare tanzten im Wind. Scott eilte ihr entgegen, um das Gepäck selbst ins Boot zu hieven.

Die Jungs werden dir hinterhersabbern wie immer und schon bald hast du den Verkauf und unseren Pakt vergessen. Du Glückliche. Im Kopf hörte sie Bonnies Stimme und zuckte zusammen. *Es gibt viele Wege auf dieser Welt, aber nur einer führt direkt nach Hause. Vergiss das nie.*

KAPITEL 2

Daddy

Schon jetzt drehten die ersten Autos der Touristen auf dem überfüllten Parkplatz suchend ihre Runden. Es hatte gedauert, bis Fia sich auf den Weg machen konnte. Wegen ihrer Tränen kam sie eine halbe Stunde zu spät. Boote schaukelten neben der Rampe und unten am Strand tummelten sich Fotografen. Fia zog ihre Mütze tiefer in die Stirn. Der kalte Wind auf dem Wasser hatte ihr Gesicht betäubt.

„Hey!" Sie sah Sinann schon von Weitem, ihre langen schwarzen Haare glänzten in der Sonne. Langsam steuerte Fia das Schlauchboot auf den Anleger zu. Winkend stand ihre Freundin auf der Rampe und fing das Tau geschickt auf, was Fia ihr zuwarf.

„Hey!" Sie legte an und kletterte mit einem großen Schritt aus dem Boot. „Musst du heute gar nicht im Bistro aushelfen?"

„Mum hat mir gnädigerweise frei gegeben." Sinann grinste. „Also, was machen wir? Wo ist Ronna?"

„Tja, ich *muss* arbeiten. Sie ist schon weg."

„Na toll. Sie hätte wenigstens Tschüss sagen können."

Fia zog das Tau fest und gab ihrer Freundin stumm recht. Mit jedem Besuch schien ihre Sis es eiliger zu haben, wieder nach Dundee zu kommen. Alte Freundschaften bedeuteten nichts mehr. Stattdessen schwärmte sie vom Campus und süßen Typen. Ihre neueste Eroberung hieß Duncan. Jeden Abend hatte sie am Kamin gesessen und Ronnas Predigt über die Langeweile im Dorf stumm mitgesprochen. Mittlerweile kannte sie dieses Lied genauso gut wie ihren Lieblingsfilm.

„Was ist? Alles klar?" Sinann legte den Kopf leicht schief wie ein neugieriger Vogel, wie immer, wenn sie Streit witterte.

„Ja, ich ... nein, eigentlich nicht."

„Raus mit der Sprache."

„Dad will Tráigh Cottage verkaufen."

„Er will was?"

„Er will Tráigh Cottage verkaufen."

„Der spinnt doch. Wann hat er das denn beschlossen?"

„Keine Ahnung. Gestern Abend ist er mit der Sprache rausgerückt."

„Krass. Hat er nicht immer was gefaselt von Generationen und Verbundenheit und so?"

„Ich habe keine Ahnung, was ich jetzt machen soll."

„Heute Abend einen Tee bei meiner Mum trinken." Sinann zuckte mit den Schultern. „Fürs Erste. Dann sehen wir weiter."

„Gute Idee." Sinann sagte nichts mehr, aber Fia sah die Besorgnis in ihren Augen. Seufzend steckte sie den Bootsschlüssel in ihre Jackentasche. Sie kannten sich seit der Grundschule und es gab nichts, was sie sich nicht erzählten. „Ronna hat da sowas angedeutet."

„Was denn?“ Sinann sah ihre Freundin fragend an.

„Irgendwas mit Onkel Allan. Das Cottage gehört Dad wohl nicht alleine.“

„Onkel Allan? Entschuldige mal, aber der hat sich seit Jahren nicht blicken lassen. Weißt du überhaupt, wo er jetzt wohnt?“

Nebeneinander schlenderten sie Richtung Büro. Fia zuckte mit den Schultern. „Keine Ahnung und es ist mir auch egal.“

„Das kann er echt nicht ernst meinen. Ich meine, damit setzt er dich praktisch auf die Straße. Es sei denn, du ziehst mit ihm um.“

„Ich gehe nirgendwo hin.“

Sinann nickte und blieb an der Treppe zum Büro stehen. „Ich weiß. Also hole ich dich um eins ab?“

„Aye.“

„Okay, bis dann. Und falls du vorher was brauchst, ruf an.“

„Mach ich.“

Fia sah Sinann hinterher, die Richtung Straße davonging. Wie immer brummte der Platz. Neben Dads Laden verkaufte Ann ihr selbst gemachtes Eis, egal bei welcher Temperatur. Dad war stolz darauf, nicht wie Scott im Container arbeiten zu müssen. Sein umfunktioniertes Steinhäuschen kuschelte sich an den Hang. Beliebt machte er sich damit nicht. Der Parkplatz am Anleger erinnerte Fia an die Luftballonverkäufer auf dem Jahrmarkt. Scott und Dad hielten die Fäden beisammen und verkauften gleichzeitig Würstchen, während alle Besucher nach einem Einhornluftballon krähten. Jeder versuchte hier, auf seine Weise zu überleben. Mit den Händen in den Taschen stiefelte Fia die Treppe hinauf und stieß die Tür auf.

„Die Toiletten befinden sich auf dem Boot, keine Sorge“, sagte Dad zu dem Pärchen am Tresen und notierte etwas in seinem Buch. „Kommen Sie um viertel vor acht hierher, um neun legen wir ab. Wir warten nicht.“

„Meinen Sie, wir sehen Delfine?“ Die Frau sprach mit einem amerikanischen Akzent. Mit großen Augen sah sie Artair an.

„Das kann ich Ihnen nicht garantieren. In letzter Zeit sehen wir selten welche, leider.“

Sie nickte schnaufend und zog ihren Mann aus dem Büro. Dad verstaute das Buch wieder in der Kassenschublade und Fia ging um den Tresen herum. „Morgen Dad.“

„Ist deine Schwester schon weg?“

„Ja, ist sie.“ Im Hinterzimmer klingelte das Telefon. „Ich mach das.“

„Ab acht brauche ich dich hier vorne. Pünktlich. Die Post liegt auf dem Schreibtisch.“

„Schon klar.“ Fia knallte die Tür hinter sich zu und nahm die Reservierung für eine Tour am Telefon entgegen. Papiere stapelten sich auf dem Tisch und sie ließ sich in den abgenutzten Drehstuhl fallen. Alles hier drin war in die Jahre gekommen. Schief standen die Regale mit verstaubten Akten an der Wand, einige Bretter hatte Dad schon ausgetauscht. Sie passten nicht zum Rest und verstärkten den Eindruck des unorganisierten Chaos. Auf den Tasten am Telefon fehlten die Zwei und die Neun. Jahrelanges Telefonieren hatte die Ziffern weggewischt. Eine Renovierung kam für Dad nicht infrage. Sobald sie ihn darauf ansprach, flippte er aus. Seufzend fuhr sie den Rechner hoch und öffnete die Website der Bootsfirma.

Fia stützte sich auf den Schreibtisch und las. Mit jeder Bewertung verdüsterte sich ihre Stimmung und sie erinnerte sich an Ronnas Worte. Viel Zeit blieb ihr nicht zum Entern des sinkenden Schiffes. Eine beschauliche Fahrt zum See lockte niemanden mehr in ihren kleinen Laden. Touristen suchten Abenteuer. Gerne hätte Fia nächtliche Touren angeboten. Schippern in den Sonnenuntergang. Es fehlte das gewisse Etwas. Zwar wusste sie selbst nicht, was genau das war, aber Dad lehnte aus Prinzip alles Neue ab. Geld für schnellere, wendigere Boote mit mehr Komfort gab er erst recht nicht aus.

Oft belauschte Fia die Gespräche der Gäste am Kaffeestand nebenan. Abenteuer und Luxus. Diese Kombi zog. *Niddry Tours* bot keins von beidem. Google log nie. Sie hörte die Eingangstür knarren und jemand betrat das Büro mit dem kleinen Souvenirshop. Dad verkaufte hier Postkarten, Tassen und Stoffseehunde.

„Morgen." Scottys Stimme. Anstatt einer Antwort hörte Fia, wie Dad Sachen hin und her räumte. Scott Hill gehörte die Bootsfirma gegenüber und sie mochte den gemütlichen alten Mann. Immer, wenn er Geschichten erzählte, drehte er seine Wollmütze in den rauen Händen. Schon als Kind hatte Fia ihm gerne zugehört. Seine Stimme erinnerte sie an die Brandung des Meeres und er gehörte hierher wie die schwarzen Felsen der Black Cuillins.

„Ich würde ja jemand anderen fragen, wenn ich könnte, aber kannst du meine Tour um elf übernehmen?"

„Nein, kann ich nicht. Frag Bella."

„Hab ich schon. Sei doch nicht so stur, verdammt noch mal."

„Du hast einen Job hier wie alle anderen auch."
„Ich kann nicht. Ich muss ..."
„Interessiert mich nicht."
„Verflucht noch mal!" Offenbar schlug Scott mit der Faust auf den Tresen. Es knallte und irgendein Souvenir fiel scheppernd auf den Boden. „Dieses eine Mal, jetzt sei doch nicht so. Willst du etwa, dass die Touristen rumerzählen wie unzuverlässig ich, wir sind? Das hier ist unsere Existenz!"
„Dein Problem."
„Seit deine Frau ..."
„Halt den Rand!" Dad brüllte jetzt. „Ich warne dich."
Eine Minute herrschte Stille und Fia knabberte an ihrer Unterlippe. Die schlechten Bewertungen rückten in den Hintergrund. Mit klopfendem Herzen lauschte sie.
„Vor was? Hä?"
„Lass meine Frau aus dem Spiel oder ich vergesse mich."
„Das wäre ja nichts Neues. Du hast dich verändert, Artair."
Dad antwortete nicht, aber Fia sah in Gedanken, wie er knallrot anlief. Kurz vor einer Explosion schwieg er oft, um tief Luft zu holen.
„Weißt du, ich vermisse den Jungen, mit dem ich damals zum Spaß Schafe angemalt habe. Früher warst du ein Pfundskerl, aber jetzt ..."
Wieder keine Antwort.
„Dein Starrsinn bringt uns noch alle ins Grab. Ein Wunder, dass Bonnie es so lange mit dir Mistkerl ausgehalten hat."
„Raus!"
Fia zuckte zusammen.

„Du kannst mich ruhig zum Teufel jagen, Artair. Falls du es noch nicht gemerkt hast, du stehst ohnehin schon ganz allein da."

Schritte polterten durch den kleinen Souvenirladen und Fia rutschte tiefer in den Stuhl. Die Zeilen auf dem Bildschirm flimmerten. Wie so oft wusste sie nicht, was als Nächstes kam. Mit zusammengekniffenen Augen starrte sie auf die Bewertungen, ohne zu begreifen, was dort stand. Voller Angst lauschte sie auf das kleinste Geräusch im Laden nebenan. Um acht musste er los und sie hätte wenigstens für drei Stunden ihre Ruhe. Bis dahin würde sie bei jedem Wort zusammenzucken. Fia klammerte sich an die Computermaus und hielt die Luft an. Die Tür knallte gegen die Steinwand der Hütte. Holz splitterte. Fia lehnte sich auf die Fensterbank und sah hinaus. Scott marschierte mit gesenktem Kopf in Richtung seines Containers, die Wollmütze in der rechten Faust. Mit der Linken fuchtelte er wild in der Luft herum.

„Hau bloß ab!" Dad stand mit erhobenem Arm in der Tür und sah aus wie der Leibhaftige.

Fehlen nur die Hörner wie bei Groom.

Pünktlich um eins stürmte Sinann den kleinen Souvenirshop und lehnte sich grinsend über die Ladentheke.

„Na, startklar?"

Fia nickte. „Ich hole nur kurz meine Jacke."

Artair hockte auf dem abgewetzten Bürostuhl und starrte genauso verloren auf den Bildschirmschoner wie Fia vorhin. Unter seinen Gummistiefeln hatte sich eine Pfütze gebildet. Er tat gar nichts. Vorneübergebeugt saß er da und schien auf ein weiteres Weltwunder zu warten.

„Bis später, Dad." Schnell riss Fia ihre Jacke vom Bürostuhl und floh zurück in den Shop. Sinann wartete draußen.

„Nicht viel los bei euch, oder?" Sie klimperte mit dem Autoschlüssel, während sie gemeinsam über den Parkplatz schlenderten.

„Ne. Das ist das eine Problem. Ich versuch ja immer schon, alles aktuell zu halten. Ohne eine vernünftige Website geht's eben nicht, aber Dad will partout kein Geld für *so einen Quatsch*, wie er sagt, ausgeben."

Sie blieben am Auto stehen. „Und wenn er deswegen alles verkaufen will? Weil er pleite ist?" Sinann schloss den Landrover auf.

„Ich hoffe nicht. Gesagt hat er jedenfalls nichts." Fias Magen zog sich zusammen.

„Du kennst deinen Dad doch, das heißt nichts." Sinann ließ sich auf den Sitz fallen und startete den Motor. Bessie rülpste.

Fia ging um den Wagen herum und stieg ein. „Sag mal, gehört die gute alte Bessie nicht langsam auf den Autofriedhof?"

Sinann gab Gas. „Nicht, wenn es nach Mum geht."

Fia hielt die Luft an. Seit Jahren roch das Auto wie eine fahrende Frittenbude.

Um diese Zeit brummte das Bistro. Das ganze Dorf schätzte Finleys Kochkünste, manche vertrieben sich die Mittagszeit mit einer Tasse Kaffee und dem neuesten Dorftratsch. Hin und wieder kam Finley zu den Gästen an den Tisch und schenkte ihnen ein Lächeln. Mit seinen schwarzen langen Haaren, den feinen Gesichtszügen und der dunklen Haut erinnerte er Fia an einen Indianer. Einen Häuptling, dem sie folgen würde. Im ganzen Dorf galt Finley dank seiner brasilianischen Abstammung als exotischer Schönling.

„Hey Mum." Sinann wartete Blairs Reaktion gar nicht erst ab, sondern verschwand sofort hinter der Theke. „Wie immer, nehme ich an."

Fia nickte und setzte sich auf den letzten freien Barhocker.

„Hey, Kleines. Du siehst müde aus, alles gut?" Blair wischte sich die Hände an ihrer Schürze ab und musterte Fia. Wie immer strahlte die Inhaberin des Bistros Wärme aus. Im Gegensatz zu ihrer Tochter passte sie mit ihrem rundlichen blassen Gesicht, den Sommersprossen und den langen weißblonden Haaren hierher. Sinann hatte das indianische Aussehen und das Feuer ihres Vaters geerbt.

Im ganzen Bistro roch es nach gebratenem Fleisch und Chili. Gemeinsam betrieb das Ehepaar das kleine Restaurant, solange Fia denken konnte und es lief gut. Touristen und Dorfbewohner besetzten den mit Holz verkleideten Raum oft bis auf den letzten Platz.

Fia zog den Reißverschluss ihrer Jacke auf. „Dad will Tráigh Cottage verkaufen."

„Wie bitte?" Vor Schreck ließ Blair das Whiskeyglas in ihrer Hand fallen. Hektisch wischte sie mit dem Ende ihrer Schürze über die Theke. „Das kann er nicht. Wieso das denn auf einmal?"

Sinann schob eine dampfende Tasse zu Fia hinüber. „Krass, oder?"

Blair nickte und rubbelte über den nicht mehr vorhandenen Fleck. „Ich möchte wirklich mal gerne wissen, was ihn jetzt wieder geritten hat."

Fia zupfte an dem Teebeutel. „Keine Ahnung. Gestern beim Abendbrot hat er es uns gesagt."

„Ronna ist wieder nach Dundee?" Endlich legte Blair den Lappen beiseite.

„Ja, heute Morgen." Fia drehte die Tasse in ihren Händen. „Allein mit Dad ist es immer ... ihr wisst ja, wie er ist."

Sinann lehnte sich gegen die Theke und fischte einen Teebeutel aus ihrer eigenen Tasse. „Darum geht es nicht. Er war schon immer ... sagen wir mal seltsam. Aber das Cottage einfach so zu verkaufen, das finde ich ziemlich heftig. Was sagt denn Ronna dazu?"

„Es interessiert sie nicht sonderlich, ehrlich gesagt."

„Dein Dad ist nicht der Einzige, der sich seitdem verändert hat." Sinann sah konzentriert auf das zerfurchte Holz der Theke. Jeder wusste, was sie mit *seitdem* meinte. Nach einer Minute straffte sie ihre Schultern und trank einen Schluck Tee. „Aber die Frage ist ja, was machen wir jetzt?"

„Ich fürchte, ihr könnt nicht mehr tun als abwarten. Wenn Artair wirklich verkaufen will, dann ist es so. Die Frage ist eher, ob er einen Käufer findet. Tráigh Cottage liegt ziemlich weit draußen." Mit einem Augenzwinkern rauschte Blair auf den Tisch in der hintersten Ecke des Bistros zu.

„Genau." Sinann schlug mit der flachen Hand auf die Theke. „Egal, wer da kommt, du machst es den Leuten so richtig madig."

„Wie denn? Soll ich etwa Streiche spielen wie früher in der Schule?"

„Ach Fia, jetzt stell dich nicht dumm. Sag den Leuten einfach die Wahrheit. Erzähl ihnen vom Winter, von den Überschwemmungen und von der Einsamkeit." Sinann trank einen Schluck Tee und sah ihre Freundin über den Tassenrand hinweg an. „Du bist doch sonst so kreativ."

„Und Dad? Der merkt das doch sofort."

Blair hastete mit einem Stapel fettigem Geschirr um die Theke herum. „Jetzt wartet es doch erst einmal ab. Wahrscheinlich interessiert sich sowieso keiner für den alten Kasten." Klappernd verschwand sie in der Küche.

Fia hörte, wie sie Finley einen Kuss auf den Mund drückte.

„Mum hat recht. Bleib entspannt. Noch ist im Grunde nichts passiert."

Am liebsten hätte Fia widersprochen, aber sie nickte nur und nippte an ihrem Tee. Normalerweise hatte sie kein Problem damit, Menschen zu verscheuchen. Jetzt saß Dad ihr im Nacken. Sobald er herausbekam, was Fia vorhatte, würde er sie vermutlich im Vorratskeller einsperren. Die Tür des Bistros schwang auf und Fia erkannte ihn sofort an seinen quietschenden Schritten. Zielstrebig marschierte Dad auf den letzten freien Tisch zu.

Sinann sah zu Fia und verdrehte die Augen.

„Warte noch kurz, ich will mit ihm reden." Fia rutschte von ihrem Barhocker.

„Wie du meinst." Schulterzuckend zapfte Sinann die nächsten Biere.

Artair lehnte sich gegen die getäfelte Lehne, als Fia ihm gegenüber auf die Bank rutschte. „Dad bitte. Wir müssen reden."

„Worüber denn?"

„Das weißt du genau."

„Ne, weiß ich nicht. Es gibt nichts zu reden." Seine Öljacke quietschte, als er sich in Richtung Theke drehte. „Wird man hier auch mal bedient?" Einige Gäste räusperten sich verlegen, als Artair quer durch den Raum brüllte. Keiner wagte es, den Hünen anzusehen.

Mit einem Knall stellte Sinann das Bierglas auf der Theke ab.

„Schön Sie zu sehen, Mr. MacNiddry. Ich komme, sobald sie dran sind."

„Ich glaube mein ..."

„Dad!"

„Was?" Mit einem Ruck drehte sich Artair wieder um und sah Fia an. Sein Gesicht sah aus wie eine mit roter Farbe bemalte Steinskulptur.

„Jetzt hör mir doch mal zu. Ronna studiert und ich muss irgendwie klarkommen, oder wie? Interessiert dich überhaupt nicht, was ich will und wie es weitergehen soll?"

Artair legte seine Hände flach auf den Tisch und atmete tief durch. „Ne. Es ist mir völlig egal, ob du in Edinburgh, Glasgow oder meinetwegen gleich in New York studieren willst."

„Dad, ich will nicht zur Uni. Ich bin nicht Ronna."

„Wie bitte? Natürlich gehst du zur Uni." Er drehte sich erneut um. „Sinann! Fish and Chips und ein Bier."

„Nein." Das Wort schmeckte nach vergammeltem Fisch und Fia schluckte. Sie zuckte zusammen, als Artairs Faust krachend auf dem Tisch landete.

Anstatt sich zu räuspern, tuschelten die Gäste jetzt. Einige Mutige warfen einen Blick auf Artair.

„Was heißt hier, Nein? Ich werde das Cottage verkaufen und *Niddry Tours* gleich mit. Find dich endlich damit ab."

„Wenn du schon unsere Familientradition nicht weiterführen willst, bitte. Aber wozu hast du mir dann alles beigebracht? Mum hätte gewollt, dass ..."

Artair beugte sich vor, seine Wangen leuchteten mittlerweile rot wie zwei Warnbojen. „Zeitverschwendung. Und jetzt hör mir mal ganz genau zu.

Bonnie ist tot und du hast keine Ahnung davon, was sie gewollt hätte. Wage es nicht noch einmal, das zu erwähnen, klar?“

Wortlos kam Sinann herangerauscht und knallte das Bier auf den Tisch. Schaum spritzte auf Artairs Jacke.

„Sag mal, geht's noch?“

„Essen dauert noch ein bisschen.“ Damit verschwand Sinann wieder hinter dem Tresen.

Fia beobachtete Dads hüpfenden Kehlkopf, während er das Glas halb leer trank. Seine Worte gruben sich in ihre Gedanken wie eine Kobra ihre Zähne in das Fleisch ihres Opfers. Langsam begann das Gift zu wirken. Ihr wurde übel davon.

Erinnerungen flatterten durch ihren Kopf. Dad im Führerhaus der Bonnie. Geduldig legte er Fias kleine Finger auf die richtigen Knöpfe. Sie fühlte die Wärme seiner rauen Handflächen bis heute. So war Dad. Schroff wie die Black Cuillins, im Inneren sanft wie ein Hundewelpe. Früher. Krampfhaft klammerte sie sich an das Steuerrad, aus Angst, etwas falsch zu machen. Dad hatte seine Hände auf ihre gelegt und sie lenkten das Boot zusammen. Stundenlang, bis die untergehende Sonne das Wasser orangerot färbte. Sie waren miteinander verbunden, wie die Delfine mit dem Meer.

Fia schluckte und das klappernde Geschirr riss sie zurück in die Wirklichkeit.

„Zeitverschwendung. So nennst du das also. Unsere gemeinsame Zeit war für dich also nichts weiter als Zeitverschwendung. Dann weiß ich ja jetzt wenigstens, wo ich stehe.“

Anstatt zu antworten, trank Artair sein Bier aus. Tränen schnürten ihr den Hals zu. Ohne ein weiteres

Wort stürmte Fia auf den Parkplatz. Kalter Wind riss an ihren Haaren.

Das warme Licht in den Fenstern ließen die Berge schwärzer als sonst wirken. Ein Schatten hatte sich über Tráigh Cottage gelegt. Groom schlief nicht länger in den Black Cuillins. Er war wach und lauerte dort.

KAPITEL 3

Heimkehr

Ich hatte den Weg nicht so lang und beschwerlich in Erinnerung und musste eine Weile verschnaufen. Kalter Regen prasselte auf meinen Nacken und der stinkende Schlamm sickerte in die kaputten Schuhe. Den Mantel hätte ich schon vor Monaten wegwerfen sollen, aber ich besaß nichts anderes. Er roch widerlich und die Flecken erzählten eine traurige Geschichte. Wenigstens sah man viele Sterne heute Nacht, so wie früher. Ich zog den Mantel fester um meinen Oberkörper, setzte mich auf die nassen Felsen und streifte den Rucksack ab. Genau wie der Ledermantel bestand er zum größten Teil aus Löchern und Flicken, aber es reichte. Ich hatte nicht viel und das Wenige passte locker hinein.

Hinter mir raschelte etwas und ich drehte mich erschrocken um. Nichts als Dunkelheit und Gräser, die im Wind hin und her schaukelten. Eine einsame Gegend, in der man sich vor allem auf sich selbst verlassen musste. Müde massierte ich meine blau gefrorenen Finger und sehnte mich nach Handschuhen.

Das geklaute Sandwich hatte ich schon in Broadford gegessen. Mit steifen Händen fummelte ich ein paar Krümel aus dem Rucksack.

Wie Rotkäppchen. Das Dummerchen rennt dem bösen Wolf direkt in die Arme.

Es ging nicht anders. Seit Jahren brodelte es in mir und ich wusste nicht wohin mit meinem ganzen Hass. Sie hatten den Tod verdient. Alle.

Ich streckte mich und wackelte mit den Zehen. Es half nichts, meine Füße fühlten sich an, als würden sie in einem Eisklotz stecken. Warum hatte ich die Gelegenheit auf dem Parkplatz nicht genutzt? Einen Truck zu klauen, war leicht und ich hätte mir eine Stunde Fußweg in durchlöcherten Schuhen gespart.

Mit zusammengebissenen Zähnen stand ich auf und warf mir den Rucksack über. Eine Uhr besaß ich seit Jahren nicht mehr und mittlerweile hatte ich mich an das Leben auf der Straße gewöhnt. Es brachte seine eigenen Zeiten mit sich. Der Tag begann, wenn der Kiosk auf der Ecke öffnete und endete mit dem Scheppern der Ladengitter.

Der Schlamm unter meinen Schuhen patschte bei jedem Schritt und immer wieder stieß ich mit den Zehen gegen Felsen. Egal. Spätestens ab dem Fluss würde ich ohnehin nasse Füße haben. Brücken hatte es hier nie gegeben. Hauptsache, mich sah niemand. Mein Nacken knackte, als ich einen Blick über die Schulter warf. Nichts als Dunkelheit, düster und karg ragten die Flanken der Berge neben mir auf. So zerklüftet, als hätte jemand ein Stück abgebissen. Gleich hinter der Kuppe würde sich der Weg in einen felsigen Trampelpfad verwandeln.

Ein Vogel schrie und ich zuckte zusammen. *Flussuferläufer*. Die hatte es hier immer gegeben.

Putzige Dinger mit weißem Rallystreifen auf den Flügeln.

Ich konnte den Fluss schon hören. Es war nicht mehr weit, gemessen an der bisherigen Wanderung. Ich stutzte. Unter das gurgelnde Wasser mischte sich ein anderes Geräusch. Ein Schnaufen. Es kam von rechts. Mein Nacken knackte erneut, als ich den Kopf drehte. Ein Tier, nichts weiter. Rehe gab es hier reichlich. Hinter dem Felsen raschelte etwas und ich schnappte keuchend nach Luft. *Die Hunde.* Wie hatte ich das vergessen können.

Eine plüschige Kanonenkugel schoss hervor und verbiss sich knurrend in meine rechte Wade. Brennender Schmerz floss wie Lava durch das Bein. Ich strampelte und der Boden flog auf mich zu. Ich hörte Stoff reißen. Schreiend trat ich nach dem Hund. Jetzt konnte ich die spitzen Zähne deutlich sehen. Klebriger Speichel tropfte in die Wunde. Plötzlich ließ der Border Collie los und schoss an mir vorbei. Steine bohrten sich in meinen Rücken.

„Verdammt noch mal." Warmes Blut lief mir an der Wade herunter. Wütend blieb ich mitten auf dem Weg sitzen, trotzig wie ein kleines Kind. Die schwarze Nacht verschluckte das bellende Monster, es hatte mir den Schuh vom Fuß gerissen. Auf allen Vieren tastete ich in der Dunkelheit danach. Diese verfluchte Finsternis. Bei Tageslicht wirkte die Gegend wie das Foto einer kitschigen Postkarte. Nachts allerdings erschlug einen die Einsamkeit und erweckte Monster zum Leben. Sie lauerten überall. Hinter der nächsten Ecke. In den Bergen und selbst in den Schatten der Häuser. Meine Finger ertasteten etwas Hartes, Stinkendes und ich hielt den Stiefel in die Höhe.

„Hab ich dich." Mit zusammengebissenen Zähnen schlüpfte ich wieder hinein. Der Biss würde sich ohne Antibiotika entzünden und eine Apotheke war nicht in Reichweite. *Das Cottage.* Hier draußen brauchte man einen ordentlichen Medikamentenvorrat. Jetzt kam mir die Situation nicht mehr völlig aussichtslos vor.

Wimmernd rappelte ich mich auf, die Schmerzen trieben mir dabei Tränen in die Augen. Ein paar Flaschen klimperten im Rucksack und ich schniefte. Ein Sinnbild für mein zerstörtes Leben. Alles, was ich besaß, steckte in einem zerfledderten Armeerucksack, der mir nicht einmal gehörte. Gekauftes Bier, geschnorrte fünfzig Pfund, eine geklaute Kreditkarte, ein Packen Briefe und eine Schmuckschatulle.

Ich humpelte weiter. Ohne Sohle bohrten sich die spitzen Steine ungehindert in meine Fußsohle. Ich biss die Zähne zusammen. Selbst mit gebrochenen Beinen würde ich weiterkriechen. Von der Bergkuppe aus sah ich die wenigen Lichter des Dorfs und Hass brachte mein Gesicht zum Glühen. Mit einem Ruck wandte ich mich ab und stapfte weiter.

Etwas huschte durch das nasse Gras und flitze über den Pfad. Ich keuchte. Im Gegensatz zu den anderen hasste ich die Natur. Mein Kiefer knackte. Als schwarze Vierecke zeichneten sich die Häuser in der Bucht gegen den Nachthimmel ab. Wieder sah ich zum Dorf und blieb stehen. Ein Zuhause. Etwas, das ich jahrelang nicht gehabt hatte.

Lass dich nicht ablenken. Sie kommen alle dran. Einer nach dem anderen.

Ich war ihretwegen hier. Ein Hund bellte hinter der Bergkuppe und ich lief weiter. Bis Tráigh Cottage musste ich höchstens noch eine halbe Stunde laufen. Sie hatten mein Leben für immer zerstört und jetzt drehte sich der Spieß um. Ich freute mich auf ihre Schreie, vor allem, weil sie niemand hören würde. Außer den Flussuferläufern.

Lächelnd humpelte ich schneller. *Der alte Yellowbelly ist wieder da.*

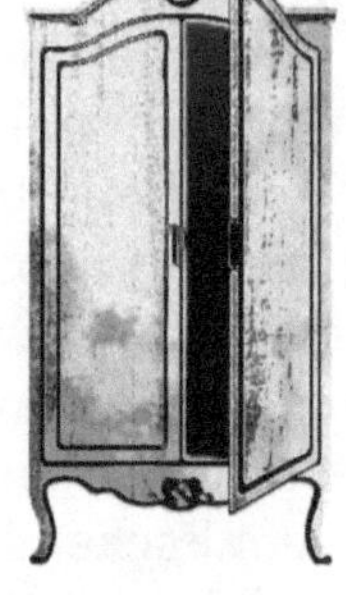

„Du siehst aus, als könntest du ein Frühstück vertragen. Wie wär's?“ Blair wischte sich die Hände an ihrer Schürze ab und lächelte.

„Ehrlich gesagt, habe ich keinen Hunger.“ Die ganze Nacht hatte Fia über den möglichen Verkauf nachgedacht. Erneut kontrollierte sie ihr Handy. Ronna hatte nicht geantwortet. Pei ließ sich neben dem Barhocker fallen und schnaufte. „Ist Sinann schon wach?“

„Ja.“ Mit energischen Bewegungen wischte Blair die ohnehin saubere Theke. „Schon seit fünf. Sie müsste bald hier sein. Wie wäre es mit einer Tasse Tee, während du wartest? Musst du heute nicht arbeiten?“

„Doch. Allerdings habe ich noch einen Moment und zu Hause ist es so still.“ Ihr graute vor dem Arbeitstag. An Artairs schlechte Laune hatte sie sich längst gewöhnt, aber die Stornierungen frustrierten sie. Aus immer denselben Gründen buchten die Kunden lieber bei Scott und Fia konnte sie verstehen. Das ärgerte sie am meisten.

„Sag mal, Kleine“, Blair musterte sie aufmerksam, „was ist eigentlich los? Ist es wirklich nur der Verkauf?“

„Nein, nicht nur.“

„Dachte ich mir. Also?“ Mit Schwung feuerte sie den Lappen in die Spüle. „Ich schätze, es hat mit der Firma zu tun.“

„Ich ...“ Niemand im Dorf konnte Blair etwas vormachen und Fia schluckte, „Ach was soll's. Es läuft miserabel, ehrlich gesagt.“

„Wundert mich nicht. Artair sollte dich mehr machen lassen. Mehr Touren vor allem. Er vergrault doch eh jeden.“ Blair sah zu Pei, die sich über die Schnauze leckte. „Wenn du schon keinen Hunger hast, was ist mit ihr?“ Mit einem Kopfnicken deutete sie auf die Hündin, die sehnsüchtig in Richtung Küche starrte.

„Sie hat sicher nichts dagegen.“

„Na, dann kommt mal.“

Fia folgte Blair in die Küche und Pei trippelte schwanzwedelnd hinterher. Der Geruch nach Speck und frischen Pilzen vertrieb das flaue Gefühl in Fias Magen für einen Moment. Finley stand am Herd und schwenkte Spiegeleier in der Pfanne. Lächelnd drehte er sich kurz um.

„Hey, Kleine. Alles klar?“ Grinsend zeigte er mit dem Pfannenwender auf sie. Sein fein gezeichnetes Gesicht mit den hohen Wangenknochen glänzte verschwitzt. Eine schwarze Haarsträhne hatte sich aus dem Pferdeschwanz gelöst. Mit den dichten Wimpern sah er aus wie ein Model und gehörte eher in ein Modemagazin als hinter den Herd. Dennoch liebten die beiden ihr Bistro.

„Wenigstens einer in diesem Raum interessiert sich für deine Kochkünste." Blair schenkte ihrem Mann einen verliebten Blick.

„Verstehe." Lachend schnappte sich Finley eine kleine Metallschüssel vom Regal und schaufelte Speck hinein. „So. Lassen Sie es sich schmecken, Madame." Pei stürzte sich auf ihr Frühstück. „Du siehst müde aus, Kleines."

„Ich habe nicht gut geschlafen."

„Mach dir mal keinen Kopf um Artair. Keiner, der seine sieben Sinne beisammen hat, würde Geld für Tráigh Cottage ausgeben."

Blair nickte. „Sehe ich auch so."

Fia sah auf ihre Uhr. Pei schleckte die Schüssel aus, die klappernd über den Boden hüpfte.

„Keine Ahnung, wo Sinann bleibt. Du frühstückst jetzt jedenfalls erst mal. Der Hunger kommt beim Essen. Keine Widerrede." Blair strich ihr über die Haare und ging zur Theke.

Fia nahm Pei am Halsband und setzte sich an einen leeren Tisch in der Ecke. Bei dem Gedanken an fettigen Speck und glibberige Eier kam die Übelkeit zurück.

„Nicht mal hier hat man seine Ruhe." Energisch klopfte die Frau am Nebentisch auf einen Prospekt. „Von wegen Idylle. Ich habe mich zu Tode erschreckt."

Fia sah hinüber. Sie trug eine schlammbespritzte Outdoorhose und einen Wollpullover. Neben ihr stand ein übervoller Wanderrucksack.

Er saß ihr ähnlich ausgerüstet gegenüber und legte eine gebräunte Hand auf ihre. „Schatz, wir hätten eben früher losgehen sollen. Ist doch kein Wunder. Penner gibt es eben leider überall."

„Aber hier? Mitten in der Pampa? Ich meine, da ist doch weit und breit nichts und hier“, sie tippte erneut mit dem Zeigefinger auf den Prospekt, „hier können sie abschalten. Von wegen. Ich verstehe nicht, was ein Penner ausgerechnet hier will, außer Touristen beklauen.“

„In der Bucht stehen Häuser. Vielleicht hat er nur ein warmes Plätzchen gesucht. Beruhige dich. Es ist doch nichts passiert.“

„Nichts passiert?“ Sie zog ihre Hand zurück. „Er hat uns angepöbelt und das nennst du nichts passiert?“

„Und jetzt? Was willst du jetzt tun?“

„Na, zur Polizei gehen, was sonst? Selbst hier in dieser gottverlassenen Gegend muss es so was wie eine Polizeiwache geben.“

„Wie du meinst.“ Er trank hastig seine Cola aus. „Gehen wir zur Polizei, auch wenn das nichts bringen wird.“

Fia drehte sich auf ihrem Stuhl herum. „Entschuldigen Sie, darf ich Sie etwas fragen?“

„Ähm, ja?“ Mit hochgezogenen Augenbrauen sah er Fia an. Seine Frau schnaufte wie ein frustriertes Brauereipferd und vertiefte sich wieder in den Prospekt.

„Ich habe eben zufällig mitgehört. Ich weiß, es geht mich nichts an, aber wo genau haben Sie den … ähm … Obdachlosen gesehen?“

„Den widerlichen Penner, nennen Sie das Kind ruhig beim Namen. Auf dem Parkplatz, nicht weit von hier. Sie wissen nicht zufällig, wo die nächste Polizeistation ist?“

„Welcher Parkplatz? Hier im Dorf?“

„Ne, an der Straße. Ich habe vergessen, wie das Kaff heißt. Jedenfalls liefen da Kühe auf einer Brücke herum und direkt dahinter war der Parkplatz. Irgendwas mit Kil... ach keine Ahnung. Was ist jetzt mit der Polizei?“

„Entweder Sie fahren nach Kyle of Lochalsh oder nach Broadford.“

„So weit? Meine Frau hat sich da draußen zu Tode erschreckt.“

„Tut mir leid.“

„Komm Schatz.“ Er stand auf und nahm seinen Rucksack. „Lass uns fahren. Vergiss die Bootstour. Der Alte war ohnehin nicht sehr freundlich. Wir hätten in Fort William bleiben sollen.“

Etwas bohrte sich in Fias Herz und sie sah dem Pärchen nach. Mit *dem Alten* meinten sie mit Sicherheit Dad und sie ahnte, um welchen Parkplatz es ging. Das flaue Gefühl kehrte mit doppelter Wucht zurück. Sie schluckte. Letztes Jahr hatte sich Dad wenigstens den Touristen gegenüber im Griff gehabt und sie brauchten das Geld dringend.

In Gedanken saß sie wieder mit ihm und Ronna am Abendbrottisch. *Da draußen ist nichts außer Schafsdreck.* Fia lehnte sich erneut seufzend gegen die Wand. *Mums Grab. Du hast Mum vergessen.* Fia drängte die Tränen zurück.

Ein Penner, das hieß etwas. In den ganzen Jahren hatte sie hier nie Obdachlose gesehen. Das war seltsam und offenbar trieb er sich in der Nähe von Tráigh Cottage herum. *Komisch.* Für einen Moment überlegte Fia, selbst zur Polizei zu fahren. Penner vertrieben auch die letzten Kunden, die sie hatten, und der Fremde schien aggressiv. Sie zuckte zusammen, als Sinann an ihren Tisch trat.

„Hab ich richtig gehört? Penner? Hier? Das ist schräg.“ Sie stellte den Teller mit Speck, Ei und gebratenen Bohnen vor Fia ab. „Iss was, du siehst käsig aus."

„Die Frau hat recht. Was sollte ein Penner hier wollen?" Fia nahm eine Gabel voll Bohnen und zwang sich zum Essen. Trotz allem schmeckte die Tomatensoße. Jeder Bissen drängte die Übelkeit zurück.

„Keine Ahnung. Hauptsache er verschwindet möglichst schnell wieder."

Groom. Fia lag wach in ihrem Bett und starrte auf die Schranktür. *Sei nicht albern. Du bist kein Kind mehr*. Sie drehte sich auf die andere Seite und fischte ihr Handy vom Nachtschrank.

Den ganzen Tag über war von Ronna nichts gekommen. Zuletzt online um 23.30 Uhr, las Fia. Jetzt zeigten die Ziffern halb drei morgens an. Müde legte sie das Telefon zurück und warf sich auf den Rücken. Es half nichts. Er lauerte wieder in der Dunkelheit, bereit, Fia anzufallen.

Im Haus herrschte Stille, Dad verbrachte die Nächte neuerdings allein auf der *Heather*. Pei lag neben ihrem Bett und schnarchte leise. Etwas knarrte und Fia zuckte zusammen. Ihr Herz pochte und übertönte die grollende Brandung. Sie setzte sich auf und ließ ihren Blick durch den Raum wandern.

Alles sah aus wie immer. Auf der rechten Seite stand eine Kommode, eine dünne Staubschicht lag auf den Bildern. Fia sah sie zwar nicht, wusste es aber. Klamotten verteilten sich auf dem Boden, vom Aufräumen hielt Fia nichts. Auf der linken Seite stand die Verbindungstür zu Ronnas Zimmer offen. Normalerweise wäre sie jetzt zu ihrer Schwester ins Bett geklettert, aber da war niemand und diese Leere fühlte sich an wie ein nasser Sandsack auf ihrer Brust. Wie so oft starrte sie gegen die Decke. Ihre Augen brannten vor Müdigkeit.

Sobald sie allein in ihrem Zimmer schlafen musste, raschelte es wieder hinter den Schranktüren. Sah Fia hin, würden sich die Türen öffnen. In manchen Nächten schimmerte der orangerote Schein durch die Ritzen und sie ertappte sich dabei, das schwarzbraune Ungetüm anzustarren. Mit ihrer großen Sis nebenan blieb es still und Fia träumte nur selten von ihm. Je länger sie allein im Cottage schlief, desto öfter dachte sie wieder an das Monstrum mit den brennenden Hörnern. Wie früher.

Erneut wanderte ihr Blick in das penibel aufgeräumte Zimmer nebenan. Alles Wichtige hatte Ronna schon vor Monaten mitgenommen. Bis auf die Bilder. Erinnerungen bedeuteten ihr offenbar nichts. *Als würde sie niemals wiederkommen.*

Fia schwang die Beine aus dem Bett und stand auf. *Besser, als stundenlang wach zu liegen und auf Groom zu warten.* Blind tapste sie zum Kleiderschrank, fischte ein Paar Socken aus der Schublade und zog sie über. In ihrem Kopf drehte sich ein Karussell aus Gesprächsfetzen. *Ich werde Tráigh Cottage verkaufen. Unfreundlich. Bald wirst du ganz allein dastehen.* Sie schlüpfte in ihre Hausschuhe und setzte sich in Ronnas Lieblingssessel. Ein kreischbuntes Teil mit altbackenem Blumenmuster. Von hier aus sah das alte Herrenhaus aus wie ein Spukschloss. Schwarze Umrisse zeichneten sich verschwommen in der Finsternis ab.

Ein Kloß wuchs in ihrem Hals, als sie an früher dachte. Anstatt Tráigh Cottage zu verkaufen, hatte Artair sie mit in die Firma genommen und ihr gezeigt, wie sich Kunden anlocken ließen. Welche Geschichten die Touristen hören wollten und wie sie die *Heather* über die Bucht lenken musste. Fia lernte das Wichtigste, um das Geschäft eines Tages zu übernehmen. Jetzt zählte das alles nicht mehr.

Sie erstarrte. Jemand huschte am alten Haus vorbei zum Fluss. Sie konnte die Umrisse der gebückten Gestalt deutlich sehen. Warum schlief Ronna in einer schicken Wohnung in Dundee und nicht hier? Schon früher war ihre große Sis die Mutigere gewesen. Ein Balken knackte und Fia krallte sich an der Fensterbank fest. Der oder die Fremde huschte weiter. Schnell und zusammengekrümmt, als hätte derjenige ein schlechtes Gewissen.

Fias Herz pochte laut in der finsteren Stille, sie hörte und fühlte es. Schmerzhaft hämmerte es gegen ihre Rippen. Schweißperlen bildeten sich auf ihrer Stirn und sie sah auf die Durchgangstür. Stumm und unsichtbar lag ihr Handy auf dem Nachtschrank. Sollte sie die Polizei rufen? Bis die hier ankam, war es vielleicht zu spät. Erneut dachte Fia an die Frau im Bistro. *Angepöbelt.*

Die Gestalt verschwand hinter dem verlassenen Herrenhaus. Fia schlich zurück in ihr Zimmer und kroch wieder ins Bett. *Ruf wenigstens die Polizei.* Schnell schnappte sie das Telefon und klammerte sich daran fest.

Groom lauerte im Cottage und außer Ronnas altem Golfschläger gab es keine Waffe im Haus. Wie sollte sie sich gegen einen erwachsenen Mann wehren?

Pei jaulte und hob den Kopf. Fias Beine zitterten, als sie erneut aus dem Bett kletterte. Sie hatte Pei. Schwitzend streichelte sie der Hündin über den Rücken.

„Was ist?“ Fia fühlte die harten Muskeln unter dem Fell. Steif sah Pei zur Tür und zog dabei die Lefzen hoch. Zwar besaß Artair keine Schafe, aber die durchtrainierte Border Collie Hündin hatte einen Job. Das schwarz-weiße niedliche Piratengesicht mit dem Schlappohr täuschte. Eindringlinge bekamen neunzehn Kilogramm stahlharte Muskeln und geballte Wut zu spüren.

„Okay, du hast gewonnen.“ Fia stand auf und rannte zum Kleiderschrank. Mit Schwung riss sie Türen auf und schnappte sich den Schläger. Im Internet riet die Polizei, sich bei einem Einbruch zu verstecken oder das Haus unauffällig zu verlassen. Hier musste Fia sich selbst helfen. Tráigh Cottage lag zu abgeschnitten und einsam.

Zitternd tippte sie fünfmal auf die Neun und fluchte. Erst im dritten Anlauf gelang Fia der Notruf. Eine routinierte Stimme meldete sich.

„Jemand schleicht sich in der Bucht herum. Sie müssen mir helfen.“

Eine männliche Stimme sagte etwas.

Fia begriff nicht sofort. Erst als der Mitarbeiter sich lauter wiederholte, klickte es. „Tráigh Cottage.“

„Los, komm.“ Mit erhobenem Schläger schlich Fia zur Treppe und lauschte. Nichts. Pei klebte an ihrem Bein, ihre Rute zeigte nach oben und sie starrte mit gesenktem Kopf in die Finsternis. An der Küchentür blieb Fia stehen. Der Kloß in ihrem Hals wuchs. Schatten tanzten über den blank geputzten Esstisch. Das Radio auf der Theke schwieg, der Kühlschrank brummte leise. Fia schluckte. „Okay Pei, lass uns verschwinden und dann ...“

Mit einem Satz sprang Pei auf das Fenster zu und bellte. Sabber tropfte von ihrem Kinn.

Fia schrie. Eine Gestalt huschte draußen vorbei. Gebückt. Schwarz wie Groom.

„Pei, sobald jemand kommt ... fass.“ Mit einem Ruck riss Fia die Hündin vom Fenster weg und schlich zur Haustür. Langsam drückte sie die Klinke herunter. Es gab nur einen Weg aus dem Cottage. Knarrend schwang die Tür auf. Eisige Dunkelheit schlug ihr entgegen. Pei knurrte. „Warte.“ Fia packte das Halsband fester.

Die Hündin riss sich los und schoss bellend an ihr vorbei. Wie angenagelt stand Fia in der Küche. Ihr Herz schien in ihrem Hals zu schlagen. Sie bekam kaum Luft. Das wütende Kläffen entfernte sich langsam. Auf der *Heather* blieb es dunkel. Eisige Kälte kroch an Fias nackten Beinen hinauf unter ihr Nachthemd. Wind pfiff um das Haus. Ihre Füße kribbelten auf dem kühlen Holzboden. Zitternd schlang sie die Arme um den Oberkörper und wartete.

Erst nach einer gefühlten Ewigkeit kam Pei zurück. Fia knallte die Haustür zu und lehnte sich mit dem Rücken dagegen. Hoffentlich kam die Polizei bald. Was Dad dazu sagte, interessierte sie nicht mehr.

KAPITEL 4

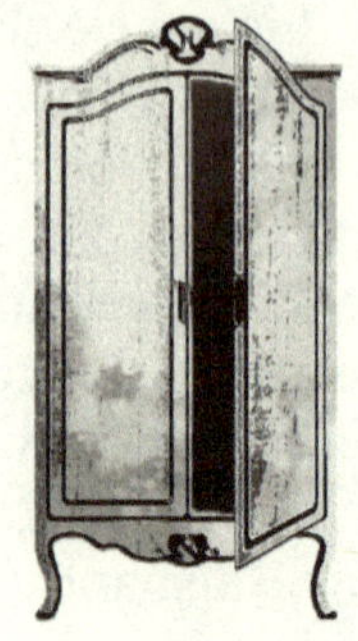

Nachts

Im Bademantel saß Fia am Küchentisch. Pei lag neben ihr, langsam kroch die Dämmerung als graue Suppe über die Black Cuillins. Der Constable schob den Block von sich und lehnte sich seufzend auf seinem Stuhl zurück.

„Sie haben also nichts gesehen, außer einer schwarzen Gestalt? Es wurde auch nichts geklaut?"

Fia schüttelte den Kopf. „Ich hatte Angst, verstehen Sie das nicht? Außerdem war es dunkel. Pei könnte Ihnen den Einbrecher sicher besser beschreiben."

Dad saß schweigend am Tisch, mit feuerroten Augen sah er auf den Constable. Fia sah, wie seine Ader am Hals mit jedem Satz weiter anschwoll. Es dauerte nicht mehr lange, bis er platzte.

Beschwichtigend hob der Beamte seine Hände. „Miss, wir brauchen nun mal ein paar Anhaltspunkte, um unseren Job zu machen. In Ordnung, wenn Ihnen noch etwas einfallen sollte, melden Sie sich bitte. Das gilt für Sie beide."

„Der kommt so schnell nicht wieder." Artair hustete, es klang schleimig.

Mit Sicherheit zu viel Bier.

„Wie bitte?" Der Constable richtete sich auf.

„Und falls doch, werde ich mich darum kümmern. Hier in der Bucht hat niemand aus dem Dorf etwas zu suchen. Erst recht kein Penner."

Fia wusste, was Dad damit sagen wollte. Jeden Abend nahm er seine Flinte mit auf die *Heather* und legte sie neben das Bett. So brauchte er nur zuzugreifen. Vor lauter Panik hatte sie das vergessen.

„Tja", der Constable deutete mit seinem Block aus dem Fenster, „nun gut. Wie Sie meinen. Aber bitte keine Alleingänge. Einbrecher können gefährlich werden, wenn man sie aufschreckt."

Wortlos stand Artair auf und stapfte aus der Küche. Fia zuckte zusammen, als die Haustür mit einem Knall ins Schloss fiel.

„Ihr Vater schert sich wohl nicht viel um die Meinung anderer, was?"

„Nicht wirklich. Kann ich noch etwas für Sie tun, Constable?"

„Nein. Obwohl doch, passen Sie auf sich auf. Es ist ziemlich einsam hier draußen."

Das Gekläff riss Fia aus dem Schlaf. Desorientiert suchte sie nach der Hündin. Bis eben hatte Pei neben ihr gelegen und sie hatte sich ihrem gleichmäßigen Atemrhythmus angepasst.

„Hey was ..." Fia sah auf die Hündin. Mit gesträubtem Nackenfell bellte Pei das beschlagene Fenster an, die Pfoten auf die Fensterbank gestützt. Wie festgeklebt starrte Fia auf das schwarze Viereck. Aufzustehen traute sie sich nicht. Bitterer Speichel sammelte sich in ihrem Mund. Angst quetschte ihren Brustkorb zusammen. Pei hörte auf zu bellen. Stattdessen knurrte sie mit hochgezogenen Lefzen die Fensterscheibe an.

Steh auf. Los. Gedanken schwirrten durch Fias Kopf, während sie die Decke zurückschlug. *Was, wenn er bewaffnet ist?* Sie schnappte sich ihr Handy. Am ganzen Körper zitternd schlich Fia zu Pei und legte eine Hand auf ihren Rücken.

„Was ist da draußen, altes Mädchen?" *Wer* korrigierte sie in Gedanken. Pei reagierte nicht. Wie unter Hypnose starrte sie weiter grollend aus dem Fenster. „Okay. Schon gut. Komm." Sie packte das Halsband und zerrte Pei durch das Wohnzimmer in den Flur. Ihre Krallen kratzten über die Dielen. Die Leine hing wie immer griffbereit an der Garderobe neben ihrem Parka. Fia schnappte sich beides und atmete tief durch. Schweiß lief als kleines Rinnsal über ihren Rücken. Außer der schweren Taschenlampe gab es noch Ronnas alten Golfschläger. Wie immer hatte Artair das Gewehr mit auf die *Heather* genommen. Fia umklammerte mit der rechten Hand die Lampe wie eine Schiffbrüchige das Treibholz. In der anderen hielt sie den Schläger. Auf dem Weg zum Boot konnte sie dem Einbrecher in die Arme laufen.

„Los komm." Mit einem Ruck stieß Fia die Tür auf. Kalte feuchte Luft wehte ihr entgegen. Das Grollen der Brandung übertönte Peis Knurren. Schwarz und verlassen lag die Bucht da. Die Felsen sahen aus wie Grooms Geschwister. Düster und bösartig. Überall in den Nischen konnte sich jemand verstecken.

„Okay Mädchen, geh vor." Fia sah Pei hinterher, bis die Finsternis sie verschluckte. Mit angehaltenem Atem trat Fia einen Schritt vor. Feuchtigkeit drang durch ihre Turnschuhe, ihre Beine zitterten. Die Schlafanzughose schützte sie kaum vor dem kalten Wind. Steif stand sie in der Tür und lauschte. Der Lichtkegel der Taschenlampe wanderte über hohes Gras und nackte Felsen. Schaumige Wellen brandeten auf den steinigen Strand. Auf der *Heather* rührte sich nichts. In der Finsternis leuchtete die tanzende Schaumkrone wie ein Irrlicht.

Groom. Irgendwo in den düsteren Nischen hockte das Monster und wartete.

Hundegebell. Fia zuckte zusammen und rannte los. Es kam vom Fluss. Pei hatte den Fremden erwischt. Schreie vermischten sich mit dem Gebell. Fia lief schneller. Der Einbrecher klang wie eine Frau. Schrill und hoch. Panisch.

„Pei! Fass!"

Das Bellen verwandelte sich in ein kehliges Knurren. Wieder schrie jemand. Eine gekrümmte Gestalt lag am matschigen Ufer.

Fia blieb stehen. Für einen Mann sah der Einbrecher zu zart aus.

„Ruf um Himmels willen deinen Hund zurück!"

„Evaine! Bist du verrückt geworden? Was machst du hier mitten in der Nacht? Du hast mich zu Tode erschreckt!"

Pei zerrte knurrend an ihrem Hosenbein. Bleich und verschwitzt lag Mums ehemalige beste Freundin im Matsch. „Komm her, Pei. Ist schon gut."

Schnaufend trottete die Hündin zu Fia und setzte sich neben sie. Evaine robbte zurück, weg von ihr.

„Spinnst du? Sie hätte mich beinahe gebissen!"

Rote Punkte tanzten vor Fias Augen. Ihr Gesicht fühlte sich mit einem Schlag glühend heiß an. Wut schnürte ihr die Kehle zu.

„Ich glaube, *du* spinnst! Was erwartest du denn? Dass ich Einbrecher zum Tee einlade? Was willst du hier?“

Evaine sackte zusammen wie eine aufblasbare Puppe, die zischend Luft verlor. Mit ausgestreckten Beinen saß sie im Schlamm. Ihre Schultern zuckten. „Ich wollte nur zu Bonnie.“

„Und dazu schleichst du mitten in der Nacht zu ihrem Grab? Du hast sie ja nicht mehr alle!“ Vor Wut schwitzend umklammerte sie mit der linken Hand den Golfschläger. Mit der rechten hielt sie die Taschenlampe. Evaine blinzelte.

„Es tut mir leid. Aber Artair ... er lässt mich nicht.“

Fia ließ die Lampe sinken und Evaine atmete erleichtert auf. Fias Wut ebbte ab. Der unsichtbare Ring um ihren Brustkorb lockerte sich.

„Lass uns ins Warme gehen. Du schuldest mir eine Erklärung.“

Evaines Lippen kräuselten sich, als sie das Herrenhaus betraten. Es roch nach Mäusekot und Schimmel. Oben knackte hin und wieder das Holz, etwas huschte auf kleinen Pfötchen zwischen den aufgeweichten Kartons hindurch, die in den Ecken standen. Dahinter fiepte es.

„Igitt, das hört sich nach Mäusen an. Können wir nicht in der Küche reden?“

„Ne. Ich lasse dich erst rein, wenn du mir alles erklärt hast. Außerdem steht das Herrenhaus seit Jahren leer. Was, außer Mäusen, hast du denn erwartet? Ein Fünf-Sterne-Hotel?“ Pei lief schnuppernd durch den Eingangsflur. Ständig kratzte sie mit ihrer Pfote über den Boden.

„Okay“, Evaine verschränkte die Arme vor der Brust, „du bist sauer und ich verstehe das. Wirklich.

Wie gesagt, ich wollte das alles nicht. Artair ... er hat mir Angst eingejagt."

„Es gibt Telefone."

„Fia, das ist jetzt Jahre her. Damals gab es kein WhatsApp."

Pei ließ sich neben die improvisierte Couch fallen. Auf der zerkratzten Tischplatte stand eine staubige Flasche, darin steckte eine abgebrannte Kerze. Fia setzte sich und sah Evaine an.

„Sag mir wenigstens warum. Seit wann musst du hier herumschleichen, wenn du Mums Grab besuchen willst?" Fia musterte Evaine, die wie ein ertapptes Kind dastand. „Du warst ihre beste Freundin und du kennst Dad nicht erst seit gestern!"

„Ja und es hat sich viel verändert."

„Mit viel meinst du nicht zufällig Dad? Evaine, was ist passiert?"

„Ich ... ach Fia, ich wollte das eigentlich von dir fernhalten."

„Und wieso?" Fia sah auf die Uhr. Kurz vor drei. Dad stand meistens gegen fünf auf und sie wollte seinen Zorn nicht heraufbeschwören. Punkt halb sechs musste das Frühstück auf dem Tisch stehen. „Weißt du, ich höre die Leute im Dorf reden. Seit Jahren. Neulich war Scott bei uns im Geschäft."

„Lass mich raten. Sie sind nicht gerade freundlich miteinander umgegangen."

Fia schüttelte den Kopf. „Nein. Glaubst du wirklich, ich weiß nicht, wie Dad sein kann? Du hast uns damals hängen lassen, Evaine. Wir hätten dich wirklich gebraucht."

„Ich wollte mich ja melden. Aber ... ach, was soll's. Seit er eine Flasche nach mir geworfen hat, traue ich mich nicht mehr auf euer Grundstück."

„Wann?“ Fia setzte sich kerzengerade auf. Pei robbte fiepend näher an sie heran und legte eine Pfote auf die Matratze. Lächelnd deutete Evaine auf die Hündin.

„Sie hält mich wohl auch für einen Eindringling. Kein Wunder. Das war ... lass mich überlegen ... vielleicht eine Woche nachdem ...“

„Aha, und ausgerechnet heute Nacht verspürst du unstillbare Sehnsucht nach deiner Freundin. Nach *Jahren*, wie du so schön gesagt hast. Kannst du dir vorstellen, wie es sich für uns angefühlt hat? Ihr habt euch jeden Tag getroffen, du hast uns zugehört und auf einmal warst du weg. Einfach so, als wir dich am nötigsten gebraucht hätten.“ Fia streichelte Pei. Das flauschige Fell beruhigte sie.

„Es lag an Artair, das musst du mir glauben. Ich wäre viel öfter gekommen, aber ... er ... egal. Du kennst ihn ja. Ich vermisse deine Mum. Sehr sogar, selbst nach so vielen Jahren.“

„Ich auch.“ Fia rutschte ein Stück zur Seite und klopfte einladend auf die Matratze. Staub wirbelte auf. „Jetzt ist Ronna auch noch weg und Dad, die Firma ... alles geht den Bach runter und ich kann nichts dagegen tun.“

Evaine setzte sich. „Ich würde dir so gerne helfen. Du kannst mich besuchen, wann immer du willst. Deinen Dad will ich nicht mehr sehen, aber das gilt nicht für dich, hörst du?“

„Das hättest du mir damals sagen sollen. Jetzt kann ich damit nichts mehr anfangen.“ Fia überlegte für eine Sekunde, ob sie Evaine von dem Verkauf erzählen sollte. Zwischen Bonnie und ihrer besten Freundin hatte es nie Geheimnisse gegeben. Früher gehörte die Farmerin zur Familie und Fia mochte die quirlige Frau mit der rotbraunen Lockenmähne. *Was für ein Monster ist aus Dad geworden, wenn selbst Evaine sich nicht mehr hierher traut?* Fia musterte sie. Wie eine Verurteilte in der Todeszelle saß sie auf der Matratze. Graue Strähnen mischten sich unter die frechen Locken. Fältchen hatten sich in ihr Gesicht gegraben und die Energie von damals schien verschwunden. Jetzt sahen ihre braunen Augen traurig aus wie die eines zurückgelassenen Rehkitzes.

„Was soll ich sonst sagen, außer: Es tut mir leid?"

„Ich weiß es nicht. Aber du kannst nicht von mir erwarten, so zu tun, als sei nichts gewesen. Irgendwas ist ja passiert, zwischen dir und Dad. Warum erzählst du es mir nicht einfach?"

„Weil ..."

Pei sprang auf, als hätte sie etwas gebissen. Bellend rannte sie zur Treppe und blieb vor der ersten Stufe stehen. Knurrend starrte sie mit gesträubtem Fell nach oben.

„Hey, altes Mädchen, was ist denn los mit dir?"

Evaine keuchte. „Was hat sie denn?"

„Wenn ich das wüsste. Da oben ist nichts außer Mäusedreck."

„Was ist wirklich los, Fia?"

Ohne auf Evaine zu achten, zog sie Pei am Halsband in Richtung Sofa. Knurrend schnappte die Hündin zu.

Mit einem spitzen Schrei zog Fia ihre Hand zurück. „Hey ... jetzt reicht's aber!" Fia stolperte rückwärts und ließ sich wieder auf das Sofa fallen. „Das hat sie noch nie gemacht." Mit pochendem Herzen starrte sie auf Pei, die mit angelegten Ohren die Treppe fixierte.

Evaine stand auf. „Vielleicht sollte ich jetzt besser gehen."

Fia nickte, ohne die Hündin aus den Augen zu lassen. Sabber tropfte von Peis hochgezogenen Lefzen.

Meld dich am besten nie wieder. Sie schluckte die Worte herunter.

„Was kann ich tun, damit du mir glaubst?"

„Mir die ganze Geschichte erzählen."

„Fia ... das kann ich nicht. Jedenfalls jetzt nicht. Vielleicht eines Tages."

„Meld dich, wenn du es dir anders überlegt hast. Ich komme schon klar. Ich bin jahrelang ohne dich klargekommen!"

„Eine letzte Frage noch." Mit der Hand auf der Klinke drehte sich Evaine um.

Fia wartete schweigend ab.

„Warum gehst du nicht einfach? Artair macht es dir doch so leicht. Was hält dich hier? Wieso ziehst du nicht wenigstens ins Dorf, weg von Artair?"

„Das ... ich kann hier nicht weg. Nicht einfach so."

„Warum nicht?"

„Weil ... ich dachte immer, ich trete eines Tages in Dads Fußstapfen und übernehme die Touren."

„Das kannst du auch von woanders."

„Evaine ... ich liebe diese Bucht. Mum ist hier begraben, ich will nirgendwo anders hin. Traígh Cottage ... braucht mich." Sobald sie es sagte, merkte Fia, wie albern diese Erklärung klang. Besser konnte sie es nicht beschreiben. Ein Gefühl, ähnlich wie Groom. Er kam mit ihrer Angst. *Außerdem habe ich es geschworen*. Das behielt Fia lieber für sich.

„Entschuldige Fia, aber das ist Quatsch. Tráigh Cottage ist ein *Haus*, nichts weiter."

„Besser du gehst jetzt. Ach, und Eins noch. Bist du gestern schon einmal hier herumgeschlichen?"

„Nein."

Die Tür fiel ins Schloss und die Angst traf Fia wie ein Faustschlag in den Magen. Das obere Ende der Treppe verschwand in der Dunkelheit. Seit Jahren hatte niemand einen Fuß in das baufällige Obergeschoss gesetzt. Fia kannte das Haus nur als Schandfleck, der Prunk früherer Jahre war längst abgefallen wie der Putz von den Wänden. Artair hatte es mit dem Cottage gekauft und sofort vergessen. Seit sie hier wohnten, hatte er nie einen Fuß in das Haus gesetzt. So hatten die Geschwister ihren Abenteuerspielplatz für sich. Fia stellte sich manchmal vor, wie es früher ausgesehen hatte. Ladies schwebten in märchenhaften Kleidern über die langen Flure, Lords saßen mit einem Drink am Kamin. Jetzt stand es verlassen in der Bucht wie ein Krebsgeschwür. Ein unschöner Fleck, der sich an den Eingeweiden festklammerte. *Zu gefährlich,* hatte Mum gesagt. Regen pladderte durch die Löcher im Dach, solange Fia denken konnte. Langsam fraß die Feuchtigkeit den alten Kasten auf. Dad kümmerte sich nicht darum.

Pei fiepte.

Was ist bloß los mit dir, Kleine? Hast du Groom da oben gewittert?

KAPITEL 5

Yellowbelly

Ich hörte sie reden und kroch tiefer in meinen Schlafsack. Der harte Fußboden unter mir tat weniger weh als das Bein. Um die pochenden Schmerzen zu unterdrücken, dachte ich an den Plan. Starr wie eine Leiche ging ich in Gedanken die einzelnen Schritte durch und lächelte. Menschen würden sterben und einer davon wohnte auf Tráigh Cottage.

Ein glühender Bolzen bohrte sich durch das Bein. Schweißperlen juckten auf der Stirn. Heute Morgen hatte ich Eiter in der Wunde entdeckt. *Hör auf zu zittern.* Jede Bewegung konnte mich verraten. Das Herrenhaus hatte seine Tücken. Es bewahrte Geheimnisse genauso zuverlässig wie eine alte Tratschtante.

Pei bellte. Der verdammte Hund musste als Erstes verschwinden. Sie brachte den sorgfältig ausgetüftelten Plan in Gefahr.

Eine Maus trippelte an der Wand entlang. Auf den Hinterpfoten sitzend beobachtete sie mich mit schillernden Knopfaugen. *Hau bloß ab. Mistvieh.*

Wann verschwanden die beiden endlich? Zur Ablenkung dachte ich an die nächsten Schritte. Fia Angst einjagen. Artair zur Weißglut bringen. Grinsend verfolgte ich durch das ausgefranste Loch im Dach die dahinjagenden Wolken. Das Vorgeplänkel war wichtig für das große Finale.

Aus dem Erdgeschoss kam ein weiteres Bellen. Ich fühlte mich wie ein Gefangener und hasste es. Der Hund stand mir im Weg. Das hitzige Gerede unten glich dem Geplapper der Clique von früher. Ich gehörte nicht zum Club. Schon damals war ich in der Dorfclique der ewige Außenseiter und schaute den anderen beim Spielen zu. Sie ignorierten mich, bis Bonnie in mein Leben trat. Mit ihr änderte sich alles. Ich liebte sie vom ersten Moment an.

Isle of Skye, 1975

Wie so oft saß ich allein in der Ecke, während der Rest im Kreis auf dem Boden hockte und Himmel und Hölle spielte. Auf dem Dachboden des Schafstalls hatten wir damals unser Geheimversteck und normalerweise kam niemand hierher. Im Sommer verwandelte sich der Boden in einen Backofen und im Winter hielten wir es nur mit Wolldecken aus. Als ich Bonnie zum ersten Mal sah, roch es im ganzen Stall nach nasser Wolle.

„Hey, kommt runter und sagt Hallo zu der Neuen.“

Scotty zuckte zusammen und zerriss vor Schreck das sorgfältig gefaltete Spiel. Die Stimme seines Vaters klang rau und herrisch, ich hörte sie bis heute und dasselbe flaue Gefühl in der Magengegend stellte sich ein.

„Dad? Welche Neue?“ Auf allen vieren krabbelte Scotty zur Treppe und sah hinunter. Die Schafe nahmen keine Notiz von ihm. Stinkend kauten sie weiter ihr Heu und blökten sich gegenseitig an.

„Jetzt komm gefälligst runter! Wird's bald!“

Wie eine Spinne in ihrem Netz kletterte Scotty die Leiter hinunter und sprang die letzten drei Stufen. Aus meiner Ecke sah ich Scottys Dad nicht. Mir reichte seine Stimme. Genau wie im Klassenzimmer verschaffte er sich Respekt, aber niemand mochte Bhreac Hill.

„Das ist Bonnie, sie ist neu im Dorf und ihr werdet euch um sie kümmern, verstanden?“

„Ja Dad.“

Gespannt starrte ich auf die Dachbodenluke. Ein Mädchen. Mädchen hatten mich bis jetzt kaum interessiert. Entweder steckten sie ihre Köpfe zusammen und tuschelten oder sie sagten gemeine Sachen. Vor allem schien es sie nur im Rudel zu geben. Bis auf Evaine hatte niemand im Dorf den Mumm, Scotty und seinem Busenfreund Artair die Stirn zu bieten.

„Hey!“ Finley kam zu mir hinüber. „Glotz da nicht so hin. Die Neue gehört uns, klar?“

Anstatt einer schlagfertigen Antwort stierte ich in der Gegend herum wie die Schafe unten im Stall. Er trat gegen mein Schienbein und mir schossen Tränen in die Augen. Mit beiden Händen umklammerte ich den Unterschenkel und schämte mich. Jeder andere hätte die Zähne zusammengebissen, anstatt loszuheulen.

„Weichei." Er setzte sich wieder zu den anderen und zuckte mit den Schultern. „Du bist so ein Yellowbelly."

Die Stufen der Holzleiter knackten. Scotty kam zurück und hinter ihm kletterte das schönste Wesen die Treppe hinauf, was ich je im Leben gesehen hatte. Zuerst sah ich ihre blonden Haare. An den dünnen Armen hingen Freundschaftsbänder und überhaupt wirkte Bonnie zierlich. So als würde sie jeden Moment kaputt gehen. Geflochtene Zöpfe fielen auf ihren Rücken und die staksigen Beine steckten in einer zerrissenen kurzen Hose. Ich fand sie nicht einmal hübsch, aber sie faszinierte mich auf eine seltsame Art und Weise. Artair half ihr über die Kante.

„Hey." Bonnie stand in der Mitte des Dachbodens und wand sich wie ein gefangener Fisch. „Wie geht's?"

„Hey." Artair streckte ihr die Hand hin und zog sie wieder zurück. Mit flammend rotem Gesicht sah er auf seine Schuhspitzen. Die anderen starrten sie an wie ein Schaf mit rosa Wolle. Keiner wusste, was er mit dem dürren seltsamen Mädchen anfangen sollte. Niemand, bis auf Artair.

„Wo kommste denn her?"

„Aus Oban."

„Und was machste dann hier in dieser Einöde?"

„Was weiß ich. Hab ich mir nicht ausgesucht. Was macht ihr so den ganzen Tag?"

„Kennst du Himmel und Hölle?"

„Klar, bin ja nicht blöd."

„Dann los."

Sie setzten sich wieder im Kreis auf den Boden und keiner beachtete mich. Artair hielt ihr das Spiel hin und lächelte. Mit Sicherheit würde Bonnie in der Hölle landen. Ich sah es an seinem spöttischen Grinsen.

Sie drehte mir den Rücken zu und ich konnte mich an ihren Zöpfen nicht sattsehen. In meinem Bauch kribbelte es. Ein Gefühl, was ich nicht kannte. *Was ist bloß los mit mir? Sie ist dürr und ich mag keine Sommersprossen.* Dennoch glänzten ihre Haare und auf eine seltsame Weise verteilte sich dieser Glanz auf dem ganzen Dachboden. Die Kartons wirkten nicht mehr verstaubt, sondern geheimnisvoll und faszinierend. Trotz des Regenwetters fühlte sich mein Gesicht heiß an.

„Stopp."

„Tja."

Ich hatte es gewusst.

„Hölle."

„Und jetzt?"

„Jetzt musst du machen, was wir dir sagen." Artair kicherte und in diesem Moment hasste ich ihn zum ersten Mal. Meine Wangen brannten.

Bonnie schniefte und richtete ihren Oberkörper auf. „Ach ja? Muss ich das?"

„Ja, so sind die Regeln."

„Das sind blöde Regeln."

„Wenn du unsere Regeln blöd findest, dann geh doch. Brauchst aber auch nicht wiederkommen."

Scotty und Finley kicherten. Ich kroch tiefer in meine Ecke und zog die Knie eng an den Körper. Bonnie tat mir leid. Sie seufzte. Artair konnte furchtbar gemein werden.

„Also, was soll ich machen?"

„Bist du schon mal auf einem Schaf geritten?"

„So was Blödes macht ihr?" Bonnies Augen weiteten sich.

Artair stand auf und sah auf die Neue herab. „Wenn du den Mumm nicht hast, Pech gehabt."

„Wer sagt denn, dass ich Angst habe?“ Bonnie erhob sich ebenfalls und stemmte die Hände in die Hüften.

Scotty lachte. „Mädchen können so was eh nicht.“

„Wer sagt das?“ Zum ersten Mal, seit Scottys Vater gerufen hatte, sah sie zu mir.

Mein Herz schlug schneller und ich bekam kaum Luft. Ihre Augen erinnerten mich an den See oben in den Bergen. Dunkelblau und geheimnisvoll.

Sie nickte mir zu. „Und was ist mit dir? Glaubst du auch, dass ich zu feige bin? Wie heißt du überhaupt?“

Ich schluckte. Hinter meiner Stirn pochte es. „Äh … ich glaube …“

Artair bog sich vor Lachen. „Unser Yellowbelly hat seinen Namen vergessen. Hört euch das an!“

„Was soll das?“ Bonnie musterte mich und mein Feuermal brannte.

Ich kam mir vor wie ein fetter hässlicher Troll. Mit Sicherheit hatte sie es gesehen und fand es widerlich.

„Hör zu. Vergiss ihn. Wenn du zu uns gehören willst, spielst du nach unseren Regeln, klar?“

Bonnie grinste und ging einen Schritt auf Artair zu. „Okay, ich reite euer blödes Schaf. Morgen Nacht. Aber ich entscheide, mit wem ich rede und mit wem nicht. Das sind *meine* Regeln, klar?“

Ihr Mut beeindruckte mich. Jeder in der Clique vermied es, Artair herauszufordern. Größer und stärker als die anderen gewann er immer. Außerdem sah er am besten aus und selbst wenn er mal in Schwierigkeiten geriet, wand er sich mit seinem Charme wieder heraus wie ein Aal. Am liebsten wäre ich aufgesprungen und hätte Bonnie gewarnt. Mit funkelnden Augen und zusammengepressten Lippen starrte sie ihn an. Wie festgeklebt blieb ich in meiner Ecke sitzen und sah zu.

„*Deine* Regeln? Vergiss es, Kleine. So dürr wie du bist, hältst du dich eh keine zwei Sekunden auf dem Vieh."

„Werden wir ja sehen." Bonnie reckte ihr Kinn in die Höhe. „Also? Morgen Nacht?"

„Abgemacht. Komm, dann kannst du deiner Niederlage schon mal ins Gesicht sehen." Grinsend wandte sich Artair zur Treppe. „Keine zwei Sekunden."

Die Clique folgte ihm und sie kletterten nacheinander nach unten. Mich vergaßen sie. Stumm blieb ich in der Ecke sitzen. Johlend rannten sie durch den Schafstall. Panisch galoppierten die Tiere gegen die Wände ihres Verschlags, ich hörte es rumsen und blöken.

Was für ein Mädchen. Alles an ihr kam mir feenhaft vor. Obwohl die anderen längst weg waren, raste mein Herz.

Damals kannte ich das seltsame Gefühl nicht. Heute wusste ich es besser. An jenem verregneten Abend auf dem Dachboden fing alles an. Ich hatte keine Chance. Ein Mädchen wie Bonnie ignorierte Waschlappen wie mich.

Du bist so ein Yellowbelly. Finley hatte recht. Ich war ein Angsthase, nichts weiter. Das hatte jetzt ein Ende. Im Verstecken hatte ich Übung. Jahrelanges Training zahlte sich aus. So blieb ich unsichtbar. Bis zum großen Finale.

Der Gedanke daran kribbelte in meinem Brustkorb. Lächelnd schlief ich ein. Heute Nacht wartete Groom in den Bergen. Wir hatten Zeit.

„Ich komm ja gleich!“

Jemand lief im Laden herum, Fia hörte die Schritte auf dem Dielenboden. Dad bereitete die *Heather* für die Fahrt vor und sie kümmerte sich so lange um die Kunden. Ein Job, den sie normalerweise mochte. Heute sah sie alle zwei Minuten auf die Uhr und staunte darüber, wie wenig Zeit vergangen war. Während sie am Computer sinnlos auf der Tastatur herumklickte, dachte sie an Evaine und das seltsame Gespräch. Nichts davon ergab einen Sinn. Hoffentlich konnte Sinann etwas damit anfangen.

„Entschuldigung?“

Das klang ungeduldig und Fia schob den Schreibtischstuhl zurück. Im Laden wartete ein Ehepaar, er trommelte mit den Fingern auf die Theke, während sie ein Souvenir nach dem anderen unter die Lupe nahm.

„Was soll das denn kosten?“ Grinsend hielt sie Fia eine Seehundfigur hin.

„10 Pfund 50.“

„Ach du liebe Zeit.“ Schnell stellte sie die Figur wieder ins Regal.

Er räusperte sich und beugte sich über den Tresen. „Wir würden gerne eine Bootsfahrt machen.“

„Wir bieten verschiedene Touren an. Möchten Sie eine kurze oder eine längere Tour buchen?" Fia schlug das Buch auf und klickte auf den Kugelschreiber.

„Ja, also, ich weiß nicht ... Schatz?" Er sah zu ihr und hob hilflos die Hände.

„Na ja, wir bieten eine Tour über drei Stunden und über eine Stunde an. Es kommt darauf an, wie viel Sie sehen möchten. Ob mit oder ohne die Inseln."

„Ich dachte, Sie empfehlen mir da was."

Die Frau steckte die Postkarte wieder in den Ständer und rückte sich ihre Sonnenbrille zurecht. „Schatz, ich hab's ja gleich gesagt. Wir hätten gegenüber fragen sollen."

„Du glaubst auch wirklich alles, was du im Internet liest, oder?"

„Schlechte Bewertungen sind nun mal schlechte Bewertungen."

Fia legte den Kugelschreiber beiseite und seufzte. Die beiden würden nichts buchen, selbst wenn sie ihnen ein Einhorn am See versprechen würde. „Unsere beliebteste Tour dauert etwa drei Stunden. Wir bringen Sie zum See. Unterwegs können sie Seehunde und andere Wildtiere sehen. Auf der Rückfahrt spendieren wir Ihnen einen Kaffee oder Tee auf dem Boot, ganz wie Sie möchten. Glauben Sie mir, mein Vater kennt sich hier aus wie kein Zweiter. Er kann Ihnen eine Menge Geschichten erzählen."

„Aha und was soll das Ganze kosten?"

Fia kannte ihre Antwort schon, bevor sie den Preis genannt hatte. „40 Pfund."

„Wir überlegen uns das noch mal. Irgendwoher müssen die Bewertungen ja kommen. Komm Schatz."

Händchenhaltend verließ das Paar den Laden und Fia sah, wie sie draußen direkt auf Scott zusteuerten.

Schlechte Bewertungen. In ihrem kleinen Büro klemmte sie sich wieder hinter den Bildschirm und scrollte durch das Internet. Es stimmte. *Niddry Tours* hatte drei Sterne verloren, während Scott bei den Kunden gut abschnitt. Fia konnte nicht glauben, was sie las.

> Unfreundlich. Die Tour hat mir nicht gefallen, bis auf den See. Mit seiner miesen Laune hat das Personal alles verdorben. Nie wieder. (Helmut S. aus Frankfurt)

> Kein zweites Mal. Wir hätten eine schöne Tour haben können, wäre das Personal nicht so mies drauf gewesen. Schade. (Petra und Conny K. aus Essen)

> Wir waren das zweite Mal mit Niddry Tours unterwegs und diesmal wurden wir bitter enttäuscht. Für das schlechte Wetter konnte niemand etwas, aber ein paar freundliche Worte hätten alles aufgehellt. Außerdem war der Kaffee an Bord kalt. So hat es keinen Spaß gemacht. (Ian und Hailey aus Glasgow)

Fia stürmte nach draußen, wo Dad zusammengesunken im Führerhaus der *Heather* saß und mit leerem Blick aufs Meer stierte.

„Dad!“ Fia achtete nicht auf die Kunden, die schon auf den Bänken saßen und sie ansahen, während sie über die Reling ins Boot kletterte. Dad reagierte nicht, als sie sich in das Führerhaus quetschte und die Tür hinter sich zuwarf. „Wir müssen reden.“

„Schon wieder? Was ist es diesmal?“ Er drehte sich nicht einmal zu Fia um.

„Hast du dir mal unsere Bewertungen durchgelesen?“

„Hä? Was für Bewertungen?“

„Im Internet!“

„Interessiert mich nicht im Geringsten.“

„Aber du fährst alles gegen die Wand!“

„Und?“

„Ist dir das denn völlig egal?“

„Ehrlich gesagt, ja. Zur Not verschenke ich Tráigh Cottage und diese verdammte Firma. Ich will hier nur noch weg.“

„Das kann nicht dein Ernst sein.“

„Und ob.“

„Und wovon soll ich dann leben? Dad, das hier ist doch ...“ Verzweifelt suchte Fia nach den richtigen Worten, fand aber keine. Es ging hier um mehr als nur eine Firma. Schon ihr Großvater hatte von dem gelebt, was der Atlantik zu bieten hatte. Wie alle in der Familie. Eine Tradition, auf die jeder MacNiddry stolz war. Früher kam sich Fia vor wie ein Hobbit, der *schon immer in Beutelsend unter dem Berg gelebt hatte*. Wegzugehen kam nicht infrage.

„Das hier ist was?“

Hoffentlich hört uns niemand da draußen. „Es ist mein Leben und du wirfst es einfach weg.“

„Stell dich nicht so an. Du wirst etwas Neues finden, genau wie deine Schwester. Wir müssen jetzt los. Die Gäste warten.“

„Du vergraulst ja sowieso alle.“ Aus dem Augenwinkel sah sie, wie ein Pärchen schnaubend aufstand. „Sag ich doch.“ Mit Tränen in den Augen zog Fia die Tür wieder zu und kletterte zurück an den Anleger.

„Komm Schatz, wir machen die Tour ein anderes Mal“, sagte der junge Mann entrüstet und seine Partnerin nickte zustimmend. Beide trugen schwere Wanderrucksäcke und stützten sich auf Walking-Stöcke.

Fia half ihnen zurück an Land.

„Tut mir leid, aber so habe ich keine Lust. Ich weiß ja nicht, wie Sie sonst mit ihren Kunden umgehen, aber Sie sollten daran unbedingt etwas ändern. Das Geld können Sie behalten. Komm Schatz.“

Händchenhaltend stapften sie in Richtung Parkplatz. Ihre Rucksäcke hüpften mit jedem Schritt. Blubbernd startete der Motor der *Heather* und die anderen tuckerten los.

Fia sah dem Boot nach. Vier Leute. Dabei passten mindestens zwanzig auf die Bänke. *Sie werden eine schlechte Bewertung schreiben und ich kann es ihnen nicht einmal verübeln.* Sie hatten ja recht. Niemand hielt es lange mit Dad aus. Ihr eigener Frust verbesserte die Situation ebenfalls nicht.

Zurück im Büro sank sie hinter den Schreibtisch und schluckte. Die Zeit schien still zu stehen und draußen vor dem Fenster lief eine Probe für irgendein Theaterstück. Statisten rannten hin und her, Schauspieler probierten ihre Kostüme an, die aus dicken roten Rettungswesten bestanden. *Ich kenne hier jedes Staubkorn.* Es war nicht fair. Sein eigenes Leben durfte Dad gern zerstören. *Für meins werde ich kämpfen.* Ein helles Pling kam aus dem Computer und Fia öffnete das E-Mail-Postfach. Absagen. Jeden Tag kamen mindestens fünf, die per Telefon nicht mitgezählt.

„Verdammt noch mal!“ Das Plastik knackte, als Fia die Computermaus auf den Tisch knallte. Der zitternde Cursor blieb am Rand des Bildschirms hängen und Fia sah ihn durch einen Tränenschleier hindurch doppelt. Wie sollte sie gegen jemanden kämpfen, der vom Schlachtfeld floh? Dad hatte längst aufgegeben. Tráigh Cottage und die Firma. Genauso wie seine Töchter.

Die Ladentür öffnete sich und Fia wischte sich die Tränen ab. Sobald der Kunde wieder gegangen war, würde sie im Netz nach einem Psychiater für Dad suchen, obwohl es nichts bringen würde. Dad hielt sich nie an Absprachen. In einer Dokumentation hatte sie einmal einen Beitrag über Depressionen gesehen. Mit Sicherheit litt Dad an so etwas. Sein Desinteresse passte dazu, soweit Fia sich erinnerte. In Broadford gab es ein Krankenhaus und hoffentlich einen Psychiater.

Fia wischte sich erneut über das Gesicht und betrat den Verkaufsraum. „Scott! Was machst du denn hier?" Einen Onkel wie ihn hatte sie sich immer gewünscht.

„Hey Fia. Ich habe gesehen, dass dein Vater gerade rausgefahren ist und ich wollte … ist alles in Ordnung?"

Es brachte nichts, ihm etwas vorzuspielen. „Nein."

„Dein Vater?"

Fia nickte und Scott legte den Arm um sie. Sein Pullover roch nach Salz. Unter dem derben Wollstoff seines Seemannspullovers verbarg sich ein guter Zuhörer. Früher, als er und Artair noch befreundet waren, verbrachte Scott seine Abende oft auf Tráigh Cottage. *Das ist vorbei. Wie so vieles andere.*

„Wenn das so weitergeht, fährt der Idiot alles gegen die Wand. Warum wehrst du dich nicht?"

„Wie denn?"

Scott schob Fia ein Stück von sich weg und sah sie an. „Kleines, seit wann kuschst du vor deinem Vater?"

„Das ist es nicht. Er will Tráigh Cottage verkaufen und außerdem ... außerdem schleicht jemand nachts in der Bucht herum. Pei ist so komisch.“ Weinend klammerte sie sich an Scott. „Ronna meldet sich nicht, Dad ist ... ich fühl mich so allein! Wenn Dad Tráigh Cottage wirklich verkauft, dann habe ich gar nichts mehr.“

„Langsam. Eins nach dem anderen.“ Scott streichelte ihr mit seinen Pranken über den Kopf. Obwohl sie sich rau und rissig von der harten Arbeit anfühlten, tat seine Wärme gut.

„Erstmal, wer kauft denn schon eine alte Hütte in einer einsamen Bucht?“

„Das hat Sinann auch gesagt.“

„Und sie hat recht damit. Überleg doch mal. Du wirst sehen, bald stehst du hier hinter dem Tresen und fährst scharenweise Touristen zu den Inseln. Wirst schon sehen.“

Fia glaubte zwar kein Wort von dem, was Scott sagte, aber sie fror nicht länger. Das Hämmern in ihrer Brust ließ nach.

„Wie kommst du denn darauf, dass jemand bei euch herumschleicht?“ Scott setzte sich auf den Besucherstuhl. Er knarrte unter seinem Gewicht. Abwartend spielte er mit seiner Mütze.

Fia erzählte ihm von Peis seltsamen Verhalten und Evaine.

„Hm, das klingt in der Tat merkwürdig, aber mach dich nicht verrückt. Wer weiß, vielleicht schleicht Evaine ja schon seit Tagen in der Bucht herum. Bislang habe ich sie eigentlich für ganz vernünftig gehalten. So kann man sich irren.“

„Neulich im Bistro haben ein paar Touristen über einen Penner geredet.“

„Da würde ich nichts drauf geben. Hier rennen genug schräge Vögel rum. Vielleicht ein Rucksacktourist auf dem Weg zum See. Ein Student oder so."

„Ja vielleicht." Fia spielte mit einer Postkarte. „Ronna meldet sich auch nicht. Schon seit Tagen nicht."

„Sie wird zu tun haben. Sieh nicht so schwarz. Für *Niddry Tours* solltest du allerdings etwas tun, sonst kommt bald gar keiner mehr."

„Ich weiß. Was wolltest du eigentlich?"

„Oh, ähm, ach ja. Hör mal, Arran ist krank und ich bräuchte jemanden, der für ihn einspringt. Wie wär's?"

„Dad bringt mich um."

„Das wird er nicht. Dafür werde ich schon sorgen. Also? Was ist jetzt?"

„Ich bin dabei."

„Danke. Ich wusste auf dich ist Verlass." Scott tippte sich an die Mütze und verließ den Laden. An der Tür blieb er stehen. „Ach ja. Eins noch. Rede mit Evaine. Ich kann mir gut vorstellen, dass sie die Wahrheit in Bezug auf Artair sagt."

Schnaubend verschränkte Fia die Arme vor dem Oberkörper. „Sie hat sich seit Jahren nicht gemeldet. Warum jetzt? Was soll das?"

Scott lachte. „Manchmal bist du so stur wie dein Dad. Rede mit ihr." Seine Mütze schwenkend verließ er den Laden.

KAPITEL 6

Das alte Herrenhaus

Evaine? Was soll das denn? Die spinnt ja."

Fia sah aus dem Fenster. Das Herrenhaus schälte sich als schwarzes Ungetüm aus der Finsternis. Sie sah keine Gestalt. Niemanden, der um die überwucherten Mauern herumschlich. Stumm und düster trotzte der alte Kasten dem Regen. „Dad hat sie angeblich vertrieben und mit einer Flasche beworfen."

Sinann beugte sich über den Tisch. „Echt? Eine Flasche? Ich meine, ich weiß ja, dass er gemein werden kann, aber das ... ich weiß nicht." Sie verzog den Mund zu einem schiefen Grinsen.

„Siehst du, so geht es mir auch." Fia verzog das Gesicht. „Wenn ich ihm allerdings erzähle, dass ich bei Scott aushelfen soll, wer weiß."

„Na, jedenfalls wäre damit klar, wer sich nachts in der Bucht herumgetrieben hat."

„Nicht ganz." Fia rührte in ihrem Tee. „In der ersten Nacht sah die Gestalt eher aus wie ein Mann. Kräftiger irgendwie und Evaine war nur einmal da, wie sie sagt."

„Es war dunkel. Das hast du selbst gesagt. Woher willst du wissen, dass es ein Mann war? Außerdem, wer weiß. Vielleicht lügt sie ja."

„Nur so ein Gefühl."

„Du und deine Gefühle." Sinann trank ihren Tee aus und knallte die Tasse auf den Tisch. „Weißt du was? Wir übernachten heute da drüben." Mit einem Kopfnicken deutete sie aus dem Fenster. „Wenn sich da wirklich jemand herumtreibt, verjagen wir ihn."

„Wie denn?"

„Wozu haben wir Pei?" Die Hündin sah kurz auf und bettete ihr Gesicht wieder zwischen den Pfoten. Sinann beugte sich hinunter und streichelte sie. „Abgemacht? Komm schon, ein Abenteuer, wie früher. Jetzt hab dich nicht so."

Erneut sah Fia zum Haus. Nichts rührte sich. Bretter verdeckten die kaputten Fenster. Lose Steine lagen im Gras. Eine dicke Kette verrammelte die schwere Eingangstür. Fia wärmte sich an ihrer Tasse. Der Sommer hatte sich längst verabschiedet und mittlerweile kühlte es nachts empfindlich ab. Immer öfter drängte sich die See weit in die Bucht. Der Winter streckte seine Fühler aus. Schon in ein paar Wochen würde sie hier mit Dad festsitzen. Teilweise ohne Verbindung zum Dorf.

„Fia?"

Sie zuckte zusammen. „Na gut. Aber sobald sich irgendwas rührt, rufen wir die Polizei."

Beide sahen auf, als die Haustür zu knallte.

Dad. Sie erkannte ihn an seinen schlurfenden Schritten und dem käsigen Geruch.

Mit schlammverkrusteten Gummistiefeln betrat er die Küche und sah abwechselnd von Fia zu Sinann. Seine Augen waren gerötet.

„Habt ihr im Bistro nichts zu tun?“

„Ich freue mich auch, Sie zu sehen, Mr. MacNiddry.“

Sinann gehörte seit der Grundschule zur Familie und das *Sie* klang abwertend aus ihrem Mund. An den zusammengepressten Lippen erkannte Fia die unterdrückte Wut ihrer Freundin.

Artair antwortete nicht. Wortlos stapfte er zum Kühlschrank und inspizierte den Inhalt. Schnaubend knallte er die Tür wieder zu. „Was gibt's zum Abendbrot?“

„Ich bin nicht deine Dienstmagd.“ Fia hielt die Luft an. Allein wegen Sinann traute sie sich. Normalerweise hätte sie den Mund gehalten und angefangen zu kochen.

„Wie bitte?“ Artair schnappte nach Luft wie ein Fisch im Netz.

Fia schluckte und schwieg. Sinann räusperte sich.

„Du bist nicht ... ich sag dir, was du bist.“ Mit jedem Wort färbte sich Artairs rotes Gesicht eine Nuance dunkler. „Du bist meine Tochter und das heißt“, er zeigte mit dem Finger auf sie, „das heißt, dass du auf mich hörst. Kapiert?“ Er lachte gurgelnd und Fia sank auf ihrem Stuhl in sich zusammen. „Kapiert? Du willst hier alles übernehmen? Dass ich nicht lache. Nicht mal eine anständige Mahlzeit kriegst du hin.“ Erneut öffnete er den Kühlschrank und nahm sich eine Dose Bier heraus. Das Lachen verwandelte sich in ein heiseres Husten, als er in den Flur schlurfte. Mit einem Knall fiel die Tür ins Schloss.

Erst jetzt bemerkte Fia ihre schwitzigen Handflächen. Schnell wischte sie sich die Hände an der Jeans ab.

„Boah, wie hältst du das nur aus?“ Sinann beobachtete Artair durch das Fenster. In Schlangenlinien wankte er Richtung *Heather*. Dort bunkerte er einen weiteren Biervorrat.

„Meistens schläft er auf dem Boot oder er treibt sich irgendwo rum. So oft sehe ich ihn also gar nicht und wenn, gehe ich ihm aus dem Weg. Noch Tee?"

Sinann nickte und schob ihre Tasse über den Tisch. „Im Winter wirst du ihm nicht aus dem Weg gehen können."

Die Teekanne in Fias Hand zitterte leicht. „Ich hab ja dich. Wenn er durchdreht, komm ich zu dir."

„Falls es nicht stürmt. Ehrlich Fia, ich mache mir Sorgen. Dein Dad tickt ja nicht mehr richtig und dann die Geschichte mit Evaine ... sei bitte vorsichtig."

Mit einem Nicken stellte Fia die Kanne ab. „Wir sollten Tee mitnehmen. Da drüben wird es nachts eiskalt."

Sorge schimmerte in Sinanns Augen. Sie trank einen Schluck und sah Fia über den Tassenrand hinweg an. „Du bist vorsichtig, ja?"

„Ja doch. Wir brauchen Decken und was Heißes zum Trinken. Vielleicht sollten wir auch Whisky mitnehmen."

„Okay. Ziehen wir es durch." Sinann stand auf und schniefte. „Wer immer sich da rumtreibt ist heute Nacht fällig, stimmt's Pei?"

Hechelnd sprang die Hündin auf und bellte. Mit leuchtenden Augen sah sie Fia an. *Das heißt dann wohl ja.* „Schlafsäcke sind auf dem Dachboden."

„Oh Mann, du hast es zwar gesagt, aber hier friert man sich ja sonst was ab." Sinann steckte bis zur Nasenspitze in ihrem Schlafsack. „Funktioniert eigentlich der alte Kamin noch?"

„Keine Ahnung.“ Eingewickelt wie eine Raupe in ihren Kokon sah Fia ständig zu Pei, die schlafend vor der Treppe lag. Egal, wie oft sie rief, die Hündin rührte sich nicht. Genau wie letztes Mal stand sie wie festgenagelt vor der untersten Treppenstufe und starrte nach oben. Sobald Fia das Halsband nahm, um sie wegzuziehen, knurrte sie. Fia hatte schließlich aufgegeben und sich stattdessen in ihren Schlafsack gekuschelt. Unter den dicken Socken schienen ihre Füße in einem Eisklotz zu stecken und die Gänsehaut hielt sich hartnäckig. Fia hörte Sinanns Reißverschluss und drehte sich auf den Rücken.

„Probieren wir es aus, bevor wir erfrieren.“

Fia setzte sich auf. „Ich kann sowieso nicht schlafen. Du etwa?“

„Ne.“ Sinann krabbelte aus ihrem Schlafsack und stapelte Holz auf der Feuerstelle. „Früher kam mir das alles hier irgendwie gemütlicher vor. Warum genau frieren wir uns noch mal unseren königlichen Hintern ab?“

„Stell dich nicht so an. Seit wann bist du denn so zimperlich? Außerdem war es *deine* Idee.“

„Komm schon.“ Mit zitternden Fingern hielt Sinann die Flamme des Feuerzeugs gegen ein Holzscheit. „Geh an.“

„Der war seit Jahren nicht an. Vielleicht hätten wir doch lieber im Haus bleiben sollen. Wahrscheinlich bringt das Ganze sowieso nichts.“

„Seit wann bist du denn so negativ?“

„Seit hier alles aus dem Ruder läuft. Wundert dich das etwa?“ Mit einem spöttischen Lächeln beobachtete Fia Sinanns verzweifelte Versuche, ein Feuer anzuzünden. Es würde genauso viel bringen wie das Festklammern an einer Zukunft, die es nicht mehr gab.

„Jetzt warte doch erstmal ab. Ich könnte mir vorstellen, dass sich niemand ernsthaft für Tráigh Cottage interessiert. Es liegt einfach zu weit ab vom Schuss. Außerdem hat sich bislang noch niemand für eine Besichtigung blicken lassen, oder? Und der mysteriöse Fremde ... mit Sicherheit war es Evaine, was immer sie sich zusammenspinnt. Außerdem liebt dich dein Dad."

„Ach ja?"

„Warum hat er wohl dein Geburtsdatum als Code für den Safe genommen?"

„Weil ihm nichts Besseres eingefallen ist. Also ich würde Tráigh Cottage sofort kaufen."

„Ja, du vielleicht. Ich würde lieber ... Oh Gott!" Hustend rutschte Sinann nach hinten und hielt sich die Hand vor den Mund. Dichter Qualm waberte aus dem Kamin und Pei sprang bellend auf. „Raus hier. Na los, komm!"

Sinann sprintete zur Tür und Fia zerrte die stinkenden Holzscheite auseinander. Der Qualm brannte in den Augen und im Hals. Schnell folgte sie ihrer Freundin nach draußen. Pei winselte und schoss zwischen ihren Beinen hindurch aus der Tür.

Hustend atmete Fia die kalte salzige Luft ein. „Tja. Das war wohl nichts."

„Ne. Shit."

„Und jetzt? Ziehen wir das durch oder gehen wir wieder ins Cottage?"

Sinann zuckte mit den Schultern. „Packen wir uns halt richtig ein. Früher haben wir schließlich auch irgendwie überlebt, oder?"

„Stimmt." Fia nickte. „Aber frischer Tee wäre schon schön."

„Weichei."

„Selber. Wer hätte denn mit seinem Feuer beinahe die Hütte abgefackelt. Du oder ich?"

„Ich bin halt kein Mammut und lebe in einer Eishöhle."

Fia lachte und fühlte sich ein bisschen besser. Ihre Angst verlor sich in der Weite der Bucht. Das Meer glitzerte und die schroffen Inseln sahen aus wie willkürlich verteilte Kleckse, die ein kleines Kind getuscht hatte. Was immer da draußen lauerte, trat für einen Moment in den Hintergrund.

Auf der *Heather* brannte Licht, Dad konnte also genauswenig schlafen wie sie. *Mit Sicherheit bilde ich mir das alles ein und niemand treibt sich in der Bucht herum.* Selbst Groom schien sich verkrochen zu haben.

„Na los, komm. Lass uns schnell Tee kochen."

Sinann nickte und nebeneinander trotteten sie Richtung Wohnhaus.

Pei stürmte zurück, ohne auf Fia zu achten. „Sie benimmt sich echt komisch, oder?"

„Wer? Pei? Ja, übrigens frieren wir uns deswegen unseren königlichen Hintern ab. Irgendwas stimmt nicht da draußen und ich will wissen, was. Außerdem war das Ganze deine Idee."

Sinann vergrub ihr Kinn im Kragen ihrer Jacke. „Ja. Leider." Sie sah auf ihre Uhr und stöhnte. „Nicht mal zwei. Wir müssen also noch mindestens vier Stunden durchhalten."

Grinsend schloss Fia die Haustür auf. „Weichei."

Ich biss in mein Kissen, um den Hustenreiz zu unterdrücken. Rauch quoll durch die Ritzen in den alten Holzbohlen und brannte in der Kehle.

Sei still. Steif lag ich auf der Isomatte und presste das Gesicht in den muffigen Stoff. Sie durften mich auf keinen Fall hören, mein ganzer schöner Plan hing davon ab. Vor allem der verdammte Hund nervte. Wie früher Rag folgte sie ihnen überall hin und schnüffelte herum.

Unten hörte ich Stimmengewirr, es klang leicht panisch und ich kicherte lautlos in das Kissen. *Selbst schuld.* Hoffentlich verschwanden die Mädchen jetzt ins Haus. Mittlerweile tat mir vom steifen Liegen alles weh und ich wollte mich wenigstens kurz umdrehen. Für meinen Plan brauchte ich Bewegungsfreiheit und keinen Köter, der seine Nase überall hineinsteckte. Pei störte gewaltig. Dieses kleine Detail war mir entgangen und das nervte. Ich hätte es wissen müssen. Ohne Wachhund lief hier draußen gar nichts.

Diesmal war es nicht der Rauch, der in meinem Hals kratzte. Die Wunde an der Wade brannte, als hätte jemand Brennnesseln darum gewickelt. Endlich. Die Tür schlug zu und ich streckte mich. Der brennende Schmerz ließ langsam nach und jetzt konnte ich mir vorstellen, wie sich ein Patient im Gipsbett fühlen musste.

Die Schritte entfernten sich vom alten Herrenhaus und ich krabbelte auf allen vieren zu der schmalen Luke. Das Treppenhaus zu benutzen, erschien mir zu riskant. Verbiss sich der Hund einmal, gab sie nicht so schnell auf. Mit Sicherheit lag sie noch vor der Treppe und lauerte. Ein Verhalten, was ich von Rag kannte.

Auf dem Dachboden fühlte ich mich unbeobachtet. Auf meinen Streifzügen versteckte ich alles in einem alten Koffer. Niemand würde es bemerken. Genau wie jetzt.

Etwas quiekte. Hier oben hatten sich bis vor Kurzem höchstens Ratten und Mäuse herumgetrieben. Nachts kamen sie aus ihren Löchern und nervten. Ich sah die kleinen Schnurrhaare zittern, während sie um meine Isomatte herum trippelten, kurz vor dem Angriff. *Hinterhältige Viecher*. Früher hatten wir sie oft im Haus gehabt und ich musste sie töten. Jedes Mal. *Ekelhaft*.

Ich schielte aus der Luke zum Wohnhaus hinüber und atmete auf, als endlich das Licht in der Küche anging. Mit einem Seufzer streckte ich meine Beine und setzte mich auf. *Gehen oder bleiben?* Ich wusste es nicht. Mit Sicherheit kamen die Mädchen zurück. Bei dem Gedanken daran, weitere fünf Stunden wie eine lebensgroße Puppe dazuliegen, spürte ich einen dumpfen Schmerz im Rücken. Außerdem war mein Teevorrat aufgebraucht. Eine Stippvisite in der Küche konnte nicht schaden und ich brauchte dringend Antibiotika.

Möglichst leise rollte ich den Schlafsack und die Isomatte zusammen. Beides verschwand im Koffer.

Das Ungetüm lag mit Sicherheit schon ein halbes Jahrhundert hier. Eine Staubwolke wirbelte auf, als ich den Deckel schloss. Mit knurrendem Magen schob ich mich wie eine Robbe rückwärts über die Kante und schnappte mir die Regenablaufkette. Seit Jahren baumelte sie hier herum ohne irgendeinen Sinn. Quietschend schlug das lose Ende gegen die Mauer. Blätter raschelten unter mir. Sie wehten durch das löchrige Dach herein und verfaulten. Keiner der Bewohner von Tráigh Cottage schien sich für das Herrenhaus verantwortlich zu fühlen. Es zerfiel, langsam, aber unaufhaltsam wie ein von Karies zerfressener Zahn.

Für einen Moment übertönte das Knurren in meinen Magen das Quietschen der Kette. Irgendwann würde sie mit Sicherheit abreißen. *Wenn ich sie verstärke, werden sie es merken. Es geht nicht.* Mit einem Keuchen landete ich im Gras und meine Beine gaben unter mir nach. Gegen die Wand gedrückt wartete ich.

Die Bucht hörte sich an wie immer. Der ewig wütende Atlantik und der heulende Wind. Keine Schritte oder Stimmen. Im Cottage brannte weiterhin Licht. Schatten huschten hinter dem Fenster entlang.

Bei dem Gedanken an ein kühles Bier und einen Snack nistete sich ein flaues Gefühl in meinem Magen ein. Mir wurde schwindelig und ich drückte mich enger gegen die kalten Steine.

Endlich hörte ich die Mädchen. Eine Tür schlug zu. Wo war Pei? Langsam schlich ich an der Wand entlang vorwärts. Die Bucht lag da wie ein schlafender Delfin. Teils schlummernd, auf der anderen Seite hellwach und bereit, sich zu verteidigen. Es konnte losgehen. Heute Nacht in das Herrenhaus zurückzukehren, kam mir zu riskant vor. Pei hatte mich gerochen. Irgendwann würden die Mädchen das Obergeschoss kontrollieren. Im alten Vorratskeller war es zumindest trocken.

Mein Mantel schabte an den rauen Steinen. *Beeilung.* Schnell huschte ich dicht an den Felsen entlang in Richtung Cottage. Eiskalter Wind riss mir die Kapuze von Kopf. Erst im verwilderten Garten hielt ich an und duckte mich hinter eine zerfallene Mauer.

Schade. Früher glich das Labyrinth aus Mauerresten einem kleinen Paradies. Zwischen den Steinen blühten üppige Rhododendren. In den Beeten wuchsen Salatköpfe, Bohnen, Kartoffeln und Kürbisse. Mittlerweile hatte das Unkraut die Kräuterspirale unter sich begraben. Es roch nicht mehr nach Minze, Lavendel und Thymian. Stattdessen schien ein muffiger Geruch aus den Ritzen in den Mauern zu strömen. Vor allem über dem kleinen Teich lag ein Teppich aus Verwesung.

Hör auf zu träumen. Jetzt oder nie. Ich rannte los und ignorierte meinen brennenden Knöchel. Es gab keine glücklichen Zeiten mehr auf Tráigh Cottage.

KAPITEL 7

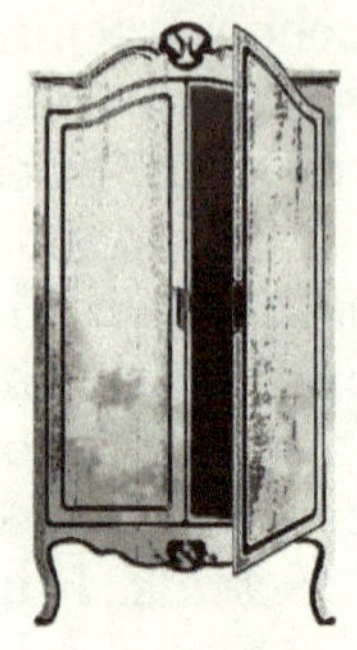

Peigi

„Guten Morgen.“ Fia streckte sich und gähnte. Ihr Rücken pochte und die Füße fühlten sich taub an. Graues Licht sickerte zwischen den Brettern hindurch. Es stank weiterhin nach Rauch. Pei lag an derselben Stelle. Aufmerksam beobachtete sie die Treppe.

Sinann grummelte und drehte sich auf die andere Seite. Mit einem Ruck setzte sie sich auf und rieb sich die Augen. „Ich weiß nicht, wie es dir geht, aber ich kann mich kaum bewegen. Verflucht, ist das kalt.“

Fia nickte. „Wie wäre es mit einem Tee und Frühstück?“

Ihre Freundin verzog den Mund. „Du, sei mir nicht böse, aber ...“

„Schon gut. Dad steht zwar vor fünf nicht auf, aber ich verstehe schon.“

Sinann sah auf ihre Uhr und gähnte. „Okay, aber sobald sich auf der *Heather* etwas rührt, bin ich weg. Sorry.“

Anstatt zu antworten, schälte sich Fia aus ihrem Schlafsack. Eine Armee beißender Ameisen schien über ihre Beine zu krabbeln. Steif schlurfte sie zu Pei. „Hey, altes Mädchen, wie wäre es mit einem Frühstück?"

Die Hündin rührte sich nicht und ließ die Treppe nicht aus den Augen.

„Jetzt reicht es mir aber." Sinanns Schlafsack raschelte. „Ich geh da jetzt hoch." Ohne eine Antwort abzuwarten, stapfte sie nach oben. Pei sprang auf und raste bellend hinterher.

„Hey, wartet mal!" An einigen Stellen war der Boden schon vor Jahren abgesackt. Ein falscher Tritt und Sinann würde per Express wieder im Erdgeschoss landen. Fia sprintete die Stufen hinauf und prallte gegen ihre Freundin, die bewegungslos im Flur stand. Am anderen Ende bellte Pei die Luke an.

„Da geht's zum Dachboden, oder?" Sinann räusperte sich und zeigte mit dem Finger auf die Klappe.

„Ja. Beweg dich bloß nicht. Da oben war seit Jahren niemand mehr." Fia ließ ihren Blick über die verschlossenen Türen wandern.

Dahinter lagen die ehemaligen Schlafzimmer. Möbel gab es kaum noch. In den meisten Räumen befand sich nichts, außer Dreck und Gerümpel. Wie die Badezimmer aussahen, wusste Fia nicht. Der Boden hatte schon damals nachgegeben. Seitdem traute sie sich nicht mehr.

„Dann wird's Zeit. Los komm. Wie kriegen wir die verdammte Luke auf?"

Fia zuckte mit den Schultern. „Keine Ahnung. Wie schon gesagt, da oben war seit Jahren niemand mehr."

Pei sprang hin und her und bellte. Sabber tropfte auf den staubigen Boden.

„Irgendwo muss doch hier ein Vorratsraum oder sowas sein."

„Ja, da hinten.“ Mit ausgestrecktem Arm zeigte Fia auf eine unscheinbare Holztür in der hintersten Ecke.

Sinann marschierte darauf zu und verschwand in dem düsteren Kabuff.

Fia hörte, wie sie Kram durch die Gegend schob. Holz kratzte auf den Dielen. Zwischendurch hustete sie. Als etwas Schweres polternd auf den Boden fiel, bellte Pei lauter.

„Na also!“ Grinsend kam Sinann wieder zum Vorschein und hielt den Stockhaken in die Höhe. „Das sollte funktionieren.“

„Lass mich.“ Fia nahm ihrer Freundin die Stange aus der Hand. „Ein paar Balken da oben könnten morsch sein.“ Sie musste dreimal zielen, bevor sie den Haken erwischte. Staub rieselte durch die Ritzen. Es rumpelte und die Klappe krachte nach unten.

„Vorsicht!“ Sinann sprang zur Seite und riss Fia mit. Pei jaulte und wich zurück. Keuchend starrten alle drei auf die Leiter, die wie ein Fallbeil heruntergekommen war.

„Wow. Das war knapp. Ladies first.“ Sinann ließ Fia los und sah auf das schwarze Loch. Ihr Gesicht schimmerte blass in der Dunkelheit. Staub bedeckte ihre Schultern.

Knurrend drängte sich Pei zwischen Fia und die Leiter. Mit angelegten Ohren warf sie sich mit ihrem ganzen Gewicht dazwischen und Fia stolperte keuchend zurück. Die Hündin wog zwanzig Kilogramm und konnte jemanden umwerfen, wenn sie es darauf anlegte. Bellend schnappte sie in die Luft. Fia hörte, wie die Zähne aufeinanderschlugen.

„Pei! Schluss jetzt!“ Mit einem Ruck packte sie das Halsband und schob die tobende Pei Richtung

Sinann. „Du musst sie so lange festhalten, sonst wird das hier nichts.“

Die Freundin nickte und drückte die Hündin gegen ihre Beine. „Beeil dich und sei vorsichtig.“

Fia biss sich auf die Lippen und legte die Hände auf die erste Stufe. Außer ihrem pochenden Herzen und Sinanns flachem Atem herrschte Stille. Selbst Pei verstummte. Kein einziges Geräusch kam von da oben. Dämmerlicht fiel durch die Löcher im Dach. Das Holz knarrte unter Fias Gewicht. Ihre Beine zitterten. Holzwürmer hatten die Leiter mit Sicherheit im Laufe der Jahre zerfressen. Aus dieser Höhe würde sie sich etwas brechen. Schluckend kletterte sie weiter. Ein glühender Schmerz schoss durch ihre Wade.

„Pei!“ Sinanns Stimme schien aus weiter Ferne zu kommen. Fias Beine gaben nach und sie prallte mit dem Rücken zuerst auf den Boden. Weinend umklammerte sie ihren Unterschenkel. Blut sickerte durch den Jeansstoff.

„Shit!“ Sinann beugte sich zu ihr hinunter. „Damit musst du zum Arzt.“

Weinend starrte Fia auf Pei, die mit gebleckten Zähnen und steil aufgestellter Rute sprungbereit vor ihr stand. Sie sah aus wie ein bösartiger Klon und Fia verstand gar nichts mehr. In den ganzen Jahren hatte Pei nie gebissen. Höchstens gewarnt.

„Was ist bloß los mit ihr?“ Sinann zog Fia hoch.

„Es geht schon.“ Fia hielt sich an der Leiter fest. Ihr war übel und die Wade fühlte sich heiß an und pochte. Der Schmerz in ihrem Rücken nahm ihr die Luft zum Atmen.

„Red keinen Stuss. Du brauchst Antibiotika, sonst entzündet sich alles. Außerdem siehst du aus wie eine Leiche.“

„Was ist mit Pei?“ Magensäure schoss in Fias Hals.

„Das ist doch jetzt wirklich mal egal. Ich bringe dich auf der Stelle zum Arzt.“

„Warum schläft Artair eigentlich auf der *Heather* und nicht im Haus? Kannst du bitte mal aufhören, hier herumzuhumpeln? Ich mach das schon. Setzen.“ Seit einer Stunde stiftete Sinann Chaos in der Küche.

„Was weiß ich. Er tickt eben nicht richtig.“ Stöhnend ließ sich Fia auf einen Stuhl fallen. Das Bein streckte sie weit von sich. Trotz der Schmerzmittel pochte und brannte der Unterschenkel. Wenigstens hatten die Ärzte sie wieder nach Hause geschickt.

Sinann nahm die pfeifende Kanne von der Herdplatte und stellte sie auf den Tisch. Auf der anderen Platte brutzelten Speck und Ei. „Na ja, das ist ja ehrlich gesagt nichts Neues. Gut, dass er schon weg ist. Er hätte dich bestimmt nicht zum Arzt gefahren.“

„Dad darf das nicht wissen.“

„Wie bitte willst du das denn geheim halten?“ Mit einem Blick deutete Sinann auf die Krücken, die in der Ecke lehnten.

„Keine Ahnung, aber Dad wird Pei erschießen, sobald er es erfährt.“ Erneut schossen Fia Tränen in die Augen.

„Weißt du was? Ich rufe Mum an und hole ein paar Sachen von zu Hause. Die nächsten Tage bleibe ich erstmal hier. Wann warst du eigentlich das letzte Mal einkaufen?“

Am liebsten wäre Fia aufgesprungen und hätte Sinann umarmt. Sofort schossen brennende Schmerzen durch ihr Bein und sie blieb stattdessen lächelnd sitzen. „Danke. Das ist lieb. Kann Blair denn auf dich verzichten? Einkaufen? Wieso?“

„Das wird sie müssen.“ Sinann schaufelte sich Rührei auf den Teller und setzte sich wieder. „Na ja, weil der Kühlschrank fast leer ist.“

„Das kann nicht sein.“

„Doch. Das waren die letzten Eier, der letzte Speck und Bier ist auch keins mehr da. Ich schätze, das wird Artair nicht gefallen.“

„Was? Ich hab doch gerade erst eingekauft!“ Mit einem Schlag kehrte das mulmige Gefühl zurück. Evaine hatte sich sicher nicht an ihren Vorräten bedient. Artair würde ausrasten und ihr die Schuld geben. Schlich doch ein Fremder durch die Bucht und was wollte er?

„Keine Angst, ich bringe nachher was mit. Hat sich Ronna eigentlich mittlerweile gemeldet?“

„Nein.“ Konzentriert starrte Fia an Sinann vorbei. Sie wollte nicht über ihre Schwester reden.

Seit Tagen wartete sie auf eine Nachricht. Erst gestern hatte sie versucht, Ronna zu erreichen. Außer der Mailbox ging niemand ans Telefon und genervt hatte sie es aufgegeben. *Warum meldet sie sich nicht? Bin ich die Einzige, die sich für die Zukunft von Tráigh Cottage interessiert?*

„Fia?“

„Äh, ja? Was?“ Sie zuckte zusammen und schob ihren leeren Teller von sich. Der heiße Tee wärmte sie von innen, aber bei dem Gedanken an fettigen Speck kehrte die Übelkeit zurück. Außerdem ging ihr der Eindringling nicht aus dem Kopf. „Sorry. Ich habe nur kurz nachgedacht.“

„Schon klar. Ronna. Wir müssen jetzt nicht darüber reden. Sie wird sich schon melden. Vielleicht solltest du ein bisschen schlafen, während ich mein Zeug hole.“

„Ja klar.“ *Würde ihr etwas an mir liegen, hätte sie längst angerufen. Spätestens, als ich ihr von dem seltsamen Fremden erzählt habe.*

Sinann stopfte den Rest Rührei in sich hinein. „Na komm. Ich bringe dich nach oben.“ Sie stand auf und legte eine Hand auf Fias Schulter. „Es reicht, wenn du dir Gedanken über deinen Dad und Pei machen musst. Ronna ist schon groß und kann auf sich selbst aufpassen.“

„Ich muss Scott anrufen.“

„Scott? Wieso?“ Sinann stützte Fia, die sich am Küchentisch festkrallte.

„Er hat mich gefragt, ob ich für Arran einspringe.“

„Daraus wird wohl erstmal nichts.“

Gemeinsam kämpften sie sich durch den Flur die Treppe hinauf. Es dauerte und auf der Hälfte brauchte Fia eine Pause. Schwer atmend stützte sie sich auf das Geländer. „Ich wüsste wirklich gern, was in sie gefahren ist.“

Pei hatte sich im Wohnzimmer in der hintersten Ecke verkrochen. Den ganzen Vormittag hatte sie sich nicht von der Stelle gerührt.

„Bevor du fährst, kannst du sie rausbringen? Ich will sie nicht im Haus haben. Nicht heute.“

„Klar. Komm, wird Zeit, dass du ins Bett kommst.“ Sinann trug Fia halb die Stufen hinauf und bugsierte sie in ihr Zimmer. Mit zusammengebissenen Zähnen sank Fia auf die Matratze.

„So.“ Sinann schüttelte das Kissen auf und half Fia aus der engen Jeans. „Brauchst du noch etwas? Fia?“ Sie folgte dem Blick ihrer Freundin und erstarrte. „Shit. Was soll das denn?“

Groom. Er hing am Kleiderschrank. Schnell hingekritzelt wie eine Kinderzeichnung. Schwarze Striche sollten die brennenden Hörner darstellen. Jemand *war* hier gewesen.

Mit einem Ruck riss Sinann das Papier ab und zerknüllte es. Lautlos landete es neben dem Schreibtisch. Eine Papierkugel, herausgerissen aus einem gewöhnlichen Karoblock.

Schwitzend stützte sich Fia auf die Ellenbogen und sah ihre Freundin mit großen Augen an. Ihr Blick flackerte. „Lass uns bitte zu Evaine fahren."

„Jetzt?"

„Ja, jetzt."

„Du brauchst aber Ruhe. Das da ... ich meine ..."

„Das da heißt, jemand hat sich hier hereingeschlichen, während wir drüben waren."

„Damit solltest du zur Polizei gehen. Evaine hat sie zwar nicht mehr alle, aber ... eine Ziege?" Sinann sah auf die zerknüllte Kugel. „Vielleicht hätte ich das nicht anfassen sollen. Sag mal, weiß eigentlich, außer mir, noch jemand von Groom?"

„Nur Mum wusste es und Ronna natürlich."

„Okay." Sinann faltete die Jeans und legte sie auf den Schreibtischstuhl. „Jetzt wird erstmal geschlafen. Pei hält so lange Wache und ich bin so schnell wie möglich wieder da. Die Antibiotika sind alle."

Obwohl die Wunde brannte und ihre Beine zitterten, wollte Fia nicht schlafen. Erneut sah sie zu der zerknüllten Zeichnung. Bei dem Gedanken daran, allein hier zu liegen, wurde ihr übel. „Alle? Das kann nicht sein. Wir haben immer was hier. Hast du auch richtig gesucht?"

„Ja doch. Offenbar hat der Eindringling nicht nur Hunger. Trotzdem. Du schläfst jetzt ne Runde und ich fahr schnell in die Stadt." Sinann drückte Fias Oberkörper zurück auf das Kissen. „Ich beeil mich."

„Kannst du das", Fia zeigte auf die Zeichnung, „bitte wegschmeißen?" Sie schluckte das ungute Gefühl herunter. Keine Minute wollte sie heute allein in diesem Haus verbringen und selbst Pei konnte daran nichts ändern.

KAPITEL 8

Das Foto

Evaine wohnte auf einer Farm hinter der Kirche. Schon von Weitem hörte Fia das Blöken der Schafe. Wegen der Übelkeit hatte sie das Fenster einen Spalt heruntergedreht. Immer wieder sah Sinann besorgt zu ihr hinüber. Von dem stetigen Pochen in ihrem Bein erzählt sie lieber nichts. Genauso sagte sie kein Wort über Dad. Am Telefon hatte er Fia zusammengebrüllt. Was Sinann im Cottage zu suchen hatte und wie lange sie ihnen auf den Keks gehen wollte. Seitdem betrat er das Haus nicht mehr. Nicht einmal zum Essen erschien er. Zwar hatte sich Fia eine Geschichte überlegt, aber Dad glaubte ihr kein Wort. Sie hörte es an seinem spöttischen Gelächter. *An einem Nagel hängengeblieben? Vielleicht sollte ich den räudigen Köter doch erschießen.* Damit hatte er aufgelegt. Den ganzen Tag über dachte sie an Pei und Dad.

„Was, wenn er Pei wirklich erschießt?“

Sinann bog in die Auffahrt. „Traust du ihm das wirklich zu?“ Langsam lenkte sie den Wagen den kiesbedeckten Weg hinauf. Ruckartig zog sie an der Handbremse. Sie klang wie ein rostiges Katapult.

„Ja, das ist ja das Schlimme."

Ein Knäuel aus Schafen drängelte sich in die hinterste Ecke der Weide. Mit ihren schwarzen Gesichtern erinnerten sie Fia an Groom. Die lackschwarzen Kulleraugen sahen ihrer Meinung nach dämonisch aus. Sie mochte die scheuen Tiere nicht. Im Regen stanken sie und vor allem die Böcke wehrten sich, wenn Fia ihnen aus Versehen zu nahekam.

Auf einem Bein kletterte Fia aus dem Auto und hoppelte los.

„Jetzt warte doch mal." Sinann flitzte um den Wagen herum wie ein Läufer kurz vor dem Ziel. Fluchend angelte sie die Krücken aus dem Kofferraum und gab sie Fia. „Mach langsam! Du siehst immer noch ziemlich blass aus und wenn du mich fragst, ist das hier keine gute Idee."

„Ich muss es aber wissen."

„Glaubst du wirklich, Evaine schleicht sich nachts ins Cottage und hängt irgendwelche Zeichnungen auf?"

„Eigentlich nicht."

„Na also und jetzt mach bitte langsamer."

Schmerzen an den Handballen bremsten Fia ohnehin und sie humpelte gemächlicher. Kies knirschte unter ihren Stiefeln, während sie dem Weg folgten. Die Farm lag fast genauso einsam wie Tráigh Cottage, aber hier gab es eine Straße. Fia sah Evaine schon von Weitem. Ihre rote Wollmütze wirkte wie ein Leuchtturm. Die Hunde rührten sich nicht von der Stelle, obwohl sie Fia und Sinann kommen hörten. Keine Sekunde ließen sie die aufgeregte Herde aus den Augen. Wie ausgestopft lagen sie platt auf dem Boden, während sich Evaine sich im Slalom durch die blökenden Tiere kämpfte.

„Hey!“ Schon der kurze Weg vom Auto zur Weide brachte Fia ins Schwitzen.

„Hey!“ Evaine ließ das strampelnde Tier laufen und es schoss zwischen die anderen. Panisch wichen die übrigen Schafe aus und rannten sich dabei gegenseitig um. „Komm rüber. Ignorier das Chaos einfach.“

„Wieso sind sie nicht auf der Weide?“

Evaine wischte sich ihre Hände an der fleckigen Jeans ab und kam zu Fia. „Der Tierarzt kommt heute. Apropos, was hast du denn gemacht?“ Sie sah auf die Krücken.

„Da würde ich auch flüchten. Pei hat mich gebissen.“ Fia setzte sich auf die bröckelige Mauer und beobachtete die beiden Border Collies. Die absolute Konzentration und Treue der Hunde faszinierte sie. Wie Klammeraffen hielten sie den chaotischen Wollhaufen zusammen. Evaine sah ebenfalls hinüber.

„Gebissen? Wie bitte? Pei?“

„Ja, ich verstehe es auch nicht. Ich glaube, sie ... ach keine Ahnung.“

„Du siehst müde aus. Und blass. Sie war neulich schon so komisch, im alten Haus. Sah für mich aus, als hätte sie jemanden gerochen oder gehört.“

„Mag sein.“ Fia spürte Sinanns erstaunten Blick. Genau wie neulich bekam sie vor Wut kaum Luft. Auf der Fahrt hatte sie sich vorgenommen, die Vergangenheit auszublenden. Jetzt konnte sie wieder an nichts anderes als Evaines eisiges Schweigen von damals denken.

„Was ist eigentlich los?“ Evaine richtete sich auf und stemmte die Hände in die Hüften.

„Nichts, ich bin einfach nur müde, das ist alles.“

„Ach Mensch. Ich würde euch ja gerne hereinbitten, aber der Tierarzt könnte jeden Moment kommen. Außerdem ist mein Neffe zu Besuch. Es sieht etwas ... wild aus." Sie grinste schief.

„Dein Neffe?" Von einer Schwester oder einem Bruder hatte Mum nie erzählt. Ein rotgepunktetes Schaf rannte blökend in Richtung Tor und Iomhar, einer der beiden Hunde, schoss ohne Aufforderung hinterher. Mit hängender Zunge holte er das Tier ein und trieb es zurück.

Evaine beobachtete den Hütehund und kramte eine Pfeife aus ihrer Jackentasche. „Ja, er zeichnet für sein Leben gern. Vor allem Tiere. Jay liebt Tiere. Torcall! Iomhar! Go left!"

„Auch Ziegen?" Sinann trat einen Schritt näher an die Mauer heran.

„Wie bitte? Wieso Ziegen?" Evaine steckte die Pfeife in den Mund und pfiff. Torcall und Iomhar umrundeten die Schafe im Affenzahn.

„Nur so." Fia verlagerte ihr Gewicht auf das rechte Bein. Ein scharfkantiger loser Stein pikste ihr in den Oberschenkel. Sofort bereute sie es und schnappte nach Luft.

„Er liebt alle Tiere." Evaine beobachtete die Hunde.

„Warum ist er dann nicht hier draußen bei den Schafen?"

„Mittagsschlaf."

„Aha. Du hast neulich gesagt, du wolltest mit mir reden. Bitte, hier bin ich. Also?" Jeansstoff klebte auf der brennenden Wunde und Fia sehnte sich nach ihrem Bett.

„Du bist immer noch sauer. Schade. Hör mal, es ist mir ein bisschen unangenehm, aber ich würde dich trotzdem gerne etwas fragen." Evaine steckte die Pfeife zurück in die Tasche. Torcall lag wieder an seinem Platz und die Schafe drängten sich ängstlich in einer Ecke der Koppel zusammen.

„Schieß los."

„Es gibt da ein bestimmtes Bild. Ein Foto von früher."

„Ja und?" Fia trat gegen ihre Krücken. Die nassen Mauersteine durchweichten langsam ihre Jeans und taten beim Sitzen weh.

„Das Bild ... dein Dad hat es."

„Kapier ich jetzt nicht. Was habe ich damit zu tun?"

„Ich hätte es gerne wieder."

„Wie wieder?"

„Na ja. Er hat es mir geklaut, vor vielen Jahren. Ich habe dir doch erzählt, dass er eine Flasche nach mir geworfen hat?"

„Ja." Es gelang Fia immer noch nicht, sich ihren Dad als gewalttätigen Rowdy und obendrauf als Dieb vorzustellen.

„Ich wollte das Bild holen. Es gehört ihm nicht und es ist das Letzte, was mir von Bonnie geblieben ist."

„Evaine, es muss doch mehr Fotos von euch geben."

„Nein woher denn?" Sie schüttelte den Kopf. „Wir hatten damals noch keine Handys."

Manchmal vergaß Fia, wie oft sie heute Selfies an Sinann oder Ronna schickte. Ein Leben ohne TikTok und WhatsApp konnte sie sich kaum vorstellen. „Okay, aber meinst du nicht, ihr solltet das lieber unter euch klären? Ehrlich, ich will keinen Ärger und außerdem hänge ich auch an Mums Sachen. Genauso wie Dad, schätze ich."

„Du hältst mich jetzt bestimmt für dreist."

Fia nickte. „Ehrlich gesagt, ja."

Sinann atmete hörbar ein, schwieg aber.

Schnaufend kletterte Evaine über die Mauer. „Damals kam der Fotograf in die Schule. Dieses eine Mal. Bonnie hat mir das Bild dann später zum Geburtstag geschenkt. Wir haben ihn bezirzt, ein Foto nur von uns beiden zu machen. Umsonst. “

„Sah er wenigstens gut aus?“

„Wir waren noch Kinder, damals. Keine Ahnung. Jedenfalls hätte ich das Bild gern zurück und dein Dad wird es mir nicht geben. Nicht freiwillig.“

„Ich soll es also klauen?“ Bei dem Gedanken daran, in seinem Schlafzimmer herumzuwühlen, wuchs ein Kloß in Fias Hals. Dad hatte sie bislang nicht geschlagen, aber in diesem Fall würde er sich eine besondere Strafe ausdenken. „Evaine, das kann ich nicht. Klärt das unter euch. Er wird dich schon nicht erschlagen.“

„Bitte. Torcall! Iomhar! Hierher!“ Wie zwei Kanonenkugeln schossen die Hunde herbei und blieben aufmerksam neben Evaine sitzen. Seufzend kraulte sie den schwarz-weißen Iomhar am Kinn. „Ich weiß nicht, wen ich sonst fragen soll. Bitte.“

„Ich kann dir wirklich nichts versprechen. Warum ausgerechnet jetzt?“

„Versuch es wenigstens. Na ja, jetzt wo dein Vater Tráigh Cottage verkaufen will. Ich hab einfach Angst nichts mehr zu haben, verstehst du?“

„Woher weißt du das?“

Evaine ließ den Hund los und er robbte fiepend näher an ihr Bein. „Tut mir leid. Das ganze Dorf redet seit Tagen über nichts anderes mehr. Maisie hat die Annonce wohl in der Zeitung gelesen.“

„Wer auch sonst. Wie war Dad eigentlich früher?“

„Na ja.“ Evaine lehnte sich gegen die Mauer und verschränkte die Arme vor der Brust. „Netter auf jeden Fall. Anders.“

„Ich kann ihn mir gar nicht jung vorstellen. Irgendetwas muss Mum ja an ihm gefunden haben."

Lächelnd vergrub Evaine ihre Hände wieder in Torcalls Fell. „Er sah gut aus, dein Vater. Außerdem war er unser Anführer. Niemand traute sich, ihm zu widersprechen außer Bonnie." Mit zusammengekniffenem Mund starrte Evaine auf das rote Halsband und ihre Augen flackerten. Sie verschwieg etwas.

„Mum? So mutig hätte ich sie gar nicht eingeschätzt." Vor allem erinnerte sich Fia an Bonnies Vorsicht. *Spielt nicht zu lange draußen. Passt auf den Fluss auf. Fallt nicht ins Wasser. Um acht seid ihr zu Hause*. „Na ja, wenn ich ehrlich bin, kannte ich sie ja kaum. Ich war gerade mal fünf."

„Ja, ich weiß. Doch, sie war mutig. Sehr sogar. Als ihr Kinder dann kamt, wollte sie euch einfach beschützen."

„Hat sie sich sofort in Dad verliebt?" Artair sprach nie über Mum. Sobald Fia das Thema ansprach, hatte er plötzlich etwas Wichtiges zu tun oder wurde wütend. „Wie haben sich die beiden eigentlich kennengelernt?"

Schweigend sah Evaine über die Schafe hinweg in die Ferne. Ihr Mundwinkel zuckte und sie kaute auf ihrer Unterlippe.

„Egal. Apropos Bild. Jemand hat ein Bild an meinen Kleiderschrank gepinnt. Einen Ziegenkopf."

„Ja und? Was hab ich damit zu tun?" Evaine packte fester zu und Torcall fiepte vor Schmerz. Ruckartig ließ sie los. Anstatt zu Fia, sah sie auf ihre Stiefel. Als sie wieder aufsah, schimmerte Zorn in ihren Augen. „Jay schleicht sich bestimmt nicht nachts raus. Er ist fünf. Manchmal erinnerst du mich mit deinen Verschwörungstheorien wirklich an deinen Dad."

Bevor Fia eine passende Antwort entgegenschleudern konnte, knirschten Reifen über den Kies und ein schlammbespritzter SUV fuhr auf den Hof. Blökend drückten sich die Schafe gegen die Mauer.

„Da kommt Gregor, endlich.“ Aufatmend kramte Evaine die Pfeife wieder hervor. „Torcall! Iomhar! Auf geht's!“ Auf ihren Befehl hin schossen die Hunde davon und der Tierarzt kletterte aus dem Auto. „Sag Bescheid, wenn du das Bild gefunden hast, ja?“

„Wie ich schon sagte, klärt das unter euch.“ Fia stand auf. Wieder verheimlichte Evaine etwas vor ihr und stachelte damit ihren Zorn an.

„Komm. Lass uns gehen.“ Sie zupfte an Sinanns Ärmel und stützte sich wieder auf ihre Krücken. Mit gesenktem Kopf gingen sie an Gregor vorbei die Einfahrt hinunter. Die Hunde bellten und Fia dachte an Pei. „Ich erinnere sie an Dad. Die spinnt doch.“

Anstatt zu antworten, überlegte Sinann: „Deine Eltern, meine Eltern und Evaine, ich glaube, sie waren früher eine Clique. Ach ja, und Scott.“

„Wusstest du, das Evaine Geschwister hat?“

Sinann schüttelte den Kopf. „Nein. Witzig, dass der kleine Jay ausgerechnet Künstler werden will. Evaine lügt dir etwas vor, wenn du mich fragst. Und das mit dem Bild ist ja wohl dreist. Hoffentlich stolpert sie über ihre Schafe und verknackst sich den Fuß.“

„Ja, vielleicht sollte ich mal mit Scott reden.“

„Tu das.“ Am Auto blieben sie stehen und Sinann schloss die Beifahrertür auf.

Fia kletterte hinein und ließ sich in den Sitz fallen. Vorsichtig streckte sie ihr Bein und hielt die Luft an. Rote Punkte tanzten vor ihren Augen.

Sinann nahm ihr die Krücken ab und verstaute sie im Kofferraum. Als sie auf dem Fahrersitz Platz nahm, brachte sie eine Kältewolke mit. „Du gehörst wieder ins Bett.“

Fia nickte und widersprach nicht mehr.

Während Sinann konzentriert auf die steile Straße sah, zog Fia ihr Handy aus der Jackentasche.

Schwesterherz. Bitte. Wir müssen reden.
Hier ist der Teufel los. Melde dich.

Seit zwei Wochen wohnte Ronna jetzt in Dundee und bislang hatte sie nicht einmal angerufen oder wenigstens geschrieben. Diese Funkstille passte nicht zu ihr und Fia reichten die Sorgen um Dad, Pei, den Fremden und Tráigh Cottage. Im Kopf sah sie Ronna mit einem Weinglas in der Hand auf einem Bett sitzen. Neben ihr hockten aufgestylte Studenten, sie prosteten sich gegenseitig zu und kicherten albern dabei. Partys. Meldete sich Ronna deswegen nicht oder steckte sie in Schwierigkeiten?

„Fahr doch einfach mal hin.“

„Was? Wohin?“

„Na, zur Uni. In ein paar Tagen, wenn du wieder fit bist.“

„Klar, und bei Dad reiche ich einfach Urlaub ein, oder wie? Er hätte mich beinahe gelyncht, wegen der Sache mit dem Bein. Sinann, hier geht alles vor die Hunde. Ich kann jetzt nicht mal eben so nach Dundee fahren.“

„Warum denn nicht? Gerade weil hier alles vor die Hunde geht, wie du sagst. Ein bisschen Unterstützung wäre gar nicht schlecht. Ich fahr dich auch.“ Sinann konzentrierte sich wieder auf die Straße.

Autos schlängelten sich den Berg hinauf. Touristen, die von ihren Bootstouren zurückkehrten. Scotts

Kunden. So dumm klang Sinanns Idee plötzlich doch nicht. Einen Tag weg von Dad und den ganzen Problemen. Ändern konnte sie momentan ohnehin nichts. „Weißt du was? Warum nicht? Vielleicht kriege ich ja dann mal den Kopf frei."

„Na also." Sinann grinste und trat hart auf die Bremse. Ein Schaf trottete blökend über die Straße.

Fia lächelte ebenfalls. Ein paar Stunden in der Stadt schadeten nicht und sie brauchte jetzt ihre große Schwester. Erneut schielte sie auf das Display. Pei sah ihr aus feuchten braunen Augen entgegen, aber Ronna hatte sich wie immer nicht gemeldet. *Jeden Tag*. Deutlich, wie die Worte eines Stadionsprechers hörte sie Ronnas Stimme. *Versprochen*.

„Kannst du mir mal verraten, wie lange du hier noch rumliegen willst?" Dad stocherte in seinen Pilzen herum. „Und wenn du nicht endlich diesen Köter zum Schweigen bringst, erschieße ich sie doch noch."

Fia zuckte zusammen, als er seine Gabel auf den Teller pfefferte. „Pei ist kein Köter."

„Ach", Artair beugte sich über den Tisch und verengte seine Augen zu schmalen Schlitzen, „tatsächlich? Und warum hat sie dich dann gebissen?"

„Sie hat ..."

„Erzähl mir nichts. Sie hat dich gebissen. Du hast Schiss, das sehe ich doch. Deswegen werde ich sie erschießen. Gleich heute Abend."

„Verdammt noch mal, Mr. MacNiddry!" Sinann knallte den Pfannenwender in die Bratpfanne. Fett spritzte gegen die Fliesen. „Wann sind Sie eigentlich so ätzend geworden? Sie sehen doch, dass es Fia nicht gut geht!" Sie zeigte mit dem verschmierten Bratenwender auf Fias Bein.

Artairs Stuhl landete krachend auf dem Boden, als er aufstand. Schnaufend stützte er sich mit seinen Fäusten auf den Küchentisch. Sein flackernder Blick irrte zwischen Fia und Sinann hin und her. „Seit wann wohnst *du* hier eigentlich zur Untermiete? Macht zehn Pfund fünfzig pro Tag." Er streckte seine schwielige Hand aus.

„Ich helfe Ihrer Tochter, falls Sie es noch nicht bemerkt haben sollten. Ganz nebenbei mache ich *Ihnen* Frühstück." Mit verschränkten Armen lehnte Sinann an der Theke, ihr Gesicht leuchtete rot wie die untergehende Sonne.

„Was du nicht sagst."

„Lass Sinann in Ruhe. Es reicht, wenn du ätzend zu mir bist."

Artair ließ sich wieder auf seinen Stuhl fallen. „So bin ich das? Du kannst jederzeit ausziehen. Musst du bald sowieso. Mr. und Ms. Stevenson wirken sehr interessiert."

Der Geruch nach verbranntem Speck breitete sich in der Küche aus. Sinann rührte hektisch in der Pfanne. „Warum wollen Sie überhaupt verkaufen? Fia könnte alles übernehmen. Die Firma, das Cottage ... ich meine ..."

„Was du meinst, ist mir völlig egal. Der Speck! Pass doch auf!" Artair sprang auf und schubste Sinann beiseite.

„Dad!" Fia wollte aufspringen, aber die Wunde brannte.

„Super. Alles verbrannt. Ich denke, deine Eltern besitzen ein Bistro. Kochen müsstest du doch wenigstens können." Schwungvoll feuerte er die Pfanne in die Spüle und drehte den Wasserhahn auf. Dampf stieg auf.

Fia hustete und Sinann wedelte den stechenden Qualm beiseite.

„Das Wasser keine gute Idee ist, hätte ich Ihnen sagen können."

„Ich muss zur Arbeit. Einer muss sich ja um die Firma kümmern. Ach, und Pei wird die Woche nicht überleben." Artair stürmte in den Flur und riss seine Öljacke vom Haken. Als die Haustür mit einem Knall zufiel, blieb die Erleichterung aus. Die ganze Küche stank nach verbranntem Fett und angebrannten Bohnen.

„Es kommt doch sowieso niemand." Fia hörte, wie ihre Freundin nach Luft schnappte. „Tut mir leid. Alles okay?"

Sinann antwortete nicht. Stattdessen nahm sie die Pfanne und schabte den Speck in den Mülleimer. Ihre Schultern bebten dabei.

„Sinann ... es tut mir leid. Dad ist halt ..."

Mit der tropfenden Pfanne in der Hand fuhr Sinann herum. „Weißt du, Artair ist mir ehrlich gesagt völlig egal. Aber *du* nicht. Wie hältst du es hier bloß aus?"

Fia holte Luft, um zu antworten.

„Dazu dieser ominöse Fremde", fuhr Sinann dazwischen. „Echt Fia. Irgendwie forderst du dein Pech auch heraus. Hätte ich die Chance, würde ich sofort gehen. Nach Edinburgh oder Glasgow oder sonstwohin. Raus aus diesem Kaff. Ich meine, sieh dich doch mal um." Sinann zeigte auf das Fenster. „Was erwartet uns denn hier? Ich jedenfalls möchte nicht mein ganzes Leben Pommes servieren. Ich will studieren, die Welt entdecken so wie Ronna."

„Davon hast du nie etwas erzählt. Ich dachte, du wärst glücklich im Bistro?"

„Ach Fia, manchmal bist du ganz schön naiv. Da draußen gibt es mehr als nur Boote und eine schöne Landschaft. Du hast *Niddry Tours*. Ich habe nichts außer Pommes, und keine Chance auf einen guten Job. Ich will hier nicht versauern. Eines Tages bin ich hier weg."

Eine kleine Pelzkugel wuchs in Fias Magen. Was sollte sie hier ohne ihre beste Freundin? Im Gegensatz zu ihrer Schwester konnte sie sich nicht vorstellen, woanders zu leben. Sie würde für *ihre* Bucht kämpfen, notfalls allein. „Versteh mich doch. Ich will hier nicht weg. Wo soll ich denn hin? Die Bucht ist mein Zuhause."

„Tut mir leid." Sinann stellte die Pfanne auf die Theke und setzte sich. „Das war jetzt vielleicht ein bisschen ungerecht. Aber irgendwie ... ach Mann, es läuft alles aus dem Ruder. Ich habe einfach Angst um dich!" Sie rieb sich über das Gesicht. Im Gegensatz zu vorhin sah Sinann jetzt blass aus. „Dein Dad, er wirkt irgendwie ... gefährlich."

„Er ist immer noch mein Dad. Er wird mir nichts tun."

„Geh ihm wenigstens aus dem Weg, wenn du kannst."

„Übermorgen gehe ich mit Scott auf Tour. Vielleicht kriege ich den Kopf ein bisschen frei und kann ihn gleich mal nach der Clique fragen."

„Mach das, aber es wird sich nichts ändern. Lass uns zu Ronna fahren. Bald. Vielleicht hat sie ja eine Idee. Irgendwas stimmt hier nicht und ich werde das Gefühl nicht los, dass Artair etwas damit zu tun hat."

Diesmal schwieg Fia. Stattdessen sah sie aus dem Fenster über die Bucht.

Ein Teppich aus Diamanten schien auf dem Wasser zu liegen. Wie ein silbernes Band schlängelte sich der Fluss an den Felsen entlang.

Groom warf seinen Schatten über das Paradies. Er lauerte da draußen in der Finsternis der Black Cuillins.

Angst fraß sich in Fias Magen fest wie der Geruch nach verbrannten Bohnen in der Küche.

KAPITEL 9

Die Tour

Die ganze Atmosphäre fühlte sich anders an. Die Gäste auf der *Little Twin* plauderten und Scott wuselte lächelnd zwischen ihnen hindurch, für jeden hatte er eine kleine Anekdote. Mit seinem Tweedpullover und der Ölhose sah er aus wie jemand, der hierher gehörte. Ein Urgestein, dem die Leute gerne zuhörten. Außerdem war das Boot bis auf den letzten Platz besetzt. Scott lehnte sich gegen das Führerhaus und sah seine Gäste an.

„Alle bereit? Falls während der Fahrt etwas sein sollte, wenden Sie sich bitte vertrauensvoll an meine Kollegin. Halten Sie immer Ausschau nach den Finnen." Er zwinkerte ihr zu. „Dann kann's ja losgehen!" Grinsend verschwand er am Steuer und startete den Motor.

Wasser spuckend tuckerte die *Little Twin* Richtung Soay und die Gäste plauderten lauter.

Fia lehnte sich gegen den Türrahmen und schnappte Gesprächsfetzen auf. *Shark Station. Delfine.* Darauf freuten sie sich am meisten. *Sonnenuntergang*.

Vor einem Jahr hatte Scott die Abendtouren ins Leben gerufen und er verdiente einen Haufen Geld damit. Außerdem hatte er die *Explorer* angeschafft. Schnellboote, mit denen er die Gäste auf einem rasanten Ritt raus bis zur Insel Canna brachte.

Dad würde so etwas nicht einfallen. Veränderungen lagen ihm nicht. Er lebte eher nach einem anderen Motto. *Das haben wir schon immer so gemacht,* das sagte er ständig.

Scott winkte sie zu sich ins Führerhaus.

Humpelnd hangelte sich Fia an den Eisenstangen entlang und plumpste neben ihm auf die Bank.

„Na Kleines, was macht das Bein?“

Fia verzog das Gesicht. „Geht so. Tut noch weh, aber vor allem kann ich Pei nicht mehr in meiner Nähe haben. Ich scheuche sie immer weg, obwohl ich das gar nicht will.“

Scott nickte und beobachtete den Horizont. „Wer weiß, vielleicht wollte sie dich nur beschützen? Hast du darüber schon mal nachgedacht?“

„Vor dem Fremden?“ Ein paar Mal hatte sie überlegt, erneut auf den Dachboden zu klettern. Angst hielt sie davon ab. Jedes Mal drehte sie auf halbem Weg um. Groom schien im alten Herrenhaus zu lauern.

„Na“, Scott legte die *Little Twin* sanft in die Kurve, „ich meine, irgendwer scheint sich ja in der Bucht rumzutreiben. Die Geräusche, das Essen und Pei ... ich weiß nicht. Warum bleibst du nicht ein paar Tage bei Sinann? Jedenfalls, bis sich alles wieder beruhigt hat.“

Salzwasserfontänen spritzen gegen die Backbordseite und die Gäste duckten sich lachend. Einige hielten sich an ihrer Kamera fest, bereit für die Delfine. Dieses Jahr brauchten die Touristen Glück. Die Tiere ließen sich selten blicken.

Fia streifte ihren Gummistiefel ab und legte das verletzte Bein auf die Sitzfläche. „Das ändert doch auch nichts. Jemand muss ja auf Tráigh Cottage aufpassen. Ich war übrigens neulich bei Evaine. Ich hab sie nachts erwischt, an Mums Grab."

„Stimmt auch wieder." Die *Little Twin* hüpfte über eine Welle und Scott gab Gas. Blubbernd schipperten sie der Insel Rum entgegen. „Was soll das heißen, nachts?"

„Ich konnte nicht schlafen. Sie hat sich mitten in der Nacht heimlich zum Grab geschlichen, wegen Dad."

Möwen kreisten um das Boot. Einige Kameras klackten. Scott lächelte. Auf die Papageientaucher mussten sie noch eine halbe Stunde warten. „Und deswegen bist du zu ihr hin?"

„Ne. Jemand hat eine Zeichnung an meinen Schrank gepinnt. Einen Ziegenkopf. Ich dachte ..."

Scott zuckte kurz zusammen. „... du dachtest, Evaine hat was damit zu tun, wenn sie schon in der Bucht herumschleicht."

Fia nickte. „Genau. Aber jetzt will sie ein Foto. Von damals. Angeblich hat Dad es geklaut."

„Würde ich ihm zutrauen. Allerdings finde ich es nicht gut, dich dafür zu benutzen. So macht sie dich zur Diebin."

Flott durchpflügte die *Little Twin* den Atlantik und Fia ließ ihren Blick über das Cockpit schweifen. Auf der *Heather* sah alles kahl und nüchtern aus, hier hingen Fotos von Jack, Aileen und Emily. Scotts Familie. Der kleinen Emmy fehlte ein Zahn, frech lachte sie in die Kamera und Fia sah die Ähnlichkeit zu ihrem Dad sofort. „Sag mal, wie war das früher? Mit eurer Clique?"

„Was soll da gewesen sein?“

„Na ja, ihr wart doch auch schon in der Schule befreundet, oder? Wer war da noch so bei?“

„Wie kommst du denn auf einmal da drauf?“ Mit großen Augen drehte sich Scott zu Fia um.

„Nur so. Wir haben ein bisschen über Dad geredet. Wie er so war. Ich kenne ihn eigentlich nur noch als Ekel.“

„Er war ... na ja, sagen wir mal, nicht besonders nett. Damals schon nicht. Aber wir haben ihn akzeptiert, er war der Anführer.“

„Wer ist eigentlich wir?“

„Na, unsere Clique. Dein Dad, Finley, Evaine, ich ... und deine Mum.“

„Und was ist mit Blair?“

„Finley hat sie erst sehr viel später kennengelernt. Da war es schon ... egal. Hat Sinann dir das nicht erzählt?“ Scott schluckte hörbar und sein Blick klebte an den schroffen Felsen der Insel Rum. Umhüllt von Wolken zeichneten sie sich schwarz in der Ferne ab.

Sie schwiegen einen Moment und Fia hörte das Geplapper der Gäste erneut deutlicher. Kleine Wasserfontänen spritzten hin und wieder über die Bordwand und einige der Kinder juchzten. Genau wie vor einer Woche auf der Farm bei Evaine legte sich ein Schleier auf Scotts Gesicht. Beide behielten etwas für sich.

„Evaine sagte, Dad wäre früher netter gewesen.“

„Nicht wirklich. Weißt du, er wollte um jeden Preis bestimmen. Wie es den anderen dabei ging, war ihm eigentlich egal. Ich verstehe bis heute nicht, warum sich deine Mum ausgerechnet in ihn verliebt hat.“

Die *Little Twin* legte sich schwungvoll in die Kurve und Fia hielt sich automatisch am Geländer fest.

Der Wind riss das Gejohle der Gäste davon. Gleich kamen die Seehunde und Scott musste die Tiere ansagen. Dabei schossen unzählige Fragen durch Fias Kopf. *Bestimmen*, das klang nach Dad. Was sollte die Heimlichtuerei? „Na ja, vielleicht sogar aus Angst. Wer weiß das schon."

Scott nahm das Mikrofon und die Gelegenheit verflog. Rum kam langsam in Sicht und sie musste sich um die Gäste kümmern. Während er etwas über die Gewohnheiten der Papageientaucher erzählte, drosselte er den Motor und die *Little Twin* schaukelte plätschernd vor den Felsnischen auf und ab. Vögel flogen auf. In Schwärmen kamen sie aus ihren dunklen Verstecken.

Nach zehn Minuten lenkte Scott das Boot behutsam an der Steilküste entlang, bevor er in die Hafenbucht bog. Fia sah ihn an und er lächelte. „Wir setzen hier nur jemanden ab. Heute Abend nehmen wir die beiden wieder mit."

Mit tuckerndem Motor schmiegte sich die *Little Twin* an den schaukelnden Plastiksteg. Scott half dem jungen Paar beim Aussteigen und winkte zum Abschied. Gemächlich drehte er das Boot wieder Richtung Atlantik.

„Da!"

„Wow!"

„Da! Wieder! Wahnsinn!"

Fia fuhr herum. Eine Finne schob sich aus dem Wasser und ihr Herz schlug schneller. Jedes Mal, wenn sie Delfine sah, brannten Tränen in ihren Augen.

Eine Wasserfontäne schoss aus dem Blasloch des Tieres. Ein Zweiter sprang aus dem Wasser, begleitet vom Jauchzen der Gäste. Immer mehr tauchten auf. Schweigend manövrierte Scott das Boot in die Mitte der Bucht. Delfine flitzten unter der *Little Twin* hindurch und sprangen wie Flummis an die Oberfläche.

Lächelnd nickte Scott Fia zu. „Das nenn ich mal Glück."

Das Gejohle ebbte ab. Stille legte sich über das Boot. Worte würden die Magie zerstören. Außer dem Prusten der Delfine und dem Plätschern der Wellen hörte Fia nichts. Alle beobachteten die spielenden Tiere. Kein anderes Boot störte die Idylle.

Eine Träne tropfte auf ihre Jeans. So etwas hatte sie mit Dad in neunzehn Jahren nie erlebt. „Wow."

Während der ganzen Fahrt nach Canna gab es auf der *Little Twin* kein anderes Thema.

„Bitte steigen Sie vorsichtig aus und genießen Sie die Ruhe. Das Café liegt direkt geradeaus, Sie können es gar nicht verfehlen. In einer Stunde legen wir wieder ab. Seien Sie pünktlich und lassen Sie sich ein Bier schmecken. Das ist hier auf Canna besonders lecker."

Fia positionierte sich an der Treppe und half den Älteren beim Aussteigen. Innerlich schmunzelte sie, hier lebten nicht einmal eine Handvoll Menschen und Ruhe beschrieb die totale Einsamkeit nicht annähernd. Gegen Canna wirkte Tráigh Cottage wie ein Supermarkt kurz vor Feierabend.

„Danke. Wirklich schön hier." Bewaffnet mit Fotoapparat und Walkingstöcken kletterte die alte Dame aus dem Boot und die *Little Twin* geriet dabei ein bisschen ins Wanken.

„Huuuch." Fia bekam den Ehemann im letzten Moment zu fassen, bevor er über die niedrige Reling fallen konnte. Eine schwere Kamera baumelte um seinen Hals.

„Na, gerade noch mal gut gegangen. Herzlichen Dank. Um acht sagten Sie?“

Fia nickte. „Genau. Viel Vergnügen.“

Scott schaltete den Motor aus und kam zu ihr. Hustend und spuckend erstarb das Geräusch. „So, das wäre geschafft. Komm mit, ich will dir was zeigen.“

Mit einem großen Schritt stieg Fia über die Reling, fünf Schafe sahen ihr blökend dabei zu. Scott zurrte die Taue fest und deutete mit einem Kopfnicken in Richtung eines verlassenen Cottage. Sie hielten Abstand zu den Touristen, die sich gleich auf das Café stürzten. Ein Teil der Gruppe wanderte zu der kleinen Kirche direkt am Weg. Eines der Schafe galoppierte panisch blökend davon, als sie den Schotterweg entlang schlenderten.

Scott seufzte, ein Schatten schien auf seinem Gesicht zu liegen. „Wir waren damals ein echt verrückter Haufen. Wir hatten etwas Eigenartiges an uns, aber wir haben uns ganz gut ergänzt.“

„Inwiefern?“

„Wir waren alle in irgendwas gut. Ich meine, richtig gut. Deine Mum zum Beispiel war ein Ass im Freundschaftsbändchen knüpfen. Sie konnte überhaupt gut mit Wolle umgehen. Evaine hatte schon immer ein besonderes Händchen für Hunde. Finley konnte gut kochen und ich, na ja, ich kannte mich mit Runen und solchen Dingen aus.“

„Echt? Runen? Und was konnte Dad?“

Scott kratzte sich am Bart. „Puh, tja, nicht viel. Wir haben ihn akzeptiert, weil wir sonst Dresche gekriegt hätten. So einfach war das. Nur deine Mum, die hatte Widerworte.“

„Und Onkel Allan konnte gut erzählen, jedenfalls soweit ich mich erinnern kann.“

Anstatt einer Antwort brummte Scott und ging schneller. Jetzt kam Fia mit ihrem verletzten Bein kaum hinterher.

Vor einem zerfallenen Gebäude blieben sie stehen. Große Löcher klafften im Dach, Hummerkörbe stapelten sich an der Hauswand und Vögel flatterten erschrocken aus dem Schornstein.

Scott stützte die Hände in die Hüften. „Das hier war mal eine Haiölfabrik. Steht seit Ewigkeiten leer. Wir haben schon als Kinder hier gespielt und dein Dad, na ja, er hat uns schnell klar gemacht, wer der Boss ist." Ein Nachzügler schoss dem Vogelschwarm piepend hinterher. „Die gab es hier damals schon, die Vögel meine ich. Weißt du Fia, Artair hat Bonnie geliebt. Vielleicht auf eine merkwürdige Art und Weise, aber er hat sie geliebt. Setz dich."

Er deutete auf die Felskante. Fia setzte sich und ließ ihre Beine über der Wasseroberfläche baumeln. „Worauf willst du eigentlich hinaus?"

Scott setzte sich neben sie und schlenkerte mit den Füßen wie ein kleiner Junge. „Dein Dad war nie ein netter Mensch und ich weiß nicht, warum Evaine das behauptet hat. Gerade sie sollte es eigentlich besser wissen. Ich erzähle dir das, weil du vorsichtig sein solltest, mit dem, was du deinem Dad gegenüber sagst. Ich hab dich einfach gern, Fia." Seine tiefe Stimme vermischte sich mit dem Rauschen der Wellen und dem hektischen Vogelgezwitscher hinter ihnen. „Deine Mum war nicht nur ein Ass im Freundschaftsbändchen knüpfen, sie liebte auch Tiere, wie Evaine. Alle Tiere. Sogar Spinnen hat sie sich einfach auf die Hand gesetzt. Ein junges Vögelchen war aus dem Nest gefallen und dein Dad wollte es erschlagen. Ich sehe sein Grinsen noch heute."

Erneut dachte Fia an Peigi. „Dann habe ich das wohl von Mum. Glaubst du, Dad würde Pei wirklich erschießen? Ich meine, wenn er rausfindet, was wirklich passiert ist?“

„Das kann er sich denken, Fia. Wahrscheinlich weiß er es schon längst.“ Scott nahm einen Stein und warf ihn mit Schwung ins Meer. „Jedenfalls lag der kleine Vogel da und dein Dad wollte drauftreten, um ihn zu töten. Richtig feste, er wollte Blut spritzen sehen. Ich habe es in seinen Augen gesehen. Da hat deine Mum ihn gepackt und ins Wasser geworfen.“

„Sie war doch viel kleiner als er.“ Liebe quetschte kurz ihr Herz zusammen.

Scott lachte. „Ja, das war sie wohl, aber sie wollte unbedingt den kleinen Vogel retten. Deswegen haben wir deinen Dad auch ausgelacht. Alle dachten, jetzt knallt er Bonnie eine, aber seit dem Tag war deine Mum für ihn so etwas wie eine Heilige. Niemand durfte sie anrühren.“

„Und was, wenn doch?“

Das Lächeln in Scotts Gesicht verschwand und stattdessen erschien eine tiefe Falte auf seiner Stirn. „Dann schlug dein Dad zu. Rate mal, woher Finley seine Narbe hat.“

„Von Dad? Echt?“

„Ja. Wie auch immer, jedenfalls hat Evaine dir nicht die ganze Wahrheit gesagt. Er hat Bonnie geliebt, aber eben auf seine Art.“

„Wer einen Vogel zertrampelt, erschießt auch einen Hund.“ In diesem Moment schnappte etwas in Fias Brust zu. Ein Vorhängeschloss vor ihrem Herzen, was nie wieder aufgehen würde. Jedenfalls nicht für Dad. Sie fuhr herum, als sie hinter sich Schritte hörte. Eine Möwe flog schreiend davon.

„Entschuldigung.“ Die ältere Dame von vorhin tippte Scott auf die Schulter. „Ich, ähm, müsste mal auf die Toilette. Wo finde ich hier denn eine?“ Sie stocherte mit ihrem Stock im Kies herum wie ein hungriger Vogel mit dem Schnabel im Laub.

„Auf dem Boot gibt es Toiletten und im Café.“ Scott stand auf und legte den Kopf in den Nacken. Fia hörte die Wirbel knacken. Er sah auf die Uhr. „Wir müssen sowieso zurück. In einer Viertelstunde geht's weiter.“

Schade. Am liebsten hätte Fia hier stundenlang gesessen und geplaudert. Die alte Fabrik und die ganze Insel hatten etwas Friedliches, außerdem wusste Scott einiges über Dad. *Im Gegensatz zu Evaine bleibt er bei der Wahrheit.* Sie nahm sich vor, Mums beste Freundin bei nächster Gelegenheit darauf anzusprechen. Spätestens übermorgen wollte sie ihr ohnehin das Bild geben, falls sie es fand. Morgen konnte sie nicht. Bei dem Gedanken an ihre Schwester rumorte es in ihrem Magen. Bislang hatte Ronna keinen Piep gesagt.

Fia rappelte sich ebenfalls auf und trat von einem Fuß auf den anderen. Ihre Beine kribbelten, wegen der harten Kante waren sie eingeschlafen. Die Wunde pochte erneut.

„Ach wie nett, dann kann ich ja gleich bei Ihnen bleiben.“ Die alte Dame lächelte und Fia fand sie sympathisch. Sie hatte etwas von der lieben Oma, die sie nie gehabt hatte. „Wo haben Sie denn ihren Mann gelassen?“

„Oh, ach, der wollte nicht mitgehen. Er ruht sich im Café aus. Das Bier hat es ihm angetan. Wissen Sie, es ist wunderschön hier, wirklich, aber wir sind nicht mehr ganz so gut zu Fuß.“

„Auf dem Boot haben wir auch Getränke. Kommen Sie, schottische Wanderwege haben manchmal so ihre Tücken.“ Scott zwinkerte und marschierte los.

Warum ihn vor allem die älteren Kunden liebten, hatte Fia auf Anhieb verstanden. Mit seinem Bart, dem dicken Tweedpullover und dem Ölzeug sah er aus wie ein guter Geist der Gezeiten. Eine raubeinige, aber freundliche Sagengestalt, die jedem unter die Arme griff.

„Scott“, Fia zupfte am Ärmel seines Pullovers, „danke, dass du mir das über Dad erzählt hast.“

„Ach was, Kleines. Weißt du, ich glaube, wir haben alle ein Herz. Selbst dein Dad. Nur hat er es sehr viel besser versteckt als alle anderen.“

Nein. Davor hängt auch ein Schloss und er hat den Schlüssel vor Jahren weggeworfen.

Eine ganze Woche versauerte ich schon hier oben. Mein Magen knurrte wie eine dreiköpfige, ausgehungerte Bestie. Am schlimmsten waren der Durst und das Pochen in der Wade. Zwar hatte ich nachts am Fluss meine Wasserflasche aufgefüllt, aber ich sehnte mich nach einem kühlen Bier. Warum der Hund zugebissen hatte, war mir klar. Das Vieh wollte Fia beschützen. Ich hatte die Mädchen beobachtet, wie sie humpelnd ins Haus zurückkehrten. Mit Vollgas verschwanden sie kurze Zeit später, um auf Krücken wiederzukommen. Danach rührte sich gar nichts mehr und ich saß hier fest.

Mit jedem Fiepen der Mäuse und dem Knarren der alten Balken wuchs mein Hass. Zwischen das Trippeln der Mäusepfoten mischte sich seit ein paar Tagen widerliches Winseln. Nachts, während Arme und Beine vor Kälte prickelten, malte ich mir das große Finale aus. Heute Morgen hatte sich endlich etwas gerührt. Mit grummelndem Magen hatte ich beobachtet, wie die *Heather* und die *Jeanny* Richtung Dorf verschwanden. Sofort sammelte sich Spucke in meinem Mund. Der Hund lag wie immer seit der Attacke vor der Tür. Fia hatte sie zwar gefüttert, aber nicht angefasst. So spielte sie mir unbewusst in die Karten. Ohne Fias Zärtlichkeiten war es leichter, Pei zu locken. Sobald das Vieh nicht mehr im Weg stand, konnte ich anfangen. Endlich gab es wieder etwas Ordentliches zu essen.

Ich schluckte die Spucke hinunter, während ich mir ein dick belegtes Sandwich vorstellte. Mit reichlich Thunfisch und Knoblauchmayonnaise. Bei dem Gedanken an ein kühles Bier bekam ich sofort Schluckauf. Das gab es heute Abend als Belohnung. Mein Knie knackte, während ich auf die Luke zurobbte. Vorfreude unterdrückte das Brennen in der Wade.

„Pei!" Wieder wartete ich. Die Leberwurst fühlte sich kalt und glibberig an. Mein Herz klopfte und alles in mir wehrte sich gegen das, was ich jetzt tun musste. Schon die Vorstellung brachte mich zum Würgen. Die Berge und die Konturen der alten Hütten verschwammen und ich atmete erneut tief durch. *Reiß dich zusammen, es ist nur ein Hund.* Das war eine Lüge und ich wusste es.

„Pei. Süße. Komm her zu mir. Komm zu Daddy." Wer weiß, wann Artair nach Hause kam. Viele Touren fuhr er heute mit Sicherheit nicht. Hoffentlich reagierte die Hündin bald. „Hey!" Erleichtert bückte ich mich, als Pei mit aufgestellter Rute um die Ecke trabte. „Ich hab hier was für dich Kleine."

Ohne zu zögern, schleckte Pei meine Hand ab. Gegen den Duft von Leberwurst kam sie nicht an. Sabber tropfte auf den Rasen. „Lecker Beruhigungsmittel." Pei wich zurück und ich packte ihr Halsband. Sofort hielt ich ihr die Schnauze zu. „Kein Laut, altes Mädchen." Sie sah mich mit großen braunen Augen an und mein Würgereiz verstärkte sich. Ihr Fell fühlte sich warm an und sie rührte sich nicht. Ihr Kopf mit den angelegten Ohren schwebte kurz über dem Boden.

Vor Aufregung atmete sie schnell und schwer. Sofort roch ich ihren typischen Geruch. Jeder Hund hatte einen eigenen. Ein Hauch von Popcorn wehte in meine Nase. Wir hätten Freunde werden können. So wartete Pei ängstlich auf das, was als Nächstes passierte. Ich schluckte die Galle hinunter.

„Ich liebe dich, altes Mädchen. Hörst du? Ich will dir nicht wehtun. So gesehen rette ich dich sogar. Artair wird dich erschießen, früher oder später." Mit der anderen Hand kraulte ich ihren Hals und Pei legte eine warme schwere Pfote auf mein Knie. Schnaufend sah sie mich an. Das dunkle Braun in ihren Augen leuchtete. Langsam rutschten ihre Hinterbeine zur Seite weg.

„Komm, Mädchen. Wir müssen jetzt gehen. Ich will dich nicht den ganzen Weg tragen müssen." Aus meinem Gürtel bastelte ich eine Leine und steckte ein Ende durch Peis Halsband. „Schön leise, hörst du?“ Sie folgte mir ohne Widerstand und leckte sich genüsslich über die Lefzen. *Wenn du wüsstest, Kleine. Es tut mir leid.* „Wir machen nur einen Spaziergang, Süße. Das kennst du doch. Keine Angst.“

Vor allem musste ich erst einmal weg von hier. Mit ihrer Neugier gefährdeten die Mädchen meinen Plan. Was, wenn sie wieder auf dem Dachboden herumkrochen, um sich dort umzusehen? Dabei durfte ich sie nicht aus den Augen lassen. Keinen von ihnen. Alle sollten bestraft werden. Am besten das ganze Dorf.

Ich umklammerte den Gürtel fester. Pei trottete neben mir her, hin und wieder schnüffelte sie an einem Busch.

„Weißt du, ich habe keine Lust, mir ein neues Versteck zu suchen. Ich muss in ihrer Nähe bleiben. Verstehst du?“ Pei nieste und schüttelte sich. „Gesundheit. Ich werde ihnen wehtun und das geht nur, wenn ich in der Bucht bleibe.“ Die Hündin schnaubte und sah zu mir hoch. Natürlich verstand sie mich. Als Einzige. So wie früher Rag.

Kapitel 10

Alte Freunde

„So."

Ein einziges Wort von Artair reichte, um den Hunger endgültig zu vertreiben. Stattdessen versuchte Fia, die aufkommende Übelkeit herunterzuschlucken. Wie ein Flummi kam sie immer wieder hoch. Er wusste Bescheid. Sie sah es an seinem hochroten Gesicht und hörte es an Artairs Schnaufen. Genau wie sie selbst hatte er das Steak nicht angerührt. Der Wasserhahn tropfte und das stetige Platschen erinnerte Fia an das Ticken einer Bombe.

Zunächst wortlos knibbelte Artair das Etikett von der Bierflasche und knüllte es zusammen.

Fia duckte sich instinktiv.

Ohne Vorwarnung brüllte er los: „Kannst du mir mal verraten, warum du ausgerechnet mit Scott auf Tour gehen musstest? Geht's noch?" Seine Faust knallte auf den Tisch und die Papierkugel landete in Fias Gesicht.

Sie zuckte mit den Schultern. „Du willst mir die Firma nicht überlassen, warum sollte ich nicht zu

Scott gehen? Irgendwie muss ich ja Geld verdienen, wenn du erstmal weg bist. Außerdem ist Arran ...“

„Was Arran ist, interessiert mich einen Dreck!“ Damit schoss Artair in die Höhe. Der Stuhl kippelte. Wie ein Tier, das seine Beute betrachtet, beugte er sich über den Tisch.

Fia roch seinen Schweiß und schluckte. „Scott hat mich gebraucht.“

„Ach? Tatsächlich? Und ich nicht, oder was?“ Er stemmte die Hände in die Hüften und streckte sich. „Wenn Scott pfeift, springst du. Wahrscheinlich auch wie ein dämlicher Lemming von den Klippen.“

„Das war eine einmalige Sache!“ Fia hielt sich an der Tischkante fest und starrte auf Artairs dreckige Gummistiefel. Sie kamen zwei Schritte näher und der Schweißgeruch verstärkte sich. Fia hielt die Luft an.

„Ist mir völlig schnurz. Offensichtlich ist dir Scott wichtiger als dein eigener Vater. Von mir aus. Fahr mit ihm raus. Himmel ihn an. Nimm mir auch noch die letzten Kunden weg. Aber schlag dir *Niddry Tours* endgültig aus dem Kopf. Ist dir ja anscheinend eh egal.“

„Das ist nicht wahr!“ Wut verdrängte die Angst und Fias Herz begann zu rasen. Hitze glühte auf ihrem Gesicht. Sie sah zu Artair hoch, der breitbeinig neben ihr stand. „Du weißt genau, dass das nicht wahr ist.“

„Und wenn schon.“ Er zuckte mit den Schultern und legte eine schwielige Hand auf die Stuhllehne. „Sieh zu, wie du in Zukunft klarkommst. Vielleicht finanziert dir der liebe Scott ja ein Studium, ich jedenfalls nicht. Ab jetzt bekommst du Gehalt wie jede andere Sekretärin auch.“ Er zog seine Hand zurück und das Atmen fiel Fia ein wenig schwerer.

„Was soll das heißen? Bin ich für dich jetzt nichts weiter als eine Angestellte?“

Artair nickte und stiefelte in Richtung Tür. „So ist es. Du hast mich enttäuscht, Fia. Wenn Tráigh Cottage erst mal verkauft ist, wirst du Geld brauchen. Ein Neuanfang kostet eine Menge Geld, glaub mir. Von mir bekommst du nichts.“ Damit verschwand er im Flur.

Wie angenagelt saß Fia auf ihrem Stuhl und starrte auf die blutenden Fleischreste auf seinem Teller. Die emotionslose Ruhe in seiner Stimme war schlimmer als das Gebrüll vorhin. Mit schweren Schritten kam er zurück und Fia zuckte zusammen.

„Ach ja, eins noch.“ Er hustete und es klang schleimig. „Solltest du wieder mit Scott fahren, rutscht mir vielleicht zum ersten Mal die Hand aus, verstanden? Ich schlafe auf dem Boot, hier stinkt's.“

Fia glaubte ihm sofort. *Ich bin keine fünf mehr*, protestierte sie in Gedanken. Erleichtert atmete sie aus, als die Haustür endgültig zuknallte. Wie unfair. Jetzt bin ich ihm ausgeliefert. Automatisch ließ sie ihren Arm fallen und richtete sich auf. Kein warmes Fell, in dem sie ihren Kummer ertränken konnte. Den ganzen Abend über hatte sich Pei nicht blicken lassen. Seltsam. Fia stand auf und sah aus dem Fenster. Draußen gab es außer den schaumigen Wellen nichts zu sehen. Wind zerzauste die Grashalme und das alte Herrenhaus warf seinen düsteren Schatten in die Bucht. Keine Pei.

Seufzend räumte Fia den Tisch ab und ein flaues Gefühl nistete sich in ihrem Magen ein. Etwas stimmte nicht. Groom war wach, sie spürte es. In den Bergen schien es zu grummeln. Oder er? Ihr Herz schlug schneller, obwohl alles normal aussah. Erneut fiel ihr Blick auf das alte Herrenhaus. Seit dem Biss hatte sich dort nichts mehr gerührt und sie hatte das Haus nicht wieder betreten. Aus Angst. Blair brauchte ihre Tochter im Bistro und allein fürchtete sich Fia vor den schwarzen Schatten in den Ecken.

Erneut überlegte sie, was an dem Bild draußen nicht stimmte. Nebel verfing sich in den schroffen Felsen. Unten am Strand schliefen drei Robben, sie sahen selbst aus wie Steine. Eine Folie wehte aus dem Fenster des alten Hauses.

Pei. Normalerweise kam sie bei einem Streit bellend angerannt und Artair hatte laut genug gebrüllt. *Sie wird die Woche nicht überleben*, hörte Fia Dad sagen. Sie ließ den dreckigen Teller in die Spüle fallen und stürmte in den Flur. Auf die brennende Wunde nahm Fia keine Rücksicht. In ein paar Tagen würde die Narbe sie immer an das seltsame Gefühl dort drüben erinnern. Bei dem Gedanken, Pei im Herrenhaus suchen zu müssen, grummelte es in ihrem Magen. Regen trommelte gegen die Haustür und sie schnappte ihre Jacke. Mit trockenem Mund verließ sie das Cottage und blieb vor der Tür stehen. Der Fressnapf stand unverändert an seinem Platz. Eingetrocknete Futterreste klebten darin.

„Hey Süße!“

Nichts.

Futter. Ich brauche Fressen, um sie anzulocken. Seit dem Biss hatte Fia die Hündin immer wieder weggeschoben und angeschnauzt. Jetzt tat es ihr leid.

Sie ging ins Cottage zurück und angelte eine Packung Trockenfutter aus dem Küchenschrank. Draußen schüttelte sie etwas in den Napf und klapperte damit. „Pei! Abendessen, Süße!“

Nichts. Kein Bellen oder Schnaufen. Das kalte Metall schien an ihrer Hand zu kleben. Langsam ging sie Richtung *Heather* und sah sich immer wieder nach der Hündin um. Der Wind antwortete mit einem Heulen. Sie rannte die letzten Meter und riss die Tür zur Kabine auf. Artair brüllte etwas und schoss wie ein wütender Eber an Deck.

„Was an *Schlafen* hast du nicht verstanden?"

„Hast du Pei gesehen?" Fia klammerte sich an die Türklinke.

„Deswegen weckst du mich? Wegen dem dämlichen Köter?"

„Hast du sie gesehen oder nicht?"

„Ne." Artair rülpste und verschwand wieder in der Kajüte.

Diesmal nicht. Mit beiden Fäusten trommelte Fia gegen die Tür. Heiße Tränen vermischten sich mit den kalten Regentropfen. Angst schnürte ihren Hals zu. „Dad!"

„Was?" Fast hätte er Fia die Kajütentür gegen den Kopf geknallt. Mittlerweile sah sein Gesicht aus wie eine riesige Fleischtomate. Seine zusammengekniffenen Augen sahen darin aus wie Maden.

„Was hast du mit ihr gemacht?" Fias Fingernägel gruben sich in ihre Handfläche. An irgendetwas musste sie sich festhalten.

„Nichts, verdammt noch mal!"

„Schwörst du's?"

Artair hob die Hand und holte aus.

Fia stolperte zwei Schritte zurück. „Mach doch. Schlag mich. Wenn du Pei etwas angetan hast, siehst du mich sowieso nie wieder."

„Endlich hast du es kapiert. Aber ich habe den dämlichen Köter nicht erschossen. Noch nicht."

Zwei Sekunden starrte Fia die vibrierende Tür an. *Also doch das alte Herrenhaus.*

Zitternd kletterte Fia von Deck und blieb einen Moment stehen. Wind zerzauste ihre Haare und der Steg schwankte leicht. *Stell dich nicht so an. Es ist nur ein Haus.* Mit gesenktem Kopf näherte sie sich dem Herrenhaus. Vorsichtig wie ein Jockey einem nervösen Pferd. Das kalte Metall der Futterschüssel brachte ihre Finger zum Kribbeln. Vor der Tür blieb sie stehen. Holz knarrte. Trockene Blätter wehten über die Treppe. Die Fenster sahen aus wie Augen. Mit stechendem Blick beobachteten sie die Feindin. Irgendwo da drin schlief Groom. *Du spinnst ja.* Mit einem Ruck riss Fia die Tür auf. „Pei!" Nichts. Auf den zerwühlten Wolldecken lag niemand und die Chips auf dem Tisch hatte keiner angerührt. Fia stellte den Napf ab. „Pei? Süße, komm her. Es tut mir leid."

Folie raschelte im Wind. Stille lag über dem Haus wie eine schwebende Abrissbirne. Asche verteilte sich auf dem Boden vor dem verrußten Kamin. Keine Pfoten klackten auf den alten Fliesen. Fia hörte ihr Herz schlagen. Sie klapperte erneut mit dem Futter. Nichts. „Pei. Bitte. Komm her."

Langsam ging sie zur Treppe. Dunkelheit verschluckte das obere Ende. Weiße Tücher bedeckten die wenigen übergebliebenen Möbel. Sie erinnerten Fia an ruhelose Geister. Das Holz der Treppe knarrte und sie zuckte zusammen. Auf jeder zweiten Stufe blieb sie stehen und lauschte. Nichts. Die Stille war kaum zu ertragen. Kälteschauer jagten ihr über den Rücken. Kein Schnaufen. Niemand atmete außer Fia, es klang zu laut. Groom. Hatte er sich hier versteckt? Wartete er auf sie? Wie früher?

In Gedanken sah sie ihn. Ein Dämon, halb Mensch halb Ziege mit brennenden Hörnern. Außer

Ronna und Sinann wusste niemand von ihren Albträumen. Aus Scham hatte Fia selbst Mum nichts von dem Monster erzählt. Kleinkinder fürchteten sich vor den Wesen, die in ihrem Schrank wohnten. Dafür hatten alle Verständnis. Bei einer Neunzehnjährigen sah die Sache anders aus. Der Ziegenmann blieb ihr Geheimnis.

Ein Bild von Pei verdrängte Groom. Sie lag auf der Seite. Ihr Brustkorb hob und senkte sich. Mit jedem Atemzug sickerte Blut in ihr schwarzweißes Fell.

Oben im Flur blieb Fia erneut stehen.

„Pei? Süße?“ Keine Pfotenabdrücke im Staub. Nichts außer Fußspuren, die von ihr und Sinann stammten. Stille. Verschlossene Türen. Fia öffnete eine nach der anderen, obwohl Pei hier nicht sein konnte. Verzweiflung trieb Fia an. Überall eine dicke Staubschicht und verhüllte Möbel. Geister der Vergangenheit. Spinnweben spannten sich in den Ecken. *Pei, es tut mir so leid.* Fia schluckte. Tränen verschleierten ihre Sicht. Angst lähmte sie. Wie angenagelt stand sie in einem der alten Schlafzimmer und dachte an Pei. Was habe ich bloß getan?

Eine Böe rüttelte an den Brettern und löste die Starre. Mit gesenktem Kopf trottete Fia zum Bad. Porzellanstücke verteilten sich auf dem Boden. Wie nasses Moos waren die Fliesen unter ihr in die Tiefe gesackt. Toiletten gab es dort oben seit Jahren nicht. Wie eine vergessene Jagdtrophäe hing der hohe Spülkasten an der Wand. Rost zerfraß die Kette, der klobige Griff lag in der Ecke. Dennoch kroch der Gestank aus den Fugen und unter den Porzellantrümmern hervor. Schimmel und andere Überreste ergaben eine widerliche Mischung, die Fia an eine Dixi-Toilette am

Ende eines Festivals erinnerte. Allein das Waschbecken stand noch an seinem Platz wie der geschlagene König auf dem Schachbrett. In ein paar Jahren würde der Verfall das alte Herrenhaus schachmatt setzen. Hier hingen die Vorhänge noch. Verdreckt flatterten sie im Wind.
„Pei?“ Schniefend zog sie ihr Handy aus der Tasche und schrieb.

> Hey. Pei ist weg.

Es dauerte einen Moment, bis eine Antwort kam.

> Sie kommt mit Sicherheit bald wieder. Mach dich nicht verrückt.

> Ich habe alles abgesucht. Sie ist weg.

> Sorry, hier brennt die Hütte. Pei würde nicht weglaufen. Wart's ab. Heute Abend ist sie wieder da. Ich muss jetzt.

So, wie ich sie behandelt habe, vielleicht schon. Fias Blick wanderte zu der offenen Klappe. Spinnenfäden hingen herunter und streichelten ihr Gesicht wie überlange tote Finger. Lag Pei verletzt da oben? *Mach dich nicht lächerlich. Hunde klettern keine Leitern hoch.* Mit gesenktem Kopf trottete Fia wieder nach unten und ließ sich auf die Matratze fallen. Mäuse huschten durchs Haus, während Fia auf Pei wartete. Mit brennenden Augen starrte sie auf die Tür, aber die Hündin kam nicht. Nur Groom lauerte da draußen. Fia richtete sich auf. Heute ließ er sich verdrängen.

Erst als kein Licht mehr durch die Ritzen sickerte, stand Fia wieder auf. Ihre Beine kribbelten vom langen Sitzen und ihr Gesicht fühlte sich taub an. Draußen zog sie ihre Kapuze über und suchte die gesamte Bucht ab. Vor jeder Felsspalte sah sie in Gedanken den blutüberströmten Hundekörper. Pei, eingeklemmt und halb ertrunken oder erfroren. „Peigi!"

Panik schnürte ihr die Luft ab. *Es ist alles meine Schuld.* Kein Bellen, nur der Atlantik brandete donnernd auf den Strand. Als schwarzer Fleck schaukelte die *Heather* auf der aufgewühlten See. Der Wind trug die Geräusche davon.

„Peigi!" Wieder nichts. Sie schnappte nach Luft und rannte auf das vertäute Boot zu. Am Ende des Stegs blieb sie stehen. Mit Tränen in den Augen starrte sie den wackelnden Fleck an. Es hatte keinen Sinn. Genauso gut hätte Pei ein Kieselstein am Fluss sein können und Dad würde ihr nicht helfen. Sie marschierte den Steg entlang und mit jedem Schritt steigerte sich ihre Wut. Hitze brannte auf ihren Wangen und wieder fühlte sich ihr Magen flau an. In Gedanken sah sie Peis braune Augen und rannte die letzten Meter.

„Weißt du was?" Ihr Hals kratzte vom Schreien, während sie das dunkle Boot anbrüllte. „Du bist ... interessiert dich überhaupt noch irgendwas? Wo ich hin soll, zum Beispiel?"

Nichts rührte sich. Träge tanzte die *Heather* über die Wellen, hinter den Fenstern des Führerhauses blieb es dunkel. Mit großen Augen starrte Fia auf die abgeblätterte Farbe an den Planken. Der Schiffsname zerfiel, genau wie ihr Leben. Ihre Wut verpuffte wie die Luft aus einem kaputten Luftballon. Stattdessen liefen Tränen über ihre Wangen.

Artairs Gesicht tauchte verschwommen hinter dem Fenster auf. Es erinnerte sie an damals. Genauso hasserfüllt und entrückt hatte er in jener Nacht auf die *Bonnie* gestarrt. Ein alter Mann, der nichts mit Dad zu tun hatte.

„Was aus uns wird, ist dir doch völlig egal." Wieder erhielt Fia keine Antwort. Der Steg unter ihren Füßen schien genauso zu schaukeln wie die *Heather* auf dem Wasser. Der Schatten hinter dem Fenster verschwand. Fia rührte sich nicht von der Stelle. Sie wollte Dad ihre ganze Wut entgegenschleudern, stattdessen starrte sie stumm auf verfaultes Holz.

Hau doch ab. Lass uns im Stich. So wie alle anderen. Zur Not arbeite ich bei Scott. Du bist nichts weiter als ein elender Heuchler. Du bist nicht mehr mein Dad.

Ein dicker Kloß erstickte ihre Worte. Obwohl Artair keine fünf Meter entfernt saß, fühlte sich Fia allein wie nie zuvor in ihrem Leben.

KAPITEL 11

Leere

Ich kann nicht mehr." Fia massierte ihre brennenden Waden. Um diese Zeit saß kaum jemand im Bistro, nur Scott hielt sich an seiner Kaffeetasse fest. Über drei Stunden hatten sie nach Pei gesucht. Sogar den Bergpfad bis zum Dorf ließen sie nicht aus. Immer wieder sah Fia die Hündin reglos im Wasser treiben. Aber da war nichts. Keine Spur von Pei.

„Himmel, meine Beine." Sinann ließ sich auf einen Stuhl fallen und stöhnte. Ohne zu zögern, hatte sie sich um fünf Uhr morgens auf den Weg gemacht. „Ich brauche jetzt dringend einen Kaffee. Deine Schwester wird noch ein bisschen auf ihre Überraschung warten müssen."

„Aufgeschoben ist ja nicht aufgehoben." Fia verzog den Mund. Sie hasste Phrasen. „Pei ist erst mal wichtiger."

„Was ist mit Pei?"

Sie hatten Blair gar nicht bemerkt. Mit noch nassen hochgesteckten Haaren stand sie am Tisch und sah abwechselnd von Sinann zu Fia.

„Sie ist weg.“ *Und wenn ich sie finde, wird Dad sie töten.*

„Oh, das tut mir ehrlich leid. Ich hätte das nie von Pei gedacht. Sie war doch immer ein Engel.“ Blairs Augen weiteten sich.

„Ihr muss was passiert sein.“

„Tja, da hilft nur abwarten, fürchte ich. Kaffee also?“

„Unbedingt.“ Fia gähnte.

„Ach Sinann“, auf halbem Weg zur Kaffeemaschine drehte sich Blair noch einmal zu ihnen um, „ich brauche dich heute hier nicht. Kümmere dich um Fia, das ist jetzt wichtiger.“

„Danke Mum.“ Sinann stützte sich mit dem Ellenbogen auf den Tisch und rieb sich mit beiden Händen durchs Gesicht. „Sie ist schon eine Perle. Aber sag mal, tut das Bein wirklich nicht mehr weh?“

Fia entlastete die Wunde automatisch. „Doch. Schon. Aber jetzt, wo Pei weg ist ...“ Sie atmete tief ein. „... jetzt fehlt sie mir. Vielleicht habe ich ja auch was falsch gemacht. Ich hätte sie nicht so behandeln dürfen. Sie hat bestimmt nicht ohne Grund gebissen.“

„Fia, du hattest Angst. Das ist doch normal. Ich meine, ihr habt sie seit zwölf Jahren und sie hat noch nie geschnappt.“

„Ja. Aber was Dad gesagt hat ... ich darf gar nicht daran denken.“

Sinann schwieg und Fia lehnte sich auf ihrem Stuhl zurück. Die schlaflose Nacht forderte ihren Tribut, die Geräusche um sie herum verschwammen zu einem absurden Konzert aus Tassengeklapper, dem Quietschen von Blairs Turnschuhen und dem Zischen der Kaffeemaschine. Am liebsten hätte sie sich ins Bett verkrochen. Warum zeigte Dad kein bisschen Mitgefühl? Heute am Telefon im Büro zu sitzen, kam ihr so entspannt vor, wie mit einem Schwerhörigen zu reden, der seine Hörgeräte vergessen hatte.

„Das darf er nicht." Sinann schob ihr Kinn vor und drehte sich mit einem Ruck zu Fia um.

„Was?"

„Na, Pei einfach erschießen. Das darf er nicht."

Blair stemmte ihre Hände in die Hüften und blies sich eine Haarsträhne aus der Stirn. Mit vor Zorn glänzenden Augen sah sie Fia an. „Du hast es ihm erzählt, oder? Das mit dem Biss."

Fia umklammerte ihre Tasse. „Um ehrlich zu sein, musste ich das gar nicht. Er hat es sich sowieso gedacht."

„Manchmal hätte ich wirklich Lust, ihm eine zu knallen. Dieser alte Kotzbrocken."

„Ja." *Am besten gehe ich ihm aus dem Weg*. „Und jetzt?"

„Tja. Jetzt ist es eben so. Hast du ein Foto von deiner Pei?"

„Na klar. Aber zu Hause." Es gab unzählige Bilder von ihr, Ronna und Pei. Sie lagen in einem Schuhkarton in der Kommodenschublade.

„Bring mir ein Bild von ihr und ich hänge es hier auf. Vielleicht hat sie ja jemand gesehen. Aber Kleines, sie könnte überall sein."

Niemand kannte die Bucht so gut wie sie selbst, höchstens Dad. Fia wusste genau, wie schwierig es werden würde, Pei zu finden. Versteckmöglichkeiten gab es genug und wenn sie an die steilen Felsen dachte, kam die Übelkeit zurück. Als Kinder waren sie oft am See herumgeklettert. „Ja, ich weiß. Danke. Ich bringe dir das Bild heute Abend."

„Das trifft sich gut." Blair lächelte. „Musik hilft. Finley gibt heute Abend ein kleines Privatkonzert. Komm doch auch." Hastig wischte sie sich die Hände an ihrer Jeans ab und drehte sich in Richtung Theke. „Ein kleines Feuer, Musik und Ablenkung. Nein sagen gilt nicht."

„Ich weiß nicht. Mal sehen." Fias Blick wanderte an der Theke entlang hinauf zu dem eingerahmten Poster an der Wand. Sechs Musiker grinsten in die Kamera. Finleys Dad in der Mitte presste eine Minigitarre gegen seinen Bauch. Ein *Cavaquhino*, korrigierte sie stumm. Keine Gitarre. Sie klang heller und fröhlicher, wie eine schillernde Sambatänzerin.

Sinann gähnte. „Ach komm schon, das wird ..."

Alle drei sahen auf, als die Tür mit Schwung aufgestoßen wurde. Blairs Lippen verzogen sich zu einem schmalen Strich. „Auch das noch."

Sinann beugte sich über die dampfende Kaffeetasse. „Na toll."

Maisi setzte sich direkt an den Nebentisch und vertiefte sich in die Karte, die sie längst auswendig kannte. Alle im Dorf wussten, was Blair anbot und Veränderungen gab es nie. Mit jeder gelesenen Zeile rutschte sie unauffällig näher an Fia und Sinann heran.

„Was kann ich dir bringen?"

„Hm ... " Maisi zog einen Schmollmund und ließ sich Zeit. „Wie wäre es mit einem Latte Macchiato?"

„Den haben wir nicht und das weißt du auch."

Maisi zog ihre gezupften Augenbrauen in die Höhe. „Ich dachte, ihr geht irgendwann mal mit der Zeit? Glaubst du wirklich, die Touristen werden ewig mit deinem langweiligen Filterkaffee zufrieden sein?" Schulterzuckend legte sie die Karte beiseite.

„Na, was soll's. Dann bring mir halt einen Earl Grey und vergiss die Zitrone nicht."

„Gern."

Blair verschwand hinter der Theke und Fia nippte an ihrem Kaffee. *Alte Hexe*. Jeder kannte Maisi MacFaidy und niemand konnte sie leiden. Seit Jahren verstreute sie ihre absurden Gerüchte und suhlte sich in den Problemen anderer. Vor allem nach Bonnies Tod sah Fia sie ständig. Mal brachte sie Dad etwas zu essen, mal kam sie vorbei, *um zu reden*. Nur ging es dabei nie um Dad.

Sinann rutschte auf ihrem Hocker ein Stück von Maisie weg und drehte sich zu Fia. „Hör zu. Du schläfst dich ein bisschen aus und ich suche in der Zeit weiter nach Pei. Heute Nachmittag treffen wir uns am Anleger."

„Danke. Aber falls du sie findest, bring sie ja nicht nach Hause."

„Na logo."

Maisi drehte sich lächelnd zu ihnen herum. An ihrem linken Eckzahn klebte pfirsichfarbener Lippenstift und ihre riesigen Ohrringe klimperten. „Euer Hund ist weggelaufen? Sag bloß."

„Das ..." Bevor Fia den Satz vollenden konnte, schob Scott seinen Stuhl zurück und kam auf sie zu. Unter seinem Arm klemmte die Zeitung.

„Das geht dich überhaupt nichts an, Maisi. Fia. Sinann." Er nickte ihnen zu. „Kann ich irgendwas für euch tun?"

„Halt einfach die Augen offen und vielleicht wäre ein Bild am Container keine schlechte Idee."

Scott nickte und durchwühlte seinen Bart. „In Ordnung. Seit wann ist sie weg?"

„Seit gestern Abend."

„Ach“, Maisi räusperte sich, „tatsächlich? Wisst ihr, vor ein paar Tagen habe ich was gesehen.“

„So und das wäre? Benutzt jemand zufällig denselben Nagellack wie du?“

„Scott. Du bist und bleibst ein ungehobelter Klotz. Aber was solls. Ich habe jemanden gesehen. Einen Landstreicher oder so. Sah zum Fürchten aus der Kerl.“

„Ach was?“ Die zuckenden Bartstoppeln verrieten Scotts Schmunzeln.

„Ja.“ Maisi nickte und brachte ihre Ohrringe erneut zum Klimpern. „Er ist in eure Richtung gegangen. Wer weiß? Vielleicht wollte er nach Tráigh Cottage?“

„So so. Wann war das?“

„Hab ich doch gerade gesagt. Vor ein paar Tagen. Seit wann leidest du unter Alzheimer, Scott?“

„Ich meine die Uhrzeit.“

„So gegen eins denke ich.“

„Und was“, Scott stützte sich auf eine Stuhllehne, „bitte hattest du um diese Zeit in der Nähe von Tráigh Cottage zu suchen?“

„*Das* geht *dich* jetzt zwar nichts an, aber bitte. Ich war bei einer Freundin in Kilmarie. Auf ein Weinchen. Sie hat übrigens erzählt, dass ...“

„Oh Maisi. Behalt deinen Klatsch für dich. Das will hier niemand hören.“

„Aber wenn ich es doch sage. Der Kerl sah aus wie das Monster vom See und ich bin sicher, er wollte nach Tráigh Cottage.“

„Meine Güte, vielleicht solltest du den ganzen Mist mal aufschreiben. Wird bestimmt ein Bestseller. Ich muss. Mädels.“ Wieder nickte Scott Fia und Sinann zu. Mit der Zeitung unter dem Arm verließ er das Bistro.

„Diese alte Schrulle. Aber wer weiß. Vielleicht sollten wir das Herrenhaus doch noch mal auf den Kopf stellen.“ Ein Grübchen bildete sich an Sinanns Kinn, wie immer, wenn sie jemanden nicht leiden konnte.

„Ja, vielleicht. Aber erstmal suchen wir weiter nach Pei.“

Sie sahen sich an und wussten, was die andere dachte. Keine sprach den Gedanken laut aus. *Was, wenn der Fremde Pei auf dem Gewissen hatte?*

Anstatt zu schlafen, versuchte Fia, sich mit Arbeit abzulenken. Artair schipperte seine wenigen Kunden nach Canna. Frühestens in fünf Stunden würde er wieder anlegen.

Den ganzen Vormittag über konnte sie sich nicht konzentrieren. Die Tabellen auf dem Bildschirm verschwammen zu einem schwarzen Einheitsbrei und im Laden herrschte Stille. Das Gewimmel draußen kam ihr falsch vor wie ein zu schnell abgespulter Film. Autos fuhren auf den Parkplatz, Menschen hasteten zu ihren Touren oder marschierten mit Fotoapparat Richtung Strand. An den Schals und dicken Outdoorjacken sah Fia, wie nah der Winter schon gekommen war. Regen, Sturm und beißende Kälte würden das Gewimmel bald vertreiben. Eine Gruppe Menschen schlenderte über den Parkplatz, lachend zeigten sie auf die roten Gummihosen. Die Spezialkleidung stand niemandem, alle sahen darin aus wie aufgeplatzte Karotten. Während sie sich in ihre Gummianzüge für die Explorer zwängten, kicherten sie und freuten sich auf ihre Tour. Draußen sah Fia ein überfülltes Wimmelbild. Ein perfekter Tag. Friedlich plätscherte die See auf den Strand, warmer Wind blies Salzgeruch durch das offene

Fenster. Hier drin rührte sich gar nichts und die Zeiger schienen auf der Uhr festzukleben.

Fia blinzelte und sah wieder auf die Tabelle mit den Buchungen. Die Tour nach Canna blieb heute die einzige. Scott dagegen startete in einer Viertelstunde mit der *Little Twin* zum zweiten Mal, zeitgleich mit den Explorern.

Die Ladentür knarrte und Fia sprang auf. Endlich konnte sie etwas tun. Sie hörte das Hecheln eines Hundes und ihr Magen zog sich zusammen. Bislang hatte sich Sinann nicht gemeldet. Erneut sah Fia auf die Uhr. Kein Wunder. Es war nicht mal acht.

„Iomhar. Sitz."

Evaine. Das Bild. Fia hatte es völlig vergessen. Seufzend stand sie auf und ging nach vorne. „Evaine. Was kann ich für dich tun? Bist du deinen Besuch wieder los?" Fia überlegte, wie der Kleine hieß. Genau wie das Bild hatte sie seinen Namen vergessen.

„Besuch?" Evaine gab dem Border Collie ein Zeichen und Iomhar ließ sich auf die Dielen fallen. Sie zog sich ihre Mütze vom Kopf. Wirr zeigten ihre Haare in alle möglichen Richtungen, aufgeladen von der dicken Wolle. „Äh ..."

„Na, dein Neffe."

„Ach, du meinst Jay? Der ist schon lange wieder zu Hause. Was ist passiert? Du siehst schon wieder ... entschuldige ... ziemlich beschissen aus."

„Pei ist weg."

„Wie weg?" Evaines Augen weiteten sich. Sie sah immer aus, als hätte sie die heimliche Hanfplantage im Keller leer geraucht. Das Braun ihrer Iris wirkte trüb, egal zu welcher Tageszeit.

„Na, weg eben."

„Seit wann?"

„Seit gestern Abend."

„Kann ich etwas tun? Soll ich mal mit dem Quad und den Hunden nach ihr suchen?"

„Sinann ist schon unterwegs. Aber warum nicht. Was wolltest du eigentlich?"

„Oh, ach so, äh ja. Ich will ja nicht drängeln ... gerade jetzt ..."

„Aber?"

„Das Bild. Hast du schon mal danach gesucht?" Evaine sah hinunter zu Iomhar und trat von einem Bein auf das andere.

„Nein, habe ich nicht. Was ist denn plötzlich so dringend an diesem Bild? Ich meine, du hast jahrelang nicht danach gefragt. Warum jetzt auf einmal?"

Anstatt zu Fia sah sie aus dem Fenster. „Weiß auch nicht. Ich muss in letzter Zeit oft an deine Mum denken."

„Deswegen werde ich Dad nichts klauen."

„Versteh doch, er lässt mich nicht auf euer Grundstück. Mir ist nichts mehr von Bonnie geblieben."

„Das hat dich vierzehn Jahre nicht gestört."

Iomhar fiepte und streckte sich. Evaine seufzte und sah ihr endlich in die Augen. „Okay ich seh schon. Das lässt sich wohl nicht so einfach wieder gutmachen. Was soll ich denn noch machen?"

„Noch mal. Du könntest mir erzählen, was damals wirklich passiert ist, zwischen dir und Dad."

„Fia, das ... das ist nicht so einfach."

„Was ist nicht so einfach?" Scott stieß die Tür auf und musterte Evaine. „Was machst du denn hier? Musst du nicht auf deine Schafe aufpassen?"

„Ich wollte sowieso gerade gehen." Iomhar sprang auf und schüttelte sich. „Fia", Evaine nickte ihr zu, „ich werd mal mit dem Quad die Weiden absuchen.

Vielleicht ist sie wirklich nur weggelaufen. Bis dann." Sie riss die Tür auf und stoppte mitten in der Bewegung. „Ach ja, eins noch. Maisie erzählt übrigens nicht nur Blödsinn. Ich habe neulich auch jemanden gesehen. Bei Kilmarie. Jemanden, der hier nicht her gehört." Damit stürmte sie aus dem Laden und verschwand im Gewimmel auf dem Parkplatz.

Fia stützte sich auf die Theke. Ihre Beine fühlten sich wackelig an. „Ich kapiere es nicht. Vierzehn Jahre hat sie sich nicht gemeldet und jetzt kommt sie mit diesem Bild."

„Tja. Bei Evaine wundert mich manchmal gar nichts mehr. Sag mal, was machst du überhaupt hier? Hat Sinann dir nicht befohlen, zu schlafen?"

„Ach", Fia rückte den Postkartenständer zurecht, „ich kann sowieso nicht schlafen."

Scott brummte etwas in seinen Bart und seufzte. „Solltest du aber. Siehst nicht gut aus, Kleines. Hat sich Sinann schon gemeldet?"

„Nein. Na ja, ist ja auch noch früh."

„Wenn du willst, schicke ich Arran mal mit dem Schlauchboot los. Er könnte die Höhlen absuchen, was meinst du?"

„Das wär toll. Danke."

Scott trat näher an die Theke und legte seine Mütze auf den Tresen. Unbeholfen tätschelte er Fias Hand. „Sie taucht schon wieder auf. Das alte Mädchen hat sich doch noch nie unterkriegen lassen. Mach dir keine Sorgen."

Hoffentlich. Der restliche Vormittag kam ihr endlos vor. Immer wieder sah sie auf die Uhr. Erst gegen elf kam die ersehnte Nachricht von Sinann.

Nichts. Tut mir leid.

Die Stille im Haus nervte Fia. Ohne Ronna und Pei kam ihr Tráigh Cottage vor wie eine Gruft, in der trockene Blätter über die steinernen Särge wehten. Die Fischsuppe hinterließ einen muffigen Pelz auf ihrer Zunge.

Obwohl Sinann ihr Bestes gegeben hatte, fehlte von der Hündin weiter jede Spur. Evaines seltsames Verhalten und die Angst um Pei trieben sie durch das Cottage. Ständig ging Fia in die Küche und räumte etwas woanders hin, um es zwei Minuten später wieder zurückzustellen.

Warum jetzt? Beim Abendessen hatte sie beschlossen, heimlich nach dem Bild zu suchen. Dad hielt nichts von Ordnung, aber es gab nur einen Ort, wo es sein konnte. In der Nacht des Feuers hatte er Mums Sachen in einen Karton geschmissen und ihn wortlos in das alte Herrenhaus gebracht. Sie und Ronna sahen zu, wie er ein Kleidungsstück nach dem anderen aus dem Schrank zerrte. Als wollte er Bonnie verschwinden lassen, wegretuschieren wie einen ungeliebten Menschen auf einem Familienfoto. Das Wichtigste bewahrte er in der Schlafzimmerkommode auf, zwischen seiner Unterwäsche.

Obwohl Artair vor einer Stunde auf der *Heather* verschwunden war, hing sein Schweißgeruch in der Luft. Bei dem Gedanken an seine Unterhosen kroch der muffige Pelz weiter in Fias Hals. Schluckend räumte sie den Topf mit der restlichen Suppe in den Kühlschrank und die Teller in die Spülmaschine.

Evaines Rumdruckserei weckte ihre Neugier und Dad konnte Fia von der *Heather* aus nicht sehen. Normalerweise trank er seinen Wein und legte sich gegen Mitternacht hin. Sobald er schlief, könnte eine Horde Zombies das Boot stürmen, ohne dass er etwas merkte. *Ein kurzer Blick.* Würde sie es nicht sofort finden, musste Evaine eben damit leben.

Erst als in der Kajüte das Licht ausging, wagte sich Fia in sein Zimmer. Der Sessel in der Ecke ertrank in einem Berg aus Klamotten. Socken verteilten sich auf dem Fußboden und auf dem Nachtschrank lagen alte Zeitschriften. Eine Flasche Wein hatte einen feuchten Ring auf dem obersten Heft hinterlassen. Im ganzen Raum hing kein einziges Bild. An den nackten weißen Wänden entdeckte Fia Spinnweben, sonst nichts. Schnell öffnete sie ein Fenster und lehnte sich hinaus. Hier drin stank es nach Schweiß und saurem Wein. *Widerlich.*

Mit zusammengepressten Lippen zog Fia die Schublade auf und atmete erleichtert auf. Wenigstens musste sie nicht in seinen Unterhosen herumwühlen. Genau wie die Socken lagen sie überall auf dem Boden verstreut. Möglichst leise suchte sie zwischen Hosenträgern, Taschentüchern und Centstücken nach den Bildern.

In der Küche knackte es und sie fuhr herum. Nichts. Wie immer flackerte die Lampe im Flur und ihre Zimmertür knarzte leise. Pei fehlte ihr. Dafür hatten sie die Hündin gekauft, genau wie vorher Rag. Die Hunde passten auf. Gegen Groom half selbst das nicht.

Unter dem Gerümpel ertastete Fia etwas Hartes und zog es heraus. Das Kästchen schimmerte im Halbdunkel. Ehrfürchtig klappte Fia den Deckel auf. Allein Mums Ring trug einen kleinen Stein. Zwischen dem zarten Geflecht aus goldenen Fäden funkelte er dunkelgrün wie die Algen im Wasser. *Ein Smaragd.*

Fia zuckte zusammen, als sie Mums Stimme hörte. *Ich habe ihn mir ausgesucht, weil er aus-*

gleichend wirkt. Sieh ihn dir an. Er bringt dich ins Gleichgewicht. Obwohl sie damals erst fünf Jahre alt gewesen war, erinnerte sich Fia an die Worte. *Vielleicht hilft er dir.* Sie schluckte. *Wobei Mum?*

Das leere Haus gab keine Antwort. Hier wohnte niemand, den sie fragen konnte. Ihr Blick fiel auf einen Packen Fotos. Dad hatte sie mit einem porösen Gummiband zusammengebunden. Mit den Bildern in der Hand setzte sie sich auf die Bettkante. Als das Gummi mit einem Knall riss, zuckte sie zusammen.

Mum und Dad bei ihrer Hochzeit. Wie hübsch sie war. Silberne Perlen glitzerten zwischen Mums hochgesteckten blonden Locken. Lächelnd sah sie in die Kamera, ihre blauen Augen funkelten glücklich. Dad stand neben ihr wie ein Soldat bei einer Truppenübung. Im Kilt sah er elegant aus, im Gegensatz zu Mum lächelte er nicht. Steif hielt er seine Braut an den Händen.

Wieder knackte etwas und ein Vogel flatterte auf. Hastig blätterte Fia die Fotos durch.

Mum und Dad in den Flitterwochen. Erst auf dem letzten Bild sah sie zwei Mädchen. Ein Knick lief direkt durch Mums Gesicht. Wie Puppen hockten die Freundinnen auf ihren Stühlen. Beide trugen Rüschenblusen und Zöpfe. Evaine hielt einen Teddy im Arm.

Hinter Fia knarrte etwas und sie sah nervös zur Tür. So wie es hier aussah, gab es dafür jedoch keinen Grund. Dad schien die Kommode seit Monaten nicht angerührt zu haben und schlief betrunken auf der *Heather*.

Wieder knackte eine Diele und Fia zuckte zusammen. Bilder regneten auf den Boden. Hastig sammelte sie alles auf und stutzte. Auf den meisten Fotos schien die Zeit die Kanten abgenagt zu haben wie ein Mäuschen.

Fia betrachtete das eine Bild genauer. Dad zielte mit einer Schleuder auf irgendetwas. Jemand hatte das Foto in der Mitte durchgeschnitten. Sie legte den Packen auf das Bett und durchwühlte die Schublade erneut. Die andere Hälfte lag unter einer vergammelten Autozeitschrift. Sie nahm die Bilderhälfte mit zitternden Händen heraus. Ein Junge in zerrissenen Hosen. Er hockte gefesselt auf dem Boden. Mit seinen braunen Locken und den Rehaugen sah er aus wie ein Engel.

Fia ließ sich auf das Bett sinken. Sie kannte nur einen Menschen mit solchen Haaren und das konnte nicht stimmen. Kringelhaare verdeckten die Ohren des Jungen. Ob er ein Feuermal hatte, konnte sie nicht sehen. Mit weit aufgerissenen Augen starrte er auf seinen Widersacher. Dad. Es sah aus wie ein harmloses Indianerspiel. Etwas störte Fia. In den großen Rehaugen schimmerte mehr als Furcht. Dieser Junge hatte Todesangst.

KAPITEL 12

Fesseln

Endlich. In spätestens einer Stunde würden sie alle verschwinden. Tráigh Cottage gehörte mir, wenigstens kurz.

Ich schlüpfte in meine Schuhe und kroch zu der kleinen Luke. Mit zusammengebissenen Zähnen hangelte ich mich an der Regenkette hinunter wie ein altersschwacher Orang-Utan. Ohnehin kam ich mir vor wie ein Tier im Zoo, eingesperrt in einen Käfig, den ich nur heimlich verlassen durfte.

Hör auf zu jammern. Du hast es so gewollt. Ich war hierhergekommen, um ihnen alles zu nehmen. Am meisten freute ich mich auf den letzten Akt dieses kleinen Theaters. Allein die Vorstellung verdrängte die Rückenschmerzen und die vor Kälte steifen Gelenke.

Lächelnd zupfte ich an dem Ende meines Bändchens. Bonnie hatte immer eine Schwäche für Schmuck gehabt. Schon früher. Wie damals sah ich sie in der Ecke des alten Schuppens auf dem Schulgelände. Im Gegensatz zu mir machten ihr die Spinnweben nichts aus. Bonnie nahm die grässlichen Tiere sogar auf die Hand und ärgerte mich damit. *Die haben mehr Angst als du*, sagte sie immer.

Isle of Skye, 1977

Wie so oft versteckten wir uns an diesem Vormittag vor Artair und seinen Kumpels. In der Schule hing er ständig an Bonnie wie ein blutsaugender Parasit. Nirgends durfte sie allen hingehen und die Momente in der Bruchbude waren kostbar. Jeder in der Clique wollte etwas von ihr. Mit ihrer dürren Gestalt und dem bleichen, sommersprossigen Gesicht war Bonnie zwar nicht hübsch, aber taff und mutiger als die meisten Jungs, die ich kannte. Artair hatte sich sofort in sie verguckt und behütete sie wie ein Hund seine Herde. Wer sich näherte, wurde gebissen.

Bonnie saß im Schneidersitz auf dem Boden und konzentrierte sich auf das Freundschaftsbändchen in ihren Händen. Grüne und gelbe Fäden hingen von ihrem Hosenbein wie Spaghetti und beim Knüpfen kaute sie auf ihrer Unterlippe.

„Schade, dass ich es nicht tragen kann." Artair würde es bemerken und Fragen stellen. Mit pochendem Herzen sah ich auf mein eigenes Bändchen hinunter. Es sah grob aus und nicht so fein geflochten wie Bonnies. Mir fehlte das Talent für schöne Sachen.

„Du kannst es heimlich tragen“, sagte sie, ohne aufzusehen. „Das ist egal. Hauptsache, ich kann es dir heute schenken. Steck es doch in die Hosentasche, wenn du mit den anderen unterwegs bist.“

Auf ihrem Knie blätterte die Kruste einer Schürfwunde langsam ab und ich stellte mir vor, wie sich ihre Haut anfühlen würde. Seit ich sie kannte, wollte ich sie anfassen. Jeden Abend im Bett schlenderten wir in meiner Vorstellung Händchen haltend am Strand entlang. Ohne die anderen. Außer Atem ließen wir uns anschließend in den nassen Sand fallen und ich stellte mir meinen ersten Kuss vor. Manchmal fand ich am nächsten Morgen einen Fleck auf dem Laken.

Bonnie hielt ihr Bändchen in die Höhe. „Fast fertig. Ich verstehe sowieso nicht, warum du überhaupt noch mit der Clique losziehst.“ Sie knüpfte einen weiteren Knoten. „Sie nennen dich Yellowbelly. Ich weiß, was das heißt.“

„Hältst du mich auch für feige?“ Mein Herz schlug in diesem Moment überall, nicht nur in der Brust. Alles in mir vibrierte.

Bonnie überlegte und schob ihr Kinn vor. „Ich weiß nicht. Du bist ... anders. Komisch irgendwie, aber auch irgendwie cool.“

Wenigstens hatte sie nicht Ja gesagt. „Und was ist mit Artair?“ Das Wummern in meinem Kopf wurde eine Spur lauter.

„Mist.“ Bonnie ribbelte das Ende wieder auf. „Er ist ätzend. Weiß nicht, irgendwas an ihm macht mir Angst.“

„Warum gehst du ihm dann nicht aus dem Weg?“

„Weiß auch nicht.“

Ich wartete, aber Bonnie schwieg und konzentrierte sich wieder auf ihre Arbeit. Gelb und Grün waren ihre Lieblingsfarben. Draußen hörte ich die Glocke und fluchte leise. Zum einen, weil mein Bändchen hässlich aussah und zum anderen wollte ich nicht wieder rein. Artair ging zwar in eine höhere Klasse, aber viele Freunde hatte ich dennoch nicht. Mit schweißigen Fingern löste ich die Sicherheitsnadel aus meiner Jeans.

Bonnie strahlte und hielt ihre Kreation wie einen Pokal in die Höhe. „Los, gib mir dein Handgelenk."

Ich streckte meinen Arm aus und biss mir auf die Zunge. *Bloß nicht zittern.* Ihre Haut war rauer als erwartet und ich schluckte, während sie mir das Freundschaftsbändchen umband. Unsere Arme berührten sich nur flüchtig, aber es fühlte sich an wie ein leichter Stromschlag. Als kleiner Junge hatte Artair mich einmal gegen einen Elektrozaun geschubst. Im Gegensatz zum Zaun fand ich dieses Kribbeln angenehm und beängstigend zugleich.

„Was ist? Warum zitterst du so?"

Am liebsten hätte ich den Arm weggezogen. „Weil ... nichts. Es ist nichts."

„Fertig. Passt."

„Es ist wunderschön." Das klang kitschig und ich biss mir erneut auf die Zunge. Die Glocke läutete ein zweites Mal.

„Wir müssen rein." Bonnie grinste mich an, ihre Zöpfe sahen im Schummerlicht des Schuppens aus wie Stroh. Ich fand sie trotzdem schön. Sie streckte ihre Hand aus. „Was ist mit deinem?"

„Es ist noch nicht fertig."

„Das macht nichts. Gib schon her."

Ich gab es ihr und Hitze schoss in mein Gesicht. „Morgen mache ich ein Schöneres."

„Erwischt!"

Wir schnellten gleichzeitig in die Höhe und sie reagierte als Erste. Mit erhobener Faust ging sie auf Finley zu, der grinsend in der Tür stand. „Ein Wort und …"

„Und was?" Er lehnte sich gegen den Türrahmen, nicht im Geringsten beeindruckt. Seine Hände steckten in den Hosentaschen. „Fange ich mir dann etwa eine?"

„Ja. Wehe, du sagst Artair etwas von den Bändern."

„Uhuuuu."

„Hör auf!" Bonnie stampfte mit dem Fuß auf. „Bisher dachte ich, du bist nett."

„Bin ich ja auch. Aber das kostet dich eine Kleinigkeit."

Ich drückte mich in eine Ecke und mein Blick wanderte zwischen den beiden hin und her. Ihre kleine Faust zitterte sachte, während er weiterhin breit grinste. Die Mädchen rannten ihm haufenweise nach. Mit seinen tiefschwarzen Haaren, den stechend grünen Augen und seinem durchtrainierten Körper sah er umwerfend aus. Ich dagegen kam mir mit dem Feuermal hinterm Ohr und der verstrubbelten Frisur vor wie ein struppiger Hund mit drei Beinen, den niemand wollte. Wie alle anderen sah Finley durch mich hindurch.

„Ich lasse mich nicht erpressen." Mit verschränkten Armen starrte Bonnie ihren Widersacher an.

Er stieß sich vom Türrahmen ab. „Bitte, wie du willst. Dann sage ich Artair, dass ihr miteinander rumgeknutscht habt."

„Das stimmt überhaupt nicht!" Bonnie schnaubte und sah zu mir. „Bist eben doch ein Yellowbelly. Los! Sag schon was!"

In mir tobte ein Kampf. Obwohl ich ihr helfen wollte, brachte ich kein Wort heraus. Finley sah nicht nur durchtrainiert aus, er würde mich verprügeln, bis das Blut spritzte. Gegen den Schönling hatte ich nicht die geringste Chance.

Abrupt sah Bonnie wieder zu Finley, ihr Nacken knackte dabei. „Von mir aus. Sag's ihm doch. Vielleicht lässt er mich dann endlich in Ruhe."

„Das glaubst auch nur du." Sein Arm schnellte vor und er umklammerte Bonnies Handgelenk. Bevor sie reagieren konnte, riss er ihr das Freundschaftsbändchen aus der Hand.

„Gib her!"

Lachend hielt er das Band in die Höhe. „Nö."

Ich beobachtete den seltsamen Tanz aus meiner Ecke heraus. Jeder andere Junge hätte Finley eine gescheuert. Bis auf mich. Zorn flackerte in Bonnies Augen, während sie wie ein kleiner Hund an ihm hochsprang. Ihre Wut galt auch mir und ich verstand wieso.

„Jetzt hör auf und gib her!"

„Wenn du mich küsst, sage ich kein Sterbenswörtchen."

„Vergiss es."

„Tja, dann werde ich Artair alles erzählen. Das gibt eine hübsche Prügelei, Yellowbelly. Macht euch auf was gefasst."

Nasser Torf krabbelte durch die Ritzen meiner Stiefel und die Erinnerungen versickerten im Schlamm, während ich an die Wand gedrückt auf den richtigen

Moment wartete. Hier in der Gegend kannten sich alle und niemand durfte sehen, wie ich ins Haus schlich. Gründe für einen spontanen Besuch gab es immer und das wollte ich auf keinen Fall riskieren. Einmal mehr brauchte ich etwas zu essen. Meine Vorräte schrumpften erschreckend schnell.

Nach fünf Minuten stülpte ich die Kapuze über und rannte hinüber zum Haus. Der blubbernde Schweif der *Jeanny* war mittlerweile verschwunden. Fia fuhr zur Arbeit. *Jetzt oder nie.* Artair sollte sich erinnern und ich wusste, wie ich ihn dazu bringen konnte. Erst wenn er sich nachts hin und her wälzte, kam der zweite, heiklere Teil des Plans. Vorfreude kribbelte in meinem Magen und verdrängte den Hunger. Wie ein Wetterleuchten flackerte die Erinnerung erneut auf. Ich musste vorsichtig vorgehen. Artair schlug zu, wenn ihn jemand in die Ecke drängte. So weit war ich noch nicht. Das Bändchen in meiner Faust schien zu brennen. Oh ja. Er *würde* sich erinnern.

Schwarz erhoben sich die Umrisse von Tráigh Cottage gegen den grauen Himmel. Auf dem Weg hierher hatte es angefangen zu regnen, aber Fia grübelte zu angestrengt. Die Nässe störte sie nicht. Im Gegenteil, so kühlte sich ihr glühender Kopf ein bisschen ab.

Nichts regte sich in der Bucht, sogar auf der *Heather* brannte kein Licht. Ein grauer Tupfen markierte das Cottage. Selbst der Atlantik schien ungewöhnlich still.

Wellen platschten leise gegen das Schlauchboot und Fia kletterte an Land. Für zwei Stunden hatte sie ihre Sorgen vergessen dürfen. Wie immer schaffte es Finleys Magie, die Mauer zu durchbrechen. Mit seinen Liedern kamen das Feuer und die Fröhlichkeit Brasiliens auf einen Besuch ins Dorf. Für Grübeleien blieb am Lagerfeuer kein Platz.

Jetzt kehrte die Angst mit voller Wucht zurück. Das klobige alte Herrenhaus verdunkelte die Bucht. Mit patschenden Schritten trottete Fia auf das Cottage zu. Es regnete seit Tagen und die Wiese verwandelte sich langsam in ein Moor. In ihrer Vorstellung rannte Pei ihr bellend und mit schlammverklebtem Fell entgegen. Außer Groom wartete offenbar niemand auf sie. Je näher sie dem Haus kam, desto lauter grummelte es in ihrem Magen. Die Felsen sahen aus wie bösartige Trolle. Als Kinder hatten sie ein Spiel daraus gemacht. Wer auf den glitschigen Steinen ausrutschte, galt als Verlierer. Sie lächelte. Es war ihre Version des Flaschendrehens. Vor allem Sinann dachte sich damals verrückte Strafen aus.

Vor der Haustür blieb Fia stehen. Kein Bellen oder Licht in Ronnas Zimmer. Verlassen lag Tráigh Cottage da und sie traute sich nicht hinein. Groom. Er wartet in ihrem Schrank. *Sei nicht albern.* Fester als nötig rammte sie den Schlüssel ins Schloss und öffnete die Tür. Es blieb dunkel. Dad schien sich im Bistro ein Bier zu gönnen. Fia streifte ihre Schuhe ab und feuerte die verschlammten Stiefel in die nächste Ecke. *Stell sie ordentlich weg*. Sie zuckte zusammen.

Mum. Über diese Angewohnheit hatte sie sich immer geärgert. Lächelnd drapierte Fia die Schuhe in einer Reihe.

Sie drehte sich um und wollte in ihr Zimmer gehen. Mit einem Schlag rückten das gemütliche Feuer und Finleys Stimme in den Hintergrund. Groom. Er wartete nicht in ihrem Schrank. Vorneübergebeugt lauerte er im Schlafzimmer. Schlaff wie eine Stoffpuppe stand Dad vor seinem Bett und starrte es an. Graues Licht fiel durch das Fenster und Fia sah die feinen abstehenden Haarsträhnen. Für eine Sekunde glaubte sie, Hufe zu sehen. Dabei hatte Dad seine Gummistiefel gar nicht erst ausgezogen. In voller Arbeitsmontur stand er im Schlafzimmer und rührte sich nicht. Fia schluckte und duckte sich, um unbemerkt vorbeizuschleichen. Vorsichtshalber nahm sie sich vor, ihre Zimmertür abzuschließen. Als Dad sich räusperte, zuckte sie zusammen.

„Warst du das?“

Bis auf ihren eigenen Atem und ihr wummerndes Herz hörte Fia nichts. Selbst das Haus schien zu erstarren. „Hey Dad.“

Er schwieg. Seine Schultern hoben und senkten sich und Fia sah die geballten Fäuste. „Ob du das warst, will ich wissen.“

„Was? Was soll ich gewesen sein?“ Hatte er ihre Wühlerei bemerkt?

Dad drehte sich langsam um und Fia wich zurück, bis ihr Rücken die Wand berührte. Mit einem pelzigen Geschmack im Mund drückte sie sich dagegen. Dabei kam sie gegen ein Bild und es landete klirrend auf den Dielen. Artair nahm keine Notiz davon. Groom. Er war es doch und hatte sich verkleidet. Jeden Moment würden ihm Hörner wachsen.

„Das hier. Warst du das?“ Er hob die Faust und kam einen Schritt auf sie zu.

„Dad, hör auf. Ich weiß nicht mal, was du meinst.“ Seine Augen funkelten wie die Glassplitter auf dem Boden.

„Nicht? Und woher kommt dann das hier?“

Fia duckte sich vor dem Schlag, aber kurz vorher stoppte seine Faust. Etwas baumelte heraus. Es sah aus wie ein Stoffbändchen.

„Rede!“

„Dad, ich war den ganzen Abend mit Sinann und Finley unterwegs. Was hast du da überhaupt?“

Wieder antwortete er nicht sofort. Selbst im Dunkeln sah Fia, wie er rot anlief. Seine Lippen bildeten einen schwarzen Strich. Die Faust vor ihrem Gesicht zitterte und er schnaufte wie eine Robbe an Land. Langsam öffnete Dad seine Finger und das Stoffbändchen landete auf dem Boden. Fia sah hinterher. Dad stemmte sich mit beiden Armen gegen die Wand und beugte sich gegen sie. Er roch nach Salz und Wein. Wie eine Welle schwappte der Geruch hinüber und nahm Fia die Luft zum Atmen.

„Ist mir egal, wo du es herhast. Sieh zu, dass es verschwindet. Ich will weder dich noch das dämliche Freundschaftsband hier länger sehen. Verstanden?“ Er drehte sich um und stürmte in Richtung Haustür.

Fia sah auf das zerfaserte Stoffbändchen auf dem Boden. Von diesem Brauch hatte sie nie viel gehalten. *Deine Mum zum Beispiel war ein Ass im Freundschaftsbändchen knüpfen.* Scott. Er hatte es ihr auf der Tour nach Canna erzählt.

Schwitzend setzte sie sich auf die Bettkante. Ihr Herz hämmerte gegen die Rippen und das Handy in Fias Hand zitterte. Immer wieder verfehlten ihre schwitzigen Finger die Buchstaben, die vor ihren Augen verschwammen.

> Ronna. Bitte melde dich. Irgendetwas passiert hier, etwas Schlimmes und es hat mit Mum und Dad zu tun.

Steif wie eine Holzfigur stand Fia am Herd und lauschte in das dunkle Cottage hinein. Jeden Moment würde Dad zum Frühstück ins Haus kommen. Geschlafen hatte sie nicht, aus Angst. Die ganze Nacht geisterte Groom in ihrem Kopf herum. Sie ertappte sich sogar dabei, auf den Schrank zu starren wie früher. Sie musste mit Dad über das Bild reden, traute sich aber nicht. Fett spritzte gegen die Fliesen und sie wendete den Speck. Auf dem Tisch standen eine frische Kanne Tee, ein Topf voller Bohnen und ein Teller mit Toast. So wie Dad es mochte. Sogar mit Blumen bedruckte Servietten hatte sie im Küchenschrank gefunden. Dennoch würde er schlechte Laune haben und toben, sobald er von dem Bild erfuhr. Am besten erzählte sie es erst gar nicht, aber dann kam sie sich vor wie eine Diebin. Der Speck kräuselte sich am Rand und Fia nahm die Pfanne vom Herd. Als sie alles auf den Teller gleiten ließ, hörte sie seine schweren Schritte im Flur. Wie immer behielt er die dreckigen Stiefel an und plumpste auf einen Stuhl. Erst als er saß, fiel sein Blick auf den gedeckten Tisch.

„Guten Morgen Dad."

„Was ist denn mit dir los?" Artair hielt seine Nase in die Luft wie ein Hund auf der Jagd. „Du stinkst nach Rauch."

Schon jetzt roch Fia saures Bier und Schweiß. „Ich habe dir Frühstück gemacht."

„Ach ne."

Trotz des würzigen Geruchs in der Küche verging Fia der Appetit und sie schenkte sich im Stehen eine Tasse Tee ein.

„Und was soll das Ganze?" Dad starrte auf seinen Teller, als hätte Fia ihm eine Dose Maden gekocht.

„Na nichts, ich dachte, du freust dich."

„Du kannst mich nicht umstimmen, falls du das im Sinn hast. Weder was Pei angeht noch das Cottage. Mit einem billigen Frühstück schon gar nicht."

„Darum geht's nicht." Das war nicht mal gelogen.

„Ach und worum geht's dann?" Artair schaufelte Rührei auf seine Gabel und stopfte sich ein riesiges Stück in den Mund. „Herrgott jetzt setz dich endlich hin. Du machst mich ganz nervös."

Pei hätte unterm Tisch gehockt, versessen auf die Reste.

Dad fragte aber nicht nach ihr. Schweigend mampfte er sein Ei und klatschte sich eine Kelle Bohnen auf den Teller. „Heute haben wir zu tun. Fünf Touren."

„Cool."

Fia holte Luft, um ihm von dem Bild zu erzählen, schwieg aber. Alles an ihm hielt sie davon ab. Sein Schmatzen, das gerötete Gesicht und der säuerliche Geruch. Seine Reaktion auf das Freundschaftsbändchen reichte ihr. Diesmal *würde* er zuschlagen.

„Also sei pünktlich heute. So unkonzentriert wie gestern kann ich dich nicht gebrauchen."

„Pei ist verschwunden, schon vergessen?"

„Ja und? So ein blöder Köter sollte dich nicht von der Arbeit abhalten."

Außerdem habe ich dir ein Bild geklaut und du hast es nicht mal gemerkt. „Ich vermisse sie aber."

„Du bist ja nicht ganz dicht. Wie ich sagte, sobald sie wieder auftaucht, erschieße ich sie. Willst du wirklich mit einem bissigen Hund zusammenleben?“

Sogar der Tee schmeckte mit einem Schlag bitter. Ruckartig stellte Fia ihre Tasse ab. „Ich hatte gehofft ... vergiss es.“

Dad wischte sich den Mund mit dem Handrücken ab und lehnte sich zurück. „Also, was soll das ganze Theater?“

Wann hatte er so zugenommen? Seine fettigen Hände lagen auf dem vorstehenden Bauch. Stibitzte er regelmäßig das Essen aus dem Kühlschrank? Wie neulich fehlten Eier, Speck und Bier.

„Ich helf dir nicht, den verdammten Köter zu suchen. Kannst du vergessen.“

„Sollst du auch nicht. Ich wollte dir nur eine Freude machen.“

„Na dann. Ich muss. Sonst noch was?“

„Nein. Bis gleich.“

Ohne ein weiteres Wort schob Dad seinen Stuhl zurück und verließ die Küche. Seine Schritte knallten auf den Dielen, als hätte er Hufe wie Groom. Abrupt stoppten die Geräusche.

„Was willst du denn hier?“

Wer jetzt vor der Tür stand, erwischte Dad auf dem vollkommen falschen Fuß.

„Warst du das? Du hast meine Lieder immer gehasst.“

Finley. Wut gehörte normalerweise nicht zu seinem Repertoire.

„Was? Was soll ich gewesen sein?“

Dad atmete schwer, Fia hörte es bis in die Küche. Still und zitternd, wie ein Mäuschen in seinem Versteck saß sie auf dem Stuhl.

„Das weißt du ganz genau." In Finleys Wut mischte sich Traurigkeit. Beides passte nicht zu dem notorisch gut gelaunten Brasilianer.

„Ne, weiß ich nicht. Klär mich auf."

„Sie hat meinem Dad gehört." Finleys Stimme klang weinerlich und Fia schnappte erschrocken nach Luft. Erst jetzt sah Fia den abgebrochenen Gitarrenhals in seiner Hand. Saiten baumelten herunter. Er schwenkte den Hals wie eine Fahne. „Du bist wirklich widerlich. Warum verschwindest du nicht einfach und lässt uns in Ruhe?"

„Jetzt reicht's mir aber!" Dad brüllte und Fia duckte sich. „Dein Dad interessiert mich einen Dreck! Keine Ahnung, was du da quasselst und jetzt lass mich durch, bevor ich wirklich sauer werde."

Fia hörte Schritte auf dem Holz und reißenden Stoff. Jemand keuchte. Etwas polterte. Wie von einem Trampolin sprang Fia auf und raste in den Flur. „Finley!"

Mit gesenktem Kopf und blutender Nase stand er in der Tür. „Fia." Mehr sagte er nicht. Blut tropfte auf seine Jacke.

„Was ist passiert? Komm doch kurz rein." Mit trockenem Mund starrte Fia auf die glitzernden Tränen in dem braunen Gesicht. Ihr ganzes Leben lang hatte sie Finley nie weinen sehen und der Schock steckte wie ein Pfeil in ihrer Magengrube. Tränen vermischten sich mit dem hellen Blut.

Er schüttelte den Kopf. „Nein. Danke. Es ... dieses Haus ... tut mir leid."

„Was ist denn bloß passiert?"

Finley sah weiterhin auf die Bucht. Sein Adamsapfel hüpfte beim Schlucken und er klammerte sich an das zerstörte Instrument. „Dein Dad hat sie zertrümmert."

„Deine Cavaquhino?“

Diesmal nickte er. „Aye. Weißt du, sie ist das Einzige, was mir von meinem Dad geblieben ist. Von meiner Heimat.“ Er schluckte erneut. „Er hat sie nicht nur zerstört.“ Finley lachte und eine Gänsehaut überzog Fias Arme. Es klang wie das Kichern einer durchtriebenen Hexe und passte nicht zu der tiefen Traurigkeit, die wie ein Schatten auf Finleys Gesicht lag. „Er hat sie mit Blut beschmiert und etwas gezeichnet.“

Fias Herz schlug ein paar Takte schneller. „Was gezeichnet? Was genau?“

Endlich drehte sich Finley zu ihr um und Fia wich erschrocken zurück. Sein Auge schillerte schon bläulich. Am meisten traf Fia der gequälte Gesichtsausdruck.

„Weißt du, was das bedeutet Fia? Heimat?“

Sie nickte. Worte steckten in ihrem Hals fest und sie hustete. *Ich verstehe dich besser, als du denkst.*

„Es liegt nicht an dir Fia. Aber ...“ Er wich zurück und trat auf die Wiese. „... ich werde nie wieder einen Fuß in diese verfluchte Bucht setzen. Nie wieder. Tut mir leid.“

KAPITEL 13

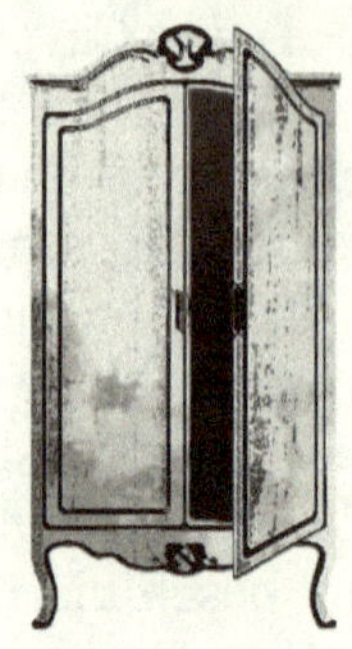

Das Prinzesschen

Müde und steif stieg Fia aus dem Auto. Fünf Stunden hatten sie bis Dundee gebraucht und Sinann hatte keine Lust gehabt, öfter als nötig anzuhalten. Über das kaputte Instrument wollte sie ebenfalls nicht reden. Auf Fias Fragen reagierte sie einsilbig und abweisend. So verbrachten sie die Fahrt die meiste Zeit schweigend. Trotz der voll aufgedrehten Heizung zitterte Fia. Mit jedem Kilometer wurden die Bauchschmerzen schlimmer.

Erst gestern Abend hatte Fia Ronna wieder geschrieben, aber wie immer keine Antwort bekommen. Die Nachricht reihte sich unter die anderen zwanzig mit grauem Haken. Was, wenn sie gar nicht zu Hause war? Kühle feuchte Luft schlug Fia entgegen und sie atmete tief ein. Im Auto roch es nach Energydrinks und kaltem Kaffee.

Dundee wirkte auf sie wie eine typische Küstenstadt, sie kannte sie nur aus Ronnas Erzählungen. An beiden Seiten reihten sich die alten Häuser an der Straße auf, die Studentenwohnungen sahen dagegen neu und modern aus. *Unpassend wie eine Kuh zwischen lauter Mustangs.* Ohne Schnörkel und Erker. In der von einer hohen Mauer umgebenen Anlage standen wenige Autos und vor dem Pförtnerhäuschen sah Fia einige ramponierte Blumenkübel. Falls es hier einen Pförtner gab.

Niemand nahm Notiz von ihnen, als Sinann ebenfalls aus dem Auto stieg und sich streckte. „Ganz nett hier."

Fia nickte. Efeu kletterte an der Fassade des Häuschens in die Höhe und Bäume raschelten im Wind. „Nr. 25 glaube ich. Da vorne muss der Eingang sein." Fia deutete auf das turmförmige vorstehende Gebäude. „Fragen wir mal nach."

„Und Ronna hat sich gar nicht gemuckst?"

„Nein." Je näher sie der Eingangstür kamen, desto öfter musste Fia schlucken. Während der Fahrt hatte sie gegrübelt. Jetzt zweifelte sie an der ganzen Idee. Ronna hasste Überraschungen. Ein einziges Mal hatten sie eine Überraschungsparty organisiert und das ging damals gründlich schief. *Das hier ist ein Notfall. Ich brauche meine Schwester.*

Sinann fuhr mit dem Finger über die Klingelschilder und tippte auf einen der Namen. „Da. Ich hoffe, sie ist zu Hause."

„Was, wenn nicht?"

„Dann nehmen wir uns ein Hotel und genießen solange den Ausblick. Umsonst fahre ich nicht fünf Stunden irgendwohin."

Bevor Fia antworten konnte, summte es und sie stolperte in den Flur. Hinter dem kurzen Holztresen sah sie ein rundes Büro. Der Security Mitarbeiter erhob sich schwerfällig aus einem Stuhl und kam lächelnd auf sie zu.

„Hey, was kann ich für euch tun?“

„Hey, ähm, wir suchen Ronna MacNiddry.“ Der forschende Blick des Mannes zwang Fia zu einer Erklärung. „Sie ist meine Schwester.“

„Aha, und ihr wollt sie überraschen, oder wie? Na, ich hoffe, ihr habt Glück. Das Prinzesschen ist nicht sehr oft hier und schon etwas zu alt zum Studieren.“

„Ja“, Fia stutzte, „ja sowas in der Art.“ Ihre Sis war mit Sicherheit kein *Prinzesschen*. Wie kam er darauf?

Er tippte etwas in den Computer. „Hmmm, wollen mal sehen. Sie wohnt in 2526 c. Das dritte Gebäude auf der rechten Seite. Eure Ausweise hätte ich gerne.“

„Was? Wieso?“

„Nur zur Sicherheit. Ich mache mir nur kurz eine Kopie.“ Er verschwand in einem Nebenraum und Fia hörte das Rattern der Maschine. Nach drei Minuten kam er zurück und schob die Ausweise über den Tresen. „Na denn, wie ich sagte. Viel Glück.“

„Danke.“ Wären die stechenden blauen Augen nicht, könnte der Mann glatt freundlich aussehen, fand Fia. Mit seinen schwarzen Wuschelhaaren erinnerte er sie ein wenig an Finley.

„Los komm.“ Sinann zog sie durch den Flur zur Tür. Draußen verzog sie das Gesicht. „Komischer Kauz. Seit wann ist Ronna eine Tusse und vor allem sind wir hier nicht auf Alcatraz.“

Eine Gruppe Studenten schlenderte lachend an ihnen vorbei. „Eigentlich finde ich es ganz gemütlich hier. Ist doch gut, wenn sie ein bisschen auf die Sicherheit achten.“ An der Tür fanden sie Ronnas Klingelschild sofort und Fia zögerte, bevor sie auf den kleinen Knopf drückte.

„Jetzt hab dich nicht so. Deine Schwester wird dich nicht gleich auffressen.“

„Vielleicht fresse ich sie ja auf. Immerhin hat sie mich im Stich gelassen."

Es summte und sie stiegen hintereinander die Treppen hinauf. Durch die bodenlangen Fenster wirkte das Treppenhaus hell und überraschend sauber. Studentenwohnheime hatte sich Fia immer anders vorgestellt. Voller Müll, ranzig und verwohnt. Nichts davon sah sie hier. An den Türen klebten kleine Schilder und Zettel. Alles sah nett aus und aufgeräumt. Ronna starrte sie mit weit aufgerissenen Augen an.

„Was macht ihr denn hier?"

Fia blieb auf der obersten Treppenstufe stehen und ihr Herz setzte für einen Schlag aus. Ihre Schwester sah anders aus als sonst. Kühler, abweisender und genau so verhielt sie sich auch. Anstatt sie zu umarmen, blieb sie im Türrahmen stehen. „Hey." Etwas Besseres fiel Fia im Moment nicht ein. Gleich mit Vorwürfen zu reagieren, kam ihr falsch vor. *Warum freue ich mich nicht?*

„Hey." Mehr hatte Ronna offenbar ebenfalls nicht zu sagen.

Sinann schwieg und sie blieben im Hausflur stehen wie Menschen an der Bushaltestelle. „Ähm, dürfen wir reinkommen oder sollen wir wieder gehen?"

Fia hätte sich nicht getraut, so direkt zu fragen.

„Ja ähm", Ronna fuhr sich durch ihre langen Haare und trat einen Schritt zurück, „es ist nicht sehr ordentlich aber ja na klar, kommt rein."

Die Wohnung bestand aus einem winzigen Bad und einem Zimmer mit Bett, Schreibtisch und einem Kleiderschrank mit aufgeklebtem Spiegel. Ronna lehnte sich gegen den Tisch und knetete ihre Hände. Der Laptop ertrank in Papierstapeln, aber an der großen Pinnwand darüber hing kein einziger Zettel.

Wenigstens mit einem Kursplan oder Notizen hätte Fia gerechnet. „Nett." Sie ließ sich auf das gemachte Bett fallen.

„Es reicht, sagen wir mal so. Also, was macht ihr hier?"

„Kannst du dir das nicht denken?" Fia musterte ihre Schwester. In der Bucht war sie immer mit praktischen Jeans und Wanderstiefeln herumgelaufen. Jetzt steckte sie in einer schwarzweiß karierten Chinohose und um Ronnas Hals baumelte eine glitzernde Perlenkette. Sogar auf ihre geliebten schlabberigen T-Shirts schien sie hier zu verzichten. Stattdessen trug sie eine weiße kurzärmelige Seidenbluse. „Seit wann stehst du auf solche Klamotten?"

„Wer hier dazugehören will, muss sich eben anpassen." Ronna zuckte mit den Schultern und räumte den Papierberg einen Zentimeter weiter nach links. „Wollt ihr was trinken? Dann müssten wir runter in die Küche."

„Gerade nicht, danke. Ich bin hier, weil ich mit dir reden will."

„Oh Mann, ja, ich hätte auf deine Nachrichten antworten sollen. Tut mir leid, okay?" Ronna verschränkte die Arme vor der Brust. „Aber du weißt doch, wie das ist."

„Nein, weiß ich nicht. Du schreibst ja nicht. Verdammt Sis, ich erzähle dir was über einen Irren, Pei ist verschwunden, Dad benimmt sich wie ein wildgewordenes Schwein und du antwortest nicht mal!" Wut ließ ihre Hände zittern.

„Meine Güte." Die Perlenkette klackerte, als Ronna sich neben ihre Schwester auf das Bett setzte. „Ich hab hier eben viel zu tun. Ich hätte mich schon noch gemeldet. Bald."

„Weißt du“, Fia sah auf den Teppich und registrierte die Ballerinas, die Ronna gegen ihre derben Wanderschuhe eingetauscht hatte, „wie ich dir schon tausendmal geschrieben habe, zu Hause läuft es nicht besonders toll.“

„Kann ich mir denken.“

Sie schwiegen und Fia wünschte sich einen Geheimgang, indem sie verschwinden konnte. Neben ihr saß eine aufgetakelte Studentin, die sie nicht kannte. Mit ihrer Schwester hatte diese Tussi nichts gemeinsam. Wie eine erstickende Decke legte sich das Schweigen über das kleine Studentenzimmer.

Sinann hielt es als Erste nicht länger aus. „Hier drin erstickt man ja. Können wir nicht einen Spaziergang machen?“

„Über den Friedhof oder durch den Park? So, wie die Stimmung hier ist, sollten wir vielleicht über den Friedhof gehen.“ Ronna nahm ihre Jacke aus dem Schrank und sah Fia fragend an.

„Warum eigentlich nicht. Gehen wir über den Friedhof. Dann fühle ich mich wenigstens ganz wie zu Hause.“

„Jetzt übertreib mal nicht gleich.“ Ronna zog den Reißverschluss zu.

„Tu ich nicht. Gehen wir.“ Schweißgebadet stürmte Fia durch die Zimmertür.

Warum verändern sich die Menschen um mich herum so dermaßen? Erst Dad, jetzt Ronna. Allein Sinann schien sich selbst treu zu bleiben. Mit großen Schritten polterten die anderen hinter ihr her und vor der Tür blieb Fia stehen.

„Wir müssen zur Hauptstraße runter.“ Ronna zeigte auf den schmalen Fußweg, der sich zwischen den Appartements durchschlängelte.

Schweigend marschierten sie nebeneinander her.

In Fias Ohren klang das Rauschen der Perth Road zu laut und die Vögel zwitscherten in einer Höhe, die sie kaum ertragen konnte. Alles nervte. „Wie ist das Studium?“, fragte sie, um überhaupt etwas zu sagen.

„Ganz cool eigentlich. Gibt einige schräge Vögel hier. Gerade in meinem Kurs.“

„Kann ich mir vorstellen. Ich hätte nie gedacht, dass du mal was Kreatives studierst.“

„So? Und warum nicht?“ Ronna hob ihre Augenbrauen in die Höhe. „Du weißt doch, dass ich schon immer gerne gezeichnet habe.“

„Ja schon, aber du hast aufgehört.“ Plötzlich hatte Ronna ihren Zeichenblock in die Schreibtischschublade verbannt und nie wieder angefasst. Dabei mochte Fia ihre Zeichnungen, sie fand die Figuren witzig und tiefsinnig zugleich. „Ehrlich gesagt habe ich nie verstanden, warum. Du hast echt Talent.“

„Find ich auch“, sagte Sinann und boxte Ronna in die Seite. „Aus dir wird bestimmt mal so eine reiche Tussi, die sich eine Villa und einen Butler leisten kann.“

„Ein Gärtner wäre viel wichtiger.“ Ronna grinste.

Sie lachten und es kam Fia vor wie die Befreiung aus einem zu engen Korsett. Dad hatte einmal einen Kräutergarten für sie angelegt und sie hatten ihn mit ihren braunen Daumen ruiniert. Innerhalb von einer Woche wucherte das Unkraut in den Beeten und die Kräuter starben. „Weißt du noch, unser Kräutergärtchen?“

Endlich lächelte Ronna. „Oh ja. Zum Schluss war es ein Hundeklo.“

„Hast du eigentlich überhaupt irgendeine Nachricht von mir gelesen?“ Die Wut kam zurück.

Ronna blieb am Eingang zum Friedhof stehen. „Ja, na klar."

Fia sah auf den steinernen Engel, der auf dem riesigen Tor stand und Wache hielt. Mit gefalteten Händen sah er auf sie herunter. „Dann weißt du also von diesem Irren?"

„Irren?"

„Wusste ich es doch. In der Bucht scheint sich neuerdings jemand rumzutreiben und neulich habe ich Evaine nachts bei uns erwischt."

„Evaine? Dann ist doch klar, wer dieser *Irre* ist. Was will sie denn jetzt nach all der Zeit?"

„Ein Bild von Mum."

„Ein Bild? Hat sie nicht selber genug davon?"

„Offenbar nicht. Dad soll eine Flasche nach ihr geworfen haben."

„Kann ich mir nicht vorstellen."

„Ich eigentlich auch nicht."

„Lass uns das Thema wechseln. Evaine hat uns damals sitzen lassen. Sie interessiert mich nicht. Erzähl mir lieber, was Dad so treibt."

„Was er immer macht. Allerdings haben wir kaum noch Kunden."

„Auch das wundert mich ehrlich gesagt nicht. Wird Zeit, dass du den Laden übernimmst, Schwesterherz."

„Und Dad?"

„Du wirst ihn nicht davon abhalten können, Tráigh Cottage zu verkaufen, wenn er sich das in den Kopf gesetzt hat. Aber du kannst *Niddry Tours* trotzdem übernehmen. Er kann dich schließlich nicht aus dem Dorf jagen."

„Hör auf deine Schwester."

Sie schlenderten unter dem Torbogen durch über den Friedhof. Eine alte Frau saß auf einer Parkbank und ein paar Mitarbeiter der Stadt schnitten auf der rechten Seite die hohe Hecke. Ansonsten begegneten sie niemandem und Fia genoss die Ruhe. Im Vorbeigehen las sie die Inschriften der Gräber. Namen ohne Gesichter. Sie bedeuteten nichts, aber die Jahreszahlen jagten ihr teilweise eine Gänsehaut über den Rücken. Manche starben zu früh. Auf der oberen Terrasse blieben sie erneut stehen.

„Schön hier, abgesehen davon, dass wir über einen Friedhof spazieren." Mit den Händen in den Hosentaschen genoss Sinann den Ausblick auf die Stadt. Die ersten Lichter flammten auf und die Autos bildeten ein goldenes Band auf der Brücke.

„Hab dich nicht so. Ich find alte Friedhöfe interessant." Ronna hob den Kopf und atmete tief ein. Ein paar Schiffe tummelten sich auf dem River Tay und die Abendsonne brachte das Wasser zum Funkeln.

Seit wann machte sich Ronna etwas aus alten Gräbern? *Jetzt oder nie.* In Ronnas Zimmer hatte sich Fia nicht getraut. Hier dagegen herrschte eine friedliche Stimmung und die Chinohose wirkte weniger fremd an ihrer Schwester. Fia schluckte und holte tief Luft. „Warum hast du dich nicht gemeldet?"

Ronna starrte weiter auf den Fluss. In ihrem Gesicht regte sich nichts, sie sah aus wie eine Figur im Wachsfigurenkabinett. Der Wind raschelte lauter in den teilweise vertrockneten Hecken und links von ihnen sprang ein Rasenmäher an.

„Ronna. Jeden Tag, weißt du noch?"

„Wisst ihr was, ich warte am Tor." Ohne eine weitere Erklärung schlenderte Sinann in Richtung Ausgang.

Fia sah ihr hinterher, bis die schwarzen langen Haare hinter der nächsten Ecke verschwanden. „Ronna?"

Endlich drehte sie sich um und Fia wich einen Schritt zurück. In den Augen ihrer Schwester schimmerten Tränen. „Es tut mir leid. Ehrlich. Ich wollte mich melden, aber …“

Fia wagte es nicht, Ronna zu unterbrechen.

„Aber ich wollte auch vergessen, verstehst du?“

Fia nickte und schwieg weiter.

„Diese Welt hier …“, Ronna hob die Schultern und zeigte auf den Fluss, „hier ist alles so anders. Fröhlich und … unbeschwert. Zu Hause, na ja, du weißt ja selbst, wie es da ist. Ich wollte dich nicht im Stich lassen, wirklich nicht.“

„Hast du aber.“

„Ich sage ja, es tut mir leid.“

„Stehst du neuerdings auf teure Klamotten, weil du dich verändern willst?“

„Um ehrlich zu sein, ja. Es ist, als ob ich mich häuten würde, und es fühlt sich gut an. Klingt schräg, oder?“

„Nein, irgendwie nicht. Gerade in letzter Zeit würde ich auch gerne alles hinter mir lassen. Einfach gehen, soll Dad zusehen, wie er klarkommt. Aber ich kann nicht.“

„Ich an deiner Stelle würde mich bei der Arbeit unersetzlich machen, verstehst du, was ich meine? Je weniger Dad auf dich verzichten kann, desto eher wird er dir *Niddry Tours* überlassen.“

„Klingt zwar logisch, aber er will alles verkaufen. Hast du das vergessen. Offenbar gibt es auch schon Interessenten.“

„Ach Fia, wer kauft denn ein einsames Cottage am Atlantik, ohne Verbindung zum Dorf? *Darüber* würde ich mir mal gar keinen Kopf machen. Lass uns zurückgehen.“ Ronna hakte sich bei Fia unter und sie gingen denselben Weg zurück.

Ihre Nähe weckte Erinnerungen in Fia und einmal mehr merkte sie, wie furchtbar sie ihre Schwester vermisste. „Erinnerst du dich an unseren Pakt?"

„Logisch."

Offenbar bedeutet dir der Schwur nichts mehr. „Weißt du, ich habe früher auch gedacht, ich kann nicht weg. Ich wollte die Bucht unbedingt beschützen, so wie du. Auch wegen Mum."

„Ronna, das ist gerade einmal zwei Monate her. Was hat sich denn auf einmal geändert?"

„Alles. Ich meine, Mum ist tot und wir können sie nicht mehr beschützen. Es gibt auch Leben außerhalb des Dorfes, das habe ich in den letzten Wochen gemerkt."

„Heißt das auch, dass du mich vergessen willst? So wie die Bucht?"

Mit aufgerissenen Augen drehte sich Ronna zu Fia um und umarmte sie. „Fia. Nein. Quatsch. Wie kommst du denn auf so was?"

Sie hatte sich nicht nur teure Klamotten gekauft, Ronna benutzte seit Neuestem auch Parfum. Einen widerlich blumigen Duft. „Du hast dich verändert."

„Ich bin immer noch deine große Schwester. Deine Beschützerin. Vergiss das nicht." Ronna ließ sie los, ihre Hand blieb auf Fias Schulter liegen.

„Bist du dir da sicher?"

„Na hör mal. Natürlich bin ich mir da sicher. Ich melde mich jetzt öfter. Versprochen."

Fia schluckte ihre Antwort hinunter. *Jeden Tag. Das* hatte Ronna ebenso versprochen. Sie gingen weiter und die steinernen Tücher auf den Grabsteinen sahen aus, als könnten sie jeden Moment davon flattern. So wie ihre Freundschaft.

„Bist du dir immer noch sicher, dass sich jemand auf Tráigh Cottage herumtreibt?"

„Ja. In letzter Zeit sind einige komische Sachen passiert und Maisie hat einen Landstreicher gesehen. Angeblich auf dem Weg zu uns. Außerdem ist der Kühlschrank ständig leer."

„Maisie." Ronna prustete. „Die Olle sieht doch sowieso Gespenster. Wenn du mich fragst, tickt sie nicht mehr ganz richtig. Du solltest das alte Herrenhaus nochmal durchsuchen. Vielleicht mit Scott, er ist stark und kann zur Not jemanden vertrimmen."

„Keine schlechte Idee."

Schweigend wanderten sie Richtung Ausgang. Die alte Frau auf der Parkbank lächelte und die Arbeiter waren weitergezogen. Obwohl Ronna neben ihr ging, schien sie weit weg zu sein. Die Vertrautheit von früher fehlte. Eine Mischung aus Wut und Enttäuschung fraß sich durch Fias Magen wie ein Wurm. Egal, wie oft Ronna sich entschuldigte, sie hatte Fia im Stich gelassen. Im Gehen fiel ihr Blick wieder auf die Seidenbluse und die Chinohose. Dieses ganze teure Zeug passte nicht zu Ronna. Vor der Fahrt hierher hatte sich Fia weniger einsam gefühlt. Hinter der nächsten Kurve kamen sie zum Ausgang und sie sah Sinann, die wartend an der Mauer lehnte. Um sich die Zeit zu vertreiben, spielte sie mit ihrem Handy.

„Warte." Ronna zog an ihrem Ärmel und blieb stehen. „Ich weiß, du bist enttäuscht. Mehr als mich entschuldigen kann ich nicht. Es tut mir wirklich leid. Eins wollte ich dir noch sagen."

„Und?" Im Licht der Dämmerung wirkten die Statuen auf den Gräbern fast lebendig. Groom. Hatte er sich zwischen den Gestalten versteckt?

„Geh weg, solange du noch kannst. Verschwinde aus dem Dorf. Bitte."

KAPITEL 14

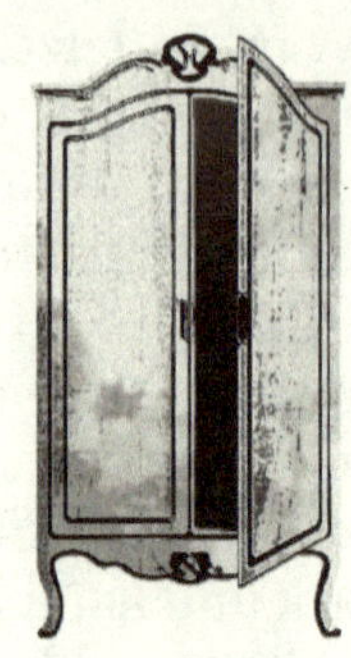

Verschwunden

Diesmal nicht. „Warte!"

„Was?" An der Tür drehte sich Artair noch einmal um und sein Gesicht hatte sich in eine wutverzerrte Fratze verwandelt. Sein Brustkorb hob und senkte sich zu schnell und Fia sah, wie er schluckte.

„Du kannst mich nicht jedes Mal so stehen lassen!"

„Wie? Wie lasse ich dich denn stehen?"

Fia trat einen Schritt zurück, tiefer in die sichere Dunkelheit. „Als wäre ich ein Sack Müll."

„Na also jetzt reichts aber." Er wandte sich wieder zur Tür und drückte die Klinke herunter.

„Bleib hier und hör mir zu! Wenigstens dieses eine Mal."

Seufzend ließ Artair den Türgriff wieder los und stützte sich mit einem Arm auf die Flurkommode. „Als ob ich das nie tun würde. Immerhin hast du in meinen privaten Sachen rumgewühlt und das kann ich nicht leiden. Glaub nicht, ich hätte es nicht gemerkt. Also bitte, ich höre."

„Ich habe das Bändchen nicht ..."

„Wenn es darum geht, spar dir deine Lügen."

Es war ungerecht und Fia musste sich zusammenreißen, um nicht loszubrüllen. Sie atmete tief durch, bevor sie weiterredete. „Darum geht es nicht nur. Seit ich mit der Schule fertig bin, behandelst du mich wie ein Stück Dreck. Ja du hast Mum verloren. Wir nebenbei auch und wir *leben* noch!"

Artairs Fingerknöchel knackten. „Wie ein Stück Dreck? Das ist nicht wahr."

„Und ob das stimmt!" Am liebsten wäre Fia auf ihn losgegangen, aber sie knibbelte stattdessen an der Tapete. „Wann hast du aufgehört, dich für mein Leben zu interessieren? Oder für das von Ronna? Wir sind deine Töchter, verdammt noch mal! Und wir haben nur noch dich. Du willst unser Zuhause verkaufen? Bitte schön. Mach doch! Aber du kannst uns nicht einfach irgendwo abstellen wie ein altes Auto. Versteh das doch!"

„Wow", Artair ließ die Kommode los und stellte sich aufrecht hin, „das war ja eine richtige Rede. Vielleicht solltest du Politik studieren."

Ein Stück Tapete löste sich und Fia zerrieb es zwischen den Fingern. „Siehst du. Du hörst nicht zu. Ich will nicht studieren. Ich will hierbleiben und die Firma retten."

„Ja ja, das hatten wir doch schon. Ich will dir etwas zeigen, komm mit." Ohne eine Jacke anzuziehen, öffnete Artair die Haustür und marschierte los. Schlamm patschte unter seinen Gummistiefeln und Fia blieb nichts anderes übrig, als ihm zu folgen.

Schnell schlüpfte sie in ihre Stiefel und lief hinterher.

Mit gesenktem Kopf stiefelte er über die nasse Wiese. Erst am Strand blieb Artair stehen und deutete mit einer unbestimmten Geste in die Dunkelheit. Holz knarzte und kalter Wind zerrte an der Kapuze seiner Öljacke.

„Stell dir vor, dein Boot habe ich schon einmal gesehen."

„Jetzt sei nicht so biestig." Artair rührte sich nicht. Wie ein Baum stand er da.

„Das sagt der Richtige." *Du und Groom, ihr könntet Zwillinge sein.*

„Die Bucht gehört mir eigentlich nicht. Jedenfalls nicht ganz."

Im Dunkeln konnte Fia seinen Gesichtsausdruck nicht sehen, aber sie hörte die Verbitterung in seiner Stimme. „Wem dann?"

„Meinem Bruder."

Fia stutzte. Ein Fremder, nichts weiter. „Onkel Allan. Du sprichst nie über ihn."

„Und das hat einen Grund. Er war ... ist ein mieses Stück. Er hat mein Leben zerstört, damals, in nur einer Nacht."

Von welcher Nacht Dad sprach, brauchte Fia nicht fragen. Erneut roch sie das verkohlte Holz und sie sah das schwarze Etwas zwischen den Trümmern der Bonnie. Wie damals schoss Galle in ihren Mund und sie musste schlucken. Groom. Seine Hörner brannten ebenfalls. Allein die Zähne hatten weiß geleuchtet in all dem Schwarz. „Wie?" Der bittere Geschmack ließ sich nicht herunterschlucken. „Wie hat er dein Leben zerstört?"

„Das Freundschaftsbändchen. Es hat mich an etwas erinnert. Mehr musst du nicht wissen." In seinem Mundwinkel zuckte es.

„Wozu hast du mich dann hier raus gezerrt?"

„Damit du etwas verstehst."

„Was gibt es denn da zu verstehen? Du willst nicht reden, wie immer."

„Hör zu Fia. Ich will hier nicht weg, um dir oder Ronna das Leben zur Hölle zu machen. Ich will hier weg, weil mich hier nichts mehr hält. Im Gegenteil, dieser Ort ... er quält mich. Zu viele Erinnerungen, verstehst du?"

Auf einmal kam sich Fia vor wie ein Kind, was an einem Geschenk herumnörgelte. Zum ersten Mal seit Jahren sprach Dad über seine Gefühle und Tränen brannten in ihren Augen. Seine Mauer bekam Risse und sie fürchtete sich vor dem, was dahinter lauerte.

Artair hob die Arme und kam einen Schritt auf sie zu. Fia wich ihm aus. Langsam ließ er die Hände wieder sinken und ein Schatten schien sich über sein Gesicht zu legen. „Verstehe."

„Dad, du kannst nicht erwarten, dass mit einem Schlag alles wieder gut ist. Was ist mit Scott? Oder mit Evaine? Sie haben dir doch nichts getan. Ganz abgesehen von uns."

„Was weißt du denn schon."

Kaltes Meerwasser umspülte Fias Füße und seine Abwehr kam wieder. Als hätte er sie übergestreift wie einen Mantel. Mit verschränkten Armen sah er Fia an und der Schatten verwandelte sich in eine Maske aus Wut. Die Hoffnung auf ein ehrliches Gespräch zog sich zurück wie eine Welle. Fia klang plötzlich wie ein trotziges Kind. „Ich weiß nur, das ich hierbleiben will."

„Dann sieh zu, wie du klarkommst. Ich habe dir genug Chancen gegeben. Wie ich schon sagte, von mir bekommst du nichts. Warum krallst du dich so an die Vergangenheit? Hier ist alles tot. Tráigh Cottage wird verkauft. Punkt."

„Siehst du, das meine ich. Du lässt uns im Stich und es interessiert dich nicht mal.“

„Nochmal zum Mitschreiben. Ich will dich und Ronna nicht loswerden, aber ich kann nicht hierbleiben. Es geht einfach nicht. Ich brauche einen Neuanfang. Entweder du kommst mit ...“

„Niemals.“

„... oder du machst dir mal Gedanken darüber, wie du hier in diesem Nest dein Geld verdienen willst.“

„Mit *Niddry Tours*. Du musst die Firma nicht verkaufen.“

„Ach Fia, das bringt doch nichts. Willst du wirklich für den Rest deines Lebens Touristen über die Bucht schippern? Jedes Wochenende, bei Regen und Sturm? Willst du hier festsitzen, im Winter, allein? Sinann wird irgendwann von hier verschwinden, ist dir das klar?“

„Warum sollte ich das nicht wollen?“

„Weil du was Besseres haben kannst. Bist stur wie deine Mum. Ich bin bald hier weg und jetzt brauche ich noch ein bisschen Wind um die Nase. Ich fahre nochmal raus. Sieh zu, dass dieses Freundschaftsbändchen verschwindet.“

Fia beobachtete, wie er auf der *Heather* verschwand. Beim Knall der Kabinentür zuckte sie zusammen. Zwar hatte sich das Monster verkleidet, aber es blieb Groom. Weiße Schaumkronen krochen über den Strand und Fia schlenderte in Richtung Fluss. Zurück in das düstere Haus wollte sie nicht. Dort wartete nichts auf sie außer Schatten und Stille. Ohne Pei kam ihr selbst das Feuer im Kamin eiskalt vor. Statt der Wärme lauerte Groom in den finsteren Ecken. Letzte Nacht hatte sie von ihm geträumt. Der Dämon fraß Pei. Das Schmatzen hatte sie geweckt.

Wind wühlte den Atlantik auf und das Wasser verwischte die Spuren hinter Fia. Es radierte sie aus, genau wie Dad ihre Zukunftspläne. Sie verstand, warum er wegwollte, aber sie verurteilte sein Verhalten dabei. Es gab keinen Grund für seine Wut. Alle zu vergraulen, half ihm nicht weiter. Die letzten Jahre mit Dad hatten Narben hinterlassen, die sich nicht vom Meer wegwaschen ließen.

Mondlicht fiel auf den Fluss und die Ministromschnellen glänzten silbrig. Schwarz wie ein verfaulter Zahn ragte Mums Stein in den Himmel. Fia kniete sich hin und zeichnete mit dem Finger die Inschrift nach. „Was soll ich jetzt machen, Mum? Bitte sag mir, was ich tun soll."

Der Fluss gluckerte und das Gras raschelte im Wind. Allein der Atlantik antwortete ihr mit einem düsteren Grollen.

„Du fehlst mir so." Fia hörte, wie Artair den Motor der *Heather* startete und das sagte ihr, wie verletzt er war. Zum ersten Mal seit Monaten mischte sich ein Gefühl von Schuld in ihre Wut. Ähnlich wie Sinann neulich hatte Dad ihr insgeheim vorgeworfen, egoistisch zu sein und das Pech herauszufordern. Damals nach Mums Tod hatte er Trost auf dem Meer gesucht. Sobald er seine Gefühle nicht länger unter Kontrolle halten konnte, floh er. Wohin hatte Fia nie gefragt, sie wollte es nicht wissen. Zu oft hatte Scott den wutentbrannten und manchmal betrunkenen Artair nach Hause gebracht. Ronna hatte sich in diesen Nächten um ihn gekümmert. Ihre Sis stellte den Eimer ans Bett und zog ihm die Schuhe aus. Kein einziges Mal hatte Fia gefragt, wie es ihm ging oder ob er etwas brauchte. Hatten sie Recht? War sie selbstsüchtig? Nur weil sie ihre Heimat liebte und hierbleiben wollte? *Darum geht es nicht*, flüsterte ihre innere Stimme. Um sie loszuwerden, schlenderte sie mit gesenktem Kopf am Strand entlang. Das Blubbern entfernte sich langsam und Fia hörte die Brandung deutlicher. Wolken flogen über den Himmel und ein heller Streifen fiel auf den Grabstein. Das Blut ihres Schwurs war weiterhin zu sehen.

Dunkelheit. Groom. Er wartete im Schrank und Fia setzte sich mit einem Ruck auf. Etwas stimmte nicht. Ihr Blick wanderte an den Umrissen des Kleiderschranks entlang über den Schreibtisch. Wie immer lag darauf nichts außer dem Laptop, sie benutzte ihn nie. Das Cottage fühlte sich seltsam an. Rastlos. Balken krachten, im Schrank raschelte etwas und der Wind fegte ums Haus. Sie leckte sich über die Lippen und sah auf den Radiowecker. Halb vier. Das Glas Wasser auf ihrem Nachtschrank hatte sie ausgetrunken und ihr Hals kratzte. Für eine neue Flasche musste sie in den Keller gehen und das traute sie sich nicht. Über ihrem Kopf raschelte es. Schritte, es hörte sich an, als ob jemand auf dem Dachboden herumwanderte.

Eins. Fia grübelte. Früher fiel ihr sofort etwas Positives ein. Heute musste sie nachdenken. Groom hatte ihr das Schöne genommen. Ihr Blick wanderte über die vertrauten Umrisse der Möbel. *Ich werde Scott fragen. Gleich morgen.* Wieder polterte es, diesmal unten im Erdgeschoss. Ich mag Sinann.

Zwei. Ihre Pommes. Es half nichts. Im Schrank scharrte es und Fia kniff die Augen zusammen.

Nach zwanzig Minuten gab sie auf und kletterte aus dem Bett. Automatisch nahm sie ihr Handy und stieg die Treppe hinunter. Eine Tablette gegen die

Halsschmerzen gab es in der Küche und Dad wollte ohnehin in spätestens einer Stunde frühstücken. Obwohl er sich nach dem Streit gestern seine Eier selbst braten konnte. *Ich bin keine Dienstmagd.* Einen Satz lang hatte er Fia leidgetan. Ein Wetterleuchten im Nebel, das sofort wieder verschwand. Dennoch dachte sie den ganzen Abend über Dad und Ronna nach. *Stur wie Mum.* Wäre sie ein Esel, hätte eine Karotte nicht geholfen. Der Teekessel in ihrer Hand zitterte und sie stellte ihn schnell auf den Herd. Im Flackern der Gasflamme tanzten Schatten über die Wände. Hastig schaltete sie das Deckenlicht an und atmete tief durch. Schwitzend lagen ihre Finger auf dem kalten Plastik des Schalters. *Alles in Ordnung. Hier ist niemand.* Während sich das Wasser blubbernd erhitzte, huschte sie ins Bad. Wie angewurzelt blieb Fia vor der Toilette stehen. Es bewegte sich auf das alte Herrenhaus zu und flackerte im Wind. Licht. Wie das von einer Laterne.

Fia bekam keine Luft. Ihr Herz hämmerte. Steif vor Angst starrte sie auf den gelben Punkt, der sich langsam dem Haus näherte. Wie bei einer Prozession. *Lauf weg. Ruf die Polizei. Das Handy.* Es lag in der Küche. Fia wollte losstürmen, aber ihre Beine bewegten sich nicht. Wie die Wurzeln eines Baums fraßen sich ihre nackten Füße in den Boden. An der Tür stockte das Licht. Endlich konnte sich Fia rühren. Keuchend rannte sie zurück Richtung Küche. Im Flur blieb sie erneut stehen. Das blaue Flimmern kam vom Plattenspieler. Jemand hatte ihn eingeschaltet. Fia erkannte das Lied sofort. Finley. Sambarhythmen und seine warme weiche Stimme tanzten durch das finstere Cottage. Der Teekessel pfiff in der Küche und sie schrie auf.

Keuchend rannte Fia los und riss den Arm von der Platte. Die Musik verstummte. Schweratmend stand Fia im Flur und lauschte. Heiße Tränen liefen über ihre Wangen. Nichts. Nass klebte der Schlafanzug an ihrem Körper. Das schrille Pfeifen des Kessels tat in den Ohren weh. Die Polizei. In diesem Moment klingelte das Handy auf dem Küchentisch. Um diese Zeit rief normalerweise kein Mensch an. Mit einem bitteren Geschmack im Mund nahm Fia das Telefon. Sinann. Schweißperlen bildeten sich auf ihrer Stirn, als sie auf den grünen Button drückte.

„Komm. Bitte. Dad ist … du musst … er ist nicht … Fia!"

„Langsam. Was ist denn passiert?" Sie erkannte ihre Freundin kaum. Unterbrochen von Schluchzern stammelte Sinann unzusammenhängende Worte ins Telefon.

„Verschwunden … wir wissen nicht … bitte komm."

„Was ist denn los?"

„Dad … er ist verschwunden."

Ohne ein weiteres Wort legte Sinann auf und Fia starrte auf das Telefon, als hätte es eine Erklärung parat. Gedanken schossen ihr durch den Kopf wie Schrotkugeln. *Mach den Herd aus. Anziehen. Polizei. Hilfe. Nein, erst anziehen dann losfahren. Wozu Klamotten?* Sie wollte alles gleichzeitig erledigen. Stattdessen stand sie zu lange in der Küche und fixierte das schwarze Display. Erst das Klingeln ihres Weckers im Obergeschoss riss sie aus ihren Gedanken und sie raste in ihr Zimmer. Wahllos griff sie nach Jeans und Pullover und rannte die Treppe wieder hinunter. Mit jedem Schritt schlug ihr Herz fester gegen die Brust und sie schnappte sich den Schlüssel von der Kommode. *Halt. Schuhe.* Fia schlüpfte barfuß in ihre

Stiefel und rannte über die nasse Wiese. Mit einem Satz sprang sie in das Schlauchboot und riss an der Zündschnur. Der Motor jaulte.

„Was wird denn das, wenn ich fragen darf?“

Dad. „Ich muss zu Sinann. Jetzt.“ Sie sah ihre Freundin tränenüberströmt am Tisch sitzen. Polizisten liefen hektisch durch die Gegend.

„Hast du sie nicht mehr alle? Es ist nicht mal fünf!“ Er fuhr sich durch die fettigen abstehenden Haare.

„Dad! Finley ist verschwunden. Ich muss zu Sinann. Jetzt.“

„Krieg dich mal wieder ein. Vielleicht ist er irgendwo versackt. Kann ja mal vorkommen. Was ist mit Frühstück?“

Der Brocken in Fias Magen schien zu explodieren und die Hitze schoss durch ihren ganzen Körper. Wut schnürte ihr die Luft ab und weiße Blitze tanzten vor ihren Augen. In diesem Moment wollte sie ihn schlagen, stattdessen riss sie ein weiteres Mal an der Schnur.

„Außerdem brauche ich dich heute im Büro.“

„Weißt du was?“ Noch eine Sekunde und sie konnte sich nicht länger beherrschen. Ihre geballten Fäuste zitterten. „Brat dir deine Eier selbst. Es kommt sowieso niemand und daran bist du schuld. Im Gegensatz zu dir habe ich hier noch Freunde und die brauchen mich jetzt dringender.“

Er brüllte ihr hinterher, bis das Knattern des Bootsmotors sein Gemecker übertönte. Was er sagte, interessierte sie nicht. Eiskaltes Salzwasser schwappte mit jeder Welle ins Boot, als sie mit Vollgas über die Bucht bretterte. Die Bergkuppen schienen zu brennen, die aufgehende Sonne färbte sie blutrot. Fia drückte den Gashebel der *Jeanny* bis zum Anschlag durch.

„Ich glaube, er hat noch den Müll rausgebracht." Blair hatte diesen Satz schon mindestens zwanzigmal wiederholt, als ob Finley das zum ersten Mal erledigt hätte. „Das ist wichtig. Wenn man das nicht macht, kommen Ratten." Sie saßen im leeren Bistro, keiner rührte den dampfenden Tee vor sich an. Hin und wieder fuhr jemand auf den Hof, las das Schild und wendete. Heute bediente hier niemand. „Diese blöde Migräne! Hätte ich ihm geholfen, wäre er jetzt nicht ..."

„Mum", Sinann legte ihre Hand auf die von Blair, „hör endlich auf damit. Bitte. Das bringt doch nichts." Sie massierte sich die Schläfen, sie schien selbst Kopfschmerzen zu haben. Schweigen. Es senkte sich über das Lokal wie eine Grabplatte.

Um sich davon abzulenken, rührte Fia in ihrer Teetasse. Egal, was sie sagte, es fühlte sich falsch an. Das Chaos in der Küche hatte die letzten Zweifel ausgeräumt. Die Spülmaschine stand offen, voll mit dreckigen Tellern. Schaumiges Wasser stand im Spülbecken und auf dem Grill lag sogar noch ein halb gegrilltes Pattie. Finley war nicht versackt, sondern verschwunden.

„Ich glaube, wir haben noch Whisky." Getrunken hatte Sinann zum letzten Mal mit sechszehn.

„Es ist sieben." *Etwas Blöderes fällt dir nicht ein.*

Sinann überhörte Fias Einwand und stand auf. Blair knautschte das Taschentuch in ihrer Hand. Ständig nahm sie ihre Tasse und stellte sie wieder ab, ohne zu trinken. Jedes Mal schwappte ein bisschen Tee heraus. Flaschen klapperten.

„Ich finde den verdammten Whisky nicht! Mum, wo ist ..." Etwas fiel klirrend zu Boden und Fia sprang ebenfalls auf. Sinann stützte sich auf die Theke, ihr Oberkörper bebte. Fia rannte zu ihr und nahm die

Freundin in den Arm. Blair sah mit aufgerissenen geröteten Augen zu ihrer Tochter und ließ endlich das Taschentuch los. Für die Polizei hatte sie sich schnell einen Trainingsanzug übergeworfen. So kannte Fia sie nicht. Im Bistro sah Blair immer gepflegt und hübsch aus. Meist trug sie ihre blonden Haare zu einer Banane hochgesteckt, jetzt hingen sie strähnig herunter. Mit den Schatten unter den Augen und kreidebleich im Gesicht sah sie aus wie eine Schwerkranke auf dem Weg zum Diagnosegespräch.

„Ich“, schwarze Haare verdeckten Sinanns Tränen, „ ... ich kann hier nicht ... ich muss irgendwas tun.“

„Kleines ...“ Blair streichelte ihrer Tochter über den Kopf.

Auf Fia wirkte diese Geste so hilflos, wie sie sich selbst fühlte. Obwohl sie sich regelmäßig sahen, wusste Fia fast nichts über Sinanns Dad. Er galt als Schönling und konnte gut kochen und musizieren. Ende.

„Wir können jetzt nicht viel machen.“ *Das war ja das Schlimme.* „Hör zu, ich schätze sie mobilisieren das ganze Dorf und so, wie ich unsere Leute kenne, werden alle mitmachen. Er wird wieder auftauchen, wirst sehen.“ Fia glaubte selbst nicht an ihre Worte, aber etwas Besseres fiel ihr nicht ein.

„Ihm ist was passiert. Das spüre ich.“ Sinann sah Fia mit verweinten Augen an und krallte sich in ihren Pulloverärmeln fest. Wie eine Schiffbrüchige an eine Holzplanke. Fia sah die Panik in ihrem Blick. „Verstehst du, was ich meine? Ich ... ich kann es fühlen.“

Die Halsschmerzen verschlimmerten sich, als hätte jemand ihren Rachen mit Sandpapier abgerieben. Fia sah zu Blair, die am ganzen Körper zitternd hinter ihrer Tochter stand.

„Hör auf." Sie sah an Sinann vorbei, die Lippen aufeinandergepresst. Zwei schmale weiße Striche, die verrieten, wie mühsam sich Blair beherrschte. Ihre Wangen liefen rot an und sie schluckte mehrmals. „Davon will ich kein Wort mehr hören, hast du verstanden?" Sie sah zu Boden. „Nicht bevor wir wissen, was passiert ist."

„Entschuldige Mum. Ich ... tut mir leid."

Die beiden brauchten dringend eine Beschäftigung. „Hört zu, Vorschlag. Wir setzen uns zusammen hin und machen eine Liste."

„Was für eine Liste?" Sinann schniefte und Blair reichte ihr ein Taschentuch, was sie aus ihrer Tasche kramte.

„Hatte Finley Lieblingsorte? Wo er manchmal hingegangen ist, einfach so zum Entspannen? Wo hat er immer eingekauft? Das schreiben wir auf und morgen klappern wir dann alles ab."

„Warum nicht sofort?"

„Weil du unterwegs zusammenbrechen würdest. Sinann, du kannst kaum noch aufrecht stehen." Fia sah es an ihren zitternden Beinen und der durchscheinenden Blässe in ihrem Gesicht. Die rot geweinten Augen sahen darin aus wie glühende Kohlestücke. „Außerdem solltet ihr was essen."

Ihre Freundin sah sie an wie einen Arzt aus der Irrenanstalt. „Okay. Eine Liste. Besser als nichts."

Seit Sinanns Nachricht war der Streit mit Dad in den Hintergrund getreten, aber jetzt kamen die Gedanken mit voller Wucht zurück. Was, wenn das letzte Wort eine Beleidigung war? Würde Artair heute verschwinden, könnte sich Fia niemals verzeihen. Sie wären im bittersten Streit auseinandergegangen und sie sehnte sich danach, ihrer Freundin von dem mysteriösen Freundschaftsbändchen zu erzählen. Vor allem seine Reaktion darauf verstand Fia nicht und Blair wusste mit Sicherheit mehr darüber. *Später*.

Jemand klopfte ans Fenster und sie fuhren herum.

„Das darf doch nicht wahr sein." Mit großen Schritten marschierte Blair zur Tür. Maisie sah wie immer modisch gestylt aus und ignorierte das Aushängeschild konsequent. Ihre Ringe klapperten am Glas der Tür und sie grinste breit. Der knallrote Lippenstift passte zu Sinanns geröteten Augen. Mit Schwung riss Blair die Bistrotür auf. „Kannst du nicht lesen? Wir haben heute geschlossen."

Maisie hob abwehrend die Hände und trat mit ihren Stöckelschuhen einen Schritt zurück. Blair hing an der Tür wie eine Fledermaus auf der Jagd und sie starrte die Klatschtante vom Dienst an wie ein lästiges Insekt, was vernichtet werden musste.

„Herrjemine ist ja gut. Ich wollte nur mal fragen, ob alles in Ordnung ist. Man muss ja nicht gleich so aggressiv werden."

„Tut mir leid, du musst dir deinen Kaffee heute selbst kochen. Wir haben geschlossen."

„Das sagtest du schon. Und? Ist alles in Ordnung?" Maisie kam wieder näher und ihr Blick blieb an der weinenden Sinann hängen.

„Selbstverständlich. Wir haben gestern einfach zu lange gefeiert wie jeden Abend. Und jetzt geh bitte."

„Macht ihr denn morgen wieder auf?"

„Keine Ahnung. Wahrscheinlich nicht."

„Na ja, ich war vorhin schon mal hier und habe die Polizei wegfahren sehen. Da wollte ich ..."

„Dann frag nicht so blöd, ob alles in Ordnung ist."

„Ich dachte, ich könnte vielleicht helfen aber dazu ..."

„Kannst du nicht." Ohne ein weiteres Wort knallte Blair die Tür wieder zu.

„Wundert mich, dass sie nicht längst alles weiß." Sinann schniefte.

„Wahrscheinlich weiß sie schon Bescheid. Du kennst sie doch. An der Quelle erfährt man im Zweifel mehr. Egal. Wir haben jetzt Wichtigeres zu tun. Ich will mit der Liste nicht bis morgen warten. Gehen wir rauf. Ich habe keine Lust auf noch mehr Besuch. Außerdem ist es kalt hier unten. Normalerweise stellt Finley ..." Der Rest des Satzes ging in einem Schluchzer unter und Blair angelte ein neues Taschentuch aus ihrer Hosentasche.

Sinann griff schwungvoll nach einer halb vollen Flasche Whisky. „Für alle Fälle. Machen wir uns an die Arbeit."

Nach zwei Stunden starrten sie auf die überschaubare Liste. Finley arbeitete am liebsten in der Küche und verließ das Bistro selten. Meist trieb es Blair irgendwohin. Zufrieden mit dem, was er hatte und ohne zu murren, erledigte er seinen Job. An erster Stelle stand seine Familie, dann kam der Rest. Wenigstens das wusste Fia über ihn.

„Also bleibt uns nur ganz Skye abzusuchen. Wie ermutigend." Sinann lehnte sich zurück und pfefferte den Kugelschreiber auf den Tisch.

Fia sagte nichts und rieb sich die brennenden Augen. Normalerweise schlief sie, solange sie konnte und schaltete dann im Bad den Turbo ein.

„Ein bisschen frische Luft wäre sowieso nicht schlecht." Seit sie hier saßen, kaute Blair auf ihrer Unterlippe, die mittlerweile rot und geschwollen aussah. „Ich hab das Gefühl, hier drin zu ersticken. Lasst uns rausfahren, sonst werd ich hier noch wahnsinnig.“ Sie wartete nicht erst auf die Meinung der Anderen, sondern stand auf und schob den Stuhl akkurat unter den Esstisch.

Sinann sprang ebenfalls auf und riss im Flur ihre Jacke vom Haken. „Fia, kommst du?“

Zwar verstand sie, warum die beiden unbedingt loslegen wollten, aber ihr ganzer Körper fühlte sich mindestens zehn Kilogramm zu schwer an. Die Hilflosigkeit drückte sie nieder wie ein Rucksack voller Backsteine. „Wir sollten Scott Bescheid sagen. Er fährt eh ständig zwischen den Inseln hin und her. Vielleicht hat er ja was gesehen.“

Mit verschränkten Armen stand Sinann im Flur. „Dazu müsstest du allerdings endlich aufstehen.“

Die roten Karos auf der Tischdecke flimmerten vor Fias Augen. „Ja doch. Ich komm ja schon.“

„Tut mir leid, ich bin ... sorry. Ich hab einfach Angst.“

„Schon gut. Fahren wir.“

Blair und Sinann stürmten aus der Tür und Fia zog sich ihre Jacke über. Die plötzliche Stille im Bistro rauschte laut in ihren Ohren wie die Brandung in der Bucht. Finleys Pudelmütze hing an der Garderobe. Seine Schuhe standen schlammverkrustet daneben. In der Küche trug er weiße Gummilatschen. Selbst der Autoschlüssel lag an seinem Platz. Fia schluckte und stürmte raus an die Luft. Wie damals lag die Stille wie ein tonnenschwerer Felsen auf ihrem Oberkörper. Jeden Moment konnte der Stein sie zerquetschen.

„Wa... bitte? Quatsch.“ Die Touristen auf den Bänken der *Little Twin* drehten sich um und sahen zu Scott hinüber. Hastig stellte er seine dampfende Tasse beiseite und legte Blair seine Pranken auf die

Schulter. Für eine Sekunde hatte Fia Angst, sie würde unter dem Gewicht zusammenbrechen. „Wann?"

„Gestern Abend. Ich hab mich hingelegt, weil ich Kopfschmerzen hatte und er hat unten noch aufgeräumt. Morgens war er weg." Tränen liefen über Blairs Wangen. „Er hat nichts mitgenommen, gar nichts. Er würde nicht einfach so abhauen. Finley nicht. Er hat noch den Müll rausgebracht, wegen der Ratten."

Seufzend starrte Scott an ihr vorbei auf die parkenden Autos. „Ne. Mannomann. Och Kleine, ach Mensch, ich weiß gar nicht, was sagen soll."

Gott sei Dank. Ein weiteres Wort von ihm und Mutter und Tochter würden vor den Kunden in Ohnmacht fallen. Fia sah, wie Sinann schützend ihre Arme vor dem Oberkörper verschränkte und Blair kaute auf ihrer bebenden Unterlippe. Beide sahen blass aus.

„Halt ein bisschen die Augen auf, wenn du rausfährst. Bitte. Ich ... ich weiß nicht, was ich sonst tun soll und ..." Blair drehte sich zu dem kleinen Cottage der *Niddry Tours* um. „Ihn brauche ich wohl nicht fragen. Sorry Fia."

„Schon gut." Einmal mehr sah sie keine Kunden. Verwaist schaukelte die *Heather* am Anleger und Artair hockte allein in seiner Hütte. *Wenigstens die Tür hätte er offenlassen können*. Das Handy in ihrer Tasche vibrierte. Von einer WhatsApp Nachricht hielt Dad nicht viel, stattdessen rief er jetzt zum zehnten Mal an. *Das ist absurd. Um zu reden, müsste er nur rauskommen*. Die Silhouette hinter dem Bürofenster verschwand und Fia schluckte. Wut brodelte in ihrem Magen. Mit schwitzigen Fingern schaltete sie das Telefon ab. Nicht heute.

„Was sagt denn die Polizei?“ Scott nahm seine Tasse, stellte sie aber wieder weg, um das Zittern seiner Hände zu verstecken.

„Sie haben das Haus durchsucht. Sie haben alles durchwühlt, sogar unser Schlafzimmer. Alles, was sie gefunden haben, war eine alberne Zeichnung. Es war furchtbar. All diese Leute, sie haben in seinen Sachen gewühlt als ob er schon ... als ob er.“

Sinann sah zu Fia und sie verstanden sich ohne Worte. Eine Ziege. Genau wie an ihrem Kleiderschrank. Zum ersten Mal seit Jahren wurde ihr von dem Geschaukel der *Little Twin* schlecht. Sie nickte ihrer Freundin zu. Später.

Scott setzte seine Mütze wieder auf. „Schon gut. Sag nichts. Ich versteh schon. Ist er aber nicht, hörst du?“ Erneut packte er Blair an den schmalen Schultern. Tränen liefen über ihre Wangen und die hektischen roten Flecke zeichneten sich deutlich auf der blassen Haut ab. „Er lebt. Er muss einfach. Hör zu, wir werden ihn suchen. Jetzt gleich.“

„Und deine Touren?“ Blair nickte schniefend. Zum ersten Mal an diesem Tag sah Fia Hoffnung in ihren Augen schimmern.

„Egal. Wir suchen Finley, die Touren sage ich halt ab. Arran!“ Er winkte dem Angestellten, der mit dem Tau in der Hand auf den Aufbruch wartete. „Noch eine Minute. Bin gleich da.“

Arran nickte.

Scott trank seinen Kaffee aus. „Trommelt so viele zusammen wie möglich zusammen. Morgen früh gehen wir los. Blair ...“ Er legte seine Hände erneut auf ihre Schultern. „Wir sind Freunde. Das waren wir immer. Wir lassen euch nicht allein. Das Dorf hält zusammen, klar?“ Er schüttelte sie leicht.

„Die meisten zumindest." Blair schniefte und warf einen kurzen Seitenblick auf Fia. Misstrauen glänzte in ihren Augen. „Treffen wir uns dann hier am Anleger?"

„Nein. Zu viele Touristen. Wir treffen uns …" Scott wühlte in seinem Bart herum.

„In der Village Hall." Sinann verschränkte die Arme vor der Brust. „Da stört uns niemand. Aber wir müssen der Polizei Bescheid sagen. Die lassen uns nicht auf eigene Faust suchen."

„Von mir aus. Aber wir lassen Finley nicht im Stich. Ich muss. Wir sehen uns morgen pünktlich um sieben." Mit dem Kaffeebecher deutete Scott auf die wartenden Touristen.

„Alles klar. Bis dann und Danke. Bist ein echter Freund."

Sinann verabschiedete sich mit einem Nicken und sie sahen ihm nach, bis er im Führerhaus der *Little Twin* verschwand. Fia hörte, wie Blair schluckte. Sie nahm die Hand ihrer Tochter. „Immerhin was. Und jetzt?"

„Jetzt holen wir so viele wie möglich ins Boot." Fia warf einen kurzen Blick auf das Büro von *Niddry Tours*. Die Tür blieb verschlossen und niemand verirrte sich in ihren Laden. Die Gardine bewegte sich und sie seufzte. Artair hatte das Gespräch beobachtet, also musste er sehen, wie fertig Sinann und Blair aussahen. *Warum? Wieso kannst du dich nicht einmal wie ein Mensch mit Gefühlen verhalten?* Es hatte keinen Sinn. Dad würde sich nicht rühren.

„Bis dahin gehe ich zu Evaine. Ich muss ihr sowieso noch dieses blöde Foto vorbeibringen und vielleicht hat sie mit dem Quad ja was gesehen. Ich hoffe, sie sagt diesmal die Wahrheit."

„Die Wahrheit? Wieso? Worüber?“ Blairs Augen weiteten sich. „Evaine ist doch keine Lügnerin. Im Gegensatz zu deinem Dad. Das mit der Gitarre. Das war er doch, oder?“ Diesmal flackerte nicht nur Misstrauen in Blairs Augen und Fia krümmte sich unter dem stummen Hieb. Eine Peitsche tat genauso weh wie ihr Hass.

„Autsch.“ Sinann riss sich aus Blairs eisernem Griff los und massierte ihr Handgelenk.

„Oh. Entschuldige Honey. Es ist nur ... es tut alles so weh. Ich halte diese Ungewissheit einfach nicht aus.“

„Dann lenk dich ab und geh ins Dorf. Je mehr wir morgen sind, desto besser.“ Fia schluckte und sah zu Boden. „Entschuldige Blair, ich will euch nur helfen. War nicht böse gemeint. Mir fällt selbst nichts Besseres ein.“

„Schon gut.“ Sinann ließ ihren Blick über die Bucht wandern. Die *Little Twin* verschwand tuckernd hinter den felsigen Flanken von Soay. „Mum und ich klappern das restliche Dorf ab und gehen zur Polizei. Sehen wir uns heute Abend im Bistro?“

„Ja. Schreib mir, wenn was sein sollte.“

„Klar.“

Fia umarmte ihre Freundin, sie fühlte sich kalt und starr an wie eine Leiche. „Das Dorf hält zusammen. Wir finden Finley schon.“ *Fragt sich nur, wie.*

KAPITEL 15

Verloren

Der Job war erledigt und sie würden alles durchwühlen wie Maden verwesendes Fleisch. Ich fluchte stumm und setzte mich im Schneidersitz auf meinen stinkenden Schlafsack. Wieder war ich zum Nichtstun verdammt. Es sah aus wie damals. Polizeiboote durchkreuzten die Bucht. Grau und unscheinbar, wie Ratten in ihren Gängen patrouillierten sie zwischen den Inseln. Düster und verwaist lag das Cottage da.

Motorengeräusche hatten mich geweckt. Es war nicht mal hell, als ich Fia auf ihrem Schlauchboot verschwinden sah. Niemand war zu Hause. Broadford, die nächste Stadt, würde reichen. Wenigstens für eine Weile. Bis das Feuer keine Nahrung mehr fand.

Schnell raffte ich mein Zeug zusammen. Fast nichts zu besitzen, hatte auch Vorteile. Innerhalb von fünf Minuten war der Seesack gepackt. Eine günstigere Gelegenheit ergab sich mit Sicherheit nicht. Weder Fia noch Artair waren zu Hause und ich musste dringend hier weg. Bald hatten sich die Maden in die Bucht vorgearbeitet und würden mich finden. Bislang lief alles nach Plan und das durfte ich mir jetzt nicht kaputtmachen. Ich konnte warten. Wann sie bezahlten, spielte keine Rolle. Artair entkam mir nicht. Niemand aus der Clique.

Langsam öffnete ich das Fensterchen und sah nach draußen. Nichts. Das Grollen des Atlantiks rauschte in meinen Ohren. Regen prasselte auf das düstere Cottage. *Als ob hier nie jemand gewohnt hätte.* Keine Pei, die dösend, aber aufmerksam vor der Tür gelegen hatte.

Mit einem dumpfen Klatschen landete der Seesack auf der Wiese und ich rutschte die Regenrinne herunter. Nasser Torf schmatzte unter meinen Schuhsohlen. Ich musste vorsichtig sein. Maden erledigten ihren Job gründlich und in den Bergen würden sie mich mit ihren Wärmebildkameras finden. *Schade.* Ich mochte die Einsamkeit in den kargen Hängen. Schon als Kind liebte ich die grauen Giganten und spielte Pirat in den Flüssen und Seen. Menschen hatten mich enttäuscht, der Fels dagegen nie.

Mit geschultertem Seesack marschierte ich los und erst auf dem Parkplatz gönnte ich mir eine Pause.

Während die Muskeln in meinen Oberschenkeln mit jedem Schritt heftiger zogen, dachte ich an Bonnie und die Wärme in unserem Versteck. Dort explodierte die Bombe, kurz nachdem Finley mein Freundschaftsbändchen geklaut hatte. Den Geruch der nassen Schafe hatte ich bis heute nicht vergessen. Wie ein Pilz hing er in den Ecken des alten Stalls und verteilte seine Sporen, genau wie die Clique ihr Gift.

Isle of Skye, 1977

„Ach übrigens, Yellowbelly hat sich an deine Bonnie rangemacht."

Alle sahen auf und ich zuckte in meiner Ecke zusammen. Mit jagendem Herzen beobachtete ich Bonnie, die neben Artair auf dem Boden hockte. Ponyfransen hingen über ihren Augen, in denen es kurz blitzte. Langsam ließ sie das Comicheft sinken.

„Hör auf, so einen Mist zu erzählen, oder du fängst dir eine."

„Oho." Finley lehnte mit angezogenen Knien an der Bretterwand und grinste. „Mut hattest du ja schon immer. Ich erzähle keinen Mist. Zeig uns doch mal deinen Arm, Yellowbelly."

Ich kroch tiefer in meine Ecke hinein und schob das Freundschaftsbändchen unter den Pulloverärmel. In diesem Moment hasste ich Finley. Artair hatte die langen Beine ausgestreckt, sein Kopf lehnte an der Wand und er sah aus, als ob er schlafen würde. Das Pochen seiner Halsschlagader verriet seine Anspannung.

„Ja, zeig uns doch mal deinen Arm, Yellowbelly." Er rührte sich nicht, allein seine Augen öffneten sich zu schmalen Schlitzen. Ich schmeckte Galle. Niemand traute sich, etwas zu sagen. Scott hielt Händchen mit

Evaine, beide starrten auf den Stapel Comics in der Mitte des Kreises.

„Lass ihn in Ruhe.“ Bonnie blätterte um. „Er hat nichts gemacht.“ Das warme Gefühl in meiner Magengegend verdrängte den bitteren Geschmack, wenigstens kurz.

„Klappe. Ich habe euch schließlich gesehen.“ Finley umarmte seine Knie und beugte sich vor. „Willst du etwa sagen, ich lüge? Hm? Dann fängst *du* dir eine, klar?“

Bonnie zuckte mit den Schultern. „Jedenfalls küsse ich dich nicht.“

Ich beobachtete Artair, der weiterhin an der Wand lehnte wie ein Schlafender. Dabei hörte er aufmerksam zu, ich sah es am Flackern seiner Augenlider. In ihm brodelte es und mit jedem Wort verkürzte sich seine Zündschnur. Das Blöken der Schafe unter uns betonte das bedrohliche Schweigen. Alle starrten auf Artair. Scott und Evaine rutschten einen Millimeter auseinander und hielten sich weiter krampfhaft an den Händen. Jeansstoff kratzte über den Holzfußboden. Die Seiten des Comics raschelten leise.

„So.“ Artair schlug die Augen auf und sah Finley an. „Du wolltest also meine Braut küssen, ja?“

Er würde ihn schlagen. Wie immer kurz vor dem Ausbruch erstarrte sein Blick zu Stein, kalt und hart wie der Fels der Black Cuillins.

„Das ... das hab ich nicht gesagt. Sie hat sich an Yellowbelly rangemacht, ich schwöre!“ Weiß wie Tafelkreide sah Finley seinen Anführer an.

„Hab ich nicht und außerdem bin ich nicht deine Braut, klar?“

„Und ob du das bist. Ist jetzt egal. Spuck's aus Finely. Wolltest du mein Mädchen küssen?“

Bonnie schnaubte, sagte aber nichts mehr. Das Comicheft in ihrer Hand zitterte.

„Nein … ich …“ Holz knackte, Finley drückte sich gegen die Bretterwand und schluckte.

„Klar wollte er.“

Artair klopfte sich den Staub von seiner Jeans. „Weißt du, irgendwie glaube ich meinem Mädchen mehr als dir.“ Er stand auf und ging vor Finley in die Knie. Mit kalten grauen Augen musterte er ihn, wie eine frische Schweinehälfte beim Metzger. „Mein Mädchen lügt nicht. Ich hasse Lügner. Dein Arm.“

Seufzend streckte Artair seine Hand aus. „Bitte.“

Den Schmerzensschrei hörte ich danach nächtelang in meinen Albträumen. Langsam nahm er Finleys Arm und hielt ihn fest. Mit der Rechten zog er sein Messer aus der Tasche und ließ die Klinge herausspringen. Sie blitzte im Zwielicht des Heubodens. Finley atmete stoßweise, sein Brustkorb hob und senkte sich wie nach einem Sprint. Das Blöken der Schafe übertönte sein Schnaufen. Artair setzte die Klinge am Handgelenk an. Blut lief über den dünnen Arm. Sein Gesicht sah aus wie das eines dämonischen Clowns. Mit glänzenden grauen Augen starrte er auf den tiefen Schnitt, wie ein Chirurg nach der erfolgreichen Trennung siamesischer Zwillinge. Blut sickerte durch die Ritzen der Bodenbretter, die Schafe blökten panisch. Hufe stampften auf den Stallboden. Anstatt sich zu wehren, weinte Finley stumm. Abwechselnd starrte ich auf seine Tränen und das Messer auf der bleichen Haut.

„Nur, damit du es nicht vergisst.“ Artair schnitt den Unterarm bis zum Ellenbogen auf. Finley sackte in sich zusammen. Sein Oberkörper rutschte an der Bretterwand entlang. Tränen liefen über seine blassen Wangen. Bonnie starrte auf die Bilder im Heft, Scott auf seinen Anführer. Sein Gesicht schimmerte schmutzig grau wie das Fell der Schafe. Evaine schluckte immer wieder etwas herunter.

„Niemand küsst mein Mädchen, klar?“ Artair ließ den Arm los. Wie ein toter Fisch platschte er auf den Boden. Er sah mich an und ich kapierte sofort. Warte, bis wir zu Hause sind, sagte sein Blick.

Fia parkte den Wagen auf dem Hof und zog den Schlüssel ab. Am liebsten wäre sie im Auto sitzen geblieben, der Fahrersitz schien zu kleben. Aufzustehen kam ihr zu anstrengend vor und jede Bewegung brannte in ihren Muskeln. Die leuchtend weiße Fassade blendete. Sie stieg aus und schlug die Autotür zu.

„Fia!“ Evaine hatte den Knall gehört und stand breitbeinig vor der Haustür. „Wie schön. Komm rein.“

„Hey.“ Der Kies flimmerte vor ihren Augen, während sie auf das Farmhaus zuging.

„Du siehst müde aus. Tee?“

„Unbedingt. Hast du es schon gehört?“

„Ja.“ Evaine lotste Fia in die Küche. „Schrecklich. Wie geht es Sinann und Blair?“

„Wie soll es ihnen schon gehen?“ Fia ließ sich auf einen der Stühle fallen und unterdrückte den Impuls, den Kopf auf den Tisch zu legen. Genau wie der Kies verschwammen die Karos der Tischdecke zu einem riesigen roten Fleck. *Wie ein flauschiges Kissen.* „Schlecht."

„Kann ich mir denken." Evaine stellte den Kessel auf den Herd und schaltete ihn ein. „Ich kann mir das gar nicht vorstellen. Einfach so zu verschwinden ... ich meine ... hoffentlich finden sie ihn schnell."

„Morgen früh starten wir eine Suchaktion. Bist du dabei?" Der Kessel pfiff und Fia zuckte zusammen. Die Konturen des Fensters bewegten sich wie Knete.

„Logisch. Wo treffen wir uns?" Evaine goss Wasser in die Teekanne, heißer Dampf verteilte sich in der Küche.

„In der Village Hall."

„Alles klar. Ich bin da. Schrecklich das Alles." Sie stellte Tassen auf den Tisch, die nicht zusammenpassten. Genau wie der Rest der Küche. Bunt zusammengewürfelte Pfannen baumelten von einer Leiste über der Arbeitsfläche. Die karierte Tischdecke wirkte rustikal, die weißen Spitzengardinen dagegen wie ein Überbleibsel aus dem alten Herrenhaus. Auf der Fensterbank stand eine antike Lampe. In Gedanken spielte sie mit den Fransen des Lampenschirms.

„Fia?"

„Oh entschuldige, ja?"

„Hast du an das Bild gedacht?"

„Ja, ähm, deswegen bin ich eigentlich hier und wegen Pei. Hast du was gesehen?"

Evaine schüttelte den Kopf.

„Ich hole es schnell." Fia hastete in den Flur und zog es aus der Jackentasche. Der Knick sah jetzt aus wie ein Abgrund zwischen den Mädchen. Fia legte es in der Küche auf den Tisch und setzte sich wieder.

Gähnend wärmte sie ihre Hände an der heißen Tasse. „Hier."

Ohne es zu nehmen, betrachtete Evaine das Foto. Mit spitzen Fingern schob Fia es weiter über den Tisch.

„Das ... das bedeutet mir sehr viel, weißt du." Sie beugte sich vor und streckte ihre Hand danach aus. „Es tut immer noch weh. Ich vermisse deine Mum, Fia." Sie lehnte sich wieder zurück und ließ das Bild liegen. „Sehr sogar. Sie war stärker als wir alle zusammen." Ein Schleier legte sich über ihr Gesicht, der Fia an ein Leichentuch erinnerte.

„Du, Scott hat mir so einiges erzählt ..."

„Ja?" Der Schatten verflog und Evaine presste die Lippen aufeinander. „Was denn?"

„Na ja, er sagte, Dad war nie ein netter Mensch. Schon damals nicht. Er hat mir von eurer Clique erzählt."

Evaine sah aus dem Fenster und blies in ihre Tasse. Dampf kroch über den Tisch.

„Stimmt das? Evaine?" Fia nahm das Foto, um die Farmerin aus ihrer Erstarrung zu holen.

Langsam, als hätten ihre Halswirbel Rost angesetzt, drehte sie sich zu Fia herum. Es knackte, als sie nickte. „Ja. Ich wollte dich nicht anlügen. Ich wollte dich schützen. Es gibt Dinge, die du nicht über deinen Dad weißt, und vielleicht ist das auch besser so."

„Scott hat mir von dem Vogel erzählt. Erinnerst du dich?"

Evaine lachte und es klang gehässig. „Ob ich mich erinnere? Das kann ich nicht vergessen. Das nicht und die anderen Gemeinheiten genauso wenig."

„Wenn Dad wirklich schon immer so war, wieso hat Mum ihn dann geheiratet?"

„Tja, das habe ich bis heute nicht verstanden, wobei ... deiner Mum hat Artair nie etwas getan." Evaine drehte die Tasse in ihren Händen. „Wir Anderen wollten einfach dazu gehören. Artair war schon immer … ich weiß nicht, wie ich das sagen soll.“ Sie trank einen Schluck und hustete. „In der Clique fühlten wir uns sicher, verstehst du? Niemand hat es gewagt, deinen Dad zu ärgern damals.“

„Nach allem, was ihr mir so erzählt, kann ich mir das vorstellen.“

„Er war der Anführer und wer das nicht akzeptierte, tja.“

„Schon klar. Ich kann das gar nicht glauben. Zu uns war Dad immer … gerecht.“ Ihr fiel kein besseres Wort ein und selbst dieses passte nicht. Ihr und Ronna gegenüber verhielt sich Dad meist so emotional wie ihr alter Teddybär mit dem abgebissenen Fuß.

„Gerecht.“ Evaine nickte und atmete tief ein. „Na, wenn du meinst.“

„Sag mal, wie war das damals? Waren Mum und Dad immer schon ein Paar? Ich kann einfach nicht glauben, dass Mum auf Schlägertypen stand. Es passt nicht zu ihr.“ Trotz der Erzählungen von Scott und Evaine fand Fia die Vorstellung des Knüppel schwingenden Anführers weiterhin grotesk.

„Oh nein, deine Mum hatte nichts für deinen Dad übrig. Jedenfalls anfangs nicht.“ Evaine lachte und diesmal klang es nach Schluckauf. „Aber er hat um sie gekämpft. Für Bonnie war dein Dad immer so etwas wie ein gutmütiger Godzilla. Er hat sie beschützt. Immer.“

„Schräg irgendwie. Ich habe kaum noch Erinnerungen an Mum. Ich weiß noch, dass sie mir … uns oft vorgelesen hat.“

„Ja, Bonnie hat immer gerne gelesen.“ Lächelnd nahm Evaine das Bild und betrachtete es. „Sogar in den Pausen. Entweder knüpfte sie Freundschaftsbänder oder sie hat gelesen. Genau wie Allan." Sie legte das verblasste Foto wieder auf den Tisch.

„Onkel Allan. Ich kann mich kaum an ihn erinnern. Als ich noch klein war, hat er uns ein paar Mal besucht. Bevor Mum gestorben ist. Danach nie wieder und Dad hat auch nie wieder über ihn gesprochen."

„Tja, das wundert mich nicht. Die beiden waren wie Feuer und Eis. Total unterschiedlich und spinnefeind. Allan war ruhig, ein Bücherwurm und nicht eben mutig. Niemand konnte ihn wirklich leiden. Für die anderen war er praktisch unsichtbar. Yellowbelly haben sie ihn genannt." Evaine schnaubte. „Irgendwie hat es gepasst."

„Yellowbelly? Feigling?"

„Ja. Wie gesagt, irgendwie hat es gepasst."

„Weißt du, wo er jetzt ist? Dad sagte, die Bucht gehört eigentlich ihm."

Ihr Gesicht wirkte mit einem Schlag verschlossen, als hätte Fia dreimal den falschen Code für das Schloss zu ihrem Inneren eingegeben. Sie sah an Fia vorbei aus dem Fenster. „Darüber weiß ich nichts. Keine Ahnung, wo er sich rumtreibt."

Du lügst. Schon wieder. „Vielleicht sollte ich nach ihm suchen. Aber es ist beinahe so, als hätte er nie existiert. Ich weiß gar nicht, wo ich anfangen soll."

Evaine setzte sich auf und trank ihren Tee aus. Sie verzog ihr Gesicht, als hätte sie sich daran verbrannt. „Wie du meinst. Helfen kann ich dir da nicht. Na jedenfalls, danke für das Foto. Ich hoffe, du bekommst wegen mir keinen Ärger."

„Den hatte ich schon. Morgen früh also? Und bring die Hunde mit. Wo sind die beiden eigentlich?"

Evaine schoss in die Höhe, die Holzbank wackelte. Hektisch sah sie auf ihre Armbanduhr. „Dann sehen wir uns ja gleich.“ Mit langen Schritten marschierte sie zur Tür, ohne die Frage zu beantworten.

Fia hechtete hinterher. Draußen inhalierte sie die frische Luft. In der Küche roch es nach Kräutern und nassem Schaf. Der muffige Mix hing auch in Evaines Wollpullover und der Latzhose. „Also, was ist jetzt mit Pei?“

Anstatt zu antworten, räusperte sich die Farmerin umständlich und hustete. Erst als Fia schnaubte, sagte sie etwas. „Tut mir leid, mir ist nichts aufgefallen. Hab sie nicht gefunden.“

„Und wozu dann das Spezialfutter? Hab welches im Flur stehen sehen.“

„Was? Äh, ach so. Iomhar. Er hat neuerdings eine Allergie.“

„Klar.“

Fia trottete durch den Nieselregen zu ihrem Auto und öffnete die Fahrertür. Mit brennenden Augen ließ sie sich in den Sitz fallen. Graue Wolken hingen über der Farm und der Wind fegte rote und braune Blätter auf den Kiesweg. Schon in ein paar Tagen würde sich das Bild hier ändern. Auf dem fast leeren Parkplatz standen dann kaum noch Autos, die Läden der Büros blieben geschlossen. Mit dem Saisonende brachten die Skipper ihre Boote nach Hause, um sie instandzusetzen. Selbst das Bistro arbeitete im Sparbetrieb. Die Stimmen des Atlantiks wurden lauter, das Leben leiser. *Sechs Monate allein mit Dad. Das ertrage ich nicht.*

Fia kam sich vor wie eine Maus, die auf der Suche nach dem Leckerbissen im Labyrinth immer wieder in eine Sackgasse lief, verfolgt von Groom. Er lauerte im Schatten und flüsterte ihr ständig den falschen Weg zu. Sie umklammerte das Lenkrad und startete den Motor. Ihre Hände prickelten auf dem kalten Plastik. Als sie den ersten Gang einlegte, vibrierte ihr Handy. Fia zog die Handbremse an und holte es aus der Jackentasche. Sinann.

> Wie läuft's bei dir? Verrückt, ich habe das Gefühl, das ganze Dorf kommt.

Dahinter ein weinender Smiley. Lächelnd tippte sie eine Antwort.

> Evaine ist auch dabei. Ich fahre jetzt los, bis gleich. Brauche dringend einen Kaffee.

Stickige warme Heizungsluft blies Fia ins Gesicht, als sie den Wagen den Weg hinunter auf die Straße lenkte. Das Klacken des Blinkers nervte sie, während sie auf eine Lücke zwischen den Autos der Touristen wartete. Mit dem Winter würde die Einsamkeit kommen und Groom hätte leichtes Spiel. Finley hatte er sich schon geholt.

KAPITEL 16

Die Suche

Sie lügt und ich habe keine Ahnung, warum." In der Dunkelheit des Zimmers hörte Fia ihren eigenen Herzschlag. Sinann strahlte neben ihr eine ungesunde Hitze aus. Sie lag auf der Seite, ihr blasses Gesicht schien auf dem dunklen Kissen zu leuchten. An ihrer Stelle hätte Fia den Wecker auf dem Nachtschrank längst aus dem Fenster geschmissen. Unbeirrt von Finleys Verschwinden tickte er weiter. Die Zeiger standen auf halb vier. Obwohl sie in zwei Stunden wieder aufstehen mussten, konnten sie nicht schlafen. „Ich wüsste zu gern, was damals wirklich passiert ist."

„Hm." Das Bettzeug raschelte, während Sinann ihr Kissen zurechtrückte.

„Sorry. Ist jetzt wirklich egal. Offenbar bin ich wirklich egoistisch."

Sinann strampelte ihre Bettdecke beiseite. „Ach hör doch auf. Es macht mich nur irre, hier herumzuliegen und nichts zu tun." Sie warf sich auf den Rücken und prustete sich eine Haarsträhne aus dem Gesicht.

Fia roch ihren Schweiß und starrte an die Decke. Lächelnd erinnerte sie sich an die Aktion mit den Sternen. In mühsamer Kleinarbeit hatten sie alles zurechtgeschnitten, angemalt und hunderte Lämpchen verkabelt. Hinterher stöhnten sie zwar wegen der Krämpfe in den Fingern, aber in der ersten Nacht unter ihrem selbst gebastelten Sternenhimmel hatten sie geredet, bis die Dämmerung über die Berge kroch. Genau wie jetzt konnten sie nicht schlafen.

„Weißt du noch, wie wir das zusammengestöpselt haben?"

Sinann zog die Decke wieder zu sich heran. „Hm. Ich kam mir damals vor wie Captain Kirk auf der Enterprise. Einfach unbesiegbar."

„Ja, ich auch. Wir finden deinen Dad. Weißt du, was Mum mir immer geraten hat, wenn ich nicht schlafen konnte?"

„Nein was?"

„Zähl die Dinge, die du magst. Mir hat das immer geholfen."

Sinann nuschelte etwas, ihre Atemzüge wurden tiefer.

In der Dunkelheit erkannte Fia die Bilder an der Wand nicht, aber sie wusste, wie sie aussahen. Kichernd und bei einem Glas Sekt hatten Sinann, Ronna und Fia die Fotos herausgesucht. *Hey, Mum und Dad gehören auch dazu.* In ihrer Vorstellung sah sich Fia wieder auf den Dielen sitzen wie ein Huhn mitten im Misthaufen. Sinann hatte auf die Bilder mit Fias Eltern bestanden. Jetzt war Finley verschwunden und die Fotos hatten sich in schwarze Vierecke ohne Gesicht verwandelt. Als Fia die Augen schloss, sah sie die dunklen Flecke weiterhin.

„Weißt du, was komisch ist?"

„Was?“ Fia kroch tiefer unter ihre Decke, das regelmäßige Ticken des Weckers hatte sie dösen lassen. Die grauen Konturen der Collage verschwammen, als sie die Augen wieder öffnete. Ihre Lider brannten.

„Dein Dad, ich habe ihn gesehen.“

„Was? Wo gesehen?“

„Na ja, bei uns.“ Sinann stützte ihren Kopf auf den Ellenbogen. „Gestern, als ... du weißt schon.“

„Ja und? Vielleicht wollte er nur schnell was essen.“

Sinanns Haare kitzelten Fia an der Wange, als sie den Kopf schüttelte. „Dein Dad? Essen? Im Restaurant? Das glaubst du doch selbst nicht. Ne, er ist auch gar nicht reingekommen und er sah echt wütend aus.“

„Dad sieht immer wütend aus. Und dann noch die Sache mit der Gitarre ...“

„Cavaquinho.“ Sinann schnaubte.

„Sorry. Naja, die Sache eben. Ich mein, Finley war echt sauer.“

„Kein Wunder. Einen Wutausbruch hätte ich ja noch verstanden, aber das ...“

„Wie meinst du das?“ Mit einem Schlag kam sich Fia unter der Decke vor wie in einem überhitzten Solarium.

„Na ja, er stand da und hat auf die Tür gestarrt. Als wäre er besessen oder sowas. Bestimmt eine halbe Stunde. War irgendwie total schräg ... ach egal. Wahrscheinlich sehe ich schon Gespenster.“

„Würde mich nicht wundern. Glaubst du, du kannst noch schlafen?“

„Ne.“

Seufzend schlug Fia die Bettdecke beiseite und sofort überzog eine Gänsehaut ihren Körper. „Ich auch nicht. Kakao?“

„Blöde Frage.“

Sie kletterten aus dem Bett und Fia schluckte. Ihr Hals tat weiterhin weh. Dad aß nie woanders. Was hatte er hier gewollt? In Gedanken wiederholte sie den gestrigen Abend wie einen Film. Nach ihrem Streit war Dad mit der *Heather* verschwunden und nicht wieder gekommen, bis sie eingeschlafen war. Erneut waberte ein schwarzer Schatten durch ihre Gedanken. Wie der Frühnebel verschleierte er das Gesamtbild. Jede Nacht verschmolzen Dad und Groom ein bisschen mehr miteinander.

„Wir suchen, bis es dunkel wird. Bitte bleiben Sie bei Ihrer Gruppe und niemand überholt die Hunde. Uns bleiben vier Stunden, bis die Flut kommt."

Er hatte seinen Namen gesagt, aber Fia hatte ihn schon wieder vergessen. DCI, das wusste sie noch. Das klang wichtig. Dabei hatte sie keine Ahnung von den Rängen innerhalb der Polizei. Dieser Mann sah mit seiner militärischen Stoppelfrisur und dem abgewetzten Parka sympathisch und fähig zugleich aus. Ob es stimmte, spielte für Fia keine Rolle, es beruhigte sie ein bisschen. Neben ihr standen Scott und Evaine, beide mit einem Rucksack auf dem Rücken und in schweren Wanderstiefeln. Ohne Hunde. Dieser DCI erlaubte keine fremden Tiere. Sinann hatte sich vorne eingereiht, genauso blass wie heute Morgen.

Sie hatten zu dritt in der Küche gesessen, während graues Licht durch das Fenster sickerte und Fias Handy unaufhörlich vibrierte. Dad. Wahrscheinlich wollte er wissen, wo sie sich rumtrieb. Nach zehn SMS und fünfzehn Anrufen hatte sie das Telefon ausgeschaltet. Auf ein Frühstück hatte keiner Lust. Blair sah nicht besser aus als ihre Tochter, während alle warteten und auf die Uhr starrten, war sie dreimal ins Bad gestürzt und hatte sich übergeben. Dennoch stand sie neben Sinann und hing an den Lippen des Polizeibeamten. Sie hielten sich an den Händen. Mit rotem Gesicht brüllte der DCI gegen das Hundegebell an. Einige der Tiere zerrten an ihren Halsbändern und sprangen wie Flummis auf der Stelle hin und her. Andere blieben entspannt bei ihren Hundeführern sitzen. Pei. Ein kleiner fieser Stich, eine unsichtbare Nadel in der Magengrube. Sie hätte mit Wonne nach Finley gesucht und nicht aufgegeben.

„Wo ist dein Dad?"

„Was denkst du, wo er ist?"

„Feigling." Scott wühlte in seinem Bart und spuckte aus. „Er sollte hier sein. Das hier geht uns alle was an."

„Ja."

Sogar Maisie hatte sich in ihre Wanderstiefel geschmissen und ihrer Ausrüstung nach wollte sie den Himalaya besteigen. Scott schmunzelte. „Die olle Hexe scheint in den Bergen übernachten zu wollen."

„Immerhin. Gestern Morgen war sie im Bistro und wollte Blair ausquetschen. Vielleicht wird sie ja unterwegs von irgendwas gebissen."

„Als ob das alles nicht schlimm genug wäre." Scott boxte Fia in die Seite. „Ich glaube, es geht los. Bleib bei Sinann. Sie sieht aus, als könnte sie eine Freundin brauchen."

Fia drängelte sich durch und blieb zwischen Blair und Sinann stehen. Der DCI drückte ihnen eine Karte in die Hand. „Ich weiß, Sie kennen sich hier aus, aber trotzdem. Name?"

„Fia McNiddry." Fast hätte sie die Hacken zusammengeknallt.

„Alles klar. Ich werde Ihre Gruppe begleiten. In diesem Abschnitt," er tippte auf eine Karte in seiner Hand, „macht eine Menschenkette keinen Sinn. Wir müssen uns auf die Hunde verlassen und auf Sie." Er musterte Sinann. „Sind Sie sicher, dass Sie mitgehen wollen? Sie sehen nicht allzu gut aus, ehrlich gesagt. Wenn Sie zusammenklappen, hilft das niemandem."

„Auf jeden Fall."

„Also gut. Falls irgendwas ist, egal was, sagen Sie sofort Bescheid. Keine Alleingänge, alles klar? Miss McNiddry, passen Sie bitte ein bisschen auf Ihre Freundin auf." Er richtete sich auf und brüllte das Marschkommando über den Platz. Die Hunde bellten lauter und warfen sich jaulend in ihre Halsbänder.

Sinann ging unvermittelt in die Knie und Fia packte zu. „Hey. Durchhalten."

Raue Hände kamen aus dem Nichts angeschossen und halfen ihr. „Soll ich euch nicht doch lieber nach Hause bringen?"

Scott. Wie so oft erschien er im richtigen Moment. Sinann schüttelte den Kopf. „Nein, es geht schon. Ich kann nicht irgendwo rumsitzen und warten. Gehen wir."

„Was soll das bitte bringen? Dad ist nicht abgehauen. Warum auch?" Sinann saß auf einem Felsen und ihr Gesicht sah genauso grau und kantig aus wie der Stein. Seit drei Stunden kämpfen sie sich durch den hohen Farn die Steilküste hinunter. Der Trampelpfad verschwand unter den nassen Pflanzen. Immer wieder rutschte Fia aus. Sie achtete mehr auf Sinann als auf den unebenen Boden.

„Wie gesagt, hier unten gibt es viele Höhlen und es könnte ja sein, dass …" DCI sonst wie musste nicht weiterreden, Fia ahnte, was er dachte. Sie suchten nicht Finley, sondern seine Leiche. Wieder kamen Sinann die Tränen und Blair kniete sich neben ihre Tochter. Mit blitzenden Augen sah sie den Polizisten an.

„Ich weiß, was Sie sagen wollen. Schluss damit. Bevor wir nichts gefunden haben, akzeptiere ich nicht, dass meinem Mann etwas passiert sein sollte."

Der Beamte hob die Schultern. „Suchen wir weiter, die Flut kommt."

Hunde bellten zwischen dem Farn. Fia hörte sie, sah die Tiere aber nicht.

„Jemand Durst?" Scott hielt eine dampfende Thermoskanne in die Höhe.

„Ja." Ihre eigene hatte Fia schon vor zwei Stunden ausgetrunken und ihr Hals brannte weiterhin. Die klamme Kälte laugte sie mit jedem Schritt ein bisschen weiter aus und sie wollte sich gar nicht vorstellen, wie Sinann sich fühlte. Dabei lag das schwerste Stück noch vor ihnen. Immer wieder warnte sie Touristen vor dem steilen Abstieg zu den Höhlen. Das hier kam ihr sinnlos vor. Was sollten sie hier finden außer Steinen, Wasser und Nebel? Falls jemand Finley entführt hatte, brachte er ihn mit Sicherheit nicht hierher. Dankbar nahm sie von Scott den Becher entgegen und trank einen Schluck Tee. Wenigstens wärmte er kurz ihren kratzigen Hals.

„Wir gehen bis zur nächsten Höhle, dann drehen wir um." Der Einsatzleiter schlug den Kragen seiner Jacke hoch, sein Funkgerät quäkte kurz. Fia kam sich vor wie in einem Agententhriller, alles wirkte surreal. Ein Traum. Ein Hundeführer kam auf sie zu. Das Tier trottete mit der Nase am Boden neben ihm her.

„Wie heißt er?“ Sie deutete auf den Suchhund, der enthusiastisch den Atlantik anbellte, als wäre das Wasser ein Spielkamerad. Mit seinem schneeweißen Fell sah der Hund für Fia aus wie ein rettender Engel.

„Das ist eine sie. Sie heißt Mandy.“

„Sie ist wirklich schön.“

„Hauptsache sie macht einen guten Job. Sie mögen Hunde, Miss MacNiddry?“

Fia sah auf die scharfkantigen Steine und schluckte. Mit Sicherheit lebte Pei nicht mehr und der Gedanke daran lag wie ein Pelzball in ihrem Hals. „Ja. Wir hatten ... wir haben selbst eine Hündin. Peigi. Bei uns hieß sie nur Pei.“

Etwas blitzte in den Augen des DCI auf. „Sie hatten oder Sie haben?“

„Ich weiß es nicht. Sie ist auch vor Kurzem verschwunden.“

„Aha. Na ja, vielleicht ist sie ja weggelaufen. Tut mir leid. Wann war das denn?“

„Vor etwa einer Woche, schätze ich. Egal, hier geht es um Finley.“ Fia schüttete die letzten Tropfen Tee auf den steinigen Strand. „Aber DCI ... äh ...“

„Ross.“

„Äh ja, genau. Also um ehrlich zu sein, müsste ich mal mit Ihnen reden.“

„Das passt sich gut, ich wäre eh zu Ihnen gekommen. Es tut mir leid, aber Miss Murray sagte, ihr Dad wäre sowas wie ein Feind?“

„Genaugenommen ist Dad mit allem und jedem verfeindet. Aber ich glaube, ein Fremder schleicht sich bei uns herum.“

Der Beamte sah auf seine Uhr und scharrte einen Kieselstein beiseite wie ein bettelndes Pferd. „Sie glauben?“

„In letzter Zeit ...“ Fia suchte nach den richtigen Worten, fand aber keine. Egal wie sie es sagte, es hörte sich seltsam an. Sie atmete tief durch. „Nein, ich bin sicher. Ständig fehlen Sachen aus dem Kühlschrank und neulich Nacht, da ...“

Der DCI wartete schweigend ab. Die Wärme in seinen Augen gab ihr Mut. Ob verrückt oder nicht, es musste raus. „Da hab ich sogar jemanden gesehen. Im alten Herrenhaus.“ *Genauso gut hätte es auch ein Geist sein können.*

„Miss MacNiddry, wir sollten uns mal in Ruhe unterhalten.“ Ross schluckte und sah sich um. „Am besten, ähm, ungestört.“

„Dann bei uns im Cottage.“

„Gleich morgen? Gegen zehn?“

„Klingt super. Danke.“ Für eine Sekunde verschwand das Druckgefühl in Fias Brust.

„Also dann, bis morgen.“ Er nickte ihr zu und marschierte im Stechschritt Richtung Wasser.

Fia ging zu Scott und reichte ihm den Thermobecher. Sinann saß weiterhin auf dem Felsen, die Ellenbogen auf die Knie gestützt und das Gesicht in den Handflächen vergraben. Sie weinte, Fia sah es an ihren zuckenden Schultern. „Hey, kannst du noch? Wir müssen weiter.“

„Klar. Na endlich.“ Sinann stand auf und sackte erneut in die Knie. Wieder half Scott ihr auf die Beine.

Lange hält sie das nicht mehr durch. Fia kickte einen Stein in den Atlantik. *Wo bist du, Finley? Warum tust du uns das an?* Das Bellen der Hunde vermischte sich mit dem Grollen der Wellen. DCI Ross brüllte etwas und der Trupp setzte sich wieder in Bewegung. Fia trottete neben Sinann her. Auf ihrem Rücken schien ein Findling zu liegen, jeder Muskel brannte. Fluchend rutschte sie auf einem der nassen Steine aus und ruderte mit den Armen, um das Gleichgewicht zu halten. Überall sah sie Felsnischen, schäumendes Wasser peitschte gegen die Felsen und mit jedem Schritt verlor Fia ein bisschen mehr Hoffnung. Hier in diesem von Höhlen zerfressenen Abschnitt der Insel würden sie Finley niemals finden. *Wir müssen uns auf die Hunde verlassen.*

Schweigend kletterten sie die steile Küste hinunter. Fia hielt sich an den Ästen der kargen Bäume fest, die über dem Weg hingen. Unten angekommen stützte sie sich auf ihre Knie, um das Stechen in ihrer Brust zu unterdrücken. Schwarz wie ein gefräßiges Maul lag der Eingang vor ihnen. In spätestens zwei Stunden würde die See den Weg versperren.

„Stopp!" DCI Ross hob einen Arm. Mandy scharrte mit den Vorderpfoten Steine beiseite. Ihre Rute ragte steil nach oben. Sie bellte und ihre Nase zeigte auf den Eingang der Höhle.

„Glaubst du, sie riecht etwas?" Sinann ließ die Hündin keine Sekunde aus den Augen.

„Ja, ich denk schon."

„Was sollte Dad *hier* wollen?" Schniefend zog Sinann die Ärmel ihres Parkas bis zu den Fingerspitzen herunter. „Ich meine, wenn sie ihn hier finden, dann ist er ... ist er ..."

„Sag das nicht. Das darfst du nicht mal denken." Fia nahm die Hand ihrer Freundin und drückte sie. *Die Finger einer Leiche könnten sich nicht kälter anfühlen.*

Der Hundeführer hielt Mandy ein Stück Stoff unter die Schnauze und hakte die Leine aus. Sofort vergrub die Hündin ihre Nase zwischen den Steinen und lief los.

Fia wollte etwas Ermutigendes sagen, aber der Kloß in ihrem Hals hinderte sie daran. Mandy verschwand in der Höhle. Ihr Bellen hallte von den Felswänden wider.

„Sie sollten jetzt gehen. Die Kollegen bringen Sie zurück.“ Der DCI sah sie an.

„Auf keinen Fall.“ Blair stand da wie ein bockiges Kind und Ross seufzte.

„Das war keine Bitte, Miss, Sie beide gehen jetzt und wärmen sich in der Village Hall auf.“

„Aber wenn ... ich meine ich kann doch jetzt nicht ...“

„Mum“, Sinann nahm den Arm ihrer Mutter und zog sie zu sich heran, „ich kann langsam nicht mehr. Lass uns gehen, DCI Ross weiß, was er tut. Bitte.“

„Es wird Zeit. Gehen Sie jetzt.“ Das Funkgerät in der Hand des Polizisten quäkte und er schob Blair und Sinann in Richtung Polizeiboot.

Fia hatte es nicht kommen hören, sie starrte Mandy und ihrem Besitzer hinterher in die Höhle. Irgendwo in der Dunkelheit lauerte Groom. Lange verdrängte Bilder blitzten in ihren Gedanken auf. Der schwarze Fötus. Zähne, die weiß leuchteten. Sah Finley genauso aus? Gekrümmt? Verkohlt? Mit einem breiten Lächeln wie aus einem Horrorfilm? Einem Grinsen, von dem sie Jahre später träumte?

„Ich komme mit.“ Fia wollte nicht sehen, was sie aus der Höhle holten. Furcht schnürte ihr die Luft ab. Je länger sie hier stand, desto schwieriger ließen sich die Bilder wieder verdrängen. Sie hustete. Eine weitere Leiche in ihrem Leben würde sie nicht ertragen.

KAPITEL 17

Schweigen

Wie ich gesagt hatte. Sie durchwühlten die Insel wie die Maden. Anstatt im Büro herumzulungern, trieb sich Artair irgendwo herum. Anderen zu helfen, lag ihm nicht. Düster und verwaist schmiegte sich das Häuschen gegen die Felswand. Heute wirkte selbst Scotts verrammelter Container abweisend. Der Schirm des kleinen Eiswagens blieb geschlossen. Niemand würde mich bemerken.

Ich schlich um das Haus herum. Den Zweitschlüssel hatte ich vor Wochen unbemerkt mitgehen lassen. Viel Zeit blieb mir nicht. Jeden Moment konnten sie wiederkommen. Grinsend schlüpfte ich in den Laden und fing an. Finden würden sie Finley nicht. Was die See sich holte, gab sie nicht wieder her. Dad hatte mir diesen Leitspruch täglich eingebläut.

Das Messer kratzte auf dem morschen Holz. Mit jedem Strich stieg meine Vorfreude auf den nächsten Teil des Plans. Finley war nur der Anfang. Ich leckte mir über die Lippen und arbeitete weiter. Danach musste ich aus dem Dorf verschwinden. Wenigstens für ein paar Wochen. Schon jetzt sehnte ich mich nach einer heißen Badewanne. Die kalten Nächte im alten Herrenhaus forderten ihren Tribut. Anstatt zu schlafen, lag ich wach. Alle Gelenke taten weh. *Bald.*

Jetzt musste ich mich mit dem Kunstwerk beeilen. Ein C gab es nicht, stattdessen ritzte ich ein K in das Holz und verzog den Mund. So sah der Name seltsam falsch aus. Als wüsste ich es nicht besser. Erinnerungen überfluteten mich. Heute drängte ich sie zurück. Dafür blieb keine Zeit. Im heißen Wasser der Badewanne konnte ich immer noch über alles nachdenken. Meine Finger kribbelten, während ich ein weiteres K ritzte. Wieder falsch. Anstatt *Cat is coming* stand da *Kat is koming*. Von Rechtschreibfehlern bekam ich Zahnschmerzen. Egal. Hauptsache, Artair erinnerte sich und ich konnte mir sein Gesicht vorstellen.

Meine Knie knackten, als ich aufstand und das Werk betrachtete. Der Name. Die falsche Schreibweise störte das Gesamtbild. Dennoch würde die Botschaft ankommen. Hoffentlich. Eine Uhr besaß ich nicht. *Mach schnell,* wisperte meine innere Stimme.

Ich hastete um die Theke herum in das kleine Büro. Mit kribbelnden Fingern tippte ich den Code in den Safe und bedankte mich still bei Fia. Ihr sorgloses Geplapper im alten Herrenhaus spielte mir in die Karten. Mit dem Geld kam ich locker zwei Wochen über die Runden. *Trödel nicht rum. Hau ab.* Erneut meldete sich die innere Stimme. Ich steckte die Scheine ein und betrachtete ein letztes Mal die Schnitzereien im Tresen. Lächelnd malte ich mir aus, wie Artair das Kunstwerk mit hochrotem Kopf anstarrte. Während ich an seine Wut dachte, wuchs meine Vorfreude. Es kam nur einer als Täter in Frage. Schon bald würde sich die See einen weiteren Dorfbewohner holen. Sie war gefräßig und konnte Geheimnisse bewahren. Dafür hatte ich sie schon früher geliebt.

„Wow. Hundefutter." Pixel verzerrten Ronnas Gesicht und was sie sagte, klang abgehackt. Immer wieder leuchtete der Button für die Internetverbindung rot auf. „Das ist ... echt schräg. Sonst haben sie nichts gefunden? Nur Hundefutter?"

„Nein. Ich habe ein schlechtes Gewissen." Den Tee auf ihrem Nachtschrank hatte Fia bislang nicht angerührt. Der Dampf hatte sich verzogen und sie saß mittlerweile im Dunklen auf ihrem Bett.

„Wieso das denn?"

„Weil ich Sinann und Blair alleine lasse. Das muss schrecklich für die Beiden sein."

„Du lässt sie ja nicht allein. Du warst doch sofort da. Entschuldige mal bitte, aber du siehst echt beschissen aus."

„Na vielen Dank auch."

„Ist so. Du solltest wirklich mal eine Nacht schlafen. Leg dir Gurken auf die Augen oder so."

„Tolle Idee. Wann kommst du nach Hause?" Fia sehnte sich danach, wieder alles mit ihrer Schwester zu bequatschen wie früher. Ronna spielte mit den

Rüschen an ihrer schwarzen Bluse und sah an der Kamera vorbei. „Sis?“ Fia kannte die Antwort schon und schluckte. „Ich brauche dich hier.“

„Fia, ich ...“

„Du kommst gar nicht, stimmt's?“ Fia unterdrückte den Impuls, den Laptop ohne Verabschiedung zuzuklappen. Wie bei ihrem letzten Besuch in Dundee sah Ronna wie eine aufgedonnerte Tusse aus. Silberne Armbänder klimperten auf der Tastatur und mit der Schminke wirkte ihr Gesicht blasser als ohnehin schon. Ihre Sommersprossen versteckten sich unter der dicken Schicht Make-up. *Fehlen nur der Sekt und die Zigarettenspitze.* „Wieso nicht?“

„Ich habe einfach zu viel zu tun mit dem Studium.“

„Klar.“ Fia unterdrückte die Tränen. Ronna log und jedes Wort fühlte sich an wie ein Faustschlag in die Magengrube. Ihre Sis sah seltsam aus vor dem unscharfen Hintergrund. Ob sie in ihrer Studentenbude oder in einem Café saß, konnte Fia nicht erkennen. „Wo bist du eigentlich? Die Verbindung ist so schlecht.“

„Na, zu Hause wo sonst. Das mit Finley tut mir wirklich leid, glaub mir. Ich hoffe, er taucht wieder auf.“

„Klar.“

„Mensch Fia, was soll ich denn machen?“

Nach Hause kommen und dich vorher in meine Schwester zurückverwandeln. „Ich versteh schon. Es geht eben nicht.“

„Wieso besuchst du mich nicht nochmal? Erzähl mir jetzt nicht, dass du Dad nicht alleine lassen kannst.“

„Und was ist mit Sinann?“ *Es reicht, wenn du mich im Stich lässt.*

„Bring sie halt mit. Wir könnten essen gehen oder einen richtigen Mädelsabend machen. Hatten wir ewig nicht mehr.“

„Mir ist aber nicht nach feiern.“

„Würde dir aber guttun. Für Finley kannst du im Moment eh nichts tun und Sinann würde auch auf andere Gedanken kommen.“

„Du machst es dir ganz schön leicht.“

Ronna schüttelte den Kopf und das Bild fror für eine Sekunde ein. Anstatt ihrer Schwester sah Fia eine Pixelgrimasse. „Das stimmt nicht. Im Gegensatz zu dir versinke ich nur nicht in Selbstmitleid. Was ist eigentlich mit diesem ominösen Fremden?“

„Neulich lief der Plattenspieler mitten in der Nacht. Einfach so.“

„Gruselig. Was ist jetzt? Kommt ihr?“

Ronna hakte das Thema auffällig schnell ab, fand Fia. „Ich kann hier nicht so einfach weg. Nicht jetzt.“

„Doch. Manchmal bist du wie Mum. Du willst nur nicht.“

Was du nicht sagst, Sis. „Da sind wir ja schon zu zweit. Du willst ja auch nicht weg aus Dundee.“

„Jedenfalls nicht, weil ich dir wehtun will. Ich habe meine Gründe.“

„Klar. Hör zu, ich bin ziemlich fertig.“

„Kann ich mir vorstellen. Hältst du mich auf dem Laufenden? Hat sich eigentlich schon jemand für das Cottage interessiert?“

Fia zuckte mit den Schultern und stützte sich auf den anderen Ellenbogen. „Ja, ähm ein Mr ... ach keine Ahnung. Hab ich vergessen.“

Ronna wedelte mit den Händen, die Bewegung wirkte abgehackt. „Daraus wird doch eh nichts. Du solltest dir einen Job suchen und vor allem nach Onkel Allan suchen. Wer weiß, vielleicht kann *er* dir helfen.“

„Und du solltest nach Hause kommen. Wenigstens Weihnachten.“

„Ich überleg's mir. Glaub mir, es hat nichts mit dir zu tun. Du fehlst mir."

„Klar. Ich hau mich jetzt hin. Bis dann." Bevor Ronna sich verabschieden konnte, klickte Fia auf den roten Hörer und das Video ihrer Schwester verschwand.

Mit tränenden Augen starrte sie auf den Bildschirm und das kleine runde Foto. Ein bedeutungsloses Bild, nichts weiter. Ronna war verschwunden, genauso wie Finley. Fia lauschte der Stille im Haus. Es hatte eine Zeit voller Geräusche gegeben. Knackendes brennendes Holz, Gespräche, Lachen und Schritte, dazwischen das Schnaufen der Hunde. Jemand *lebte* auf Tráigh Cottage. Mittlerweile erinnerte es Fia an eine Gruft mit Platz für weitere Särge. Sie stellte den Laptop neben dem Bett auf den Boden und legte sich auf den Bauch. Erst jetzt ließ sie den Tränen freien Lauf. Die letzten Wochen verschwammen in ihren Gedanken zu einem bizarren Albtraum. Das Grollen des Atlantiks und leise Knacken der Heizung verschmolzen langsam mit ihrem Traum. Angezogen schlief Fia ein und träumte von Groom. Wen würde er als nächstes holen?

„Also kommst du morgen wieder ins Büro?" Artair schrubbte mit zusammengepressten Lippen über die rote Farbe. Schweißnasse Haarsträhnen klebten auf seiner Stirn und die Wollmütze saß schief auf seinem Kopf. „Ich wüsste wirklich gern, welches Schwein das war. Bestimmt Scott."

„Nein."

„Was nein? Scott war es nicht oder du kommst nicht? Ich kann nicht ewig auf dich verzichten, nur weil Finley sich aus dem Staub gemacht hat!"

„Er hat sich nicht aus dem Staub gemacht. Er ist *verschwunden,* kapierst du das nicht?“

„Wie auch immer. Verschwunden. Von mir aus. Jedenfalls brauche ich dich im Büro.“

„Du verstehst es wirklich nicht, oder? Vielleicht ist er tot, Dad.“

„Fia, ich glaube, *du* verstehst nicht. Das hier“, er deutete auf die leuchtend roten Buchstaben, „ist eine Drohung. Jemand will uns fertigmachen. Was interessiert mich da Finley?“

„ÖRDER“ stand auf den Planken der *Heather*. Das „M“ hatte er schon abgewaschen.

„Wer ist so lebensmüde und droht dir?“

„Keine Bange, das finde ich heraus.“ Artair feuerte den Schwamm in den Eimer, der neben ihm stand. Sofort färbte sich das schaumige Wasser blutrot. „Jedenfalls möchte ich nicht in der Haut dieses Schweins stecken. Um punkt sieben im Büro, Fia.“

„Ich sagte nein. Es kommt doch sowieso niemand.“ Ihr Herz hämmerte, so offen hatte sie Artair bislang nie widersprochen.

„Und ich sagte Punkt sieben im Büro.“ Rotes Wasser lief über seine Fingerknöchel, die beim Auswringen weiß hervortraten. Der Schwamm quietschte. Ein bisschen weiter und er würde reißen.

„Da kommt jemand.“

„Ich habe hier zu tun. Nerv mich nicht und wimmel sie ab.“ Ohne auf das Polizeiboot zu achten, bearbeitete Artair weiter die *Heather*, als wollte er mit dem Schwamm ein Loch in die Planken scheuern.

Fia gab Dad stumm recht. Er *würde* es herausfinden. Anstatt darüber nachzudenken, was dann passierte, lotste sie das Schnellboot auf die andere Seite des Strandes. Möglichst weit weg von Dad.

KAPITEL 18

Der Vertrag

DCI Ross lehnte den Tee ab, den Fia ihm anbot. Ohne seinen Parka auszuziehen, setzte er sich auf einen der Küchenstühle. „Tja, so wie ich es sehe, hat Ihr Dad keine Lust, mit mir zu reden, oder? Das wird er aber müssen."

„Er ist nicht sehr ..."

Der Beamte wedelte ihren Einwand mit einer Hand davon. „Was immer er ist, er wird mit uns reden. Ob er will oder nicht. Haben Sie auch Kräutertee?"

„Äh ja, bestimmt." Systematisch durchsuchte Fia die Teevorräte im Küchenschrank.

„Hier draußen mit allen verfeindet zu sein, stelle ich mir nicht gerade leicht vor. Ist Ihnen das nicht manchmal zu einsam hier draußen?"

„Ne. Ich kann mich auf meine Freunde verlassen und Dad ... er war nicht immer so." Fia zog die zerknitterte Packung heraus und hielt sie in die Höhe. „Wir haben leider nur Beutel."

„Macht nichts." Ross legte die Arme auf den Tisch und knetete seine Finger. „Wieso?"

„Meine Mum ist gestorben, als ich noch klein war. Seitdem ist Dad nicht mehr er selbst. Er legt sich einfach mit jedem an."

„Also auch mit Finley Murray."

„Wie ich schon sagte, mit jedem." Fia nahm den fiependen Kessel vom Herd und goss Wasser in die Tasse des Beamten. Mit hochgezogenen Schultern stellte sie den Teekessel zurück auf die Herdplatte. „Ich habe ehrlich gesagt keine Ahnung, warum er so geworden ist." *Ross hatte Dad im Visier. Kein Wunder.*

„Tja, der Tod verändert Menschen. Manchmal. Sie sagten, jemand hat eine Zeichnung an Ihren Kleiderschrank gepinnt. Sieht sie zufällig aus wie diese hier?" Er schob eine Plastikhülle über den Tisch und Fia zuckte zurück.

Groom. Sie nickte.

„Das haben wir bei den Murrays gefunden", redete Ross weiter, „unter dem Bett." Er ließ seine Hand auf der Hülle liegen und sah Fia an. „Wir haben also einen Verrückten, der hier eventuell herumschleicht, zwei Zeichnungen und einen Vermissten. Ihr Dad ... was hält er eigentlich von der Sache mit dem Fremden?"

„Nicht viel. Es interessiert ihn nicht."

„Mich würde das schon interessieren. Brennend sogar. Sie sagten, es fehlt hin und wieder Essen?"

Fia nickte erneut.

„Und was war neulich Nacht? Was genau haben Sie gesehen?"

Eine Laterne und einen Geist. „Einen Mann ... glaube ich. Da drüben."

Der Beamte lehnte sich zurück und sah aus dem Fenster. „Bei dem alten Kasten da? Unheimlich irgendwie."

„Na ja, das Haus steht seit Jahren leer."

Ross verschränkte die Hände hinter dem Kopf. „Wäre ein prima Versteck. Haben Sie sich dort mal umgesehen?"

„Schon. Ja. Bevor die, ähm der Mann dort aufgetaucht ist. Jetzt traue ich mich nicht mehr, ehrlich gesagt."

„Kann ich verstehen. Dürfen *wir* uns dann ein wenig umsehen?"

„Nein. Dürfen Sie nicht. Aber Sie dürfen verschwinden und zwar auf der Stelle."

Beide fuhren herum und Fia schnappte nach Luft. Artair stand in der Tür. Rotgefärbtes Wasser tropfte aus dem Schwamm in seiner Hand auf die Dielen. Torf klebte an seinen Gummistiefeln und der Kragen seiner Öljacke verdeckte die Hälfte seines versteinerten Gesichts. Hass schimmerte in seinen Augen.

„Mr MacNiddry. Schmeißen Sie mich ruhig raus. Damit sind Sie mich nicht los." Ross deutete auf das Fenster. „Was ist denn mit Ihrem Boot passiert?"

„Nichts. Ein dummer Streich, nichts weiter. Sie finden alleine raus?" Artair trat einen Schritt vor und gab damit die Tür frei.

„Sicher. Mr MacNiddry," der Beamte nickte Fia zu und stand auf, „eine Frage hätte ich trotzdem noch. Wo waren Sie eigentlich in der Nacht, in der Finley Murray verschwunden ist?"

„Ich habe geschlafen, verdammt noch mal."

Fia zuckte zusammen. Das war eine Lüge. Sie hatte selbst beobachtet, wie er rausgefahren war und Sinann hatte sogar von *Besessenheit* geredet, nachdem sie ihn vor dem Bistro gesehen hatte. Sie holte Luft.

Artair kam mit einem Riesenschritt auf Fia zu und packte ihren Arm. Unter seinen Fingern pochte es. „Wir haben noch etwas Wichtiges zu besprechen."

„Kann das jemand bestätigen?“

„Glauben sie wirklich, meine Tochter hätte um diese Zeit etwas anderes gemacht als schlafen?“ Der Griff um ihren Arm verstärkte sich. „Sind Sie jetzt fertig?“

„Fürs Erste. Mr MacNiddry, Sie sollten mit uns zusammenarbeiten, anstatt sich immer tiefer reinzureiten. Sie sind nicht gerade beliebt im Dorf.“

„Das geht Sie einen feuchten Dreck an.“

Ross ließ die Haustür hinter sich zufallen und Artairs Finger schraubten sich fester um ihren Arm. „Ich habe deine Faxen langsam satt. Setz dich.“

Fia sank auf den Stuhl, ihr Arm brannte jetzt, als hätte jemand Brennnesseln darum geknotet. „Dad, du tust mir weh.“

„Ach ja? Und was du mir antust, zählt nicht oder wie?“

„Was? Auaaa.“

Mit der Linken kramte Artair einen Packen Papier aus der Tasche seiner Öljacke und knallte ihn auf den Tisch. „Mr und Ms Stevenson haben mir bereits ihr Wort gegeben.“

„Wofür?“

„Spätestens im neuen Jahr musst du dir eine neue Bleibe suchen. Lies den Kaufvertrag, wenn du willst.“ Er tippte mit dem Finger auf die Papiere. „Ändern kannst du es eh nicht mehr.“

„Dad ...“ Die ganze Zeit über hatte sie den Verkauf verdrängt und jetzt stand sie bald auf der Straße. Ohne ein Zuhause. Endlich ließ er sie los und Fia massierte ihren brennenden Arm. So handgreiflich erlebte sie ihn zum ersten Mal und die fehlende Emotion in seinen Augen jagte ihr fast mehr Angst ein als sein Gewaltausbruch.

„Ich habe dir schon vor Wochen gesagt, dass ich Tráigh Cottage verkaufe. Jetzt ist es halt soweit. Nach Weihnachten ziehen wir aus.“

„Bitte tu das nicht. Überschreib mir die Firma. Hast du wirklich alles vergessen? Unsere Touren? Die Geschichten, die du mir abends im Büro erzählt hast?“

„Du bekommst *Niddry Tours* nicht.“

„Wieso nicht?“ Mit trockenem Mund suchte Fia nach den Gefühlen hinter dem kalten Grau seiner Augen. Nichts.

„Weil ich nicht will, dass du mit dem sinkenden Schiff untergehst. Verdammt, *Niddry Tours* ist so gut wie pleite.“

„Was ist mit Onkel Allan? Kann er nicht helfen?“

Artair donnerte seine Faust auf den Tisch. Mit rotgeränderten Augen musterte er seine Tochter, die vor ihm zurückwich. „Lass meinen Bruder aus dem Spiel.“ Er betonte jedes Wort einzeln. „Vergiss ihn und wehe ich höre diesen Namen noch einmal.“

Damit verließ er die Küche und Fia starrte ihm nach. Sein breiter Rücken füllte den Türrahmen fast vollständig aus und seine Stiefel knallten bei jedem Schritt auf den Boden. Eine Spur aus roten Tropfen führte in den Flur.

Wer ist denn schuld daran?

Als Fia den Kaufvertrag zu sich heranzog, schrubbte Artair schon wieder die Planken der *Heather*. Sie hoffte auf eine Lüge. Mit dem Vorwand, sie zu schützen, zerstörte Dad ihr Leben. Er trampelte mit seinen Gummistiefeln auf ihren Gefühlen herum und es kümmerte ihn nicht.

Die erste Zeile verschwamm vor ihren Augen. Sie blinzelte und zwang sich, genau hinzusehen.

§ Kaufgegenstand

Dem Notar lag ein Abdruck des Grundbuchs vom 01.04.1978 vor. Die Beteiligten verzichten nach Belehrung über die damit verbundenen Gefahren auf eine erneute Grundbucheinsicht.

Fia streckte die Hand nach ihrem Handy aus und zog sie wieder zurück. Ronna würde nicht antworten. Das Gespräch von gestern Abend verdeutlichte, wie weit sich ihre Schwester schon von der Familie entfernt hatte. Sinann konnte sie im Moment nicht belästigen. Nicht einmal Pei legte die warme Schnauze auf ihre Oberschenkel.

Ein Schauer jagte Fia über den Rücken und sie zog die Ärmel ihres Pullovers tiefer. Schatten flogen vor dem Fenster durch die Bucht wie ein durchgehendes Höllenross. Niemand konnte ihr helfen. Bald würde sie an ihren Gefühlen ersticken. Wie entzündete Mandeln schnürte ihr Angst die Kehle zu. Selbst der DCI war Fia lieber als die drückende Stille. Ihm gegenüber hatte sie gelogen. Es *war* zu einsam hier draußen. Von dem Vertrag verstand sie kein Wort. Orientierungslos blätterte sie sich durch die Papiere, genauso gut hätte ein Außerirdischer ihr in Klicklauten eine Waschmaschine andrehen können. Als sie die letzte Seite aufschlug, krümmte sie sich zusammen. Die Schrift sah aus wie die eines Fünfjährigen, aber Fia erkannte die krakeligen Buchstaben in der Zeile *Verkäufer* sofort. Dad log diesmal nicht. Er hatte schon unterschrieben.

Kapitel 19

Vorboten

Wie lange wollen Sie bleiben?"

Ich rechnete in Gedanken und ließ meinen Blick über die kleinen weißen Häuschen schweifen. Ein Traum. Seit Jahren hatte ich nicht mehr so luxuriös gewohnt. Allein die Vorstellung einer heißen Badewanne zauberte mir ein albernes Grinsen ins Gesicht.

„Sir?"

Die Frau tippte mit einem Kuli auf ihr Notizbuch. Ferguson stand auf ihrem Namensschild. Mit ihrem streng gebundenen Dutt und den verschränkten Armen erinnerte sie mich an meine alte Geschichtslehrerin. Eine gehässige Pedantin, die ich nie leiden konnte. „Äh ja, erstmal für eine Woche."

„Alles klar. Wenn Sie etwas brauchen, rufen Sie einfach an. Viel können Sie hier allerdings in nächster Zeit nicht anstellen."

„Wieso?" Ich stellte mich dumm.

Sie reichte mir einen Schlüssel, der an einem Anhänger mit einem fleckigen Plüschseehund hing und klappte das Buch zu. „Es ist Saisonende. Die meisten Attraktionen haben im Winter geschlossen. Wir übrigens auch. Spätestens in zwei Wochen muss ich Sie also rausschmeißen.“

„Macht nichts. Ich bin nur zum Ausspannen hier.“

„Das können Sie, keine Bange. Deswegen auch das wenige Gepäck?“ Sie deutet mit dem Kuli auf meinen ebenfalls riechenden Seesack.

Wenigstens hatte ich mich im Fluss grob gewaschen und Artair brauchte seinen Kamm ohnehin nie. Ihre Blicke verrieten, wie deutlich man mir das Vagabundendasein dennoch ansah. Lächelnd nahm ich den Schlüssel und nickte. „Genau.“

„Na dann“, sie lächelte zurück, „einen schönen Aufenthalt Mr Thomson.“

„Danke.“ Ich hatte den erstbesten Namen genommen, der mir einfiel.

Möwen begleiteten mich auf dem Weg zum Haus und als Erstes flog mein Seesack in die Ecke. Alles wirkte aufgeräumt und ich kam mir vor wie in einem Schloss. Nach Wochen auf dem Dachboden des alten Herrenhauses hielt ich das kleine Cottage für einen Palast. Die Deko fand ich albern, am meisten interessierte mich die Badewanne und danach eine weiche Matratze. Ohne Umwege ging ich ins Bad und ließ das Wasser einlaufen. Dampf waberte über den Wannenrand und ich feuerte meine Klamotten achtlos in die Ecke. Schweißgeruch vermischte sich mit der blumigen Note des Badezusatzes. Mit einem Keuchen zog ich den großen Zeh wieder zurück.

Nach einer Minute hockte ich mich in das dampfende Wasser und seufzte. Wie ein Krebs bei Flut seinen Stein umklammerte ich den Wannenrand.

Sofort färbten sich meine Hände rot und Wassertropfen perlten von dem kleinen beschlagenen Fenster. Ich hörte den Atlantik draußen gegen die Felsen und die Steinmole donnern. Schweißperlen bildeten sich auf meiner Stirn und ich drehte das Wasser ab. Gluckernd sickerte Schaum in den Überlauf. Mit einem leisen Plopp zerplatzte die Schaumblase auf meiner Brust.

Der Plan stand, aber ich durfte mich vorerst nicht im Dorf blicken lassen. Es gab keine Deadline, ich würde weitermachen, wenn sich alles wieder beruhigt hatte. So lange wollte ich den Luxus genießen. Erinnerungen überschwemmten mich. Ich lehnte den Kopf gegen die Wand und sank tiefer in das dampfende Wasser. Dösend dachte ich an Bonnie, während meine Hände langsam schrumpelten.

Isle of Skye, 1977

„Warum benutzt ihr eigentlich keine Geheimsprache?" Scott stützte sich auf den mit Moos bewachsenen Fensterrahmen. Seit dem Vorfall mit Finley trafen wir uns immer öfter ohne Artair in einem verfallenen Cottage mitten auf dem Feld. Fensterscheiben existierten schon ewig nicht mehr. Vereinzelte Scherben lagen im Gras und funkelten in der Sonne. Das Häuschen lag zwischen der Kirche und dem Strand, Scott hatte es gefunden. Er sah auf und ließ den Stock sinken, mit dem er Strichmännchen in den Staub gemalt hatte. Mit funkelnden Augen sah er mich an. Bonnie knotete ein neues Freundschaftsband, sie lehnte an der mit Efeu überwucherten Mauer. Evaine saß neben ihr, in letzter Zeit wirkte sie still und folgte ihrer besten Freundin wie ein Schatten. Finley sah seit der Messerattacke älter aus. Meist hockte er schweigend in der Ecke und verbarg das Zittern seiner Hände zwischen den Oberschenkeln.

„Was denn für eine Geheimsprache?“ Bonnie legte das Freundschaftsbändchen auf ihren Knien ab.

„Na“, Scott zog einen Strich in den Dreck, „ihr schreibt euch doch sowieso heimlich Briefchen. Warum nicht in einer Geheimsprache? Irgendwann wird Artair euch eh erwischen und dann isses besser, wenn er die Briefe nicht lesen kann, oder?“

„Das ist kindisch.“ Bonnie kratzte sich am Kinn und ich hörte draußen ein Stampfen und Schmatzen. „Sollen wir die Buchstaben im Alphabet etwa tauschen? Das ist wirklich albern. So blöd ist mein Bruder nun auch wieder nicht.“

„Am besten ihr lasst es einfach. Artair kriegt eh alles raus und dann setzt es was.“ Seine Narbe zog sich über den ganzen Unterarm und glänzte rot.

Seit ich den Arm zum ersten Mal ohne Verband gesehen hatte, ging ich Artair aus dem Weg. „Stimmt. Das nützt auch nichts.“ Ich hasste ihn. Jeden Tag ein bisschen mehr. Neuerdings durchwühlte er mein Zimmer und klaute Sachen. Erst gestern hatte ich Jamielle gesucht und den Teddy bei ihm gefunden. Völlig ramponiert, er hatte seine Wut an dem Bären ausgelassen. Dabei wusste er genau, was mir das Stofftier bedeutete. Heimlich weinte ich um dessen verlorenes Auge. Gleichzeitig war ich froh, dass es den Teddy erwischt hatte. Das Tagebuch hatte er bis jetzt nicht entdeckt. Es lag gut versteckt im Keller bei den aussortierten Spielsachen. Mit fünfzehn spielte niemand mehr mit Playmobil. Artair besaß dennoch eine gute Spürnase für die Sorgen Anderer und wenn er diesen Schatz fand, würde ich verschwinden. Mit Jamielle. Ich hatte ihn wegen seiner weißen Farbe so getauft und liebte ihn. „Aber eine Geheimschrift ist nicht schlecht."

Während Scott weiter Striche in den Sand malte, kaute er auf seiner Unterlippe. Zwischen seinen Augenbrauen erschien eine tiefe Falte. So wirkte er erwachsen und älter als wir alle. „Wetten Artair kann mit Runen nichts anfangen?" Er grinste und zeigte auf die Striche. „Das da heißt zum Beispiel Allan."

Für mich sahen die Rillen aus wie Vogelspuren. „Echt?"

„Ja!" Scott nickte und tippte mit dem Stock auf das erste Zeichen, das an einen Berg erinnerte. Seine Augen funkelten. „Runen sind cool. Es gibt ganz viele unterschiedliche."

„Sollen wir das etwa auswendig lernen?" Bonnie richtete sich auf und starrte Scott an, als hätte er drei Köpfe.

Rötliches Licht fiel durch die Ritzen in der Bretterwand und brachte ihre Haare zum Leuchten. Wie sonst auch trug sie geflochtene Zöpfe, an ihrer Jeans klebte Dreck. Ich sah sie an und fing sofort an zu schwitzen.

Scott zuckte mit den Schultern und malte eine weitere Runenreihe. „Ist doch nicht schwer."

„Woher weißt du das Alles?" Evaine musste sich räuspern. Durch ein Loch in der Mauer kraulte sie ein Schaf draußen auf der Weide. Immer wieder steckte das Tier seinen Kopf durch das ehemalige Fenster. Es roch nach schweißigen Stiefeln.

„Altes Zeug interessiert mich halt. Ich lese viel darüber."

„Schräg, aber cool irgendwie." Evaine boxte Bonnie in die Seite.

„Gar keine schlechte Idee. Schreibst du uns das mal auf?"

„Klar. Gebe ich euch morgen in der Schule." Er zuckte zusammen, als das Schaf draußen genüsslich blökte. „Hier. Das heißt Bonnie." Mit seinen Turnschuhen verwischte er die Namen wieder. „Ist wirklich nicht schwer."

„Runen. Schwachsinn. Scott, du hast sie nicht mehr alle. Ehrlich. Artair wird euch irgendwann erwischen und dann verprügelt er euch. Vor allem dich, Yellowbelly." Finley massierte den Arm mit der Narbe und verzog das Gesicht. Im Gegensatz zu Bonnie sah er aus wie ein Gespenst.

„Ist ein Versuch und irgendwie ... geheimnisvoll. Ich hab halt keinen Bock mehr mich von Artair rumkommandieren zu lassen. Er ist ..." Scott scharrte mit der Spitze des Stocks ein Loch in den Boden.

„Er ist schon in Ordnung. Manchmal. Artair kann auch ..." Konzentriert starrte Bonnie auf ihr Freundschaftsband.

„Was? Spinnst du? Was kann er auch? Artair ist ein Schläger und das wirst du mit deinen süßen Zöpfen auch nicht ändern, Püppchen."

Das Freundschaftsbändchen flog in den Dreck und Bonnie sprang mit einem Satz auf Finley zu wie eine ausgehungerte Raubkatze. „Ich bin ..." Sand spritzte hoch, als sie ihm gegen das Knie trat. „... kein ..."

Bonnie lief rot an. „Püppchen!“ Finley keuchte und umklammerte sein Bein, als sie erneut ausholte und seinen Oberschenkel traf. „Merk dir das!“

„Seit wann rennst du ihm hinterher wie eine blöde Gans? Reicht dir das etwa nicht?“ Mit dem Stock zeigte Scott auf Finleys Narbe. „Was brauchst du denn noch?“

Ich versteckte mich in meiner Ecke und schwieg. In diesem Moment wirkte Bonnie eher wie die Hexe aus Hänsel und Gretel. Ihre strohigen Haare glänzten nicht und ihr Gesicht sah aus wie eine verzerrte Maske aus dem Halloween Sortiment. Dünn und knorrig, wie der Stock von Scott stand sei breitbeinig zwischen den Jungs. Dennoch liebte ich sie. Alles an ihr und daran konnte *ich* nichts ändern. Egal, was sie über meinen Bruder sagte. Warum sie ihn mochte, kapierte ich dagegen nicht. Finley hatte recht. Artair blieb ein Fiesling, der notfalls alles und jeden zu Boden prügelte. Zweieinhalb Jahre noch, dann wurde ich achtzehn. Spätestens am Geburtstag würde ich meine Sachen packen und von hier verschwinden. Weg von Skye. Jeden Tag freute ich mich mehr darauf. Mit Artair unter einem Dach zu leben, war schlimm genug. Mum und Dad bemerkten das Meiste nicht. Bonnie dabei zuzusehen, wie sie mit meinem dämlichen Bruder in einen Abgrund stürzte, ertrug ich nicht.

„Braucht dich nicht zu interessieren Scotty. Aber vergiss morgen nicht die Runen.“ Als wäre nichts passiert, setzte sich Bonnie wieder in ihre Ecke und knotete weiter das Freundschaftsbändchen.

„Ihr spinnt doch alle.“ Finley streckte sein Bein aus und massierte seinen Oberschenkel. „Ehrlich, wir sollten Artair aus dem Weg gehen. Für mich sieht er aus wie ein Serienmörder. Echt mal.“

„*Du* spinnst." Bonnie stand auf und klopfte sich den Staub von der Jeans. Ihr Rücken verdeckte die hereinfallenden Sonnenstrahlen und sie sah aus wie ein dürrer Dämon ohne Gesicht. „Ihr habt ja nur Schiss."

„Ja und? Wundert dich das etwa? Dann hast *du* sie nicht alle, Püppchen!"

„Hört auf. Das bringt doch nichts. Wir sollten ..." Scott zog sich an der Mauer hoch und sah abwechselnd von Bonnie zu Finley, der weiter auf dem Boden saß.

„Wir sollten was?" Mit einem Ruck richtete er sich auf.

Scott hob die Arme und ließ sie wieder sinken. Wut funkelte in seinen Augen und das nächste falsche Wort würde alles zerstören. Zwar war ich der unsichtbare Yellowbelly, auf dem jeder herumhackte, aber ohne die Clique war ich endgültig allein. Die Angst davor lag mir wie eine faule Muschel im Magen. Meine Spucke schmeckte mit einem Schlag bitter. Wortlos stand Evaine auf und stellte sich neben ihre beste Freundin. Bonnie nahm ihre Hand. Scott ließ seinen Stock fallen und setzte sich zu Finley. Mich beachtete wie immer niemand.

„Ihr seid doch krank. Von mir aus werde glücklich mit deinem Psychopathen. Aber heul dich hinterher nicht bei mir aus."

Scott stimmte Finley nickend zu. „Du machst einen Riesenfehler Bonnie."

Ab diesem Tag klaffte ein Riss in der Clique, so endgültig wie die Löcher in der baufälligen Mauer des Cottage.

„Artair ist ein Schwein und ich werde immer gegen ihn kämpfen. Nur, das du es weißt Bonnie." Scott lehnte an der verwitterten Mauer. Sein Gesicht glänzte so rot wie die untergehende Sonne.

„Lauf zu ihm, Püppchen. Renn in dein Unglück. Wirst schon sehen, was du davon hast. Früher oder später kommst du eh wieder angekrochen.“ Finley massierte seine Narbe.

Ich sah Bonnie nach, die mit Evaine an der Hand das Cottage verließ. Die Sonne versank hinter den Black Cuillins und mit der heraufziehenden Dämmerung hörte ich das Scharren und Fiepen der Mäuse in der alten Hütte. Ohne es zu bemerken, hatte Finley eine Prophezeiung ausgesprochen.

Bis zum Anleger brauchte Fia nicht lange und die frische Luft vertrieb die düsteren Gedanken. Wenigstens kurz. Schafe grasten am Straßenrand und rannten blökend davon, sobald sie näher kam. Wie erwartet standen kaum Autos auf dem großen Parkplatz. Scott hatte seinen Container schon verrammelt. Tonnen verteilten sich am leeren Pier, dazwischen reihten sich Müllcontainer aneinander. Schlauchboote lagen auf dem Anleger, bereit für den Abtransport. Im Büro wollte sie nach Onkel Allan googeln. Ihn zu finden, würde nicht leicht werden. Es gab nicht den kleinsten Hinweis auf seinen letzten Aufenthalt. Sie konnte nichts tun, außer im Telefonbuch nach MacNiddrys suchen.

„Hey Fia!" Scott winkte aus dem Fenster seines Landrovers. „Kannst du mich kurz einweisen?" Er deutete auf den nassen Pier.

„Klar." Sie stellte sich an die Seite und beobachtete, wie Scott langsam zurücksetzte. Auf halber Strecke hob sie den Arm und der Landrover stoppte. Im Gegensatz zu ihm konnte Fia das Meiste im Laden lassen. Mit den Händen in den Taschen schlenderte sie auf ihn zu. Sie hörte das Ratschen der Handbremse.

„Danke. Was ist mit deinem Zeug? Soll ich dir nachher helfen?"

Fia schüttelte den Kopf. „Muss nicht heute sein. Dad hat es nicht so eilig mit dem Ausräumen."

„Tja, stimmt was nicht? Siehst blass aus, Kleine." Scott lehnte sich gegen das Auto und musterte sie.

„Dad hat mir den Kaufvertrag für Tráigh Cottage gezeigt. Offenbar gibt es einen Interessenten."

„Und der Fremde?"

„Neulich habe ich ihn glaube ich am alten Herrenhaus gesehen."

„Puh, ich hoffe dieser Ross weiß das. Das mit dem Verkauf ist noch nicht in trockenen Tüchern. Ich komme morgen mal vorbei. Wirst sehen."

„Von mir aus gerne. Klar weiß er das."

„Wie gehts Sinann?" Immer schneller knautschte Scott die Wollmütze in seinen Händen.

„Mies. Sag mal, weißt du eigentlich, wo Onkel Allan jetzt wohnt? Habt ihr noch Kontakt?"

„Deswegen wollte ich morgen vorbeikommen. Nein, keine Ahnung wo er jetzt ist. Erzähle ich dir alles morgen. Gehen wir rein. Es ist kalt." Ohne eine Antwort abzuwarten, ging Scott auf das Lädchen zu.

Fia nahm den Schlüssel aus der Tasche und schloss auf. Automatisch wanderten ihre Finger zum Lichtschalter und die Deckenlampe warf grelles Licht über die angestaubten Souvenirs. „Scotty. Bitte. Du weißt doch was.“ Irritiert blieb sie im Türrahmen stehen. Etwas stimmte nicht. Auf den ersten Blick sah alles normal aus. In den Regalen reihten sich kleine Figürchen und Tassen aneinander. Dazwischen lagen Kuscheltiere. Der Postkartenständer stand wie immer auf dem Tresen. Erst jetzt sah Fia die feinen Linien. „Was zum Teufel ...“ Sie ging näher heran. Je länger sie das Holz betrachtete, desto mehr fand sie. „Scott, was ...“ Sie drehte sich zum ihm herum. Blass und mit zusammengepressten Lippen stand er hinter ihr. Die Wollmütze verschwand zwischen seinen verkrampften Händen. Fia sah, wie er schluckte. „Scott, was ist das?“ Mittlerweile entdeckte sie die seltsamen Zeichen überall auf dem Tresen.

Er hustete. „Runen.“

Mit den Fingern fuhr Fia die tief eingeritzten Linien nach. „Hä? Warum ausgerechnet Runen? Das ergibt doch überhaupt keinen Sinn.“

„Wenn dein Vater das sieht, bringt er mich um.“

Fia fuhr herum. „Was? Wieso?“

„Du solltest zur Polizei gehen.“ Scott trat einen Schritt zurück und schrie auf.

„Wenn ich was sehe?“ Unbeweglich wie die Black Cuillins stand Artair hinter ihm. „Hm?“ Mit beiden Händen schubste er Scott in Richtung Tresen.

„Dad! Hör auf!“ Mit geweiteten Augen sah Fia auf die Männer, die sich wie zwei kampfbereite Boxer gegenüberstanden. Ihre Gesichter hatten sich rot wie Krebspanzer verfärbt.

„Halt dich da raus. Was soll ich nicht sehen? Hm?“

„Was machst du überhaupt hier? Zum Saisonende hast du dich früher nie blicken lassen.“ Scott klang ängstlich, sein ungewohnter Ton jagte Fia eine Gänsehaut über den Rücken.

„Und? Ist schließlich mein Laden und jetzt geh mir aus dem Weg."

Schützend stellte sich Scott vor Fia und sah zur Tür. „Du wirst deinen Ärger nicht an deiner Tochter auslassen, klar?"

„Misch dich nicht ..." Artair verstummte. Sein Adamsapfel hüpfte auf und ab wie ein Flummi, während er auf die Runen starrte.

Die Geräusche um Fia ebbten ab, dafür hörte sie Artairs rasselnden Atem. Eine warme Hand legte sich schwer auf ihre Schulter und sie roch das salzige Meer in Scotts Bart. Mit hämmerndem Herzen beobachtete sie Dad. Seine Fäuste öffneten und schlossen sich immer wieder. Wie in Zeitlupe drehte er sich zu Scott um.

„Dieses Mal mache ich dich fertig. Das schwöre ich dir."

„Dieses Lied habe ich schon mal gehört. Wird langsam langweilig."

Mit jedem Wort lag die Hand schwerer auf Fias Schulter und die Luft roch immer stickiger. Trotz der Kälte draußen schwitzte sie unter ihrer Jacke.

„Du warst das doch mit der *Heather*, oder?" Dad trat einen weiteren Schritt auf die beiden zu. „Aber damit", Artair zeigte auf die Runen, „hast du es übertrieben Scott, also halt die Klappe. Halt bloß die Klappe und verschwinde. Hau bloß ab."

„Auch wenn du mir nicht glaubst, ich war das nicht. Aber nichts lieber als das." Mit der Wollmütze in der Hand stürmte er aus dem Büro.

Fia rannte ihm nach. „Scott! Warte!"

Am Anleger stoppte er und drehte sich zu ihr um. Keuchend blieb Fia stehen und schluckte. Seine Wut war verpufft. Mit zitternden Fingern zog er sich seine Wollmütze über den Kopf. Seine Augen schimmerten und Fia erkannte die Trauer und die Angst darin. „Scott ... ich ...“ Sie ging auf ihn zu und verstummte. Bisher hatte sie geglaubt, der Seebär fürchtete sich vor gar nichts.

„Schon gut Kleines. Er beruhigt sich schon wieder. Vielleicht solltest du ihm heute lieber aus dem Weg gehen.“

„Und was, wenn er ...“

Wieder legte Scott seine Pranken auf ihre Schulter und Fias Knie gaben kurz nach. „Ich kann mich wehren, Kleine. Keine Angst. Ich verschwinde jetzt erstmal, ist besser so.“ Damit wandte er sich ab.

Fia beobachtete, wie er in seinen Landrover kletterte und zurücksetzte. Wie festgenagelt stand sie auf der Straße, während die Rücklichter des Autos hinter der steilen Kurve verschwanden. Leere breitete sich in Fia aus. Kalter Wind fegte über den trostlosen Parkplatz. Aus dem Büro kamen dumpfe Schläge und heiseres Gebrüll. *Das halte ich nicht den ganzen Winter aus. Nicht ohne meine Schwester.* Das Handy lag wie ein Stein in ihrer Jackentasche. Das letzte Mal hatte sich Ronna über Zoom gemeldet. Sie würde nicht nach Hause kommen. Egal, womit Dad drohte. Anstatt zurück ins Büro ging Fia in Richtung Dorf. Außer den Schafen sah sie niemanden und die Einsamkeit lag wie ein fauliger Fisch in ihrem Magen.

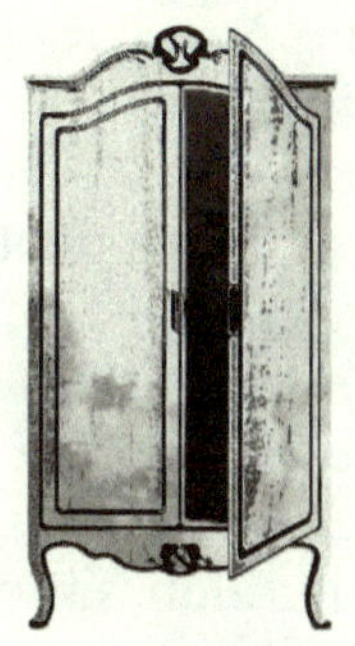

KAPITEL 20

Sturm

Zu Hause setzte sich Fia an ihren Schreibtisch. Gegen die Stille schaltete sie das Radio ein.

Heute Abend fegt „Babet" über die Insel, plärrte der Sprecher. *Halten Sie sich gut fest und bleiben Sie wenn möglich im Haus. Es besteht Lebensgefahr.*

Schon jetzt trieb der Wind den Atlantik tief in die Bucht. Gurgelnd verschlang das Wasser das vom Sturm gepeitschte Gras. Mit der Flut kam niemand mehr hierher. Heute würde Dad im Büro schlafen müssen.

Fia tippte *uk.phonebook.com* in das Suchfeld und rieb sich über die Augen. In den letzten Tagen hatte sie zu wenig geschlafen. Gähnend sah sie auf den Bildschirm. Wenigstens den Namen wusste sie. Bei Location konnte sie nur Schottland eingeben. Sie blinzelte und tippte auf Enter. Mit brennenden Augen sah sie auf die Trefferliste. Es gab genau einen Allan MacNiddry auf den Shetlands. Alle anderen hießen ähnlich. Fünf Minuten sah sie auf die Zahlenreihe, ohne sich zu rühren. Es kam ihr zu einfach vor. Anstatt anzurufen, schrieb sie eine Nachricht an Sinann.

Hey, gehts euch gut? Also wegen Sturm?

Sie behielt das Handy in der Hand. Es zitterte leicht. *Los. Hab dich nicht so.* Was sollte sie sagen? Jahrelang hatten sie nichts voneinander gehört. Genau wie Allan hätte sie selbst jederzeit anrufen können. Stattdessen glaubte sie Dads Geschichten und meldete sich nicht. Hier ist Fia, dein Bruder will Tráigh Cottage verkaufen, kannst du mir zufällig helfen? Das klang albern. Sie räusperte sich und tippte die Zahlen in das Display. Irgendwas würde ihr schon einfallen. Mit jedem Tuten drückte eine unsichtbare Hand fester auf ihre Brust. Als die Mailbox ansprang, zuckte sie zusammen.

„Hey, hier ist Allan. Ihr wisst ja Bescheid. Wenn ich Lust habe, rufe ich zurück. Wenn nicht, dann nicht.“ Piep.

Hektisch legte Fia auf und schluckte. So hatte sie sich seine Stimme immer vorgestellt. Tief und rau wie die Klippen von Skye. Zwischen die Worte mogelte sich ständig ein leises Schnauben. In spätestens einer Stunde würde die See sich fast bis an das Cottage heranwälzen. Donnernd krachten die Wellen in die Bucht. So hatte Scott früher geklungen, wenn er den Schwestern vorgelesen hatte. Onkel Allan kannte sie dagegen nur aus Erzählungen. Die Grübeleien lenkten sie vom Sturm vor dem Fenster ab. Sein Feuermal. Fia fuhr sich mit den Fingern über ihr eigenes Mal. Rot und hässlich prangte es auf ihrer Wange. Es sah aus wie ein Flaschengeist. Draußen krachte es und sie fuhr hoch. Nach Luft schnappend sprintete sie zum Fenster. Der alte Fischtrawler hatte sich losgerissen und das hintere Ende des Stegs zerstört. Planken trieben auf dem schaumigen Wasser. Wie damals. Groom näherte sich. Dad würde ausrasten. Auf dem Schreibtisch vibrierte das Handy. Sinann.

Alles okay. Gehts dir gut?

Noch ja. Wird heftig.

Sie starrte zu lange auf die Nachricht. Die Buchstaben flimmerten vor ihren Augen. Bis der Sturm abflaute, saß Fia hier fest. Allein mit ihrer Angst und damit auch mit Groom.

Das Unwetter kam nach Mitternacht. Um sich abzulenken, sah sich Fia *Beetlejuice* an. Normalerweise mochte sie keine Horrorfilme, gegen eine teils groteske Gruselparodie hatte sie dagegen nichts. Im Gegenteil, über die übertriebenen Pointen konnte sie lachen und das tat gut. Draußen donnerten die Wellen in die Bucht und sie drehte den Ton lauter. Etwas knallte gegen die Hauswand und Fia quiekte. *Wäre Pei doch hier*. Sie zog beide Beine aufs Sofa und atmete tief durch, um ihr schnell klopfendes Herz zu beruhigen. Ohne den Fernseher leiser zu drehen, lauschte sie in das dunkle Cottage hinein. Dad hatte kurz vom Büro aus angerufen. Vor Stunden. Niemand kam heute Nacht über die Bucht. Selbst Ross hatte sie wegen des Wetters auf morgen vertröstet. Glas klirrte.

Diesmal schrie Fia auf und sprang vom Sofa. Zitternd stand sie im Wohnzimmer. Kalter Schweiß lief ihr den Rücken hinunter. Die Dielen kamen ihr vor wie Treibsand. Groom. Er schien in Ronnas Zimmer zu lauern und sie steckte fest. *Bewegt euch.* Immer wieder gab sie ihren Füßen den Befehl, ohne dass etwas passierte. Das Klirren kam von dort. Das Donnern der Wellen schwoll an, während *Beetlejuice* leiser wurde. Böen trieben das Wasser immer weiter in die Bucht hinein. Der Schatten des alten Fischtrawlers sah aus wie hockender Troll und die Wellen brandeten über ihn hinweg. In den Ecken des Hauses heulte der Sturm. Dachziegel klapperten auf dem Dach. Das ganze Cottage ächzte. Fia schnappte sich ihr Handy und wählte die Nummer ihrer besten Freundin.

„Hey, hier ist Sinann ...“

„Hey, ich glaube, hier ist jemand ...“

„... aber leider nur die Mailbox. Ihr wisst ja, wie es geht.“

„Shit. Der Sturm.“ Ein Balken knackte und es klang wie ein Schuss. Über ihr knallte etwas Schweres auf den Fußboden. Sie legte den Kopf in den Nacken, als ob sie durch die Decke sehen könnte. Jemand kreischte wie ein Tier.

Fia raste in die Küche und riss ein Messer aus der Schublade. Gabeln fielen klirrend zu Boden, so heftig hatte sie die Besteckschublade aufgerissen. Bewaffnet mit einem Fleischermesser schlich sie in den Flur und setzte den Fuß auf die erste Treppenstufe. Ihre Knie zitterten. Oben rollte etwas über den Boden. Keuchend zog sie das Handy aus der Hosentasche und hielt mitten in der Bewegung inne. Kein Empfang. Schweißgebadet raste Fia die Treppe hinauf und blieb auf der obersten Stufe stehen. Düster lag der Flur da. Der Sturm peitschte Zweige gegen die Hauswand. Überall wummerte und rumorte es. Mit einem Knall flog Ronnas Zimmertür auf. Fia schrie und klammerte sich an das Treppengeländer. Blitze zuckten durch die Dunkelheit. Für eine Sekunde sah sie das ordentlich gemachte Bett und die Bilder auf der Kommode. Etwas flatterte dort oben. Im Fenster. Ein riesiges schwarzes Ding. Wieder schrie jemand aus Leibeskräften. Regen peitschte durch die zerbrochene Scheibe auf die Dielen. Fia umklammerte das Messer und erstarrte. Ein weiterer Blitz tauchte das Zimmer für eine Sekunde in grelles Licht und sie fuhr schreiend zurück. Augen starrten sie an. Glänzende, schwarze Dämonenaugen. Blut glänzte auf der Kommode. Vor dem Fenster knackte etwas und mit einem Schlag sah Fia nichts mehr. *Beetlejuice* verstummte endgültig. „Shit!"

Sie polterte die Treppe wieder hinunter und hielt sich dabei die Ohren zu. „Eins. Ich mag Sinanns Haare. Zwei. Ich mag die Pommes im Bistro. La la la la." Fia zählte laut, während sie die Taschenlampe aus der Flurkommode kramte. „Komm schon." Mit geballten Fäusten traktierte sie die Lampe, bis diese endlich ansprang. Alles außerhalb des Lichtstrahls verschwand in tiefster Finsternis. Blitze erhellten im Stakkato die Fenster.

Schwer atmend stieg Fia die Treppe hinauf. Mit jeder Stufe wuchs ihre Angst. Das schwarze flatternde Ding hatte ausgesehen wie ein Vogel. Was war mit dem Blut auf der Kommode? Die Schreie? Welches Tier schrie wie ein alter Mann? Auf dem Treppenabsatz blieb sie stehen und leuchtete in Ronnas Zimmer. Zitternd wanderte der Lichtstrahl zum Fenster. An der zerbrochenen Scheibe klebte ebenfalls Blut. Regen prasselte auf die Dielen. Der Rabe hing auf der spitzen Glasscherbe wie auf einem Spieß. Er schrie nicht mehr. Sein Kopf baumelte nach unten.

Die aufgespannten Flügel standen zu beiden Seiten ab. Sie passten nicht durch das Fenster und sahen gebrochen aus. Das Tier wirkte ausgestopft.

„Shit!“ Fia rannte auf ihn zu und ließ das Messer fallen. Klappernd landete es auf dem nassgeregneten Boden. Glas knackte unter ihren Füßen. Behutsam hob sie den Kopf des Raben. Schwer und warm, mit leicht geöffnetem Schnabel lag er in ihrer Hand. Das Blut auf Fias Handfläche fühlte sich noch flüssig an. Regen kühlte ihr verschwitztes Gesicht. Ein weiterer Blitz zuckte durchs Fenster. Ein grauer Schleier bedeckte die schwarzen Knopfaugen. Der Rabe war tot.

Erst jetzt sah sie die Buchstaben im Holz der Kommode. Jemand hatte sie tief hineingeritzt, genau wie die im Laden. Runen. Dank ihrer Recherche wusste sie, was dort stand. Neben seinem Namen erkannte Fia einen Ziegenkopf. Groom. Er lauerte weiterhin draußen in der Finsternis, bis er sie holen würde.

KAPITEL 21

Nachwehen

Ich hörte das Klopfen zu spät. Sturmböen pfiffen um die Häuserecken und Wellen klatschten gegen die Mole. Ich tastete mich an der Wand entlang Richtung Tür. „Ich komm ja schon." Sofort fiel mir auf, wie albern das war. Der Sturm trug alle Geräusche heulend davon. Ich riss die Tür auf und trat schnell beiseite. Wie ein Rennpferd aus der Startbox schoss Ms Ferguson herein.

„Ich wollte nur," sie nahm ihre tropfende Kapuze vom Kopf, „schauen, ob es Ihnen gut geht." Eine Pfütze bildete sich unter ihren Stiefeln. Der Sturm riss mir die Tür aus der Hand und sie knallte zu. Die nächste Welle klatschte über die Mole, Wasser brandete gegen die Hauswand. „Meine Güte", murmelte sie.

„Ich glaube, ich hole Ihnen erstmal ein Handtuch." Ich eilte ins Bad und kehrte mit einem Tuch zurück.

„Danke." Sie rubbelte ihr Gesicht und die Haare trocken. „Ich fürchte, wir sitzen hier erstmal fest."

„Kein Problem, ich kenn ... kenne das." Fast hätte ich mich verplappert. Sie durfte nicht wissen, woher ich kam. „Bei uns in der Stadt passiert sowas dauernd. Kommen Sie.“ Ich führte sie ins Wohnzimmer und deutete auf die Couch. „Ich habe gerade Tee aufgesetzt. Also kurz bevor der Strom ausgefallen ist. Bleiben Sie doch einen Moment, Miss ... “ Ich sah auf ihre Brüste, die sich deutlich unter dem nassen T-Shirt abzeichneten.

„Einfach Fiona. Das ist nett, danke.“

„Bin gleich wieder da.“ Ich tastete mich in die Küche und nahm die Kanne vom Herd. Lächelnd durchwühlte ich die Schubladen. Irgendwo in dieser Hütte gab es mit Sicherheit Kerzen. Fiona sah nicht schlecht aus und ich hatte lange keinen Sex mehr gehabt. Ich unterdrückte ein Summen. *Why leave me standing here*. Die Beatles. Alle in der Clique hatten damals für die Band geschwärmt.

Mit der Teetasse tanzte ich zurück ins Wohnzimmer. Dreißig Minuten später landeten wir im Bett. Während sie leise schnarchend neben mir lag, heulte der Sturm wie ein Kojote ums Haus. Ihre Wärme gab mir Sicherheit und meine Gedanken drifteten ab. Ein einziges Mal hatte der Streit Bonnie ernsthaft in Gefahr gebracht. Aus Angst hatte ich geschwiegen und dafür hasste ich mich bis heute.

Isle of Skye, 1977

„Glaubst du, er kommt?“ Scott spähte um die Ecke. und zog seinen Kopf sofort wieder zurück.

Wir drückten uns eng an die Mauern der Schule und mein Herz hämmerte. Zum ersten Mal hatte mich überhaupt jemand gefragt, ob ich mitkommen wollte. Von diesem Tag an bildete ich mir ein, in Scott und Finley echte Freunde zu haben, die mich vor meinem Bruder beschützen konnten.

„Klar kommt er. Gestern hat er beim Abendbrot noch mit der Bootstour geprahlt." Ich kicherte. „Der wird sich wundern."

„Halt den Rand, Yellowbelly. Du verrätst uns noch. Du weißt doch, dass der alte Matthew sich ständig in der Schule rumtreibt."

Finley boxte mir in die Rippen und ich sah auf die Narbe an seinem Arm. Artair verdiente den Denkzettel. Seit dem Tag in der alten Hütte stand blanker Hass zwischen ihm, Scott und meinem Bruder. Jeder von uns verachtete ihn und schwor auf seine persönliche Rache. Wir warteten und beobachteten die tief stehende Sonne. Spätestens wenn sie die Ausläufer der Black Cuillins berührte, mussten wir uns verziehen.

„Wie lange dauert das denn noch? Ich habe Hunger."

„Du hast immer Hunger, Finley. Hast doch gehört, was Yellowbelly gesagt hat. Der Blödmann will bestimmt mit Bonnie in den Sonnenuntergang fahren." Scott schniefte und verlagerte das Gewicht auf sein rechtes Bein. „So viel Romantik hätte ich dem Ekel gar nicht zugetraut."

„Öde wenn ihr mich fragt."

„Dich fragt aber keiner, Yellowbelly."

Ich lehnte mich gegen die kalten Steine und schluckte die patzige Antwort herunter. Nichts hatte sich verändert. Scott und Finley nutzen mich aus. Solange ich ihnen erzählte, was Artair trieb, duldeten sie meine Anwesenheit. Auf meine Meinung pfiffen sie. Die Freundschaft bildete ich mir ein. Dennoch legte sich der Gedanke wie eine kühlende Salbe auf die Wunden und ich klammerte mich an diese Lüge. Alles andere tat zu weh. Um die Langeweile zu vertreiben, dachte ich an Bonnie. Obwohl wir uns seltener trafen, sah ich ihre Zöpfe und das schmale Gesicht mit den Sommersprossen wie ein Foto vor mir. Ich sah sie mit aufgeschürften Knien in unserem Versteck sitzen. Abends im Bett spielte ich mit mir selbst und stellte mir vor, wie die Sonne ihre blonden Haare zum Leuchten brachte. Am nächsten Morgen schämte ich mich dafür und betete, Artair würde nie an meiner Tür lauschen.

„Achtung! Da sind sie. Bäh, sie halten Händchen." Scott gab ein würgendes Geräusch von sich.

„Ich kapier das nicht. Was findet Bonnie bloß an dem?" Finley verzog ebenfalls das Gesicht. „Und du bist dir sicher, dass der Motor irgendwo in der Bucht verreckt?"

„Klar." Scott nickte.

„Artair wird uns umbringen." Grinsend drehte sich Finley zu mir. „Oder dich, Yellowbelly. Mit Sicherheit dich."

„Ach." Leider hatten die beiden Recht. Ich würde seinen Zorn als Erster abbekommen. „Es war deine Idee, Scott."

„Ja und sie ist brillant." Er beugte sich vor und hielt sich den Magen, als müsste er sich jeden Augenblick übergeben. „Guckt euch das an. Die knutschen."

Wir starrten schweigend hinüber zum Pier. Händchenhaltend kletterten sie ins Boot und Artair startete den Motor. Blubbernd sprang der Außenborder an.

„Na also." Scott rieb sich die Hände und grinste. Seine Augen funkelten.

Ich kannte und mochte den Hass darin nicht.

„Bestens. Schätze, bis Soay werden sie kommen."

„Tja. Artair steht ja neuerdings auf so romantischen Kram." Finley massierte seine Narbe.

„Von mir aus kann er die ganze Nacht mit der Schlampe rummachen. Bääh." Er würgte ebenfalls.

„Bonnie ist in Ordnung." Ohne Vorwarnung sah ich die beiden in einem verlassenen Cottage sitzen, durchgefroren und verletzt. Blaues Licht flackerte über die Bucht. „Was, wenn wir zu weit gegangen sind?"

„Ach hör doch auf. Bist wohl immer noch verschossen in die Kleine, was Yellowbelly?"

Ich mochte diesen neuen Scott nicht. Den stillen Jungen, der lieber las oder Dokus sah, als mit anderen zu streiten, hatte ich heimlich vergöttert. „Bin ich nicht."

„Klar bist du!" Lachend schlug er Finley auf die Schulter. „Yellowbelly ist verliebt!"

Beide hielten sich jetzt kichernd an der Wand fest.

Mir reichte es. Stumm sah ich dem Boot nach, was langsam der Insel entgegen tuckerte. Falls Artair es zurückschaffte, würde zu Hause die Hölle losbrechen.

Obwohl Dad vor über einer Stunde weggefahren war, hörte Fia das Quietschen seiner Gummistiefel in der Küche. Wie immer überließ er es Fia, den Tisch abzuräumen. Mit spitzen Fingern nahm sie seinen klebenden Teller und stellte ihn in die Spüle. Seine Serviette lag zerknüllt und beschmiert daneben. Wie sie ihn dafür verabscheute. Mit Mum hatte Dad auch seine Manieren begraben. Jeden Tag benahm er sich ein bisschen widerlicher. In letzter Zeit duschte er weniger, immer öfter trank er abends Bier und blieb länger weg. Seine dreckigen Klamotten verteilten sich im Badezimmer. So wie in den ersten Wochen nach Mums Tod. Fia hatte den Verfall ausgeblendet, auch nachdem die Trauer verblasst war. Jetzt gelang ihr das nicht mehr. Es wiederholte sich nicht. Es hatte nie aufgehört. Nur die Gewalt, die war neu. Sie klammerte sich an diese Lüge.

Es klopfte und sie warf die Serviette in den Mülleimer. Pei hätte den Besucher jetzt angebellt. Der Gedanke zuckte durch ihren Kopf wie ein Wetterleuchten und verschwand sofort wieder. Mittlerweile glaubte sie nicht mehr daran, die Hündin lebend wiederzusehen. Ebenso wenig wie Finley. Es klopfte erneut und sie ging zur Tür.

„Ich habe deinen Dad im Dorf gesehen. Er ist also weg“, sagte Scott anstatt einer Begrüßung. „Er hat nicht zufällig vor, hier aufzuräumen? Euch hat es ja ganz schön erwischt.“

Fia öffnete die Tür vollständig und ließ ihn herein. Eine heftige Böe wehte ihn in den Flur. Schnell knallte Fia die Haustür wieder zu. „Natürlich nicht. Er war zum Frühstück hier und ist sofort wieder abgehauen.“

„Tja, dann müssen wir beide das erledigen. Was kann ich tun?“

„Oben ist ein Fenster kaputt gegangen. Ein Rabe ist ...“ Bei dem Gedanken an das blutende Tier wurde ihr erneut übel. Die ganze Nacht über hatte sie auf Ronnas Bett gehockt und Wache gehalten. Wegen des Fremden. Daran zweifelte sie nicht eine Sekunde länger. Jemand *war* hier. Den Raben hatte sie rausgeschmissen. Vögel ritzten keine Runen in Kommoden. „Er ist einfach reingeflogen. Ich habe es mit Brettern zugenagelt. Erstmal."

„Na dann werd ich mal." Ohne Fragen zu stellen, trampelte Scott die Kellertreppe hinunter, um Werkzeug zu holen.

Während Fia die Küche aufräumte, hörte sie ihn unten rumoren. Den Kadaver hatten längst die Tiere geholt. Hier draußen blieb eine Leiche nicht unentdeckt. Energisch schrubbte Fia die Teller ab und stellte sie in das Abtropfgestell. Seit heute Morgen gab es wieder Strom, wenigstens zeitweise. Scott polterte die Kellertreppe hinauf und Fia wusch Artairs Tasse ab. Der Schwamm quietschte auf dem Porzellan. Im Flur knarzten die Stufen. *Die Runen.* Als ihr einfiel, was da auf der Kommode stand, ließ sie das Geschirr scheppernd in die Spüle fallen und raste hinter Scott die Treppe hinauf. „Warte!" Zu spät. Nach Luft japsend betrat sie Ronnas Zimmer. „Ich wollte ..."

„Mir sagen, was das soll?" Bewegungslos stand er vor der Kommode und sah auf die eingeritzten Runen. Blut war in die Striche gesickert. Rostrot leuchteten sie im Licht der Deckenlampe.

„Ich ... ich weiß es nicht. Ich habe sie auch erst gestern entdeckt."

„Wieso steht da mein Name?" Skott. Genau wie im Laden fehlte das C.

„Ehrlich, ich wollte dich sowieso anrufen. Da war der Rabe. Er ist einfach hier reingeflogen. Daher das Blut." Die Übelkeit kam zurück. „Ich wollte dich wirklich anrufen. Dich und DCI Ross."

„Jetzt reicht es mir aber. Falls das ein Scherz sein soll, kann ich nicht darüber lachen."

„Bitte. Ich weiß wirklich nicht, wer das war."

Scott schnaubte. „Ich glaube kaum, dass deine Schwester mich heimlich liebt. Dieser Fremde, der schleicht doch immer noch hier rum, oder?"

„Seit Finley ... seitdem ist es ruhiger. Es fehlt auch kein Essen mehr."

„Na gut. Du rufst diesen Ross an. Jetzt sofort. Ist nicht mehr witzig. Lass uns runter gehen, ich wollte dir noch was erzählen."

Er ließ sich in der Küche auf einen Stuhl fallen und streckte seine langen Beine aus. „So. Eigentlich bin ich wegen Allan hier."

„Wegen Allan?" Schnell nahm Fia die verräterische Kaffeetasse vom Tisch und schüttete sie in der Spüle aus.

„Gib dir keine Mühe", Scott nickte Richtung Spüle, „gesoffen hat er früher schon. Nicht ständig, aber dann und wann."

„Komisch", sagte Fia, während sie den Kessel auffüllte, „ich habe das Gefühl jahrelang mit einem Fremden zusammengelebt zu haben." Sie schaltete die Herdplatte an. „Ich glaube, Ronna und ich hatten unsere eigene Welt nachdem ..."

„Bonnie nicht mehr da war. Kann ich verstehen." Zurückgelehnt saß er auf seinem Stuhl und seufzte. Die Vergangenheit schien ihn einzuholen, er sah an Fia vorbei. Seine Augen wirkten wie die Fenster eines verlassenen Hauses. Leer und gleichzeitig voller Erinnerungen.

„Scott? Alles in Ordnung?"

Er zuckte zusammen. „Was?"

„Mum fehlt dir, oder?" *Genauso wie mir.*

Als hätte jemand die Fensterläden mit einem Knall zugeschlagen, gab sich Scott einen sichtbaren Ruck. Verbitterung legte sich über sein Gesicht. „Manchmal. Aber einiges ... egal, lassen wir das. Ich bin nicht hier, um in Erinnerungen zu schwelgen. Was machen eigentlich Artairs Verkaufspläne?"

„Ich schätze, Weihnachten muss ich mir was Neues suchen. Wieso wegen Allan? Ich habe ihn im Telefonbuch gesucht. Es gibt einen Allan MacNiddry." Sie verzog das Gesicht. „Auf den Shetlands."

„Ich kann dir leider nicht sagen, wo dein Onkel jetzt ist."

„Ich dachte."

Scott schüttelte energisch den Kopf. „Nein. Er ist damals untergetaucht, nachdem ... aber darum geht es nicht. Es geht um den geplanten Verkauf."

Es klang weiterhin nicht real, obwohl Fia den Kaufvertrag mit eigenen Augen gesehen hatte. Bislang verdrängte sie den Gedanken. Es *musste* eine andere Lösung geben. „Ich verstehe es nicht. Wenn er unbedingt weg will, kann er mir doch einfach alles überlassen." Fia zuckte mit den Schultern. „So war es ja eh geplant."

„Tja. Jedenfalls so einfach, wie sich dein Dad das vorstellt, ist es nicht."

„Wie meinst du das?" Das Fiepen des Kessels tat Fia in den Ohren weh. Sie nahm ihn vom Herd und goss das dampfende Wasser in die Kanne.

„Tráigh Cottage gehört nicht nur deinem Dad."

„Was?" Fast hätte Fia die Tassen fallen lassen.

„Deswegen bin ich hier. Aber erstmal Tee. Die *Little Twin* einzumotten, macht gerade wirklich keinen Spaß. Mir tun alle Knochen weh. Ich glaub, ich werd alt und der Sturm gestern ..." Mit einem Kopfnicken deutete Scott aus dem Fenster. Donnernd brandeten die Wellen auf den Strand. Der Atlantik hatte sich wieder zurückgezogen, dennoch sah es draußen wüst aus. Das Wasser hatte Treibholz in die Bucht gespült, der Steg endete abgeknickt im Meer. Trümmerteile verteilten sich über den Strand. Wie ein gestrandeter Wal lag der Fischtrawler auf der Seite. Jetzt war er definitiv ein Wrack.

„Ist ja nicht jeden Tag so ein Wetter." *Eine Attraktion mehr für das Gästehaus.* Früher hatte Fia die Herbststürme als großes Abenteuer empfunden. Jetzt bekam sie beim Anblick der schaumigen Gischt Bauchschmerzen. Außer ihr passte niemand mehr auf Tráigh Cottage auf. *Das* hatte sie letzte Nacht gemerkt. Mit zitternden Fingern stellte sie Tassen und Kanne auf den Tisch. Scott schenkte ein. Nicht zum ersten Mal wünschte sich Fia ihn als Dad. Außer Ronna wusste keiner davon. Sie ließ sich auf den Stuhl fallen und sah ihn an. „Was soll das heißen, Tráigh Cottage gehört nicht nur Dad?"

„Tja weißt du" Scott nippte an seinem Tee, „die Bucht gehört beiden, jedenfalls soweit ich weiß."

„Also ihm *und* Onkel Allan?"

„Ja."

„Dann ist der Vertrag nichts wert."

„Na ja, dein Dad kann seinen Anteil verkaufen. Du solltest weitersuchen."

„Wenn diese Telefonnummer eine Sackgasse ist ... ich weiß nicht, wie. Ich weiß nicht mal, ob er überhaupt noch in Schottland ist."

Scott lächelte, aber es sah aus wie aufgemalt. „Nölen konntest du immer schon gut. Versuch es. Oder willst du wirklich nach Weihnachten auf der Straße sitzen? So wie ich ihn einschätze, ist er tatsächlich weggezogen, möglichst weit. Auf die Shetlands zum Beispiel. Allan war nie sehr mutig."

„Für mich ist er ein Fremder. War er auch immer. Ich dachte, Dad hätte noch Briefe oder sowas von ihm. Aber als ich das letzte Mal in seinen Sachen gewühlt habe, hätte ich mir beinahe eine gefangen. Außerdem habe ich nichts gefunden. Nur ein Bild, wo die beiden anscheinend Räuber und Gendarm oder sowas spielen."

„Frag deine Schwester." Scott drehte seine Tasse in den Händen.

Unter seinem linken Auge sah Fia einen bläulichen Schimmer. „Ronna und ich wir ... reden nicht sehr viel in letzter Zeit." Ein unsichtbarer Dolch bohrte sich in Fias Brust.

Scott beugte sich über den Tisch. „Jetzt hör mir mal zu. Der Winter kommt und ich habe Angst um dich. Kannst du nicht vorübergehend zu Sinann ziehen? Ich meine, sie könnte jetzt sowieso eine Freundin gebrauchen."

„Darüber habe ich auch schon nachgedacht." *Kurz. Nachts, wenn ich nicht schlafen kann und Groom auf mich wartet.* „Aber ich kann hier nicht weg."

„Wieso nicht? Dein Dad braucht dich nicht. Im Gegenteil. Fia ..." Scott schob seine Pranken über den Tisch. „Hast du keine Angst, dass ihm irgendwann mal wirklich die Hand ausrutscht?"

Sie lehnte zurück und rührte in ihrem Tee. Damit traf Scott einen wunden Punkt. „Doch."

„Warum packst du dann nicht einfach deine Sachen?"

„Diese ganzen Dinge, die hier in letzter Zeit passieren ... ich kann nicht einfach davor weglaufen und Dad allein lassen." *Wieso nicht?* Letzte Nacht hatte sie sich diese Frage gefühlt hundert Mal gestellt. Was hielt sie hier in der Bucht? Gründe tauchten kurz in ihren Gedanken auf und versickerten wieder wie Leichen im Moor.

„Doch, könntest du. Er lässt dich doch auch allein. Überleg es dir. Bitte. Noch vor dem Winter."

Fia wusste, worauf er anspielte. So wie gestern würde die Bucht teilweise völlig vom Dorf abgeschnitten werden. Für Tage oder sogar Wochen.

Scott stand auf. „Ich sollte jetzt besser gehen, bevor dein Dad mich hier erwischt. Das mit den Runen wird er mir erklären müssen."

Am liebsten hätte Fia ihn an seinen Pulloverärmeln festgehalten. Er strahlte die Wärme aus, die sie bei Dad jeden Tag vermisste. Sein Tweedpullover roch nach Salzwasser und Kaffeepulver. Wieder donnerte eine Welle ans Ufer und Fia sah aus dem Fenster. Schaumkronen tanzten auf dem Wasser.

„Ich würde dir jetzt ja gerne anbieten, zu bleiben ..."

„Schon gut." Scott wedelte ihre Sorgen beiseite. „Bin schon bei schlimmerem Wetter über die Bucht. Was macht Artair eigentlich in Kyle?"

Diesmal kam der Schmerz sofort. Fia schluckte das Bittere in ihrem Mund herunter. Es kam unmittelbar wieder hoch. „Ein neues Haus suchen." Sie atmete tief ein. „Wenn *Niddry Tours* wirklich," weiter kam Fia nicht.

„Du kannst jederzeit bei mir anheuern, Kleines. Jederzeit."

Die Haustür fiel ins Schloss und mit Scott verschwand das letzte bisschen Wärme aus dem Cottage.

KAPITEL 22

Fäuste

Ich wollte eigentlich ein ... ach, schon gut.“ Fia zog die dampfende Tasse zu sich heran. Zwar mochte sie keinen Cappuccino, aber Sinann sah übernächtigt und blass aus. In den letzten Stunden hatte sich ihr Gesicht in eine schmale käsige Maske verwandelt. Sie sah aus wie ein Zombie, der wochenlang nicht gefressen hatte. Gegen das eigene Chaos zu Hause kam Fia allein nicht an. Den ganzen Tag lang hatte sie es versucht. DCI Ross kam erst am Nachmittag und sie brauchte Ablenkung. Hier im Bistro dachte sie wenigstens nicht ständig über die seltsamen Runen nach.

„Entschuldige, was wolltest du?“

„Kein Ding.“

„Tut mir leid, aber ich bin einfach müde. Mum schläft überhaupt nicht mehr. Nicht nur wegen des Sturms. Ich höre sie jede Nacht.“

„Kann ich mir vorstellen. Ich könnte auch nicht schlafen.“

Sinann wischte mit einem Lappen über die saubere Theke. „Jede Nacht dasselbe. Sie sitzt im Wohnzimmer auf der Couch und starrt auf dasselbe Bild. Jede Nacht. Ich höre sie immer weinen und ich kann nichts für sie tun. Das macht mich fertig."

„Sinann, vergiss dich selbst nicht. Du siehst auch nicht gerade berauschend aus."

„Ich würde einfach gerne was tun. Irgendwas. Da ist Scott." Mit einem lauten Klatschen landeten die Speisekarten auf den Dielen. Blair schlurfte durch die Küchentür. Mit einem Seufzer bückte sie sich, um die Karten wieder aufzuheben. Ihre Bluse flatterte lose um ihren Oberkörper, die Arme, die aus den Ärmeln ragten, sahen aus wie die einer Magersüchtigen. Scott eilte zu ihr und half. Seufzend legte er sie auf einen leeren Tisch und lotste Blair zur Theke. Sinann deutete mit einem Kopfnicken auf die beiden. „Nicht mehr lange und Mum klappt zusammen."

Daran zweifelte Fia nicht eine Sekunde. Ihrer Freundin jetzt von dem Kaufvertrag zu erzählen, kam ihr fast bösartig vor. Dabei wollte sie unbedingt mit ihr darüber reden. Ronna kam nicht infrage. Ihre Sis hatte nicht mal gefragt, ob Tráigh Cottage noch stand und Fias Hoffnung hatte sich in Wut verwandelt.

„Hey zusammen."

Scott setzte sich neben Fia und sie roch den salzigen Atlantik an ihm. Morgen endete die Saison und er würde die *Little Twin* endgültig für den Winter einmotten.

„Hey Scott, was kriegst du?"

„Ein Bier. Gott Mädchen, wann hast du zum letzten Mal richtig geschlafen?"

„Keine Ahnung." Die Flaschen im Kühlschrank klapperten, als Sinann die Tür wieder zuknallte. „Hier."

„Danke." Scott trank das Bier in einem Zug bis zur Hälfte aus. „Irgendwas Neues?"

„Ne. Ich werde noch wahnsinnig."

„Glaub ich." Scott wischte sich mit dem Handrücken über den Mund und knibbelte am Etikett der Bierflasche.

„Kriegt man hier auch irgendwann mal was zu trinken?"

Alle drei sahen sich um und Scott formte das nasse Papier in seiner Hand zu kleinen Kugeln. Fia sah ihm an, wie gerne er die Kügelchen auf den Gast abgefeuert hätte.

„Bin gleich da." Sinann nahm ihren Block und eilte an den Tisch hinten in der Ecke.

„Oh Mann, lange halten die beiden das nicht durch."

„Ne. Ihr habt es wohl beide nicht leicht im Moment. Wegen mir kann Artair gerne ins Nirwana verschwinden. Dieser alte Stinkstiefel. Ich könnte kreative Köpfe wie dich gebrauchen." Mit einem Ruck riss Scott den Rest des Etiketts ab und zerknüllte es. „Wenn man vom Teufel und so ..."

Die wenigen Gäste drehten sich zu Artair um, der in seiner Öljacke in der Tür stand. Obwohl die Kapuze sein Gesicht verdeckte, sah Fia die Wut in seinen Augen. Ohne sich umzusehen, steuerte er geradewegs auf die Theke und Scott zu. In der Küche fiel scheppernd etwas zu Boden. Fia hörte ein Schluchzen. Wie angenagelt blieb sie auf ihrem Stuhl sitzen. Mit großen Schritten kam Artair auf sie zu. Seine Gummistiefel hinterließen nasse Abdrücke auf den Dielen und beißender Schweißgeruch wehte zu ihnen hinüber. Scott stand auf und stellte sein Bier beiseite. Mit angehobenem Kinn und zusammengepressten Lippen sah er Artair entgegen, der kurz vor ihm stehen blieb. Keiner von beiden sagte etwas.

Wie eine unsichtbare Gewitterwolke stand der Hass zwischen ihnen.

„Hey!“ Sinann kam mit dem Block in der Hand angerannt. „Keine Prügelei in unserem Bistro, klar? Mum!“

„Kannst du mir mal verraten, was das mit den ...“ Weiter kam Scott nicht.

Artair traf ihn im Gesicht. Mit einem dumpfen Schlag prallte er gegen die Theke. Ein leeres Bierglas fiel klirrend in die Spüle. Fia zuckte zusammen, als der Barhocker krachend umfiel.

Scott rappelte sich wieder auf. Ungebremst landete seine Faust in Artairs Magengrube. „Du elender ... hau bloß ab!“ Blut lief aus der Platzwunde an seiner Stirn. Er wischte es ab. Sofort sickerte ein neues Rinnsal über seine Wange.

Artair krümmte sich und keuchte. Wut verzerrte sein Gesicht wie eine geschmolzene Plastikmaske. Speicheltröpfchen flogen aus seinem Mund, während er sich aufrichtete. „Nie wieder fasst du mein Boot an.“ Artair schubste Scott erneut gegen die Theke. Gläser klapperten. Das Bier fiel um und die schaumige Brühe tropfte auf die Barhocker.

Die Gäste saßen stumm und zusammengesunken an ihren Tischen. Niemand sah direkt hin, stattdessen lasen sie angestrengt die Speisekarte. Fia hörte die beiden atmen.

„Kapiert? Hast du das kapiert?“ Dad brüllte wie ein Stier, der seinen Torero überrennen wollte.

„Schluss jetzt!“ Sinann packte Artair an seiner Öljacke, aber er schubste sie beiseite wie einen lästigen Hund.

Knurrend zog er Scott an seinem Pullover wieder zu sich heran. „Wenn du nochmal einen Fuß auf mein Grundstück setzt, bringe ich dich um. Kapiert?“

Erst als Sinann stolperte, rührte sich Fia. Die anderen Gäste schienen hinter einer Nebelwand zu verschwinden und sie ging neben ihrer Freundin in die Hocke. „Hast du dir wehgetan?“

Stumm schüttelte Sinann den Kopf.

Es krachte, als Artair rückwärts gegen einen der Tische taumelte. Stühle fielen scheppernd um. Blut lief aus seiner Nase.

„Ich ruf jetzt die Polizei.“ *Bevor es die ersten Toten gibt. Dad, du Idiot.*

Sinann nickte. Tränen liefen über ihre Wangen.

„Artair MacNiddry!“ Blair stand breitbeinig in der Küchentür. In der linken Hand hielt sie eine fettige Bratpfanne und mit der Rechten klammerte sie sich am Türrahmen fest. Ihre weißen Fingerknöchel zeichneten sich deutlich auf dem dunklen Holz ab. Rote Flecken brannten auf ihren blassen Wangen. Sie schnaubte und hob die Pfanne. Für eine Sekunde herrschte Stille. Artair hielt sich schwer atmend am Tisch fest und Scott hing wie ein Betrunkener an der Theke. Immer wieder wischte er sich das Blut ab.

„Du verlässt auf der Stelle mein Bistro, ist das klar?“ Blair ähnelte mit der Pfanne in der Hand einem rachsüchtigen Hobbit. Ihr Brustkorb hob und senkte sich zu schnell. Artair antwortete nicht. Langsam richtete er sich auf und zupfte seine Öljacke zurecht.

Fia krümmte sich neben Sinann zusammen und sah an ihm vorbei. Dieser Fremde war nicht ihr Dad und diesem Schläger wollte sie nicht in die Augen sehen.

„Von mir aus.“ Er trat nach einem Stuhl. „Ich brauche euch nicht. Habt ihr gehört? Ich brauche keinen von euch. Ich weiß, dass du die *Heather* beschmiert hast, Scott. Haut doch alle ab. Aber ...“ Artair sah sich um, „sollte ich je wieder einen von euch auf meinem Grundstück erwischen, mache ich euch kalt. Ist das klar?“

Blair rührte sich nicht von der Stelle. „Du lässt dich hier nie wieder blicken, Artair MacNiddry. *Ist. Das. Klar?*“

Fia zuckte zusammen, als die Glastür quietschend hinter ihm zufiel. Die Starre der Gäste löste sich, jemand hatte offenbar auf Play gedrückt. Alle redeten durcheinander.

„Idiot.“

„Nie wieder. Wir gehen.“

„Geld zurück. Gefährlich hier.“

Es gab kein Loch, in dem Fia verschwinden konnte und sie kauerte sich neben ihrer Freundin auf den Boden. „Alles gut?“

„Ja, geht schon.“ Auf Fia gestützt stand Sinann auf und sammelte den Block ein. Ohne sich um Fia zu kümmern, stürmte sie auf Blair zu und umarmte sie. „Wow Mum, das war ... unglaublich.“

Fia sah zur Tür. Am liebsten wäre sie ohne ein weiteres Wort verschwunden. Stattdessen ging sie zu Scott, der sich eine Serviette auf die blutende Stirn drückte. „Scott ich ... das tut mir so leid. Ich weiß auch nicht was mit ihm ...“

„Lass gut sein Fia.“ Er betrachtete die blutgetränkte Serviette und nahm sich eine neue. „Es spielt keine Rolle. Ich habe eurer *Heather* nichts getan, aber dein Dad sollte sich im Dorf besser nicht mehr sehen lassen. Das nächste Mal schlag ich ihn zu Brei. Dich will ich vorerst auch nicht mehr sehen. Tut mir leid. Ich weiß, du kannst nichts dafür aber die ständige Pöbelei, das ist mir alles zu viel. Um ehrlich zu sein, ich hab Angst.“

Darauf wusste Fia keine Antwort. Sein Blick veränderte sich, während er weiter die Serviette an seine Stirn drücke. Unter sein Mitgefühl mischten sich Abscheu und Wut. Er drehte sich von ihr weg. Mit Tränen in den Augen sah sie zu Blair und Sinann. So wie Dad sich benommen hatte, brachte er alles in Gefahr. Blass und aneinandergeklammert starrten beide auf die umgefallenen Stühle und die mit Bier überschwemmte Theke. Die blutige Serviette löste sich langsam in der Pfütze auf. *Alle hassen uns und du bist schuld, Dad.*

„Es tut mir leid, ich ..." Blair krallte ihre Hände in die Kellnerschürze. „Ihr Essen geht heute aufs Haus."

„Das können sie sich sparen. Ich dachte, wir wären hier in Schottland und nicht im Wilden Westen. Komm Schatz, wir gehen. Sowas." Im Rucksack des Mannes klapperte etwas, als er ihn mit Schwung über die Schulter warf. Sein *Schatz* raffte ihre Sachen zusammen und stieß beim Aufstehen gegen den Tisch. Das Wasserglas fiel um. Hastig schnappte sie sich die Gabel, bevor sie über die Tischkante rutschen konnte. „Entschuldigung, ich, mein Mann ... auf Wiedersehen."

An der Tür stieß das Paar mit Maisie zusammen. Vor Schreck drückte sie ihre Handtasche fest an sich und blieb abrupt stehen. „Du meine Güte was ist denn hier passiert?" Inmitten der Verwüstung sah Maisie aus wie eine liegengelassene Barbiepuppe in ihrem zerstörten Puppenhaus. „Na, heute kann ich meinen Latte macchiato wohl vergessen, was? Meine Güte."

„Uns geht's gut, danke der Nachfrage." Ohne ihre Tochter loszulassen, sah Blair den Autos nach, die vom Parkplatz fuhren. Kies spritzte in alle Richtungen davon.

Maisie verdrehte die Augen und ihr Blick wanderte zu Scott, der inzwischen die dritte Serviette auf die Wunde drückte. „Prügelei was? Als ob ... na egal. Bekommt man hier trotzdem noch einen anständigen Kaffee?“

„Heute nicht mehr, geh bitte.“ Blair schniefte und fing an, die Stühle wieder aufzustellen. Sinann half ihr. Vom Weinen hatte sie jetzt Schluckauf.

„Ts ts. Wenn das so weitergeht, könnt ihr bald ganz dicht machen.“ Maisie kramte in ihrer Handtasche und zog einen kleinen Spiegel heraus. Mit ihrem lila lackierten Fingernagel fuhr sie sich über die Augenbrauen. „Aber bitte. Wenn ihr den neuesten Dorftratsch nicht hören wollt, mir soll's recht sein.“

„Maisie, wir haben hier wirklich andere Probleme. Komm einfach morgen wieder und geh solange jemand Anderem auf die Nerven. Fia, kannst du vielleicht mal mit anpacken?“ Blair schlappte zur Theke und ließ die schmutzigen Gläser in die Spüle fallen.

Sinann verschwand im Hausflur und kam mit einem Besen zurück. „Hier. Fang an. Du kannst die Scherben auffegen.“

Maisie lachte und steckte den Spiegel wieder weg. Mit einem metallischen Klacken schnappte der Verschluss der Tasche ein. „Da kannst du ja lange fegen, Kleines. Ich habe übrigens diesen Fremden wieder gesehen, wieder in euerer Nähe.“

„Ach ja? Und?“ *Stell dir vor, ich auch.* Im Bistro schien es kälter zu werden, als Fia an die flackernde Laterne dachte.

„Ja.“ Eine Glasscherbe zerbrach knackend unter Maisies Absatz, als sie durch das Chaos in Richtung

Theke stolzierte. „Also wenn ihr mich fragt, hat der Dreck am Stecken. Wer weiß, vielleicht hat er Finley gekidnappt?“

„Maisie!“ Knallrot im Gesicht feuerte Blair das Glas in die Spüle. „Halt verdammt noch mal die Klappe!“

„Aber wenn ich es doch sage. Ich habe ihn gesehen, er hatte es anscheinend eilig, von hier wegzukommen. Fast gerannt ist er mit seinen ausgelatschten Tretern. Sein Mantel hat richtig geflattert! Bestimmt hat er ...“

Scott legte seine Hände auf ihre Schultern. „Für heute hatten wir genug Dorftratsch, Maisie“, sagte er und schob sie zur Tür wie einen Einkaufswagen. Einladend hielt er die Tür auf und zeigte mit einer ausladenden Geste nach draußen. „Vielleicht solltest du diesem DCI Ross mal deine Geschichten erzählen. Ich bin sicher, er hört dir furchtbar gerne zu.“

„Ihr solltet euch in acht nehmen. Dieser Fremde, er sieht aus wie das Monster vom See. Irgendwie gefährlich, ich sag ja nur. Außerdem kommt er mir irgendwie bekannt vor.“

Als Letztes verschwand ihr erhobener Zeigefinger in der Tür und Fia atmete erleichtert auf. Selbst unter normalen Umständen ertrug sie das Geschwafel dieser Hexe kaum. Was sie gesagt hatte, fühlte sich an wie eine Lebensmittelvergiftung. In ihrem Magen grummelte es und sie sah zu Sinann. Auf den Besen gestützt holte sie tief Luft. „Hör zu, ich ... es tut mir leid. Ich weiß nicht, was ihn gefahren ist.“ Gerne hätte sie gesagt, dass Artair sich normal nicht prügelte. Mittlerweile konnte sie es nicht mehr. Ihre beste Freundin anzulügen, kam ihr genauso schäbig vor wie die Prügelei selbst. Scherben hatten sich in den Borsten verfangen und kratzten über die Dielen. Gänsehaut überzog ihre Arme.

„Jetzt hör schon auf." Mit einem Schnauben stellte Sinann den letzten Stuhl wieder auf. „Wir wissen doch alle, wie er ist, und du kannst nichts dafür. Aber ..." Sie ließ sich neben Scott auf einen Barhocker fallen. „... wie Mum gesagt hat. Besser, dein Dad lässt sich hier nie wieder blicken und du solltest auch vorsichtig sein im Dorf. Ich bin auf deiner Seite Fia, aber wenn sich dein Dad weiter so benimmt, gilt das vielleicht bald nicht mehr für alle."

Blair rührte mit einem Spüllappen im schaumigen Spülwasser herum und nickte. „Sinann hat recht, Fia. So leid es mir auch tut und du", sie deutete mit dem tropfenden Lappen auf Scotts blutende Wunde, „du solltest damit zum Arzt."

Er betrachtete die durchtränkte Serviette in seiner Hand. „Unfug. Morgen ist sowieso Saisonende." Er sah Fia an und sie zuckte zurück. „Ich kann dir jetzt nicht mehr helfen, Fia. Ich will auch nicht. Du musst da drüben ab sofort alleine klarkommen. Du erinnerst mich übrigens an deine Mum. Sie war auch zu lange bei ihm und stur wie ein Esel. Du schaufelst dir gerade dein eigenes Grab. Solange du bei ihm bleibst, kann ich nichts mehr für dich tun."

„Ist ja nicht mein erster Winter." *Aber mein Letzter.*

Alle schwiegen und die Bedrohung hing grollend in der Luft.

Scott rutschte von seinem Hocker. „Bis dann."

Unter dem Gewicht seiner Pranken ging Fia ein bisschen in die Knie. „Warte, ich ..."

Sinann schüttelte den Kopf. „Lass ihn. Ehrlich gesagt, kann ich Scott verstehen."

„Kann ich noch irgendwas helfen?"

„Nein!" Sinann gab dem Stuhl einen Tritt und er rutschte polternd unter den Tisch.

Fia zuckte zusammen und das Magengrummeln kehrte zurück. „Dann lasse ich euch mal in Ruhe." Sie nahm ihre Jacke, die ihr aus der Hand fiel. Als sie sich danach bückte, blitzte es vor ihren Augen. Selbst wenn sie sich noch hundertmal bei Sinann und Blair entschuldigte, es änderte nichts. Bald würde sie ebenfalls zu den Außenseitern gehören, genau wie Dad und Maisie. Stumm trottete sie zur Tür. Mit der Klinke in der Hand drehte sie sich um und sah ihre beste Freundin an. „Meld dich. Bitte."

„Klar." Ohne aufzusehen, trocknete Sinann weiter Gläser ab. Sie kannten sich seit Ewigkeiten und eben gerade hatte sie zum ersten Mal gelogen.

KAPITEL 23

Konsequenzen

Ich ließ meinen Blick über die Bucht schweifen. Ein Anblick, den ich früher schon gemocht hatte, egal bei welchem Wetter. Der Sturm hatte sich beruhigt. Trümmerteile trieben gegen die Felsen. Ein paar Dachziegel lagen im Gras. Mich kümmerte das Alles nicht. Ich wartete auf meine Vermieterin und sah mir solange das Meer an. Stundenlang konnte ich den Wellen zusehen. Obwohl um mich herum nicht viel passierte, schien die Zeit schneller zu vergehen. Menschen räumten ihre Vorgärten auf. Der Verkehr quälte sich durch die Hauptstraße von Broadford wie immer. Ich hörte das Rauschen der Autos, ohne sie zu sehen. Als hätte es den Sturm nie gegeben. Schlechtes Wetter gehörte hier dazu. Wie früher trotteten die Menschen weiter durch ihren Alltag und warteten auf den nächsten Sturm.

Ich trat die Zigarette im matschigen Gras aus und dachte an Artair. Mit dem geklauten Geld schmeckte die Kippe doppelt gut. Er und Bonnie hatten es damals zurück ins Dorf geschafft. Wie hatte er mir nie verraten. Ich versuchte, mich abzulenken, und wartete auf das nächste Unwetter. Längst waren dunkle Wolken aufgezogen und in der Bucht grummelte es.

Ich zündete mir die nächste Zigarette an und blies den Rauch gegen den düsteren Himmel. Ganze drei Tage hatte ich damals gewartet, bis das Gewitter losgebrochen war.

Tráigh Cottage, 1977

Die Eier schmeckten nach Gummi und der Tee brannte in meinem Hals. Er wusste es. Ich sah es an seinem breiten Grinsen und dem lodernden Hass in seinen Augen. Am liebsten hätte ich mich den ganzen Tag im Zimmer eingeschlossen. Zur Sicherheit. Mum schrubbte die Pfanne im Spülbecken und summte vor sich hin. Entweder bemerkte sie die Anspannung nicht oder sie wollte es nicht. Wortlos schaufelte Artair sein Frühstück in sich hinein. Ich hatte keinen Appetit mehr.

„Kann ich bitte aufstehen?"

„Von mir aus. Aber vergiss Dad nicht. Er braucht euch nachher."

„Keinen Hunger?"

Wieder dieses Grinsen. Ohne Artair zu antworten, rannte ich in mein Zimmer und knallte die Tür zu. Es half nichts. Er würde reinkommen. Den Schlüssel hatte er schon vor Wochen einkassiert. Unten klapperte Mum mit dem Geschirr. Ein Jahr noch. Jeden Tag posaunte Artair überall herum, wie abgrundtief er die Schule hasste. Die Uni interessierte ihn erst recht nicht. Gemeinsam mit Dad würde er Bootstouren anbieten und dafür brauchte er keinen höheren Abschluss. Ich hielt das für eine Schnapsidee. Hierher verirrten sich kaum Touristen. Es klopfte und ich zuckte zusammen. Mum steckte den Kopf herein.

„Hey. Ist alles in Ordnung? Du hast so gut wie nichts gegessen."

„Mir geht's gut, Mum." *Außer, dass mein Bruder mich lynchen will.*

„Sicher?"

„Ja doch."

„Wie du meinst. Geh doch ein bisschen mit dem Hund. Frische Luft tut gut."

Draußen würde ich mich wie eine schutzlose Gazelle auf der Flucht vor einem Rudel Löwen fühlen. „Keine Lust."

„Komm schon. Neil würde sich freuen."

„Sie hat doch genug Auslauf hier."

Mum seufzte. „Außerdem hat Bonnie angerufen. Sie wartet auf dich. Du wüsstest schon, wo."

Ich setzte mich auf. *Ja und Artair weiß es ebenfalls.* „Wenn es sein muss."

„Miesepeter." Damit polterte Mum die Treppe herunter und klapperte weiter mit dem Geschirr.

Ich stand auf und trottete hinterher. Unten nahm ich Leine und Anorak vom Haken. Neil kam aus dem Wohnzimmer angeschossen und sprang gegen mein Bein. Ich streckte ihr die Hand hin und sie schlabberte begeistert daran.

„Denk an Dad", rief Mum aus der Küche.

„Ja doch." Ich hakte die Leine ein und ließ mich von Neil aus der Tür ziehen.

Unser neues Versteck lag ein gutes Stück flussaufwärts. Ich ging absichtlich in die andere Richtung. Bonnie sollte wegen mir keine Prügel beziehen. Langsam schlenderte ich am Strand entlang. Neil hechtete vor mir her und schnappte nach den schaumigen Wellen. In einer Höhle kann man sich prima verstecken. Kaltes Wasser umspülte meine Füße und sickerte durch den Stoff der Sneakers.

„Komm altes Mädchen, zur Not beißt du ihn einfach." Ich streichelte das nasse Fell des Hundes und ging weiter auf die Felsspalte zu. Nichts rührte sich. Außer dem Grollen des Atlantiks hörte ich kaum Geräusche. Neil hechelte neben mir.

„Wohin soll es denn gehen?" Artair erhob sich hinter dem Felsen und stellte sich breitbeinig in den Weg. „Hast du wirklich gedacht, du kannst mich verarschen?"

Neil knurrte und zerrte an der Leine. *Beiß ihn*, ich schluckte Worte hinunter. Die gelbe Kapuze seiner Öljacke bedeckte Atairs Gesicht, aber seine Augen glänzten vor Zorn. Seine Lippen sahen aus wie ein mit Edding gemalter Strich. Ich wich einen Schritt zurück.

„Ich lasse mich nicht verarschen, klar?"

Der Schlag kam schnell. Helle Blitze zuckten vor meinen Augen und Neil riss mir die Leine aus der Hand. Ich hörte ihr Bellen, sah aber nur explodierende Sterne. Heißes Blut lief mir übers Gesicht. Ich stolperte rückwärts.

„Hast du verstanden? Niemand fasst mein Mädchen an und die Sache mit dem Boot ..." Neil winselte und verstummte plötzlich.

Ich trat ins Nichts. Das eiskalte Wasser nahm mir die Luft zum Atmen. Hände drückten mich unter die Wasseroberfläche. Strampelnd riss ich an Artairs Armen. Gegen ihn hatte ich keine Chance. Spitze Steine bohrten sich durch den Anorak, während mein Brustkorb anschwoll wie ein aufgeblasener Ballon. *Er bringt mich wirklich um.* Jemand schrie und der Druck verschwand. Ich schoss aus dem Wasser und schnappte nach Luft.

„Verschwinde! Haub ab!" Neil ließ nicht locker. Knurrend hing sie an Artairs Hosenbein, während er einen grotesken Stepptanz aufführte.

Mein Hals brannte und das Atmen tat weh. „Tu ihr nicht weh!" Ich versuchte aufzustehen und sank zurück. Alles drehte sich.

Artair hatte Neil grob im Nacken gepackt und drückte sie mit den Knien zu Boden. Winselnd kratzte der Hund mit seinen Pfoten über den Stein. „Das liegt ganz bei dir. Du machst in Zukunft einen Bogen um mein Mädchen, klar?"

Ich nickte. Mein Hals fühlte sich an wie eine Raspel.

„Und ihr schreibt euch keine schnulzigen Briefchen mehr, klar?" Artair fummelte einen Zettel aus seiner Hosentasche. Wie ein trockenes Blatt trudelte der Brief zu mir ins Wasser. Die Runen darauf verschwammen. Schwarze kleine Rinnsale vermischten sich mit klarem Salzwasser.

Mit pochendem Herzen sah ich zu Artair. Grinsend steckte er seine Hand wieder in die Hosentasche. Neil hatte aufgegeben. Wie tot lag sie auf dem Stein.

„Damit du das nie vergisst."

Eine Klinge blitzte auf. Stechender Schmerz schoss durch mein Bein. Ich schrie auf. Blut verdrängte die schwarzen Punkte im Wasser. Nichts regte sich in

Artairs Gesicht. Seine Augen wirkten so kalt und hart wie der Fels um uns herum. „Hör auf. Bitte." Weinend umklammerte ich meinen Unterschenkel.

Er ließ den Hund los. Neil rührte sich nicht, aber sie atmete. Ich sah, wie sich der Brustkorb bewegte.

„Wenn du mein Mädchen noch einmal anfasst, bringe ich dich um. Das schwöre ich dir."

Meine Beine kribbelten vor Kälte. Niemand würde die vollgepinkelte Hose bemerken. Das Pochen hinter der Stirn verstärkte sich mit jedem brennenden Atemzug und durch das Loch in meiner Jeans sickerte Blut. In diesem Moment glaubte ich ihm. Mir blieb nichts anderes übrig, als zu gehen. Morgen.

Wie ein verfressenes Schwein stopfte Dad die Steckrüben in sich hinein, rote Fleischsoße tropfte von seinem Kinn auf den Teller.

Immer wieder sah Fia auf ihr Handy. Nichts. Den ganzen Abend über hatte sie auf eine Nachricht von Sinann gewartet. Seit der Prügelei herrschte Funkstille zwischen ihnen und jeder Kontrollblick auf das Telefon rammte eine unsichtbare Faust in ihren Magen. Wie ein Roboter kochte sie Essen und tigerte durch das Cottage. Immer wieder sah sie zum alten Herrenhaus und doch ließen sich die Gedanken an

Scott und Sinann nicht verdrängen. Fia brauchte jemanden zum Reden.

„Hast du vor, dich morgen wieder am Anleger blicken zu lassen?“ Die aufgeplatzte Haut des Haggis brachte ihren Magen zum Grummeln.

Artair stopfte weiter Fleisch in sich hinein und zuckte mit den Schultern. „Ne. Wieso auch? Die Saison ist vorbei und Scott hat mir ja deutlich zu verstehen gegeben, wie er die Sache sieht. Er will nicht mit mir reden? Bitte, kann er haben.“ Steckrüben fielen ihm von der Gabel und Fia sah aus dem Fenster auf den Atlantik.

„Also halte ich wie immer die Stellung?“ *Frag doch wenigstens einmal nach Finley oder Ronna, Dad.*

„Mach was du willst. Weihnachten sind wir die Firma sowieso los und wie gesagt, die Saison ist *vorbei*. Was willst du denn da überhaupt?“

Ja, dann sind wir alles los. Wegen dir. „Aufräumen. Vorbereiten. Was man vor dem Winter eben so macht. Und was hast du bis dahin vor? Hast du dir überhaupt schon mal Gedanken darüber gemacht, wie es ab da weiter gehen soll?“

„Ganz einfach. Entweder du kommst mit in die Stadt oder was auch immer. Such dir irgendwo einen Job. Mir völlig egal, Hauptsache du liegst mir nicht auf der Tasche.“

„Ich werd erstmal zu Sinann ziehen.“

Artair wischte sich den restlichen Steckrübenbrei mit dem Ärmel vom Mund. „Ach ja?“

„Ja. Du wirst es ja wohl schaffen, eine Dose aufzumachen.“ Brei klebte an seinem Pullover und Fia ertrug den Anblick kaum. Der klebrige Fleck sah aus wie ein Popelrest. „Finley ist übrigens verschwunden, weißt du noch?“

„Dann sieh zu. Hier wird sowieso kein Weihnachtsbaum stehen und nächstes Jahr ist das hier eh nicht mehr dein Zuhause. Komm klar damit. Ich gehe jetzt auf Haussuche, kann spät werden." Er schob den verklebten Teller von sich und stand auf. Es klopfte. Keiner von beiden rührte sich.

Fia sah aus dem Fenster. Ein fremdes Boot schaukelte am Anleger, daneben ein graues Schlauchboot. Fia konnte die weiße Aufschrift aus der Ferne nicht lesen, aber sie ahnte, was da stand. Ein Stein schien in ihrem Magen zu wachsen. „Wie wär's mit aufmachen? Ich glaube, das ist die Polizei."

„Keine Ahnung, was die Deppen wollen. Ich bin dann weg." Er schlüpfte in seine Gummistiefel und riss die Tür auf. DCI Ross schob Artair zurück ins Haus. „Hey, gehts noch? Ich muss zur Arbeit."

„Sie müssen jetzt nirgendwo hin, Mr MacNiddry." Hinter dem Ermittler standen weitere Beamte. „Ich habe ja gesagt, Sie sind mich noch nicht los."

„Und was wollen Sie?" Artair hielt sich an seiner Öljacke fest und fixierte Ross mit zusammengekniffenen Augen.

„Mich hier umsehen und Sie mitnehmen."

„Das können Sie vergessen." Artair sah sich um wie ein gefangenes Tier.

Beamte blockierten die Küchentür und die Handschellen in Ross Hand blitzen. Fia schnappte nach Luft.

Der DCI trat einen Schritt auf Artair zu. „Dann können wir in Ruhe reden. Zum Beispiel über die Zeichnungen und darüber, wo Sie waren, als Mr Murray verschwunden ist. Oder über die Prügelei."

„Glauben Sie etwa, ich hätte ihn ..." Artair ballte die Faust. Seine Wangen färbten sich dunkelrot.

„Umgebracht? Was ich glaube, spielt keine Rolle.“ Der Ermittler nickte seinen Kollegen zu.

Das Wort traf Fia wie eine unsichtbare Faust. *Umgebracht.* Sie schnellten vor wie Hunde, die von der Leine gelassen wurden. Fia klammerte sich an die Küchentheke und beobachtete die Szene mit aufgerissenen Augen. Obwohl sie Artairs Gebrüll hörte, verstand sie die Worte nicht. Mit drei Mann hielten sie ihn fest. Schweiß glänzte in ihren Gesichtern. Jetzt ließ sich der Gedanke nicht länger verdrängen. Das ganze Dorf gab Artair die Schuld an Finleys Verschwinden. In deren Augen hatte er den Koch umgebracht. Wieder schluckte Fia. Das Wort schmeckte wie verfaulter Fisch.

„Abführen.“ Ross nickte seinen Mitarbeitern zu, die Artair aus der Küche bugsierten. „Wir reden morgen, in aller Ruhe.“

„Wir reden überhaupt nicht!“ Dad schnaubte.

„Jetzt bringen Sie ihn endlich weg.“

Fia stand in der Küche und wusste nicht, wohin mit sich. Sie kam sich vor wie in einem Film. „Haben Sie ...“ Ihr Hals kratzte und Fia räusperte sich. Sie konnte es nicht aussprechen. Finley lebte, alles andere ertrug sie nicht. Fia holte tief Luft. Egal, was Ross herausbekam, sie würde nicht länger für Dad lügen.

KAPITEL 24

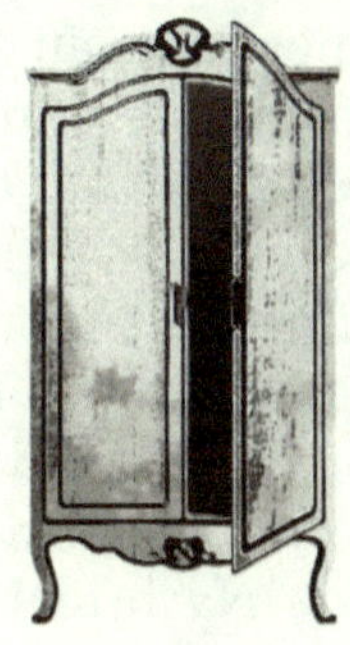

Diebe

Das Cottage fühlte sich fremd an. Stille breitete sich im Haus aus, nachdem Ross mit seinen Kollegen und Dad weggefahren war. Er hatte sie befragt und alles durchwühlt. Warum er auf der *Heather* schlief, wo er in jener Nacht war. Sogar über Mum hatten sie gesprochen. Was das Freundschaftsbändchen bedeutete, wollte Ross wissen. Wen sie selbst im Verdacht hatte. Jetzt saß Artair fest, als potenzieller Täter. Wieder schob Fia in ihrem Kopf das Wort beiseite. *Mörder*.

Sie schluckte und sah sich in seinem Schlafzimmer um. Klamotten verteilten sich auf dem Fußboden. Über den verstreuten Sachen hing ein penetranter käsiger Schweißgeruch. Schubladen standen auf. Fotos lagen zwischen den ungewaschenen Socken und Hemden. Mit spitzen Fingern hob sie die Wäschestücke auf und warf sie in den Wäschekorb. Ihr Leben ähnelte einem zerfressenen Balken. Der Wurm fraß sich von innen nach außen. Weinend schob sie die Bilder in der Nachttischschublade von einer Seite auf die andere. Das Schmuckkästchen lag unverändert an seinem Platz. Fia nahm es und setzte sich damit auf das zerwühlte Bett. Vorsichtig klappte sie den Deckel auf. Er fühlte sich schwer und kalt an. Immer wieder rutschten ihre schweißigen Finger ab. Keuchend ließ Fia das Kästchen fallen. Auf dem roten Samt lag nichts. Kein Ring. Der Fremde.

Sie schluckte die Übelkeit herunter und tippte eine Nachricht für Sinann. Ständig verschrieb sie sich und fing von vorne an.

> Hey. Mums Ehering ist weg. Die Polizei war hier. Sie haben Dad mitgenommen. Ich weiß nicht, was ich machen soll.

Fia sah auf die grauen Haken, ohne sich zu rühren. Der käsige Geruch im Zimmer erinnerte sie an Dad und sie stellte sich ihn an einem leeren Tisch vor. Ross saß ihm gegenüber, mit einem Pappbecher in der Hand. Ein Kollege lief auf und ab. Mit Sicherheit ein Klischee. Dad war kein Mörder. Plötzlich fühlte sich der Kunststoff heiß an, wie ein Schürhaken, der aus dem Feuer kam. Wieder sah sie auf das leere Kästchen und feuerte es zurück in die Schublade. Die Haken blieben grau und sie tippte eine weitere Nachricht.

> Bitte. Kann ich vorbeikommen? Ich halte das hier nicht mehr aus.

Sinann blieb stumm. Scott wollte nicht reden. Angst wühlte in Fias Magen. Seit der Prügelei sahen die Schatten in den Ecken düsterer aus. Mit der Furcht kam Groom. Wie immer, wenn sie nicht weiter wusste, kam er näher. Er lauerte in der Dunkelheit.

Erst leise. Scharrend in der Finsternis. Bevor sie ihn sah, konnte Fia das Monster hören. Wie eine giftige Wolke waberte die Bedrohung durch das Cottage. Das Gift wirkte langsam, mit jedem Atemzug schwoll ihr Hals weiter zu. Bis sie gar keine Luft mehr bekam. Ohne Dad stand nichts zwischen Fia und dem Dämon. Groom konnte sie holen. Jederzeit.

Mit einem Ruck sprang Fia auf und rannte in ihr Zimmer. Wahllos stopfte sie Pullover und T-Shirts in eine Sporttasche. Hektisch riss sie eine Seite aus dem Block und kritzelte eine Nachricht. Ob und wann Dad wiederkam, interessierte sie nicht. Hier blieb sie keine Minute länger.

Fia stand vor der Glastür. Ein warmer Lichtschein fiel auf die Veranda. Regen tropfte vom Dach und der kalte Wind kroch in ihren Kragen. Sie biss sich auf die tauben Lippen. Dennoch traute sie sich nicht, reinzugehen. Sinann hatte auf keine ihrer Nachrichten geantwortet. Gäste gingen an ihr vorbei und schüttelten sich wie Hunde nach einem Bad. Fia fragte sich, was die hier am Saisonende wollten.

„Ganz schönes Mistwetter, was?“ Damit hielt ihr ein Gast lächelnd die Tür auf und Fia musste reingehen. Wie am ersten Schultag pochte ihr Herz und Schweiß sammelte sich unter ihrem T-Shirt. Für eine Sekunde verstummten die Gespräche. Sinann schien hinter der Theke festzufrieren. Sie rührte sich nicht. Schaumiges Bier lief aus dem längst vollen Glas in die Abtropfschale. Fia sah auf ihre Schuhe. Sie ertrug die Wut in Sinanns Augen nicht. Genauso wie das unverfrorene Starren von Maisie.

„Ich hab's ja gesagt. Ich hab's von Anfang an gesagt. Dein Dad hat sie nicht mehr alle, Fia. Mit Sicherheit hat er Finley umgebracht. Kriege ich meinen Kaffee eigentlich heute noch?"

„Ich kann nicht hexen." Sinann erwachte aus ihrer Erstarrung und drückte den Hebel der Zapfanlage herunter. Ihre Wut konzentrierte sich jetzt auf Maisie. „Lass Fia in Ruhe. Du siehst doch, dass sie völlig fertig ist."

„Wäre ich an ihrer Stelle auch. Würde ich mit einem Mörder zusammenwohnen, du meine Güte. Ich würde ja ..."

„Maisie. Es reicht. Hier." Blair kam aus der Küche und wischte sich die Hände an ihrer Schürze ab. „Meinst du nicht wir haben hier alle genug Probleme? Auch ohne deine Verschwörungstheorien?" Mit ruckartigen Bewegungen hantierte sie am Kaffeeautomaten und knallte den Pappbecher auf die Theke. Sinann hielt sich weiter an der Zapfanlage fest. „Hier." Blair nahm sich einen Lappen und begann, das Bier aufzuwischen.

Maisie rutschte von ihrem Barhocker und ihre Armbänder klimperten dabei. Schulterzuckend nahm sie den Kaffee. „Wenn ihr meint. Früher oder später landet Artair sowieso ..."

„Schluss jetzt!" Blair knallte den Wischlappen auf die Theke und Maisie zuckte zusammen.

Ihre dick getuschten Wimpern flatterten. Ohne ein weiteres Wort stöckelte sie zur Tür und fuhr mit quietschenden Reifen vom Parkplatz.

„Sowas braucht echt keiner." Blair sah auf Fias Sporttasche. Die allgemeine Erstarrung löste sich, als ob jemand eine Spieluhr aufgezogen hätte. Das Getuschel an den Tischen galt mit Sicherheit Fia. Sinann kam um die Theke herum und blieb vor ihr stehen.

„Gilt dein Angebot noch oder soll ich wieder gehen?“ Eiskaltes Regenwasser lief Fia den Rücken hinunter und vermischte sich mit dem Schweiß.

Sinann musterte sie, als würden sie sich zum ersten Mal sehen. Endlich schüttelte sie den Kopf. „Ich kann dich ja schlecht auf der Straße sitzen lassen. Das Gästezimmer braucht im Moment eh keiner.“

„Danke. Ich wusste einfach nicht, was ich machen soll. Die Polizei war da und ...“

„Ich weiß“, Sinann seufzte, „Scott hat sie wegfahren sehen. Nach der Nummer mit deinem Dad ... tut mir leid, aber ist alles ein bisschen viel im Moment. Ich will nicht mehr über ihn reden und ich will ihn nicht mehr sehen, aber du kannst hier schlafen. Solange er sich fernhält.“

Fia stellte ihre Tasche ab und nickte. „Verstehe. Trotzdem Danke.“

„Schon gut. Mum zeigt dir, wo du deine Sachen lassen kannst. Ich habe zu tun.“

Eine Gänsehaut überzog Fias Arme. Sie zitterte nicht nur wegen des Regenwetters draußen. Sinann klang ebenfalls eiskalt. Fia nahm ihre Tasche und folgte Blair über den Parkplatz in Richtung Wohnhaus. Der eisige Wind trieb sie an. Ihre Schürze flatterte und Fia fiel auf, wie weit die gebundenen Enden herunterhingen.

„So, komm rein.“

Fia stellte ihre Tasche im Flur ab und atmete auf. Wärme kam ihr entgegen und es roch nach Tee, Kräutern und Holz.

„Du kennst dich ja aus. Willst du heute noch ins Büro?“

„Ich bin ziemlich fertig, ehrlich gesagt.“ *Die Firma ist eh pleite.*

„Wie auch immer. Was war das vorhin mit der Polizei?“

„Sie haben alles durchsucht und Dad mitgenommen.“

„Tja“, Blair zuckte mit den Schultern, „das war nur eine Frage der Zeit. Du solltest vorsichtig sein. Maisie ist nicht die Einzige, die deinen Dad für einen Mörder hält.“

Erneut traten Fia Tränen in die Augen. Schwer wie ein Fels lag die Frage auf ihrem Brustkorb. „Ihr etwa auch?“

Blair antwortete nicht sofort. Stattdessen atmete sie tief ein und sah Fia mit einer Mischung aus Trauer und Enttäuschung an. „Ach ja, hier der Schlüssel.“ Sie legte das Bund auf die Anrichte und verschwand. Leise klackend fiel die Tür ins Schloss.

Mit der Tasche in der Hand ging Fia zum Gästezimmer und ließ sich auf das frisch gemachte Bett fallen. Schafe blökten hinter dem Haus und die Einsamkeit lähmte sie. Obwohl niemand durch die Räume geisterte oder Käsegeruch verbreitete, kam sie nicht zur Ruhe. In ihrem Inneren pochte etwas. Feindseligkeit legte sich wie eine eiskalte Decke um Fia. Sie war allein.

KAPITEL 25

Allein

Hast du wenigstens nochmal da angerufen?“

Stumm zählte Fia die Karos im Muster der Tischdecke.

„Dein Ernst? Du schaffst es nicht mal, jemanden anzurufen?“

Darauf wusste Fia keine Antwort. Seit drei Tagen wohnte sie im Gästezimmer und Sinann ging ihr meistens aus dem Weg. Genauso wie Blair. Entweder mussten sie einkaufen oder hatten in Broadford etwas Wichtiges zu erledigen. „Ich hatte zu tun.“

„Blödsinn. Du hockst seit Tagen in deinem Zimmer und grübelst. Ehrlich gesagt nervst du im Moment mit deinem Selbstmitleid. Andere haben auch Probleme.“

„Ich denke die ganze Zeit über die Runen nach. Die im Büro. Katze kommt. Das macht überhaupt keinen Sinn. Was soll das heißen?“

„Boah“, Sinann verdrehte die Augen und stand auf, „dann mach endlich was! Fahr auf die Shetlands, löcher Evaine, fahr zu Ronna, mir egal.“

Wortlos nahm Fia ihr Handy und wählte. Alles, was Sinann ihr vorwarf, stimmte. Den Anruf bei Onkel Allan hätte sie längst erledigen können.

Sinann beugte sich über den Tisch. „Stell mal auf laut."

„Ja?" Jemand hustete.

Beide zuckten zurück und sahen sich an. Mit einer Antwort hatte Fia nicht gerechnet. Dreimal holte sie Luft, bevor sie den Satz herausbrachte. „Hey, hier ist Fia MacNiddry. Wir suchen nach ähm Allan."

„Nach wem?" Wieder ein Husten am anderen Ende. Papier raschelte und ein Feuerzeug klickte. „Wer ist da nochmal?"

„Sie kennen mich nicht, Fia MacNiddry. Allan MacNiddry ist mein Onkel."

„Onkel? Und sie haben keine Handynummer? Ich verstehe nur Bahnhof. Falls Sie diesen Idioten meinen, der hier vorher gewohnt hat, keine Ahnung, wo der hin ist."

Für eine Minute herrschte Stille in der Küche.

„Hallo? Hören Sie ähm ..."

„Fia."

„Von mir aus. Hören Sie Fia, ich habe auch noch was anderes zu tun. Hier wohnt kein Allan."

„Und wieso ist dann seine Stimme auf dem Anrufbeantworter? Wir müssten ihn dringend sprechen. In einer Familienangelegenheit."

„Scheint mir ja eine tolle Familie zu sein. Wie schon gesagt, hier wohnt kein Allan. Nicht mehr jedenfalls. Ich hab vergessen, das blöde Ding zu löschen, das ist alles. Kein Mensch ruft mich noch auf dem Festnetztelefon an."

„Nicht mehr?" Fia presste die Lippen zusammen und rutschte so weit an den Rand des Stuhls wie möglich.

„Wie ich bereits sagte, ich wohne hier schon länger. Ihren so genannten *Onkel* habe ich nie gesehen, ich durfte nur seinen Saustall aufräumen."

„Und Sie haben wirklich keine Ahnung, wo er sein könnte? Ich meine, vielleicht hat er ja einen Hinweis dagelassen? Eine Notiz oder so?"

Hustend nahm der Mann am anderen Ende einen Zug von seiner Zigarette. „Mensch Mädchen, er ist weg und seinen Plunder habe ich auf den Müll geworfen. Bis auf die Püppchen. Waren mir zu schade."

„Püppchen?" Jetzt verstand Fia Bahnhof.

„Meine Güte, ihr seid mir vielleicht ein Verein. Ja, Püppchen. Selbst gestrickt, so wie sie aussehen. Sonst noch was?"

„Ähm ..." Mit Puppen konnte sie nichts anfangen. Strickend konnte sie sich Allan nicht vorstellen.

„Also war es das jetzt?" Die verrauchte Stimme riss Fia aus ihren Grübeleien.

„Ähm ja. Danke."

Ohne ein weiteres Wort legte der Mann auf.

„Und? War das jetzt so schwer?" Sinann lehnte sich auf ihrem Stuhl zurück.

„Ne, aber eine Sackgasse."

„Wenigstens hast du es versucht. Besser als zu grübeln. Und jetzt?"

„Keine Ahnung."

„Wie immer." Sinann fing an, die Spülmaschine auszuräumen. Besteck klapperte in ihren Händen und sie riss die Schublade auf. „Tut mir leid, aber ich höre seit Wochen nichts als weiß nicht, kann nicht, hab Angst." Messer und Gabeln flogen in die Besteckschublade. Mit jedem Teil schien Sinanns Wut zu wachsen. „Ich hab auch Angst. Um Dad. Aber das scheint dir ja nicht so wichtig zu sein."

„Das stimmt doch gar nicht."

„Nicht?" Sinann knallte die Schublade zu. Ein Teil verkeilte sich und sie warf sich mit ihrem ganzen Gewicht dagegen. Wie ein Propeller flog das Messer durch die Küche. „Es gibt Möglichkeiten, Fia. Du könntest bei der Stromgesellschaft anrufen. Ich habe einfach keine Lust mehr auf dein ewiges Gejammere." Sinann bückte sich und hob das Messer auf. Diesmal legte sie es vorsichtig in die Schublade und lehnte sich gegen die Theke. Mit einem Schlag sah sie uralt und grau aus. Die langen schwarzen Haare hingen strähnig herunter und verdeckten das kantige Gesicht. Genau wie Blair hatte sie abgenommen. Stärker als sonst zeichneten sich die Wangenknochen ab. „Mum geht kaputt und ich kann nichts tun. Das macht mich fertig, verstehst du? Sie wird jeden Tag weniger."

Das Gespräch lief in eine völlig falsche Richtung. In Fias Bauch zwickte etwas, es fühlte sich an wie ein Rattenbiss. Pei blitzte kurz in ihren Gedanken auf. Die Attacke der Hündin hatte sich ähnlich angefühlt. Dieselbe Enttäuschung lag wie ein Stein in ihrem Magen. „Sinann, ich ..."

„Das ist es ja gerade! Ich! Ich! Ich! Immer nur du. Du bist nicht die Einzige, die hier leidet, tust aber so!"

„Wie wäre es, wenn ..." Fia bekam keine Chance. Sinann redete sich immer mehr in Rage.

„Warum nimmst du Artairs Angebot nicht an und studierst? Was willst du hier denn noch?"

Wut verdrängte die Enttäuschung und Fia sprang ebenfalls auf. Mit beiden Händen stützte sie sich auf den Küchentisch. „Jetzt reicht's aber! Zufälligerweise *liebe* ich diese Bucht. Du willst in die Stadt? Gut, dann *geh* doch. Du könntest dir genauso einen Job in Edinburgh suchen oder sonst wo. Du bist kein bisschen besser als ich.“ Schon während Fia es sagte, bereute sie ihre Worte.

„Und Dad? Im Gegensatz zu dir *vermisse* ich ihn.“

Für eine Minute starrten sie sich an wie Katzen, kurz vor dem Kampf. Beide atmeten schwer. Sinann rührte sich als Erste. Stöhnend ließ sie sich auf einen Stuhl fallen. „Tut mir leid. Ich bin nur so verdammt müde. Bis vor ein paar Tagen habe ich geglaubt, Dad lebt noch. Aber mittlerweile ... ich weiß es einfach nicht. Jeden Tag habe ich Angst vor meinem Handy, weil es klingeln könnte, verstehst du? Dein Dad lebt wenigstens noch.“

„Deiner auch.“

„Und woher willst du das wissen?“ Sinann legte ihre Arme auf den Tisch und bettete ihren Kopf darauf.

Fia hörte die gedämpften Schluchzer und sah die zuckenden Schultern. Eine Minute sah sie zu und tat gar nichts. Ihre Hand wanderte langsam über die Tischplatte, aber Fia zog sie wieder zurück. „Ich fahre kurz nach Hause“, sagte sie stattdessen.

Sinann sah auf und Fia schnappte nach Luft. Wut loderte in den Augen der Freundin wie verglühende Kohlen. „Nimm deine Sachen am besten gleich mit. Es tut mir leid, aber ich kann einfach nicht mehr. Ich ertrage es nicht mehr. Vielleicht brauchen wir eine Pause.“

Kies knirschte, als Blair den Wagen auf dem leeren Parkplatz stoppte. „Das mit Sinann tut mir leid, aber ich kann sie auch verstehen. Es war nicht leicht für uns die letzten Tage. Sie meldet sich bestimmt bald. Ihr beide habt euch doch noch nie gestritten.“

„Ich weiß.“ Fia stieß die Autotür auf und kletterte von der Rücksitzbank. „Wir sehen uns.“

Blair tätschelte ihren Arm, sagte aber nichts weiter. Mit der Sporttasche in der Hand und klopfendem Herzen sah Fia dem Landrover hinterher, der hinter der nächsten Kurve verschwand. Wind kühlte ihr Gesicht und sie schlug den Kragen ihres Parkas hoch. Die Müllcontainer klapperten leise und die Wellen ließen die Fischerkörbe am Pier tanzen. Ein Taschentuch wehte über den Asphalt, die verschlossenen Bürocontainer wirkten verwaist. *Allein gelassen, so wie ich.*

Langsam schlenderte Fia den Pier entlang und blieb bei ihrem Schlauchboot stehen. *Groom.* Er wartete zwischen den schwarzen Felsen. Gegen den wolkenbedeckten Himmel sahen die Berge aus wie grob mit Kohle gezeichnet. Wasser schwappte in ihren Schuh und Fia zuckte zusammen. Schnell löste sie das Tau und kletterte in das schaukelnde Boot. Erneut fragte sie sich, seit wann sich Tráigh Cottage nicht länger wie ein Zuhause anfühlte. Es gab keinen exakten Zeitpunkt. Wie eine schleichende Krankheit breitete sich das Gefühl in ihr aus.

Ruckartig startete Fia den Motor und lenkte die *Jeanny* in Richtung Bucht. Gischt spritzte ihr ins Gesicht und sie gab Gas. Schon von Weitem sah sie sich suchend nach der *Heather* um. Auf Dad konnte sie verzichten. Als kleiner weißer Tuschefleck zeichnete sich Tráigh Cottage in der Ferne ab und Fia klammerte sich an den Gashebel. Wie ein Delfin hüpfte das Boot über die Wellen.

KAPITEL 26

Träume

Tráigh Cottage wirkte vollkommen verlassen. Kein Bellen, hinter den Gardinen rührte sich nichts. Das Strohdach raschelte im Wind. Fia rannte auf das Haus zu und kramte im Laufen den Schlüssel aus der Jackentasche. Schnell schlüpfte sie in den Flur und sah sich um. Dads Gummistiefel und die Jacke fehlten. Der Teekessel stand auf dem Herd. Beim Anblick des mit Steckrüben verschmierten Tellers verzog Fia das Gesicht. So wie er roch, war Dad seit seiner Festnahme nicht hier gewesen. Ross ließ also nicht locker. Sie unterdrückte den Impuls, wenigstens das gröbste Chaos zu beseitigen. *Ich bin hier nicht die Putzfrau.* Dad ist erwachsen. Es lag alles so da wie nach der Durchsuchung.

Im Flur knallte die Haustür zu und sie erstarrte. *Dad. Mist.* Wer sonst sollte hierherkommen? Hatten sie ihn entlassen? Statt Artair hörte Fia eine hohe Frauenstimme.

„Liegt ja doch sehr einsam, oder Darling?“

„Das wussten Sie doch von vorneherein.“

Dad. Wie immer klang er schlecht gelaunt. Steif blieb Fia in der Tür stehen und hielt sich an der Klinke fest.

„Ja sicher, aber so ähm ..." *Darling* hörte sich heiser an und räusperte sich.

„Wollen Sie sich Tráigh Cottage jetzt angucken oder nicht?" Wieder Dad.

„Sicher, sicher."

Darling brummte als Antwort.

Obwohl Fia die beiden nicht sah, mochte sie die Fremden nicht. Eindringlinge, die hier nichts zu suchen hatten. Sie passten nicht hierher. Hastig knallte sie wenigstens die Schublade zu und raffte ein Paar Socken vom Boden. Achtlos warf sie alles auf das Bett und breitete die Decke darüber aus. Das Chaos war ihr peinlich. Fia atmete tief durch und ging in den Flur. Mit großen Augen drehten sich die Käufer um.

„Huch", sie klapperte mit ihren getuschten Wimpern, „da ist ja noch jemand. Hallo. Wir sind ..."

„Ich weiß, wer Sie sind." Fia ergriff die schlanke Hand der Frau, die überraschend kräftig zudrückte. „Ich bin Fia. Sie kommen wohl nicht von hier?"

Dad sagte nichts, mit den Händen in der Hosentasche stand er wie eine Statue im Flur.

Die Frau kicherte. „Ist das so offensichtlich? Nennen sie mich ruhig Ruby und das ist mein Mann, Jeremy."

„Offen gestanden ja. Wenn Sie wollen, führe ich Sie ein bisschen herum. Das Chaos tut mir leid. Die Polizei war hier. Normalerweise sieht es hier nicht so aus. Ist doch okay, Dad?"

Er nickte und schwieg weiter.

„Die Polizei?" Erneut klimperte sie mit ihren schwarzen Baumstämmen.

Fia überhörte ihren Kommentar. Sie hatte ein paar Häppchen gestreut. Jetzt musste der Wolf zubeißen. „Tja, was interessiert Sie denn am meisten?“

„Alles eigentlich. Es ist wirklich wunderschön hier, aber sagen Sie, gibt es wirklich nur diesen einen Trampelpfad und was war das mit der Polizei?“ Hilfesuchend sah sie zu ihrem Mann.

„Jemand wird vermisst, aber das ist nicht Ihre Sache. Und ohne Boot geht hier gar nichts. Aber das wussten Sie doch. Stand ja alles in den Unterlagen. Woher kommen Sie denn, wenn ich fragen darf?“ Fia schlenderte in Richtung Kaminzimmer. Dad nutzte es nie und dort herrschte hoffentlich Ordnung.

Ruby und ihr *Darling* trippelten hinter ihr her. „Klar. Aus London.“

„Wow, und wie kommen Sie dann ausgerechnet auf Tráigh Cottage? Nehmen Sie es mir nicht übel, aber ...“ Fia sah auf ihre schicke Bluse und den Hosenrock. Das grelle Rot auf ihren Lippen passte perfekt zu ihrem Nagellack.

Lachend wedelte Ruby ihren Einwand beiseite. „Schon gut, ich weiß, was Sie meinen. Ich laufe nicht immer so rum. Ob Sie es glauben oder nicht, ich liebe die Natur und das hier“, mit einer ausladenden Geste zeigte sie auf das Kaminzimmer, „ist einfach perfekt für ein Ferienhaus. Idylle pur.“

„Ein Ferienhaus?“

Zum ersten Mal meldete sich *Darling* zu Wort. „Haben Sie wirklich geglaubt, wir wollen hier wohnen? Hier in dieser Einöde? Du lieber Gott.“

Fia schluckte und sah auf den Flusssteinkamin. Ihr halbes Leben hatten sie und Ronna davor gesessen. Immer, wenn es Probleme gab, hatten sie sich auf die Couch gekuschelt und geredet. Vor Mums

Tod oft zu viert, danach zu zweit. Bilder aus besseren Tagen schmückten die Wände. Fotos von Mum. Bei dem Gedanken an Fremde in diesem Zimmer breitete sich ein flaues Gefühl in ihrem Magen aus. „Aber Ihre Gäste wären hier vollkommen auf sich gestellt. Ohne Boot kann man nicht mal was einkaufen."

„Oh Liebes, genau das suchen mittlerweile viele. Totale Einsamkeit, inneren Frieden. Damit liegen wir genau im Trend, nicht wahr, Darling?"

Jeremy räusperte sich. „Sicher."

„Von Trends habe ich keine Ahnung. Ich weiß nur, dass es hier sehr einsam werden kann. Das kann nervig werden, wenn man es nicht gewohnt ist. Sogar gefährlich. Wie wollen Sie Tráigh Cottage von London aus überhaupt verwalten?"

„Oh, wir haben eine hübsche kleine Bleibe in Broadford gefunden. Mit Blick aufs Meer, einfach herrlich. London ist uns zu eng geworden, zu hektisch. Ein bisschen Luxus muss aber sein."

„Aha." Ohne darauf einzugehen, marschierte Fia Richtung Ronnas Zimmer. Der Anflug von Sympathie für Ruby verpuffte wieder. *So eine Schnapsidee.* Touristen brauchten wenigstens eine Anbindung zum Supermarkt und in den Ort. „Hier hinten wären noch zwei weitere Zimmer. Sie wissen schon, dass der Laden im Ort im Winter geschlossen hat?" Fia zog die Schultern hoch. Ein Kälteschauer kroch über ihren Rücken. „Der Sturm hat hier gewütet. Tut mir leid." Fia öffnete die Tür einen Spalt breit. Ihr Blick fiel auf den Schreibtisch.

In Gedanken sah Fia den Kaktus in seinem kitschigen Topf. Wie eine Welle schwappte die Erinnerung durch Fias Kopf. Lachend saß Ronna mit dem Pflänzchen in der Hand auf ihrem Bett. *Ich nehm ihn mit, weil er mich an Dad erinnert. Außerdem brauche ich was Schönes in der tristen Studentenbude. Ein Stück Zuhause.*

Bei Fias Besuch in Dundee hatte sie den Kaktus nicht gesehen.

„... Quadratmeter?“

„Was?“ Fia zuckte zusammen.

„Ich fragte, wie viel Quadratmeter hat das Cottage eigentlich? Ja, ich weiß, es stand in den Unterlagen. Muss ich wohl übersehen haben.“

„Keine Ahnung, ehrlich gesagt. Vielleicht sollten Sie die Unterlagen nochmal gründlich lesen.“

Das ständige Räuspern von Jeremy nervte Fia. „Können wir uns jetzt das Bad ansehen?“

„Klar.“ *Aber erwarten sie keinen Luxus.* Weder Ronna noch sie legten großen Wert auf Make-up oder Kerzen am Whirlpool. Seit sie denken konnte, planschte Fia im Meer und im Fluss. Die Tür knarrte leise und einmal mehr verfluchte Fia Artairs Schlampigkeit. Socken lagen herum und seine benutzte Zahnbürste lag im mit Haaren verklebten Waschbecken.

„Ui, dass äh ...“

„Ja.“ Räuspern. „Da müsste man wohl noch was dran machen.“

„Wenn Sie meinen.“ Fia zuckte mit den Schultern. „Viele Möglichkeiten haben Sie aber nicht. Das Cottage steht unter Denkmalschutz, genauso wie die ganze Bucht.“

Rubys Blick verfinsterte sich. „Ich nehme an, das stand ebenfalls in den Unterlagen?“

„Keine Ahnung. Damit hatte ich nichts zu tun. Sie können hier jedenfalls keinen Wellnesstempel hinzimmern.“

„Gehen wir nach draußen. Hier drin habe ich genug gesehen.“ Ohne eine Antwort abzuwarten, stöckelte Ruby in Richtung Haustür. Laut klackerten ihre Absätze über die knarrenden Dielen. Jeremy folgte ihr wie ein Hündchen.

„Ähm, wie sind Sie eigentlich hierher gekommen?“ Die leere Küche brachte Fia erst jetzt auf den Gedanken.

„Na mit ihrem Vater. Allerdings ist er gleich wieder losgedüst.“

„Kann ich mir denken.“ *Super. Wer bringt die Stadtpflanzen jetzt zurück zum Anleger?* An der frischen Luft atmeten beide tief durch.

„Warum werde ich das Gefühl nicht los, dass Sie uns das Cottage ausreden wollen?“ Ruby kramte in ihrer Handtasche und zog eine Schachtel Zigaretten heraus. Mit hochgezogenen Augenbrauen hielt sie die Packung in die Höhe. „Darf ich?“

„Eigentlich nicht. Wegen der Tiere.“

„Also, warum sollen wir nicht unterschreiben?“

Weil das hier mein Zuhause ist, ganz einfach. Aber die beiden konnten nichts für ihren Zwist mit Dad. Während des Rundgangs war das Heimatgefühl zurückgekehrt. Fremde gehörten nicht hierher. „Na ja, ich bin ehrlich gesagt nicht so ganz überzeugt von Ihrer, ähm, Geschäftsidee.“

„Und warum nicht?“ Ruby stopfte die Zigaretten wieder in ihre Tasche und schnaubte wie eine rossige Stute. „Es ist perfekt. Ruhe, Abgeschiedenheit eine umwerfende Kulisse. Man wird uns die Bude einrennen.“

„Vielleicht. Aber ohne Boot kommen Ihre Gäste hier nicht weg. Meinen Sie nicht, das könnte zum Problem werden?“

„Nein. Wo ist eigentlich ihr Vater?“ Ruby sah sich suchend um. Jeremy räusperte sich.

„Keine Ahnung. Er ist wohl zurück ins Dorf gefahren.“

„Ähm, und wie kommen wir jetzt zurück zum Parkplatz? Nicht gerade nett von ihm. Ich dachte, er will verkaufen.“

„Sehen Sie, ich sagte doch, das könnte zum Problem werden. Was, wenn Ihre Touristen mal eine Kopfschmerztablette brauchen?“

„Da wird uns schon etwas einfallen, oder Darling?“ Rubys zuversichtlicher Ton passte nicht zu ihrem Gesichtsausdruck. Mit zusammengekniffenem Mund starrte sie Fia an, ihre Baumstämme flatterten unentwegt. Jeremy räusperte sich, schwieg aber. Ruby sah auf ihre Armbanduhr. „Wer weiß, wann Ihr Vater wiederkommt. Und wie kommen wir jetzt zurück?“

Und das fällt den Stadtpflanzen jetzt ein? „Ich bringe Sie hin. Ich muss ohnehin zurück.“

„Wie halten *Sie* das eigentlich aus?“ Ruby kratzte sich an der Nase. „Im Winter meine ich. Kein Supermarkt, kein Arzt, keine Touristen, nicht mal ein Restaurant.“

Fia marschierte in Richtung Strand. „Ich bin hier aufgewachsen, ich kenne es nicht anders. Wir planen hier anders und ich hatte immer meine Freunde. Außerdem gibt es im Winter genug zu tun und auch wenn Sie es nicht glauben, ich mag die Einsamkeit. Bitte.“ Sie streckte Ruby ihre Hand hin. Sie ignorierte die Geste und kletterte schniefend ins Boot. Jeremy hielt sich im Gegensatz zu seiner Frau an ihr fest.

„Danke.“ Er nickte ihr zu und auf einmal fand sie ihn doch sympathisch. „Hier draußen hält man zusammen, was?“

„Ja."

„Muss man wohl auch." Er ließ sich auf die Sitzbank fallen und lehnte sich zurück. „Wirklich schön hier draußen." Seine Barthaare zitterten leicht wie bei den Seehunden auf ihren Felsbänken.

Fia startete den Motor und sie tuckerten langsam über die Bucht. Keiner sagte etwas.

Ruby hockte auf der Bank und presste ihre Oberschenkel zusammen. Ihre Hände krallten sich um ihre Handtasche und sie starrte stur geradeaus.

Jeremy dagegen sah sich lächelnd um. „Ich finde, das hier ist der Jackpot. Bootstouren und eine Unterkunft in dieser Kulisse. Ich verstehe beim besten Willen nicht, warum Ihr Vater *das alles* verkaufen möchte. Wirklich nicht."

Fia schwieg und lenkte die *Jeanny* Richtung Anleger. Wellen klatschten gegen den Bug und kaltes Wasser spritzte auf die Bänke. Ruby zog sich ihre Kapuze über und schlug den Kragen ihres Mantels hoch. Jeremy lächelte dagegen breiter. Schon von Weitem sah Fia die offene Tür des Ladens. Dad. In ihrem Magen rumorte es.

„Nanu, sagen Sie bloß, Sie werden seekrank?" Ruby klammerte sich an die nächste Eisenstange.

„Was? Wieso? Nein."

„Sie sind auf einmal so blass."

Tuckernd näherten sie sich der Betonrampe und Fia konzentrierte sich auf das Anlegemanöver. Quietschend schlugen die Fender gegen den Beton.

„Na ja, wie auch immer. Sie hören jedenfalls von uns. Bald. Vielen Dank Fia. War nett mit dir." Jeremy stand schwankend auf. Sein Lächeln wirkte ehrlich und Fia nickte ihm zu.

„Warten Sie, bis ich das Tau festgemacht habe."

Hintereinander kletterten sie aus dem Boot und Ruby streckte die Hand aus. „Wie mein Mann schon sagte, Sie hören von uns."

„Falls Sie noch mit Dad ..."

„Danke, ich denke, wir haben genug gesehen. Bis bald." Ohne ein weiteres Wort marschierten sie davon.

Wut brodelte in Fia und sie trat gegen den Poller. Schmerz schoss durch ihren Fuß. Warum ließ er sich nicht blicken? Mit Sicherheit hatte Artair die *Jeanny* gesehen und gehört. Letzten Endes wollte *er* das Cottage verkaufen. Ohne auf ihren pochenden Fuß zu achten, stürmte sie auf das Büro zu und riss die Tür auf.

„Dad! Seit wann ..."

„Ich hoffe, du warst nett zu den Stevensons." Die Stimme kam aus dem Büro und Fia stürmte um die Ladentheke herum. Schwarz zeichneten sich die Umrisse seiner Öljacke hinter dem Fenster ab. Breitbeinig und mit verschränkten Armen stand er da und sah nach draußen auf den leeren Parkplatz. „Meine letzte Saison, hätte nie gedacht ... egal. Was ist jetzt? Kaufen sie?"

Wie an einer roten Ampel stand Fia in der Tür. Sein Rücken verdeckte die letzten Sonnenstrahlen und sie hörte seinen schnaufenden Atem. *Fehlt nur noch der Haken an seinem Arm.* „Alles in Ordnung? Gehts dir gut? Seit wann bist du ..."

„Seit ein paar Stunden. Ich hab dich was gefragt."

„Ich weiß es nicht."

„Wenn du ein Wort über meine Haft erzählt hast, dann Gnade dir Gott."

Die Wut kehrte zurück und Fia trat einen Schritt auf Artair zu. Er sah weiterhin aus dem Fenster. Seine breiten Schultern hoben und senkten sich gleichmäßig.

„Warum sollte ich?“

„Hältst du mich etwa für blöd? Das mit der Polizei passt dir doch prima in den Kram.“

„Ist das alles? Vorwürfe?“ Hitze brannte auf Fias Wangen und sie schluckte den bitteren Geschmack herunter. Sie trat einen weiteren Schritt in den Raum hinein. „Du kommst aus einer Gefängniszelle und fragst nicht mal, wie es mir geht? Ob alles in Ordnung ist?“ Fia riss den Reißverschluss ihrer Jacke auf. Mit einem Schlag perlte Schweiß auf ihrer Stirn. „Geht's noch? Tratsch ist alles, was dir einfällt?“

Endlich drehte er sich um und Fia schnappte nach Luft. Sein blaues Auge zeichnete sich in der Dämmerung deutlich gegen sein blasses Gesicht ab. Ein verkrusteter Riss spaltete Artairs Unterlippe. Fia wollte nicht wissen, wie sein Gegner jetzt aussah.

„Ich hab's dir schon so oft gesagt und ich frage mich wirklich, wie naiv und dumm man eigentlich sein kann.“ Lautlos kam er einen Schritt auf Fia zu. Ausnahmsweise trug er keine Gummistiefel.

Sie wich zurück. Alles an ihm jagte ihr Angst ein. In seinen Augen glitzerte Zorn und er schnaubte. Seine Fingerknöchel knackten, als er sich streckte. „Was gesagt?“ Während Fia redete, wich sie weiter zurück, bis sie das harte Holz der Ladentheke im Rücken spürte.

„Komm klar, Mädchen. Von mir hast du nichts mehr zu erwarten. Gar nichts, kapiert? Wann geht das endlich in deine Birne rein?“

Ohne eine Antwort floh Fia nach draußen. Scott. Sie musste jetzt mit jemandem reden, ob er wollte oder nicht. Mit gesenktem Kopf lief sie los.

KAPITEL 27

Scott

Bis zu Scott brauchte sie höchstens zehn Minuten und nach der hitzigen Abfuhr tat die eisige Luft gut. *Naiv und dumm.* Zu den Stevensons hätte diese Beschreibung besser gepasst. *Eine Ferienwohnung.* Das konnte nicht funktionieren, dazu lag Tráigh Cottage *zu* einsam. Hoffentlich sagten sie ab und suchten sich etwas Passenderes. Dads Rückkehr drängte den Gedanken in den Hintergrund. Schon von Weitem hörte Fia das Gekreische der Zwillinge im Garten. Jack und Emily spielten mit Sicherheit Pirat oder Verstecken. Fia blieb an der Gartenmauer stehen und winkte.

„Fia!" Emily krabbelte aus der selbst gebastelten Bude und rannte auf sie zu. Wäscheklammern hielten die lose über die Äste gehängten Decken zusammen. Für das Gerüst hatten die Zwillinge mit Sicherheit Tage gebraucht.

Jack schielte misstrauisch hinüber.

„Fia!" Wie ein Känguru sprang die Kleine an der Mauer hoch und strahlte über das ganze Gesicht.

Schokoladenreste klebten an ihrem Mund und in den schwarzen Haaren hingen Tannennadeln.

„Hey, na du?" Fia hob Emily hoch und setzte sie vor sich auf die niedrige Mauer. „Was spielt ihr denn?"

„Pirat", antwortete sie und grinste. „Du kannst Anny Bonny sein, wenn du willst. Mary geht nicht. Das bin ich schon." Emily klopfte sich auf die Brust. „Willst du?" Mit großen Augen sah das Mädchen Fia an. Jack hockte weiterhin vor der Bude und beobachtete sie.

„Vielleicht später Süße. Ist dein Vater zu Hause?"

Die Kleine schüttelte den Kopf. „Bestimmt später?"

„Na klar, versprochen. Wo ist er denn?"

Emily kletterte von der Mauer und die stellenweise grünbraun verfärbte Jeans bekam weitere Flecken. „Weiß nicht", schrie sie auf dem Weg zurück zur Piratenhöhle und setzte sich neben ihren Bruder. „Wann ist später?"

„Emily!" Lachend trat Aileen aus der Terrassentür. „Hab ein bisschen Geduld, ja?" In Crocs schlenderte sie auf Fia zu. „Hey, dich habe ich ja lange nicht gesehen und um ehrlich zu sein, habe ich kaum Zeit. Scott ist nicht da."

„Tut mir leid, ich störe auch nicht lange. Ich ... ich weiß nicht, mit wem ich sonst reden soll." Sie mochte Aileen, obwohl sie sich höchstens zur Saisonfeier oder zufällig beim Einkaufen sahen.

„Na dann komm. Ich hab vielleicht noch ein paar Pancakes da. Wäre eh gut, die Geschichte mal aus *deinem* Mund zu hören. Im Dorf wird geredet." Sie wischte sich die Hände am Pullover ab und Fia folgte ihr ins Haus. „Tut mir leid, hier sieht es ein bisschen wild aus." Wie ein Storch stieg sie über die herumliegenden Legosteine und Spielzeugautos hinweg.

„Jack möchte neuerdings unbedingt Bauarbeiter werden und Bagger fahren."

„Wollte er nicht früher mal Pirat werden?"

„Ha, das ist längst out. Wir haben uns wirklich lange nicht gesehen. Setz dich." Aileen deutete auf die Holzbank am Küchentisch. „Wie gesagt, Scott ist nicht da. Er ist nach Broadford gefahren. Einkaufen."

„Danke. Hat er gesagt, wann er wiederkommt?"

„Kann nicht mehr lange dauern. Er ist schon heute Morgen losgefahren."

Für eine Weile schwiegen sie und Aileen stellte einen Berg Pancakes auf den Tisch. Draußen kreischten die Kinder, in der Küche herrschte eine erdrückende Stille. Fia hörte, wie Aileen mehrmals Luft holte. Schweigend konzentrierte sie sich auf den Teekessel. Fias Magen grummelte hörbar und ihr Herzschlag wummerte in ihren Ohren.

„Ich schätze, Scott hat dir ein bisschen was erzählt? Über Dad?"

„Klar hat er das. Die beiden haben sich ja noch nie gut verstanden. Aber in letzter Zeit ..."

„Ist er besonders eklig, ich weiß." Fett glänzte auf den Pancakes und Fias Hunger verflog.

„Hältst du es bei ihm überhaupt noch aus?" Der Kessel pfiff und Aileen nahm ihn vom Herd. „Ich an deiner Stelle wäre längst weg."

„Ich bin bei Sinann eingezogen. Vorübergehend." Von dem Rausschmiss sagte sie nichts.

„Ist wohl besser so. Weißt du, Scott hat sich noch nie geprügelt. Als er neulich aus dem Bistro kam, habe ich mich richtig erschrocken. Er war so furchtbar wütend. So habe ich ihn noch nie erlebt. Dein Dad ... er macht mir Angst. Er hat sogar gedroht, Scott umzubringen, wusstest du das?"

„Ja. Ehrlich gesagt, hab ich auch Angst vor ihm. Mittlerweile.“ Fia legte eine Hand auf ihren Bauch, um das Rumoren zu unterdrücken. „Das ist aber noch nicht alles. Hat Scott auch erzählt, dass anscheinend ein Fremder bei uns herumschleicht? Dass Dinge verschwinden? Bis vor Kurzem jedenfalls.“

„Ja, aber ich glaube nicht an den Quatsch, den Maisie erzählt. Ein Uruisg, ein Fabelwesen, so ein Blödsinn. Ich habe noch nie an so etwas geglaubt. Allerdings glaube ich, dass ... ach egal. Hauptsache dir passiert nichts.“ Als Aileen Tee einschenkte, zitterten ihre Hände leicht.

Fia sah auf die Knoblauchzöpfe, die von der Decke baumelten. In der gesamten Küche roch es nach Kräutern, ein Hobby von Aileen. So oft sie konnte, werkelte sie im Garten und oftmals belieferte sie den Shop an der Village Hall mit selbst angebautem frischem Gemüse. Was sie glaubte, brauchte sie nicht zu sagen. Jeder im Dorf dachte dasselbe. „Du denkst auch, Dad hat etwas mit Finleys Verschwinden zu tun, oder?“

„Ach Fia.“ Aileen ließ sich ebenfalls auf die Holzbank fallen und pustete sich eine Haarsträhne aus der Stirn. In ihren Augen schimmerte eine Mischung aus Mitleid und Misstrauen. „Was soll ich denn sonst glauben? Ich kann doch nur von dem ausgehen, was Scott so erzählt. Von früher. In letzter Zeit redet er oft über die Clique und tja“, sie hob die Hände und ließ sie wieder auf ihre Oberschenkel fallen, „er redet auch oft über deinen Dad. Zum Beispiel darüber, was Artair damals mit Finley gemacht hat und darüber, dass er jetzt im Knast sitzt. Stimmt doch, oder?“

Fia nickte. Im Dorf war der Tratsch schneller als jeder rasende Reporter. „Sie haben ihn wieder laufen lassen. Heute und das damals ... die Narbe, ich weiß. Sinann hat es mir erzählt. Ich kann das gar nicht glauben."

„Muss schwer für dich sein. Aber mal was anderes. Was macht eigentlich deine Schwester? Von ihr sieht und hört man ja auch nichts mehr."

Ein weiteres unsichtbares Messer bohrte sich in Fias Brust. „Um ehrlich zu sein, sie meldet sich kaum noch. Ich dachte, sie kommt wenigstens Weihnachten nach Hause."

„Kommt sie nicht? Das ist aber schade. Ihr zwei wart doch immer ein Herz und eine Seele?"

„Ich vermisse sie. Keine Ahnung, was passiert ist. Sie hat sich ... verändert." Erneut erinnerte sich Fia an den Besuch in Dundee und an die Designerklamotten.

Aileen trank ihren Tee aus. „Na, hoffentlich gefällt ihr wenigstens das Studium. Wenn ich ehrlich bin, beneide ich Ronna ein bisschen. Muss schön sein, hier mal rauszukommen."

„Darüber habe ich ehrlich gesagt nie nachgedacht. Selbst damals in meiner Schulzeit nicht."

Lächelnd stand Aileen auf. „Du warst schon immer ein echtes Dorfkind. Stimmt was nicht mit dem Tee?" Mit einem Kopfnicken deutete sie auf Fias volle Tasse.

„Nein nein, alles gut. Ich ... ich habe wohl doch keinen Durst. Tut mir leid." Sie sah auf ihre Uhr. „Ich will auch nicht länger stören."

„Du störst nicht, aber ich fürchte, Scott kommt doch später. Soll ich ihm was ausrichten?" Aileen sah ebenfalls auf ihre Armbanduhr. „Komisch, er sollte längst wieder da sein. Seltsam."

„Nein, aber danke. Ich komme einfach morgen wieder."

Schritte polterten durch den Flur und Emily kam angeschossen wie eine Kanonenkugel. Vor Fia blieb sie stehen, ihre großen Augen glänzten und die Tannennadeln in ihren Haaren hatten sich vermehrt. „Mum, wo ist Dad? Er wollte Eis mitbringen."

„Er kommt sicher bald, Honey."

Emily kletterte auf Fias Schoß und kuschelte sich an sie. „Und wenn ihn das Monster vom See geholt hat?"

„Emmy! Hör auf!" Aileen pflückte ihre Tochter von Fias Beinen und setzte die Kleine auf ihren eigenen. Schniefend schmiegte sich das Mädchen an ihre Mutter.

Die Bank fühlte sich mit einem Schlag an wie eine heiße Herdplatte. Fia kam sich überflüssig vor und Scotts lange Einkaufstour spülte einen bitteren Geschmack in ihren Mund.

„Jetzt hör mir mal genau zu. Es gibt kein Monster vom See." Sie warf Fia einen funkelnden Blick zu. „Monster gibt es nur in den gruseligen Geschichten. Hörst du?"

„Aber alle reden von dem Monster. Alle haben Angst. Alle."

„Wer sind denn *alle*?" Erneut sah Aileen zu Fia.

„Na", die Kleine schob die Unterlippe vor, „alle eben."

„Ich sollte wirklich los." Fia stand auf. Sofort rutschte Emily von Aileens Beinen und krallte sich an Fias Hosenbeine.

„Du hast es versprochen Fia. Du bist Anny Bonny."

„Ihr könnt ein anderes Mal spielen." Aileen erhob sich ebenfalls und Emily stampfte mit dem Fuß auf.

„Aber jetzt ist später und Fia hat es versprochen."

„Es geht nicht Honey. Nicht heute."

„Ihr seid gemein." Weinend rannte Emily aus der Küche.

„Ich gehe dann wohl besser. Wegen ... egal. Vergiss es." Der Saisonabschluss spielte keine Rolle. Ohne Scott gab es nichts zu feiern und seine Frau musste nicht sagen, wie ungern sie Fia auf der Grillfeier sah.

„Ja. Ist wohl besser so." Aileen stand auf. „Hör zu, ich gebe dir nicht die Schuld. An gar nichts. Aber umsonst werden sie deinen Dad nicht verhaftet haben, oder?"

Schweigend verließ Fia das Haus. Erst an der Schule blieb sie stehen und atmete tief durch. Ohne Scott kam sie sich nackt und schutzlos vor. Eiskalter Wind fegte durch ihr Gesicht und Kälteschauer jagten über ihren Rücken. Dunkelblaues Wasser brandete gegen den grauen Pier. Wolken verhüllten die schneebedeckten Gipfel der Berge. *Ronna. Ich brauche dich hier.*

Fia zog das Handy aus ihrer Jackentasche und schickte ihrer Schwester eine Sprachnachricht.

„Bitte komm nach Hause. Es sind Semesterferien und ich will Weihnachten nicht allein sein. Ich habe Angst. Meld dich wenigstens. Sis."

Minutenlang starrte sie aufs Display. Graue Haken, wie immer. Die Sonne verschwand im Atlantik und Fia ging mit gesenktem Kopf die Straße hinunter. Schafe galoppierten blökend davon. Niemand kam ihr entgegen. Fia war allein. Bis auf Groom. Er verfolgte sie. Je mehr sie sich fürchtete, desto näher kam er.

Das Haus sah düster aus, hinter den Fenstern brannte kein Licht. Gleich nach dem Frühstück war Fia losgegangen und jetzt stand sie erneut vor Scotts Tür und traute sich nicht, zu klingeln. Aileen brauchte nicht laut auszusprechen, was sie in letzter Zeit von Fias Familie hielt. Zum ersten Mal seit Jahren durfte Fia nicht mit Emily spielen. Sie ließ ihren Blick über das Grundstück schweifen. Kein Auto in der Einfahrt. Allein die *Little Twin* ruhte unter einer Plane im Schuppen. Wie ein Einbrecher schlich Fia den Kiesweg entlang und blieb vor der Haustür erneut stehen. Mit zusammengepressten Lippen klopfte sie zaghaft. Die Tür knarrte.

„Aileen?“ Ein flaues Gefühl breitete sich in ihrem Magen aus und der Brustkorb schnürte sich zusammen. Wo war Scotts Auto? Wieso tobten die Kinder nicht durch die Küche? Warum trieb das Polizeiboot in der Bucht? Fia klopfte erneut, diesmal energischer und die Tür öffnete sich einen Spalt breit. „Aileen? Bist du da? Ich bin's, Fia.“ Vorsichtig drückte sie die Tür auf und betrat den düsteren Flur. „Aileen? Ich komm jetzt rein.“

Nichts rührte sich im Haus. Steif blieb Fia in der Diele stehen und hörte auf ihren eigenen schnellen Atem. Die Tür zum Wohnzimmer stand offen. Eine halbleere Flasche Wein auf dem Tisch. Daneben ein verklebtes Glas. Eine dicke Wolldecke lag zerknüllt auf dem Boden. Benutzte Taschentücher verteilten sich auf dem Couchtisch. Das flaue Gefühl verwandelte sich in Übelkeit. „Aileen? Ist alles in Ordnung?“ Fia lauschte. Aus der Küche kam ein leises Schluchzen. Auf Zehenspitzen schlich Fia durch den Flur. „Hey ...“

Aileen saß zusammengesunken am Tisch in einem Wust aus Taschentüchern. Ihr Kopf lag auf der Tischplatte und sie hielt sich an einer weiteren fast leeren Flasche Wein fest. Ihre Schultern bebten. Kein Laut kam über ihre Lippen.

Fia schluckte. Heute Nacht hatte sie davon geträumt. Groom hatte Scott geholt. Genau wie Emily prophezeit hatte. Nass geschwitzt hatte sie aus dem Fenster gestarrt und das blaue Flackern in der Bucht gehörte zu ihrem Traum. Erst nach einer Minute sickerte die Realität zu ihr durch. Jemand brüllte draußen etwas, Motoren heulten durch die Nacht. Steif vor Angst hatte sie im Bett gesessen, während Groom in ihrem Schrank hockte. So konnte er Scott nichts antun.

„Aileen? Hey …" Sie rüttelte sanft an ihrer Schulter und Aileen schoss in die Höhe.

„Was willst *du* denn hier? Verschwinde! Hau ab!"

Erschrocken wich Fia zurück. Wut und Angst spiegelten sich auf Aileens blassem Gesicht wider.

„Was ist denn bloß passiert?" Sauerer Speichel sammelte sich in Fias Mund.

„Was denkst du denn, was passiert ist?" Zitternd sackte Aileen zurück auf die Bank und umklammerte eins der durchweichten Taschentücher. „Scott ist weg. *Das* ist passiert."

Eine unsichtbare Faust landete in Fias Magengrube und sie krümmte sich zusammen. „Wie weg?"

„Na wie schon? Weg eben! Verschwunden!" Aileens Hand wanderte zur Weinflasche und umkrampfte sie.

„Wo sind Emily und Jack? Geht es ihnen gut?"

„Was geht dich das an?" Aileen schrie jetzt. Speicheltröpfchen flogen von ihren Lippen. Mit jedem Wort verwandelte sich die Blässe in ihrem Gesicht in ein fahles Grau. Fia wich einen weiteren Schritt zurück und hielt die Luft an. „Ich sagte, du sollst von hier verschwinden!" Die Weinflasche verfehlte Fias Kopf um einen Zentimeter. Klirrend knallte sie gegen die Wand. Rotwein floss über den weißen Putz.

„Aileen! Hör auf! Ich bin genauso geschockt wie du!"

„Wo war denn dein feiner Daddy heute Nacht? Hm?" Sie hielt sich an der Tischkante fest und keuchte.

Fia blieb stehen, ihre Füße schienen am Boden festzukleben. „Großer Gott Aileen. Glaubst du wirklich, ich habe keine Angst vor ihm? Kannst du dir vorstellen, wie das für mich ist? Allein mit ihm? Du hast ja keine Ahnung."

„Das interessiert mich nicht. Und jetzt geh bitte." Kraftlos wie ein angestochener Luftballon sackte Aileen wieder in sich zusammen. In der Küche stank es nach Wein und verbrannten Eiern.

„Red keinen Blödsinn. Wo sind Jack und Emily? Seit wann sitzt du hier überhaupt? Hast du die Polizei gerufen?"

„Was denkst du denn?" Aileen schien ihr gesamtes Pulver verschossen zu haben. Sie sah nicht mal auf, während sie redete. Zitternd starrte sie auf die geblümte Tischdecke.

„Ich mache uns jetzt erstmal einen Tee." Ohne eine Antwort abzuwarten, durchsuchte Fia die Küchenschränke. Aileen schwieg und zerfetzte ein Taschentuch. Immer wieder kamen ihr die Tränen. Als Fia den Tee fand, hatte Aileen Schluckauf vom Weinen.

„Er ist einfach nicht nach Hause gekommen. Keine Nachricht, kein Anruf nichts. Er ist einfach weg. Er wollte doch nur einkaufen."

„Was sagt denn die Polizei?"

Aileen nahm sich ein neues Taschentuch, um es zu zerreißen. „Was schon?" Mit geröteten Augen starrte sie Fia an. „Sie suchen nach ihm. Ich meine es ernst, Fia. Wo war dein Dad heute Nacht? Kaum lassen sie ihn laufen ..."

„Ehrlich, ich weiß es nicht. Ich habe ihn nicht gesehen."

„Scott hat mir von einem Streit erzählt. In eurem Büro."

„Ja. Dad war außer sich wegen der Schnitzereien auf seinem Tresen."

„Du kennst Scott. Er hat vor gar nichts Angst. Aber an diesem Tag ... da hatte er Angst. Seit der Prügelei hat er Angst. Angst um sein Leben."

Fia stellte die dampfende Teekanne auf den Tisch und wischte die Taschentücher achtlos beiseite. „Hat er dir jemals erzählt, was damals vorgefallen ist zwischen den beiden? Also, die ganze Geschichte?"

Aileen schüttelte den Kopf. „Nein. Ich weiß nur, das es irgendwie um deine Mum ging. Ist doch jetzt auch völlig egal! Scott ist weg und *das* hat bestimmt mit deinem Dad zu tun."

Fia schenkte ein und schob Aileen die dampfende Tasse hin. „Hast du das auch so der Polizei gesagt?" Angst nahm ihr die Luft zum Atmen. Ein Felsbrocken schien auf ihrem Brustkorb zu liegen.

„Fia, du kannst nicht länger die Augen davor verschließen. Wenn ich du wäre, würde ich das Dorf und vor allem Artair verlassen. Für immer."

„Fia darf nicht weggehen. Das will ich nicht. Nur mit Jack macht Pirat spielen keinen Spaß mehr." Breitbeinig und barfuß stand Emily in der Terrassentür. Schlamm klebte an ihren Füßen. In der Hand hielt sie einen einohrigen Hasen. Ihr dünner Körper steckte in einem Schlafoverall, rosa Einhörner galoppierten über Arme und Beine. Mit geröteten Augen sah sie zwischen Aileen und Fia hin und her.

„Emily! Was machst du denn hier?"

„Wo ist Daddy?"

Aileen sprang auf und nahm ihre Tochter in den Arm. Die Kleine kuschelte sich an ihre Schulter, ohne den Hasen loszulassen. Sein gelbes Fell sah verfilzt aus.

„Mum, wo ist Daddy?"

„Bist du etwa ganz allein hierhergelaufen? Wo ist dein Bruder?"

„Drüben. Ich will jetzt wissen, wo Daddy ist." Emily trommelte mit ihren kleinen Fäusten gegen Aileens Brust.

„Er ist ... Daddy kommt bald wieder nach Hause. Ganz bestimmt."

Fia sah Aileen an und die schüttelte stumm den Kopf. *Sag jetzt nichts.* Die Kleine tat ihr leid. Am liebsten hätte sie das Kind in den Arm genommen, aber als sie einen Schritt auf Aileen zuging, wich diese zurück. In ihren Augen flackerten Wut und Angst.

„Du solltest jetzt gehen. Ich muss mich um Emily kümmern." Die Kälte in Aileens Stimme erschreckte Fia.

„Kann ich dir noch irgendwie helfen? Bitte ruf mich an, wenn es Neuigkeiten gibt." Fia blinzelte die Tränen weg. Etwas wollte in ihrem Brustkorb explodieren. „Bitte."

„Mal gucken. Denk darüber nach, Fia. Mach es wie deine Schwester. Lass das Dorf hinter dir. Mach es dir doch nicht unnötig schwer." Emily schluchzte leise. Die Luft in der Küche schien zu knistern wie eine kaputte Hochspannungsleitung. Ein falsches Wort und Fia würde gegrillt. „Geh jetzt."

Länger konnte Fia die Tränen nicht zurückhalten. Weinend trottete sie durch den Flur nach draußen. Kalter Regen klatschte ihr ins Gesicht. Sie blieb stehen und hielt ihr Kinn in die Höhe. Wasser lief ihr in den Kragen und sie wunderte sich über den fehlenden Dampf. Ihr Körper glühte wie der einer angeklagten Hexe auf dem Scheiterhaufen. Aileens blasses Gesicht erschien hinter dem Fenster. Selbst von hier sah Fia die Wut darin. Mit Scott verlor sie mehr als einen Freund. Ohne ihn war das Dorf nicht länger ihr Zuhause, sondern ein Schützengraben und Dad stand auf der falschen Seite. Wie Aileen gesagt hatte. Sie konnte nicht weiter die Augen davor verschließen.

KAPITEL 28

Reue

Mr, ähm ..."

„Thomson." Ich saß vor dem Haus und sah Ms Ferguson entgegen. Der Wind zerrte an ihren Haaren und sie musste die Kapuze ihres Parkas festhalten. Ich wusste, weswegen sie hinter mir herrannte. Schon heute Morgen hatte sie sich die Finger an meiner Tür wund geklopft. Ich weigerte mich, sie Fiona zu nennen. Mehr als ein schnelles Abenteuer hatte ich nie gewollt. Außer Atem kam sie bei mir an und hielt ihre Kapuze fest.

„Verzeihung, Sie müssten ..."

„Ja ich weiß." Ich nickte, rührte mich aber nicht. Der Sturm zerrte an ihrem Parka.

„Es tut mir leid, die zwei Wochen sind um."

„Ja." Der Luxus und vor allem die Badewanne würden mir fehlen. Außerdem verpasste ich die ganze Vorstellung, als würde ich während des Kinofilms mit Durchfall auf der Toilette sitzen.

Es schien ihr in der Tat nicht leichtzufallen. Anstatt mich anzusehen, sah sie auf den Boden und knetete beim Reden ihre Finger. Mein Rücken pochte bei dem Gedanken an die Isomatte auf harten Dielenbrettern.

Heute Nacht hatte mir die weiche Matratze allerdings nichts genützt. Statt zu schlafen, hatte ich über die nächsten Schritte gegrübelt. Zurück ins Dorf konnte ich noch nicht und auf der Fähre wurde mir schnell übel. Am Strand zu sitzen und den Wellen zuzuschauen, störte mich nicht. Auf dem Wasser wurde ich seekrank. Artair hatte sich früher jeden Tag darüber lustig gemacht. *Seemann kann man nicht werden,* hörte ich Dad sagen, *entweder du bist es oder nicht.* Ich war kein Seebär. Dad wusste es damals schon. Artair liebte die See, Wellen konnten ihm nicht hoch genug sein. Mit jedem Sturm konnte er sich neu beweisen und er genoss den Kampf. Verstanden hatte ich das nie. Überhaupt musste er ständig allen zeigen, wie mutig und stark er war. Daran hatte sich nichts geändert.

„Mr Thomson?" Sie klang, als hätte sie Schnupfen.

„Noch eine Nacht, okay?" Ich brauchte dringend einen Plan.

„Morgen um zehn sind Sie verschwunden." Damit wandte sie sich ab und ging nach vorn gebeugt zum Haus zurück.

In dieser Nacht wälzte ich mich hin und her. Der Atlantik brandete gegen die Mole. Kälte kroch durch die gekippten Fenster ins Zimmer. Trotz des heulenden Windes fühlte sich das Kopfkissen nass an und stank nach Schweiß. Die blökenden Schafe und das Meer hielten mich wach, belog ich mich selbst. Ich wollte endlich töten. Anstatt zu schlafen, wartete ich. Wie damals.

Isle of Skye, 1977

Trotz der stechenden Schmerzen im Rücken bewegte ich mich keinen Millimeter. Steif wie eine Leiche lag ich im Bett und lauschte. Auf eine knallende Tür. Oder Schritte, die sich dem Zimmer näherten. Selbst meine Atemzüge klangen zu laut und ich hielt die Luft an, um nichts zu überhören. Artair würde mich totprügeln, sobald er nach Hause kam. Gestern Abend lag mein Rucksack aufgerissen im Zimmer, der Inhalt verteilte sich auf den Dielen. Zerrissene Fotos, zerbröselte Kekse und Jamielles abgerissener Kopf. Ich verstand die stumme Drohung sofort.

Ohne mich zu bewegen, schielte ich zu dem neu gepackten Seesack hinüber. Er lag seit Jahren im Schrank und roch nach Mottenkugeln und Schimmel. Sobald Mum und Dad schliefen, wollte ich mich davonstehlen und verstecken. Wo spielte keine Rolle. Zum ersten Mal in meinem Leben hatte ich Todesangst. Sie nahm mir die Luft zum Atmen und ich zuckte bei jeder Welle draußen zusammen. Neil lag neben dem Bett und schnarchte leise. Solange die Hündin sich nicht bewegte, durfte ich atmen. Sie hielt Wache. Vor zwei Stunden hatte ich zum letzten Mal die Augen zugemacht und es bereut. Blaue Lichter flackerten über die Bucht und die Polizei stand mit tropfnassen Mützen in ihren Händen vor unserer Tür. Bonnie war ebenfalls sauer. *Ihr hättet uns umbringen können.* Bilder von ihren goldblonden Zöpfen, die im Atlantik trieben, vermischten sich mit der Dunkelheit. In Gedanken sah ich Artair, der mit einem Knüppel auf mich losging.

Neil gähnte und ich zog die Decke höher. Schwitzend krallten sich meine Finger darin fest. Wie früher, als die Monster noch unter dem Bett gewohnt hatten. *Los jetzt. Steh auf. Bevor er kommt.* Möglichst leise setzte ich mich und schlug die Bettdecke zurück. Neil sah zu mir hoch und streckte sich. Ich kraulte sie am Hals. „Du musst hierbleiben, altes Mädchen. Jemand muss auf Mum und Dad aufpassen, verstehst du?"

Ich schlüpfte in meine Stiefel und nahm den Rucksack. Kekse für ein paar Tage. Eine Flasche Wasser und Zigaretten. Die Haushaltskasse hatte ich schon gestern leergeräumt. Neil schnaufte und folgte mir zur Tür. „Es geht nicht, Kleine. Leg dich wieder hin. Mach's mir doch nicht so schwer." Ich zeigte auf ihre Decke neben dem Bett. „Komm schon." Die Hündin stupste mich an. Ihr Kopf fühlte sich angenehm warm an. „Wie du willst. Dann komm. Irgendwo kriegen wir schon Futter für dich her. Bloß nicht bellen, hörst du?"

Vor allem Mum würde Neil vermissen und der Gedanke daran legte sich wie ein Fels auf meinen Brustkorb. Artair ließ keine Gelegenheit aus, gegen Mum und Dad zu rebellieren. Meist nahm Mum wortlos ihren Parka und rief die Hündin zu sich. Blass und mit Tränen in den Augen verschwanden sie für ein paar Stunden. Im Gegensatz zu mir kam sie wieder nach Hause. *Hör auf zu träumen und beweg dich.* Ich hielt Neil am Halsband fest und schlich am Schlafzimmer vorbei durch den Flur. Dad schnarchte. Wind ließ die Tür klappern und die Uhr im Wohnzimmer tickte. Krallen klapperten auf dem Holz. Keine Spur von Artair. *Los jetzt*. Meine Hand blieb auf der Türklinke liegen. Es roch nach frischer Minze. Mums Kräuter wuchsen hinter dem Cottage. Ich schloss die Augen und atmete die Mischung aus Holz, Küchenkräutern und Rauch tief ein.

Neil fiepte leise. „Willst du wirklich mitkommen?" Ich sah zu ihr hinunter. „Ich weiß nämlich nicht, ob wir wiederkommen." Die unterdrückten Tränen brannten in meinem Hals. Das Schnarchen steigerte sich zu Löwengebrüll und Dad hustete. Ich schnappte nach Luft und riss die Tür auf. Ohne mich umzudrehen, rannte ich in Richtung Fluss.

Er wartete am alten Herrenhaus. Hände schossen hervor und rissen mich zu Boden. Hinter mir hörte ich jemanden lachen. Ein Mädchen. Der Aufprall nahm mir die Luft zum Atmen. Hustend versuchte ich vorwärts zu krabbeln. Die Schürfwunden an meinen Handgelenken brannten. Blut sickerte in den Jackenärmel.

„Hiergeblieben." Artair trat mir in den Rücken. „Hast du etwa geglaubt, ich verrecke da drüben?" Absätze bohrten sich in meine Wirbelsäule. „Ist es das, was du wolltest?"

Neil bellte heiser, jemand drückte sie zu Boden.

„Rede!"

Der Tritt jagte einen stechenden Schmerz durch meine Lunge. Ich sah grelle Blitze und jeder Atemzug tat weh. Etwas hatte geknackt.

„Rede, Yellowbelly! Wird's bald!"

Neil knurrte. In den Bergen grummelte es. Kalter Regen kühlte meine heißen Wangen.

„Du willst nicht reden? Kannst du haben."

Artair drückte mich mit seinen Knien in den Schlamm. Seine Kniescheiben rammten sich in mein Rückgrat und ein unsichtbares Messer stach ein Loch durch den Brustkorb. Zum Schreien fehlte mir die Luft. Er riss mich an den Haaren wieder in die Höhe.

„Weißt du was? Ist mir egal, was du zu sagen hast."

„Ich krieg ... hör ... bitte."

„Was? Was willst du?" Artair drückte mich zurück in den Matsch.

Weiße Blitze verschwommen zu einem grellen Nebel. Ich fühlte kaltes Metall am Hals. Sein Messer. Ich wollte schreien und spuckte den Schlamm wieder aus. Anstatt einer Antwort kam ein heiseres Pfeifen aus meinem Mund.

„Komm her und hilf mir. Und bring endlich den dämlichen Köter zum Schweigen!"

Die Geräusche drifteten davon, ich bekam kaum Luft. Mit zusammengepressten Lippen versuchte ich, den Kopf zur Seite zu drehen. Mit jedem Atemzug drang das Messer tiefer ein. Sandkörner knirschten zwischen meinen Zähnen. Neil jaulte und verstummte. Ich sah Bonnies Zöpfe und hörte ihr Lachen. Jetzt würde sie mich für immer hassen. Im Gegenzug verurteilte ich Scott für diese dämliche Aktion, die er sich ausgedacht hatte. Mitzumachen war meine Entscheidung gewesen und die bereute ich schon seit Tagen. Es spielte keine Rolle mehr. Heute Nacht würde Artair seine Drohung in die Tat umsetzen. Erst Jamielle, jetzt ich. Er riss meine Arme nach hinten und fesselte sie. Die Geräusche klangen leiser, der Schlamm fühlte sich an wie ein Moor. Ich würde darin versinken und niemand interessierte sich dafür. Die grollende Brandung übertönte das Geschrei meines Bruders.

„Bonnie. Bitte … ich wollte nicht …"

„Deine Perle ist nicht hier, Yellowbelly." Ein Strick schnürte die Durchblutung in meinen Armen ab. Ich begriff nicht, was Artair gesagt hatte. Kalter Schlamm krabbelte an mir hoch. „Wer …" Das Letzte, was ich an diesem Abend sah, waren seine dreckverkrusteten Stiefel.

„So. Jetzt reicht es. Du kannst nicht den ganzen Tag rumliegen und auf die Apokalypse warten." Ronna beugte sich vor, der verschwommene Hintergrund flackerte. „Es reicht, wenn sich Dad Feinde macht."

Zum ersten Mal seit Wochen hatte sich Ronna gemeldet. Kurz flammte Freude bei Fia auf, danach kam sofort die Enttäuschung über die vielen unbeantworteten Nachrichten. „Und was soll ich sonst deiner Meinung nach tun? Mit mir redet doch keiner mehr. Das ganze Dorf würde mich am liebsten lynchen! Mich und Dad."

„Blödsinn. Tu mir einen Gefallen und geh zu dieser Versammlung." Ronna verschränkte die Arme am Hinterkopf und wippte auf ihrem Bürostuhl vor und zurück. „Vielleicht solltest du dir vorher eine Ladung kaltes Wasser ins Gesicht klatschen. Ein bisschen Rouge könnte auch nicht schaden. Siehst aus wie ein Zombie."

Seit gestern lag Fia zu Hause im Bett und tat nichts. Reglos wie eine Leiche auf dem Obduktionstisch starrte sie gegen die Decke. Zuerst hatte sie alle fünf Minuten auf ihr Handy gestarrt und es am Ende ausgeschaltet. Sinann würde sich nicht melden, egal wie oft sie hinsah. Dreimal am Tag schleppte sie sich unter die Dusche. Es half nichts. Scham klebte an ihr wie ein übergroßes Tattoo. Das Gefühl ließ sich nicht abwaschen. *Du musst Allan suchen.* Hartnäckig wie ein Internettroll hing der Gedanke in ihrem Gedankennetz fest.

„Hey, wir hatten doch einen Plan. Komm schon." Ronna setzte sich wieder aufrecht hin. Sie konnten ungestört zoomen, Dad betrank sich auf der *Heather*.

Für fünf Sekunden sah Fia nichts außer Pixel. „Heute ist Sonntag."

„Ja und? Gibt es sonntags etwa kein Internet?"

„Und wo sollen wir bitte anfangen? Das mit den Shetlands war ja wohl nichts." Sobald sie nachdachte, kamen weitere Trolle. *Dad rastet aus. Du hast keinen Anhaltspunkt. Das schaffst du nie. Am besten du fängst gar nicht erst an und verschwindest von hier. Niemand wird dir helfen.* Seit sich alle gegen sie verschworen hatten, fehlte Fia der Mut.

Ronna atmete hörbar aus. „Ehrlich Fia, dein Pessimismus nervt langsam. Irgendwie kann ich Sinann ein bisschen verstehen. Setz dich an den Laptop. Es gibt das Wählerverzeichnis, die Personensuche, was weiß ich, aber mach *irgendwas*. Wir können uns auch aufteilen, wenn du willst. Dann hätten wir wenigstens einen Plan."

„Wenn es je ein Lebenszeichen nach Onkel Allans Verschwinden gab, hat Dad es bestimmt verbrannt oder in den Müll geschmissen." Fia massierte ihren

Nacken. Langsam bekam sie Kopfschmerzen. „Warte kurz.“ Sie stand auf und öffnete das Fenster. Wieder am Schreibtisch gähnte sie, obwohl sie seit Tagen im Bett lag.

„Dad ist nicht der Einzige, den wir fragen könnten.“ Kalter Wind wehte ins Zimmer und Fia stützte sich auf die Tischplatte. „Du denkst an Evaine.“

„Ja. Du hast doch gesagt, sie waren in einer Clique früher. Es kann doch nicht sein, dass sie gar nichts weiß.“

Fia streckte sich und zog den Reißverschluss ihrer Frotteejacke zu. „Ronna?“ Für eine Minute fror das Bild ein und ihre Sis sah aus, als wollte sie jemanden fressen. *Yellowbelly*. Erneut sah sie Evaines verschlossenes Gesicht und hörte das Eis in ihrer Stimme. Wie eine Ratte hatte sie Fia aus dem Haus getrieben, allein der Besen hatte gefehlt. „Sie wird mir nicht helfen.“

„Wieso nicht?“ Ronna gähnte ebenfalls.

„Das letzte Mal, als es um Allan ging, hat sie mich quasi rausgeschmissen.“ Fia rutschte auf ihrem Stuhl wieder nach hinten. „Aber ich könnte mit den Fotos in Mums Kiste anfangen.“

„Erst mal lässt du dich auf der Versammlung blicken.“ Ronna beugte sich erneut vor und ihr Gesicht sah mit einem Schlag riesig aus.

Einmal mehr wurde Fia bewusst, wie sehr ihre Sis auf Tráigh Cottage fehlte. Unter der zentimeterdicken Schminke steckte immer noch Ronna mit dem kämpferischen und zeitgleich mitfühlenden Blick. Wieder erinnerte sich Fia an den Hass in Aileens Augen und fiel zurück aufs Bett. Ihr Magen zog sich zusammen. „Die denken doch alle, Dad hat ...“ Sie schluckte. *Wenn ich du wäre, würde ich das Dorf verlassen.* Jedes Wort davon hatte Aileen ernst gemeint. Ein anonymer Drohbrief hätte sie nicht mehr verletzt. Fia zog die Ärmel ihrer Jacke herunter, als sie an die Kälte in deren Stimme dachte.

„Dann verkriech dich nicht. Damit gibst du ihnen nämlich Recht."

KAPITEL 29

Angeklagt

Die Blicke der anderen brannten auf ihrer Haut wie glühende Zigaretten. Sie saßen in der Village Hall. Fast das ganze Dorf. Artair kam ohnehin nie. Jemand hatte die Stühle an die Seite gestellt, damit niemand auf die zwei leeren Plätze für Finley und Scott starren musste. Füße scharrten über den Boden, Evaine räusperte sich, aber keiner sagte etwas. Selbst Maisi durchwühlte konzentriert ihre Handtasche, anstatt mit dem neuesten Gerücht anzufangen. Blair lag im Bett. Sinann saß an der Stirnseite. Als Fia hereinkam, hatte sie kurz genickt. Nichts weiter. Kein „Hey". Stumm knibbelte sie in den Kratzern auf dem Tisch herum. Die meisten sahen weg oder redeten angestrengt mit ihrem Sitznachbarn. Einige räusperten sich. Fast das ganze Dorf hatte sich auf den Weg gemacht.

Mit einem Seufzer ließ Maisie den Verschluss ihrer Tasche einschnappen und sah mit vorgerecktem Kinn in die Runde. „Also für mich ist die Sache klar."

„Ach ja?" Evaine beugte sich vor, der Tisch knarrte.

Maisie ließ den Verschluss ihrer Tasche auf und zu schnappen. „Ja. Ich meine Artair ist der Einzige, der nicht da ist, oder?“

Am liebsten wäre Fia wie ein Panther über den Tisch gesprungen und hätte die Tasche aus Maisies Händen gerissen. „War Dad jemals hier?“

Scharrende Füße. Räuspern. Evaine hustete und Aileen sah auf. „So ganz unrecht hat Maisie ja wohl nicht.“

„Jetzt hört aber mal auf. Was soll das denn jetzt heißen? Was ist klar?“ Aufrecht wie eine Ballerina saß Sinann auf ihrem Stuhl und musterte die Runde.

Fia zuckte zusammen. Mit ihrer Hilfe hatte sie nicht gerechnet, nach ihrem letzten Streit.

„Na ja ...“

„Und jetzt pack endlich diese blöde Handtasche weg oder musst du dich noch schminken?“

Betont langsam zog Maisie einen kleinen Spiegel hervor. „Klar ist doch, Artair ist nicht hier und er hat sich mit Scott geprügelt.“ Sie bewunderte sich selbst und zupfte ein paar Strähnen aus der Stirn. „Wie war das noch? Das nächste Mal bringe ich dich um? Ich jedenfalls habe das gehört.“

Fia atmete gegen Druck auf ihrer Brust an. Ein bitterer Geschmack breitete sich in ihrem Mund aus. Es ging nicht um die Wut über die Ungerechtigkeit der anderen. Das war nicht das Schlimmste. Ihr Hals brannte und sie schluckte die Tränen hinunter. „Ich ... ihr könnt doch nicht ...“ Sie konnte Artair nicht verteidigen. Weil sie nicht an seine Unschuld glaubte. Das war das Allerschlimmste.

„Was ist mit dem Fremden? Du selbst hast doch allen erzählt, dass hier ein Irrer rumläuft.“ Sinann sah zu Fia und zuckte zusammen. Ihre Wangen glühten rot und Schweißtropfen bildeten sich auf ihrer Stirn. „Was ist damit? Was wenn er der M…“

„Schluss jetzt!“ Aileen schoss in die Höhe. Krachend landete ihr Stuhl auf dem Holzboden. Maisie ließ den Spiegel fallen und bückte sich hastig danach. „Scott ist nicht tot. Verstanden? Niemand ist tot! Ihr spinnt doch alle.“ Weinend stürmte Aileen zur Tür. Ohne sich umzudrehen, stoppte sie. „Besser, dein Dad verschwindet von hier.“ Mit einem Knall fiel die Tür ins Schloss.

Evaine stand ebenfalls auf. Ihre Unterlippe zitterte und ihr Gesicht sah so weiß aus wie die Farbe an den Wänden. „Findet ihr nicht, das ist Sache der Polizei? Ich für meinen Teil hoffe, sie haben Artair richtig in die Mangel genommen.“ Sie atmete tief durch und zitterte dabei. „Wegen mir soll er verschwinden. Am besten noch heute.“ Mit flackernden Augen starrte sie Fia an. „Dein Dad soll verschwinden Fia. Sag ihm das.“

„Dieser Fremde …“ Maisie hängte ihre Handtasche über die Stuhllehne und legte ihre Arme auf den Tisch. „Er hat sich immer in eurer Nähe herumgetrieben. Da habe ich ihn immer gesehen. Vielleicht stecken die beiden ja unter einer Decke?“ In ihrem Gesicht rührte sich nichts. Emotionslos wie eine Puppe starrte sie auf Fia, die zur Tür sah.

Es ist aussichtslos. Sie haben mich längst verurteilt. Ob ich hier sitze oder nicht, es spielt keine Rolle.

„Hört auf. Bitte. Evaine hat recht. Wir sind nicht hier, um zu ermitteln. Das sollten wir den Profis überlassen. Die Frage ist, was wir jetzt tun können.“ Sinann lehnte sich auf ihrem Stuhl zurück. „Auf Fia herumzuhacken, bringt uns nicht weiter.“

„Wir könnten die nähere Umgebung absuchen. Mit dem Sonar. Falls Scott, äh, na ihr wisst schon. Oder?“ Alle Blicke wanderten zu Arran, der bis jetzt schweigend zugehört hatte. Ebenso blass wie Evaine starrte er auf die Tischplatte und seine ineinander gekrampften Finger. Er schluckte. Fia wusste, wie sehr er an Scott hing.

Maisie lachte. „Hast du mal raus geguckt, Junge? Da draußen wimmelt es von Polizeibooten. Haben die etwa kein Sonar? Eine Leiche hätten sie längst geortet.“

Arran schlug mit der Faust auf den Tisch und Fia zuckte zusammen. So kannte sie ihn nicht. Selbst bei der Arbeit blieb er meist still und verkroch sich hinter dem Steuer der *Little Twin*. Auf Fragen antwortete er einsilbig und Fia wusste fast nichts von ihm. Zwar arbeiteten sie seit Jahren an derselben Stelle, aber er blieb der schweigsame Angestellte ohne Vergangenheit. Nach Feierabend verschwand er sofort.

„Hast du etwa eine bessere Idee?“ Seine Augen flackerten vor Wut und die tiefroten Wangen wirkten in seinem blassen Gesicht wie aufgemalt. „Fia ist hier genauso zu Hause wie wir alle oder etwa nicht? Seht ihr denn nicht, wie fertig sie ist? Anstatt ihr das Leben zur Hölle zu machen, sollten wir Finley und Scott suchen. Wirklich. Ihr widert mich an.“ Genau wie Aileen schmiss er beim Aufstehen seinen Stuhl um. Erneut zuckte Fia zusammen. „Morgen um sieben. Am Hafen. Mir egal, wer mitkommt. Ich kann nicht länger rumsitzen und jeden verdächtigen, der mir nicht passt. Ich bin kein Polizist, aber ich kenne mich hier aus. Besser als die.“

Fia sah ihm nach. Ohne sich umzudrehen, stürmte er aus der Tür. Flachsblonde Haarsträhnen schauten unter der dicken Wollmütze hervor. Sie hatte sich schon oft gefragt, woher er kam. Vor Jahren hatte er sich bei Scott vorgestellt, mit seinem Seesack stand er ohne Vorankündigung auf dem Parkplatz. Fia kannte ihn nicht, er wohnte nicht im Dorf und sah eher skandinavisch aus. Dennoch mochte sie ihn.

„Wow." Sinann nickte anerkennend. „Arran hat ja richtig Temperament."

Fia schluckte und stand auf. Ihr Hals kratzte und fühlte sich an wie ein dünner Strohhalm. Zitternd holte sie Luft. „Das hier ..." Der Kloß ließ sich nicht herunterschlucken. „... ist mein Zuhause. Ich bin hier aufgewachsen. Ihr alle kennt mich. Evaine, du hast mir früher den Weg auf die Berge gezeigt, hast du das etwa alles vergessen? Wir haben Wettrennen gemacht, weißt du noch? Du hast mir die Geschichte vom See erzählt." Schweißflecken bildeten sich unter ihren Händen und ihr Herz raste. „Ich lasse mir mein Zuhause nicht wegnehmen. Von niemandem. Erst recht nicht von euch."

Ohne ein weiteres Wort stürmte sie nach draußen. Das Räuspern und die scharrenden Füße verfolgten Fia bis auf den Parkplatz. Die Straße verschwand in der Dunkelheit wie ein glitzerndes Band. Schon als Kind hatte sie die kurzen Tage im Winter gehasst. Die Insel schien zu schlafen und Groom lauerte in den Bergen. Nachts kam er herunter. Beschützt von der lang andauernden Dunkelheit verfolgte er sie. In der Finsternis sah sie ihn womöglich zu spät.

Erschrocken schnappte sie nach Luft, als Sinann aus der Halle stürmte. Sofort zerzauste der Wind ihre Haare.

„Na endlich."

„Na endlich, was?"

„Endlich wachst du mal auf. Hör zu, nur weil ich dir da drin geholfen habe, ist jetzt nicht alles wieder wie früher. Ich brauche ... Zeit. Zeit für mich.“

„Deswegen rennst du hinter mir her? Danke jedenfalls.“

„Es ist ungerecht und das kann ich nicht leiden.“ Sinann holte tief Luft und hob die Arme. Für die Dauer eines Blitzschlags wollte sie ihre Freundin umarmen. Stattdessen trat sie einen Schritt zurück „Ach Fia, du bist mir nicht egal, aber ich kann dich auch nicht länger beschützen. Tut mir wirklich leid.“

Ohne ein weiteres Wort ging Sinann zurück zur Halle. Sie rannte fast. Als ob Fia eine ansteckende Krankheit hätte. Jetzt wollte sie nur nach Hause. Regen peitschte ihr ins Gesicht und Wellen donnerten gegen die steilen Klippen. Eiskalt und gnadenlos fraß der Atlantik einen Graben zwischen Fia und Tráigh Cottage. Ihr Blick wanderte über das Dorf. Vereinzelt brannte Licht hinter den Fenstern. Der warme Schein verstärkte ihr Zittern. Sie biss sich auf die Lippen. Für Fia gab es keinen Platz mehr am Kamin. Genau wie Tráigh Cottage wirkte das Dorf wie eine Ansammlung weißer Tupfen, die nichts bedeuteten.

KAPITEL 30

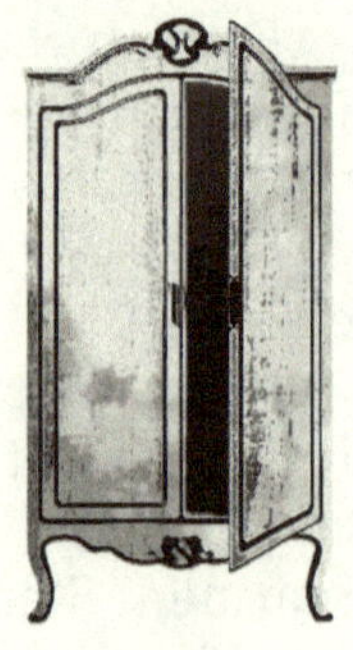

Schwestern

In der Küche brannte Licht und Fia blieb vor der Haustür stehen. Düster schaukelte die *Heather* an ihrem Tau in den Wellen. Artair war der Letzte, den sie jetzt sehen wollte. Für einen erneuten Streit fehlte ihr die Kraft. Jede Bewegung tat weh und sie fühlte sich ausgelaugt wie nach einer schweren Grippe. Von der Gehässigkeit der anderen wurde ihr übel. Ihre Hände kribbelten vor Kälte und Fia brauchte zwei Anläufe, um die Tür aufzuschließen. Trockene Wärme schlug ihr entgegen und sie schälte sich aus ihrem Parka.

Schatten tanzten an den Wänden, aus dem Wohnzimmer kam der flackernde Schein eines Feuers. *Artair kümmert sich nie um den Kamin. Seltsam.* In der Küche flackerte es ebenfalls. Sie schnupperte. Eindeutig Kakao.

„Hallo?" Dad trank abends Bier und keine heiße Schokolade. „Wer ist da?" Ein Stuhl knarrte und Fia verschluckte sich an ihrer eigenen Spucke. Steif und mit offenem Mund stand sie im Flur und vergaß, Luft zu holen. *Ich träume. Das kann nicht sein.* Ihr Herz hämmerte und Tränen liefen über ihre Wangen.

„Hey." Die Tasse in Ronnas Hand zitterte leicht. Heiße Schokolade schwappte auf die Dielen. „Ich dachte, ich mache uns einen Kakao, so wie früher."

„Oh mein Gott." Fias Knie gaben nach und sie umarmte ihre Schwester, ohne auf die volle Tasse Rücksicht zu nehmen. „Ronna!" Weinend hielt sie sich an ihr fest wie an einem Rettungsseil. Tränen tropften auf Ronnas Pullover. Ihre Schluchzer überschlugen sich.

„Es tut mir so leid."

Fia verstand nicht, was ihre Schwester sagte, und es spielte keine Rolle. Ronna war zu Hause, alles andere zählte vorerst nicht. Sie roch wieder nach Kräutershampoo. Der süßliche Parfumgeruch war verschwunden.

„Ach Kleine, ich hätte dich nie im Stich lassen dürfen." Sanft streichelte Ronna Fias Rücken, während sie nicht aufhören konnte, zu weinen. Die Belastung der letzten Wochen überrollte sie wie eine Monsterwelle, der Hass, die Angst und die Enttäuschung. Ronna schwieg und hielt ihre Schwester fest.

Als Fia endlich loslassen konnte, glühten die Holzscheite im Kamin nur noch. Langsam schlurfte sie zum Küchentisch und setzte sich. Ihr Gesicht brannte. „Warum hast du dich so selten gemeldet? Ich hätte dich hier wirklich gebraucht."

Ronna nahm Holz vom Stapel und öffnete die Klappe des Kamins. „Es tut mir leid. Jetzt bin ich ja da." Beißender Qualm waberte durch die Küche.

Mit jedem Schluck Kakao spürte sie die Wut deutlicher, sie verdrängte die Erschöpfung. „Ja. Jetzt. Nach einer halben Ewigkeit." In ihrem Magen schienen ebenfalls brennende Holzscheite zu liegen und ein bitterer Geschmack breitete sich in ihrem Mund aus. Trotz des Feuers zitterte sie am ganzen Körper.

Ronna knallte die Klappe des Ofens mit Schwung zu. „Was soll ich sonst sagen, außer es tut mir leid? Das war doch keine Absicht!"

„Ach? War es nicht?" Mit beiden Händen umklammerte Fia die Tasse, um sie ihrer Schwester nicht an den Kopf zu werfen.

Wenigstens sah Ronna wieder aus wie sie selbst. Anstatt einer schicken Bluse trug sie einen Wollpullover und ihre Beine steckten in ausgeblichenen Jeans. „Pei ist verschwunden, Finley ist verschwunden, Scott ist verschwunden, Dad dreht am Rad und will verkaufen, hier läuft ein Irrer rum und du studierst fröhlich vor dich hin?"

Gebeugt wie ein Greis schlich Ronna zum Tisch und ließ sich auf einen Stuhl fallen. „Du hast ja recht. Ich ... ich konnte einfach nicht." Konzentriert starrte sie auf die Maserung im Küchentisch. Lange rotblonde Haare verdeckten ihr Gesicht. Nur die zuckenden Schultern verrieten ihre Tränen. „Ich hatte Angst."

„Was glaubst du denn, was ich habe?" Fia biss sich auf die Unterlippe und starrte auf ihre Schwester, die zusammengesunken dasaß und sich an ihrem Kakao festhielt. „Ich sterbe hier vor Angst und du ... du hast mich allein gelassen! Jeden Tag, weißt du noch?"

Ronna schwieg, nur das Feuer knisterte im Kamin.

Das knackende Holz erinnerte Fia an Hufe, die über Dielen klackerten. Groom, er näherte sich. „Los. Sag was."

Endlich hob Ronna den Kopf. In ihrem blassen Gesicht wirkten die rot geweinten Augen wie glühende Kohlen. „Was denn? Was soll ich denn sagen?"

„Erklär mir, was das sollte. Bin ich dir auf einmal egal?“

„Nein!“ Ronnas Hand schnellte über den Küchentisch, aber Fia zog ihre zurück. „Bitte … ich … du bist mir doch nicht egal.“ Flehend starrte Ronna ihre Schwester an wie ein Hund sein Leckerli. „Das musst du mir glauben. Ich wollte ja öfter anrufen, aber …“

„Aber?“

„Ich … ach bitte, lass uns in Ruhe reden. Es gibt so einiges, was du nicht über Dad weißt.“

„Tatsächlich.“

„Ich erzähle dir alles, versprochen.“

Langsam beruhigte sich Fias Herzschlag und der bittere Geschmack verschwand. Erst jetzt spürte sie die Hitze des Feuers. Wärme half gegen die Angst. Groom wartete weiterhin in der Dunkelheit. Fia trank einen Schluck Kakao. Er war eiskalt. „Wie lange bleibst du?“

„So lange es nötig ist. Ich habe nicht vor, meinen Fehler zu wiederholen.“

Die Tür knallte und die Geschwister zuckten gleichzeitig zusammen.

„Ach was. Die verlorene Tochter kehrt zurück.“ Der Geruch nach Schweiß und Bier vermischte sich mit dem Duft von Kakao und Holz. Klatschnass stand Artair in der Tür. Mit funkelnden Augen starrte er auf Ronna.

„Hallo Dad.“

Anstatt einer Antwort streifte Artair seine schlammverklebten Gummistiefel ab und schlurfte zum Kühlschrank. „Mehr hast du dazu nicht zu sagen? Hätte ich mir ja denken können.“ Artair öffnete die Bierdose und trank, ohne seine Tochter anzusehen. Erst als er sich den Schaum vom Kinn gewischt hatte, musterte er sie. „Und? Was willst du? Geld? Ich hab keins.“

„Dein Ernst? Das halbe Dorf wird vermisst und du fragst mich, was ich hier will?“

Artair zuckte mit den Schultern. „Damit habe ich nichts zu tun und es interessiert mich auch nicht. Mach, was du willst, aber erwarte keine Willkommensfeier oder sowas. Kannst deinen Kram gleich mitnehmen, wenn du wieder fährst. Das Cottage ist so gut wie verkauft.“ Ohne ein weiteres Wort verschwand Artair in seinem Schlafzimmer und knallte die Tür hinter sich zu.

Kopfschüttelnd sah Ronna ihm nach. „Seit wann besäuft er sich abends?“

„Seit du weg bist und das ganze Chaos hier angefangen hat.“

Ronna lehnte sich seufzend zurück. „Anscheinend habe ich so einiges verpasst. Du musst mir alles erzählen, von Anfang an.“

Kurz flackerte die Wut erneut auf. „Hat dich ja die letzten Wochen auch nicht interessiert.“

„Fia, bitte. Ich wollte dich nicht hängenlassen. Vielleicht verstehst du mich ja besser, wenn du weißt, was ich weiß. Gib mir wenigstens eine Chance.“

Fia schob ihre Tasse von sich. Klebrige Haut bedeckte den Kakao und sie verzog angewidert das Gesicht. Ein leichtes Pochen nistete sich in ihren Schläfen ein. „Na gut. Lass uns reden. Aber oben.“

Sofort sprang Ronna auf und stürmte zur Küchentür. Zum ersten Mal heute lächelte Fia und folgte ihrer Schwester.

Sie saßen nebeneinander auf Ronnas Bett, mit dem Rücken an die Wand gelehnt. Aus der Stereoanlage kam leise Musik. Bis auf das flaue Gefühl im Magen war Fias Wut verpufft. Sie hustete, vom vielen Reden war ihr Mund ausgetrocknet. Still hörte Ronna zu, ohne sie zu unterbrechen. Je mehr Fia erzählte, desto dichter rutschte sie an ihre Schwester heran. Am Ende blieb es still. Mit geschlossenen Augen lauschte Fia auf die Wellen draußen und auf Ronnas Atemzüge. Schon früher konnte sie Groom damit wenigstens für einen Moment vergessen. „Dad schläft jetzt auf der *Heather*."

Ronna schluckte und holte tief Luft. Ihr Brustkorb zitterte beim Ausatmen. „Das hat er schon früher oft gemacht. Wenn ..."

„Wenn was?"

„Weißt du, ich habe versucht, dich zu beschützen. Vor Dad." In Ronnas Augen schimmerten Tränen und sie schniefte. „Er war schon immer ein Fiesling und ich hatte Angst vor ihm."

„Hat er ...?"

„Mich geschlagen?" Sie schüttelte den Kopf und schnaubte. „Nein. Aber weißt du, er war fies zu Mum. Auf seine Art. Deswegen war sie oft weg, auch nachts, hat bei Evaine übernachtet. Jedenfalls hat sie mir das erzählt."

„Hast du ihr geglaubt?"

Wieder schüttelte Ronna den Kopf und lächelte. „Nein. Würde mich nicht wundern, wenn sie bei einem anderen Kerl gewesen wäre."

Bilder von Mum, wie sie mit zerwühlten Haaren neben Scott schlief, drängten sich in Fias Gedanken. Das flaue Gefühl kehrte zurück. „Das kann ich mir nicht vorstellen."

„Ach kleine Sis, Dad hat sie behandelt wie den letzten Dreck. Ich kann mir das sehr gut vorstellen."

Ronna streckte ihre Beine auf dem Bett aus. „Das macht sie ja nicht zu einem schlechten Menschen. Im Gegenteil, ich kann sie sehr gut verstehen."

„Warum hat sie Dad nicht einfach verlassen? Wozu eine Affäre?" Das Bild ließ sich nicht verdrängen.

Ronna lehnte ihren Kopf an die Wand und lachte. Wut flackerte dabei in ihren Augen. „Ihn verlassen? Einfach? Kleines, du hast ja keine Ahnung."

„Dann klär mich auf."

Ronna rutschte in den Schneidersitz und sah Fia an. Trauer löste die Wut ab. „Du bist früher geschlafwandelt, wusstest du das?"

Stumm schüttelte Fia den Kopf.

„Ich musste dich immer wieder einfangen. In einer Nacht kam Mum gerade von einem ihrer Ausflüge zurück. Dad hat sie abgefangen, unten in der Küche." Ronna verzog das Gesicht, als hätte sie Bauchschmerzen. „Er hat getobt und geschrien. Ich habe dir die Ohren zugehalten und dich wieder ins Bett gebracht."

„Daran kann ich mich gar nicht erinnern."

„Wie auch? Du hast ja geschlafen." Ronna seufzte. „Jedenfalls war es dann irgendwann still. Zu still. In dieser Nacht hat Dad auch auf der *Heather* geschlafen."

„Und Mum?"

Es dauerte eine Minute, bis Ronna antwortete. „Er hat sie eingesperrt. Im Keller vom alten Herrenhaus." Erneut schimmerten ihre Augen.

„Woher ..."

„Woher ich das wusste?" Ronna verzog den Mund zu einem Grinsen. „Ich habe sie gesucht am nächsten Tag. Ich hatte Hunger und Dad war bei der Arbeit. Ich habe sie rufen hören und konnte nichts tun. Dad hat den Schlüssel mitgenommen. Ich bin vor

Angst gestorben. Als Dad nach Hause kam, habe ich ihn nach Mum gefragt. Weißt du, was er gesagt hat?"

Mit großen Augen sah Fia ihre Schwester an.

„Sie wäre einkaufen gefahren. Zwei Tage hat er sie da unten sitzen lassen. Ohne Essen. Nachts hat sie gegen die Tür gehämmert. Ich habe es von meinem Zimmer aus gehört. Immer wieder. Von diesem Tag an wollte ich nur noch hier weg. Ich hatte Angst, dass er sie eines Tages umbringt."

„Wir hätten alle zusammen gehen können. Warum seid ihr geblieben? Mit mir?"

Ronna stand auf und begann, im Zimmer herumzuwandern. Am Fenster blieb sie stehen und sah hinaus. „Weil keiner von uns Prügel kassieren wollte." Sie wandte sich ruckartig ab und kam zum Bett zurück. „Sis, Dad ist nicht der kauzige alte Mann, der niemandem etwas tut. Er ist gefährlich. Deswegen wollte ich nie hierher zurückkommen. Niemals. Das habe ich mir damals geschworen. Ich habe Angst vor ihm. Immer noch." Mit einem Seufzer ließ sie sich zurück aufs Bett fallen und starrte gegen die Wand. „Vielleicht ist es wirklich das Beste, Tráigh Cottage zu verkaufen."

„Es ist immer noch unser Zuhause."

Als Ronna sich zu ihr herumdrehte, zuckte Fia zusammen. Hass und Wut zeichneten sich auf ihrem Gesicht ab. Die roten Wangen schienen auf der blassen Haut zu glühen. „Deins vielleicht."

Fia zog die Knie eng an den Körper. Gänsehaut überzog ihre Arme. Ronna hatte sich verändert. Unten in der Küche hatte sie geglaubt, ihre große Sis wäre nach Hause gekommen. Jetzt saß wieder eine Fremde auf Ronnas Bett. Eine hasserfüllte junge Frau, die Fia nicht weiter kannte.

„Hilfst du mir nun, diesen Onkel Allan zu finden, oder nicht? Es ist unsere einzige Möglichkeit, den Verkauf zu verhindern."

„Ja. Aber danach gehe ich wieder nach Dundee. Das hier ..." Ronna breitete die Arme aus, als wollte sie das Zimmer umarmen. „... ist nicht mehr mein Zuhause. Selbst ohne Dad. Du solltest auch nicht hierbleiben."

„Ich gehe nirgendwohin."

Ronna lächelte und zum ersten Mal an diesem Abend lachten ihre Augen mit. „Stur warst du ja schon immer. Na gut. Wenn wir Onkel Allan finden wollen, müssen wir bei Evaine anfangen."

„Wieso ausgerechnet Evaine?"

„Nur so ein Gefühl. Ich könnte mir vorstellen, dass Mum wusste, wohin Allan damals verschwunden ist. Und dass sie es ihrer besten Freundin gesteckt hat."

„Ich weiß nicht." Fia lehnte sich gegen die Wand und kaute auf ihrer Unterlippe. Etwas stimmte an Ronnas Vorschlag nicht. Erst vor ein paar Minuten hatte sie von Evaines Lügengeschichten erzählt. *Ich habe auch so ein Gefühl.* Ronna sagte ihr nicht die ganze Wahrheit.

KAPITEL 31

Spurlos

Erneut wartete ich auf die Dunkelheit. Kälte kroch unter meinen Mantel und Nebel verschleierte die zugewachsene Auffahrt. Ein einsames Schaf graste am Rand des leeren Parkplatzes. Die letzten Nächte hatte ich in einer unbewohnten Hütte verbracht. Sie stand seit Monaten zum Verkauf und ich konnte mir denken, warum sich niemand dafür interessierte. Wer hierher kam, sehnte sich nach einer guten Aussicht und Ruhe. Die alte Hütte bot beides nicht. Deswegen liebte ich meine Heimat mit ihren schwarzen Bergen.

Nachts hatten wir damals heimlich Wettrennen veranstaltet. Meist ließ Finley Artair gewinnen, um keine Prügel zu kassieren. Dabei wusste jeder, wer von uns am schnellsten klettern konnte. Jetzt würde der Schönling nie wieder auf einen Berg steigen. Egal auf welchen. Lächelnd stopfte ich den Rest Shortbread in meinen Seesack. Bis zur Bucht würde ich wenigstens drei Stunden brauchen. Die Dunkelheit machte mir nichts aus, ich kannte den Weg und hätte ihn selbst im Schlaf gefunden. Genau wie damals. Blind vor Schmerzen und heiser vom Schreien war ich vorwärts gestolpert. Irgendwohin. Hauptsache, weg von Artair und dem Dorf. Bei den Erinnerungen daran spürte ich die Kälte und den Hunger bis heute. Wie mein Bruder von der Insel weggekommen war, blieb für immer sein Geheimnis. Ich wusste nur eins. Bei der nächstbesten Gelegenheit hätte er mich umgebracht.

Isle of Skye, 1978

Als Erstes spürte ich die Schmerzen und den harten Torfboden. Meine Jeans klebte an mir und stank nach Urin. Ich blinzelte und sah nichts als Dunkelheit. Tröpfchenweise, wie bei einem kaputten Wasserhahn, kam die Erinnerung zurück. Artair. Er hatte mich erwischt und verprügelt. Probeweise bewegte ich meine Beine. Es tat weh, aber ging. Sie kribbelten vor Kälte. Erste Umrisse schälten sich aus der Finsternis. Die alten Ruder an der Wand. Regale, vollgestopft mit eingelegtem Fisch und Kompott. In einigen erkannte ich eine graugrüne Masse und wollte gar nicht wissen, was da vergammelte. Ich sah die Lücken zwischen den Einmachgläsern nicht, wusste aber, dass sie da waren. Artair fand es lustig, andere verschimmeltes Zeug essen zu lassen. Mein Rücken pochte dumpf und ich setzte mich langsam auf. Ein greller weißer Schleier vertrieb die Dunkelheit und ich wartete. Glühende Stiche jagten durch meine Wirbelsäule. Vor Schmerzen schnappte ich nach Luft. Graues Licht sickerte durch die Ritzen der Kellertür. Wie viele Stunden lag ich hier schon und was hatte Artair mit Neil gemacht? Wieso kratzte die Hündin nicht an der Tür und suchte nach mir? Eine Maus huschte unter eines der Regale. Solange niemand kam, saß ich fest. Artair hatte mich in der Hand. Wie immer. Dad verschwand bald zur Arbeit und Mum war für ein paar Tage bei einer Freundin in Broadford.

Mein Magen knurrte und das Mäuschen trippelte fiepend in eine andere Ecke. Ich leckte mir über die Lippen. Sie fühlten sich trocken und aufgerissen an. Das Brennen im Hals ließ sich nicht weg husten. Wasser gab es hier unten nicht. Wenigstens würde ich nicht verhungern. Zwar hasste ich Kompott, aber es war besser als nichts.

Um die Kälte zu vertreiben, rappelte ich mich auf. Wie ein Gürtel legten sich die Schmerzen um mein Becken und drückten es zusammen. Der Keller verwandelte sich in ein Karussell und ich sank zurück auf den Boden. Was hatte Artair vor? Diesmal waren Scott und Finley zu weit gegangen und er gab mir die Schuld daran. Wie üblich. *Yellowbelly*. Ich schnaubte in die Dunkelheit hinein. Von wegen feige. Meine Blase brannte und die vom Urin steife Jeans kratzte. Es gab keinen Ausweg aus diesem Loch. Nicht, solange die Tür abgeschlossen war und daran hatte Artair mit Sicherheit gedacht.

Ich rutschte an die Wand und lehnte mich dagegen. Die feuchte Kälte kühlte die blauen Flecken. Dafür würde er bezahlen. Ich ertrug seine Schikanen nicht einen Tag länger. Wann spielte keine Rolle. Während ich wegdämmerte, flimmerten Bilder von ihm durch meine Gedanken. Artair, wie er im Schlamm lag und winselte. Lachend brach ich sein Rückgrat mit einem Tritt. Es knackte. Er verstummte.

Das Knacken wiederholte sich und ich öffnete die Augen. Mehr Licht sickerte durch die Ritzen. Die Kellertür knarzte und ich setzte mich ruckartig auf. Galle kam hoch. Mein Rücken pochte. Kalter Schweiß juckte auf der Stirn. Schwer atmend rutschte ich näher an die Wand. Das war kein Traum. Artair kam, um den Rest zu erledigen. Weiße Finger öffneten die Tür. Skeletthände. Wie alle alten Häuser besaß das Herrenhaus einen separaten Keller. Draußen stöhnte jemand. Ein Mädchen.

„Bonnie?"

Keine Antwort, stattdessen wurde die Kellertür aufgerissen. Dumpf schlug sie gegen die Wand. Ich blinzelte und erkannte eine dürre Gestalt. Neuerdings trug Bonnie ihre Haare offen. An ihren Ohren glitzerten riesige Kreolen. Mit dem grellen Lippenstift und den schwarz geschminkten Augen wirkte sie wie eine Tussi und ich gab der Pubertät die Schuld daran. Heute kam sie mir wie ein Engel vor. Auf ihrem Rücken baumelte ein prall gefüllter Rucksack. Schnell stieg sie die Treppe hinunter.

„Bonnie! Gott sei Dank!" Jetzt klopfte mein Herz vor Freude und Erleichterung. Hastig wischte ich die Tränen weg.

Sie ging vor mir in die Hocke und streifte die Tasche ab. Ihr blasses Gesicht leuchtete in der Dunkelheit. *Gut, dass sie mich nicht heulen sieht.* „Woher wusstest du, das ich hier bin?"

„Kunststück. Artair hat geprahlt. Er hat gesagt, das nächste Mal bringt er dich um. Du musst von hier verschwinden. Noch heute. Sonst tötet er dich."

Sie streckte mir ihre Hand hin und ich nahm sie. Es klang, als würde sie über den Einkauf reden. Magensäure brannte mir im Hals. Länger als nötig hielt ich sie fest. Warm und rau lag ihre Hand in meiner.

„Hör auf. Dafür haben wir jetzt keine Zeit." Hastig zog sie ihren Arm zurück.

„Wo ist Artair?" Die Angst vor ihm verschwand niemals. Ich zeigte auf den Rucksack. „Was hast du da?"

„Proviant. Artair hängt mit Evaine ab. Los, steh auf."

Bonnie stützte mich und ich presste meine Lippen zusammen, um nicht laut aufzuschreien.

„Großer Gott, was hat er mit dir gemacht?" Sie trat einen Schritt zurück und musterte mich mit aufgerissenen Augen.

„Was schon? Mich verprügelt, was sonst? Ich verstehe echt nicht, was du an ihm findest." Um nicht umzufallen, stützte ich mich an der Wand ab. Langsam ließ das Pochen nach.

Bonnie zuckte mit den Schultern. „Ist doch jetzt auch egal. Wie gesagt, du musst von hier verschwinden. Ich habe dir Brote gemacht. Ein bisschen Geld konnte ich auch abzweigen."

Ich sah sie an. Ihre Haare schimmerten in der Morgendämmerung und reichten fast bis zur Hüfte. Die dünne Brust hob und senkte sich hektisch. Ihr Gesicht leuchtete weiß wie frischer Schnee.

„Wohin gehst du?"

„Keine Ahnung."

„Hier." Sie steckte einen Zettel in meine Hosentasche und ich hielt die Luft an.

„Was ist das?“ Ihre Nähe kribbelte auf der Haut, als wäre ich in einen Graben voller Brennnesseln gefallen.

„Meine Telefonnummer und die Skizze von einem Geheimversteck. Damit du uns nicht vergisst.“

In diesem Moment gab es keinen Artair und die Clique existierte nicht. Die Geräusche um mich herum verschwanden wie das Wasser bei Ebbe. Vorsichtig streichelte ich ihren nackten Arm. „Keine Angst. Sobald ich was Neues gefunden habe, sage ich dir, wo ich bin.“

Bonnie nickte und drückte ihren Körper an meinen. „Vielleicht schaffe ich es irgendwann, Artair zu verlassen.“

Sie atmete flach und ich roch ihr Shampoo. Eine Blumenwiese im Frühling. „Pass auf dich auf. Bitte. Du weißt, wie brutal mein Bruder werden kann. Weißt du, erst war ich sauer, weil du mit ihm zusammen bist und nicht mit mir.“ Zögerlich legte ich meinen Arm auf ihre Hüfte. Sie wich nicht zurück. „Aber jetzt verstehe ich es. Du hast Angst.“

Sie nickte. „Ja. So wie wir alle. Er darf das hier nie erfahren.“

Ihr Kuss schmeckte nach Erdbeerkaugummi und Kakao, beides brannte sich in mein Gedächtnis.

Ich nahm meinen Rucksack und stieg die Treppe hinauf. Auf der obersten Stufe drehte ich mich ein letztes Mal um. Dünn und steif, wie eine Porzellanpuppe stand sie in unserem Vorratskeller. Fahles Licht fiel auf ihre rotblonde Mähne. Ich liebte sie. Das musste ich ihr dringend sagen, bevor ich gehen konnte. Ich räusperte mich. Irgendwann in den letzten zwei Minuten musste ich einen Kugelfisch verschluckt haben.

„Hier." Arran hielt Fia eine abgewetzte Wolldecke hin. Selbst klatschnass steuerte er das Boot zurück Richtung Hafen. Gefunden hatten sie nichts außer Fische. Flachsblonde Strähnen klebten an seiner Stirn. Den ganzen Morgen über hatte er drei Sätze gesprochen.

Zitternd kuschelte sich Fia in die Decke und nahm ihre Thermoskanne aus dem Rucksack. „Hey Arran, Tee?"

Er schüttelte den Kopf und starrte weiter geradeaus.

Grinsen streckte Ronna die Hand aus. „Ich nehme ihn gerne."

Seufzend lehnte sich Fia gegen die Wand. Ihre Sis verschlang Arran mit Blicken. Wegen ihr konnten die beiden sofort im Bett verschwinden, es ging um das Prinzip. Wann hatte sich ihre Sis in einen liebestollen Vamp verwandelt? Gischt spritzte auf das Deck und Fia wickelte die Wolldecke enger um ihren Oberkörper. In der Ferne sah sie das Dorf, wie Pilze verteilten sich die einzelnen Häuser auf dem Hügel. Fia lächelte. Schon als Kind hatte sie an einen Zeichentrickfilm gedacht. Ronna sah zu ihr herüber und grinste ebenfalls.

„Ankunft in Schlumpfhausen in zwanzig Minuten."
„Hast mir gefehlt, Sis."
Sie nickte. „Du mir auch. Was machen wir jetzt?"
„Wir wollten doch zu Evaine."
Die Mädchen quiekten, als der Trawler über eine hohe Welle sprang. „Bald sitzen wir in der Bucht fest. Der Winter kommt." Ronna seufzte und streckte ihre langen Beine.
Fia trank einen Schluck Tee. „Ja und ich habe Angst davor."
Ronna sah auf den Horizont und schüttelte den Kopf. „Meine Güte, dann geh in die Stadt. Such dir einen Job. Es gibt *Leben* außerhalb des Dorfes, Fia."
Ein Kormoran sah ihnen mit schief gelegtem Kopf entgegen. Aufrecht hockte er auf seiner Boje, in seinem Schnabel hing ein kleiner glänzender Fisch. Arran lenkte das Boot weiter nach links und drosselte den Motor. Tuckernd näherte sich der Trawler dem Anleger. Das zweite Fischerboot schaukelte eine Seemeile hinter ihnen durch die Wellen.
Die ganze Fahrt über hatte Fia den Blick auf die Monitore gemieden, aus Angst etwas darauf zu sehen. Draußen hatte sie sich an die Reling geklammert. Trotz der Handschuhe spürte sie ihre Hände nicht mehr. Sie stand auf und schälte sich aus der Wolldecke. „Danke für die Decke." Sie überlegte, was sie sonst sagen konnte. Ihr fiel nichts ein und sie kaute auf ihrer Unterlippe. Arran konzentrierte sich auf das Anlegemanöver und schwieg. „Ähm, und fürs Rausfahren."
„Kannst du kurz übernehmen?"
„Klar."
Ohne ein weiteres Wort sprang Arran an Land. Ronna warf ihm das Tau zu. Mit klopfendem Herzen

versuchte Fia, das Boot ruhig zu halten. Irgendetwas an ihm faszinierte sie. Durch sein Schweigen fühlte sie sich auf eine angenehme Art herausgefordert. Routiniert befestige Arran den Trawler und Fia ließ das Steuer los.

„Aufpassen." Er half ihr aus dem Boot.

Mit seiner Wollmütze in den Händen erinnerte er Fia ein bisschen an Scott, wenn er nachdachte. Genau wie sein Chef knetete er den Stoff wie einen Tonklumpen. Gern hätte sie etwas Intelligentes oder Witziges gesagt, aber ihr fiel nichts ein. *Hör auf. Er ist ein Kollege, mehr nicht.* „Danke nochmal."

Schweigend bearbeitete Arran die Mütze und nickte. In seinem Ölanzug überragte er Fia um einen ganzen Kopf.

„Hey! Kommst du?" Ronna drehte sich am Ende der Rampe zu ihr um. „Wir müssen los." Sie grinste und das angenehme Gefühl verflog.

„Tja dann, mach's mal gut." Arran nickte erneut und knautschte die Mütze.

Fia folgte ihrer Schwester. Alles in ihr schien zu vibrieren und die Rampe kam ihr länger vor als sonst. *Los. Sag was.* Wasser klatschte gegen den Bug des Trawlers. Möwen schrien über ihr und Arran schwieg weiter.

„Hey, ähm ... warte."

Na endlich. Fia blieb stehen und drehte sich zu ihm herum.

„Wär schön, wenn du mich auf dem Laufenden hältst. Weißt du, Scott, er war für mich ... vergiss es. Sag mir einfach Bescheid, wenn es etwas Neues gibt, okay?"

„Und wie?"

„Was?"

„Na ja, ich habe nicht mal eine Telefonnummer von dir und ich hab ehrlich gesagt keine Ahnung, wo du wohnst. Jedenfalls nicht im Dorf."

„Ach so. Ja klar." Arran setzte die Mütze wieder auf und zog sein Handy aus der Tasche. „Sag mal deine."

Fia ratterte die Nummer herunter wie bei einem Verhör. Trotz des eisigen Regens schwitzte sie.

„Alles klar. Ich habe dir geschrieben."

Fias Handy klingelte im Rucksack. „Okay, dann werde ich mal los. Bis bald." Die Nachricht würde sie zu Hause lesen. In ihrem warmen Zimmer und ohne die anzüglichen Kommentare ihrer Sis. Fia wollte nicht mit ihm ins Bett. Es ging ihr um einen Kumpel, der zuhörte und sie nicht sofort verurteilte. Nicht um einen festen Freund. Sie kannten sich ja kaum und er machte sich durch sein Schweigen hin und wieder sogar verdächtig. Die Sorge um Scott verband sie mit dem stillen Kerl. Sonst nichts. *Warum rechtfertige ich mich vor mir selbst?*

Ihre Beine fühlten sich schwer an und die Rampe kam ihr vor wie der Mount Everest. Stundenlang waren sie durch die Gegend gefahren, ohne etwas zu finden. Genau wie Pei hatten sich Finley und Scott in Luft aufgelöst.

KAPITEL 32

Evaine

Ronna bremste und sah stirnrunzelnd auf das Farmhaus. Regen prasselte gegen die geschlossenen und dunklen Fenster. Fia konnte den alten Landrover nirgends entdecken. Nebelschleier bedeckten die matschigen Weiden. Aus dem Haus drang kein Hundegebell wie sonst, wenn sich jemand näherte.

„Evaine scheint nicht da zu sein.“ Draußen dämmerte es und Fia sah auf ihre Uhr. In einer Stunde würden sie im Dunklen über die Bucht nach Hause fahren müssen. Unter Fias Schläfen pochte es. Die Fahrräder waren Ronnas Idee gewesen. Für den Notfall standen immer drei Drahtesel hinter dem Laden. Dad war mit dem Wagen unterwegs und die Geschwister hatten die klapprigen Gestelle hervorgezerrt. Sie verdienten den Namen. Vor allem Rost hielt sie zusammen.

Ronna lehnte ihr Rad an einen Baum. „Egal, versuchen wir es wenigstens.“

Langsam kletterte Fia vom Fahrrad. Im Farmhaus blieb es still. Keine Hunde. Sie schob ihren

Drahtesel ebenfalls ins Gebüsch. „Ronna, sie ist nicht da. Lass uns nach Hause fahren. Mir ist kalt und ich bin müde."

„Willst du diesen Allan finden oder nicht? Hast du eigentlich ein Foto von den Runen im Büro gemacht?"

„Was? Wieso? Das hat die Polizei längst erledigt."

Ronna stiefelte in Richtung Haustür. „Und? Haben sie was gesagt? Würde mich schon interessieren, ob da etwas Bestimmtes steht."

„Katze kommt."

„Was?" Ronna blieb stehen und starrte Fia an. „Katze ... was?"

„Sinann und ich haben die Runen längst gegoogelt. Da steht *Katze kommt*. Falsch geschrieben."

„Das ergibt doch überhaupt keinen Sinn!" Ronna klingelte. Fia hörte das Bimmeln, aber kein Bellen.

„Eben. Sinnloses Gekritzel. Wie ich schon sagte, sie ist nicht da."

Ronna schniefte. „Na gut. Dann gehen wir eben durch den Keller."

„Was?" Fia trat mit großen Augen einen Schritt zurück. „Willst du etwa bei Evaine einbrechen? Spinnst du?"

„Ich weiß, wo der Schlüssel ist, und das hier ist ein Notfall. Also, was ist?"

„Lass uns morgen nochmal herfahren."

Ohne etwas zu erwidern, marschierte Ronna in Richtung Treppe.

Mit einem flauen Gefühl im Magen lief Fia ihrer Schwester hinterher. Der Keller lag an der Seite des kleinen Farmhauses. Eine unscheinbare braune Tür.

„Ich habe ihr schon hundertmal gesagt, dass der Blumentopf kein gutes Versteck ist. Zu einfach."

„Normalerweise bricht hier auch niemand irgendwo ein und woher weißt du das überhaupt? Seit wann ihr seid ihr beste Freundinnen?“

Ronna schob den Blumenkübel beiseite und grinste. „Tadaaa.“ Sie hielt den Schlüssel in die Höhe wie ein Geologe ein ausgebuddeltes Stück alter Knochen. Fias Einwand überhörte sie. „Los komm.“

„Und wenn sie zurückkommt?“

„Sis, sie hat die Hunde mitgenommen und es ist schon dunkel. Was glaubst du?“

„Dass sie nie wieder mit uns redet, wenn sie uns erwischt. Ronna, das ganze Dorf hasst uns doch sowieso schon. Wir kommen morgen wieder.“ Mit klopfendem Herzen sah Fia auf die rostigen Fahrräder.

„Ein Grund mehr, sich mal hier umzusehen. Evaine verschweigt uns was, das hast du selbst gesagt.“ Langsam öffnete Ronna die Kellertür und spähte hinein. „Jetzt komm.“

Fia schluckte und schlüpfte hinter ihrer Schwester in den Keller. Kalte abgestandene Luft schlug ihr entgegen und sie roch Vanille und Öl. „Evaine scheint ein Problem mit Ratten zu haben. Pass lieber auf, wo du hintrittst.“ Fia zog ihr Handy aus der Jackentasche und schaltete die Taschenlampe ein. Der Schein fiel auf mit Einmachgläsern vollgestellte Regale und vereinzelte Umzugskisten. Staub lag auf den Gläsern. Evaine hatte sie sauber beschriftet. In der Ecke sah Fia aufgereihte Ölkanister. Daneben standen schlammverkrustete Crocs. Fia beleuchtete eine Werkbank. Darauf lag ein Karton mit Rattengift. Sie hatte sich nicht getäuscht. Dad hatte einmal Köder im alten Cottage ausgelegt. An den Geruch erinnerte sie sich. Das Gift stank nicht, sondern roch angenehm.

Ronna sah sich um. „Hier unten finden wir sicher nichts. Komm."

Fia folgte dem huschenden Lichtstrahl ihrer Schwester nach oben. Knarrend schwang die alte Holztür auf und Ronna lauschte. Nichts.

„Weißt du, wo Evaine das Bild von Mum hingelegt hat?"

„Keine Ahnung, wir haben Tee getrunken, in der Küche. Sis, das kann ewig dauern. Wo sollen wir denn anfangen?"

„Na, im Arbeitszimmer. Praktische Menschen wie Evaine horten ihre Schätze meistens in Schreibtischschubladen."

„Ihr scheint euch ja gut zu kennen. Sis, seit wann seid ihr so dicke?" *Sei wenigstens einmal ehrlich zu mir.*

„Gar nicht. Wir haben uns früher gut verstanden, das ist alles. Hör auf, überall diesen dämlichen Groom zu sehen."

Leise schlichen sie durch den Flur. Fia blieb immer wieder stehen, um kein Geräusch von draußen zu verpassen. Sie lauerte auf knirschenden Kies oder das Surren eines Motors. An der Garderobe fehlten Jacken. Die Wanderstiefel standen ebenfalls nicht an ihrem Platz. Fia warf einen Blick in die Küche. Nirgendwo lag etwas herum. Der Esstisch glänzte und die Obstschale war leer. So wie das Farmhaus aussah, blieb Evaine länger weg und Fia atmete tief durch. Sie sah sich ein zweites Mal um. Etwas stimmte nicht. „Hey!" Sie boxte ihrer Schwester in die Seite.

Ronna fuhr herum. „Was denn?"

„Seit wann hat Evaine drei Hunde?"

„Hä?"

Fia zeigte mit dem Finger auf die Näpfe. Sauber geputzt und glänzend standen sie in der Ecke. Zwei waren beschriftet. Torcall und Iomhar. Schnörkelig und wie Fia fand, kitschig. Der dritte Napf sah dagegen schlicht aus. Futterreste kleben am Rand.

„Vielleicht hat sie sich noch einen geholt. Komm, weiter."

Bilder der schlafenden Pei schlichen sich in Fias Gedanken. Sie schob die Vorstellung beiseite. Viele Schäfer arbeiteten mit drei Hunden. Sie folgte Ronna in das Arbeitszimmer. „Wow, ich wusste gar nicht, das Evaine ein Bücherwurm ist." Fias Blick wanderte an den Buchrücken entlang. „Sie liest sogar George Orwell. Politik, hätte ich nicht gedacht."

„Hilf mir lieber suchen." Ronna schob die Papiere auf dem Schreibtisch beiseite. Mit zitternden Händen zog sie eine der Schubladen auf und wühlte darin. „Rechnungen, nichts als Rechnungen und Belege."

Ein Kälteschauer jagte über Fias Rücken und in ihrem Magen grummelte es. Sie kam sich vor wie eine Verräterin. *Genau das ist es auch. Verrat.* Um sich abzulenken, wanderte ihr Blick weiter über die lange Reihe der Buchtitel. „Hey, das passt hier nicht rein."

„Was?" Ronna sah von ihren Belegen auf. „Sis, wir sind nicht für einen gemütlichen Leseabend hier. Hilf mir lieber."

Ohne auf Ronnas Bitte zu reagieren, zog Fia das Buch aus dem Regal. „Wusste ich es doch. Hier, guck mal." Anstatt eines weiteren Wälzers legte Fia eine Box auf den Schreibtisch. „Liebe zwischen lauter politischem Kram. Du hast mir früher so eine Box geschenkt, weißt du noch?" Mit nassgeschwitzten Fingern klappte Fia den Deckel auf und schnappte nach Luft. „Volltreffer."

Ronna nahm eine der Postkarten heraus und las. Mit jedem Wort verlor ihr Gesicht mehr Farbe. Am Ende hielt sie sich am Schreibtisch fest.

„Was ist?“

Wortlos reichte Ronna die Postkarte weiter. Fia betrachtete die Briefmarke und sah auf die Jahreszahl. „Die Shetlands. 1978.“

„Lies.“

Evie,
uns geht es gut. Ich habe Artair erzählt, ich besuche meine Mutter. Bitte verplappere dich nicht. Falls er fragt, bin ich in Edinburgh. Allan hat hier ein altes Cottage aufgetrieben, ein richtiges kleines Liebesnest. In zwei Wochen bin ich wieder da und denk dran – Artair darf das niemals erfahren.
Hab dich lieb! Bonnie

Für einen Moment vergaß Fia, wo sie war. Mit jedem Herzschlag verstärkte sich die aufkommende Übelkeit. Ihre Knie zitterten. Sie ließ die Karte auf den Schreibtisch fallen, als würde Rattengift daran kleben. „Mum und Allan also. Krass.“

„Eigentlich nicht.“ Ronna saß auf Evaines Drehstuhl und starrte auf die Box.

„Was?“

„Wenn man bedenkt, wie Dad sie behandelt hat, wundert mich das nicht. An ihrer Stelle hätte ich mir auch einen anderen gesucht.“

„Ausgerechnet unseren verschollenen Onkel?“

„Sis, das ist gar nicht so unlogisch. Überleg doch mal. Die beiden waren in derselben Clique, das hast du selbst erzählt. Yellowbelly und so. Anscheinend war Allan so ziemlich das genaue Gegenteil von Dad. Warum also nicht?"

„Weil ..." Der Gedanke polterte durch ihren Kopf wie ein Felsbrocken von den Black Cuillins. Er zerquetschte sie. Das konnte nicht sein.

Kies knirschte in der Auffahrt und Fia erstarrte. „Shit! Pack das weg!" Eine Autotür schlug zu. „Los! Mach schon!"

Schnell legte Ronna die Karte wieder in die Box und stellte sie zurück ins Regal. „In den Keller. Los! Komm schon!"

Jemand brüllte etwas. Schritte näherten sich der Tür. Fia hielt sich mit klopfendem Herzen am Schreibtisch fest. Die Stimme gehörte nicht Evaine. „Was zur Hölle ..."

Weiß wie das Papier auf dem Tisch starrte Ronna ihre Schwester an. „Verstecken. Im Keller. Los."

Ohne auf weitere Geräusche zu achten, rasten die Geschwister durch den Flur die Kellertreppe hinunter.

„Los, hier rein." Ronna schubste Fia durch die nächstbeste niedrige Tür. Keuchend verschanzten sie sich hinter einem Regal voller alter Zeitungen. Schritte polterten durch das Obergeschoss. Türen knallten.

„Was will Dad denn hier?" Ein Holzsplitter bohrte sich in Fias Hand und sie biss die Zähne zusammen.

„Keine Ahnung. Pst, ich glaube, er kommt hier runter."

Holz knarzte, als Artair die Treppe hinunter polterte. Fia hörte ihn atmen und hielt für zwei Sekunden den Atem an. Die Zeitungen rochen schimmelig und in ihrer Nase kitzelte es. *Reiß dich zusammen.*

Die Räder! Vor Schreck schnappte Fia nach Luft und klammerte sich erneut an das Regal. Ronna sah sie mit aufgerissenen Augen an und schüttelte den Kopf. *Jetzt nicht,* sagte ihr Blick. Heiße Nadeln schienen sich in Fias Knie zu bohren und ihr Herz wanderte mit jedem Schlag höher. Artairs rasselnder Atem kam aus dem Kellerflur. Biergeruch vermischte sich mit dem Schimmel der Zeitungen. Ronna neben ihr atmete flach und hektisch. Dad brummte etwas und die quietschenden Schritte verschwanden im Nebenraum. Fia sah die mit Schlamm verkrusteten Gummistiefel vor sich. Ronnas schwitzige Hand legte sich in ihre und Fia hielt sich daran fest. Kartons flogen gegen die Wand. Papier raschelte. Stiefel quietschten. Zwischendurch ein Fluch. Bei jedem Geräusch zuckte sie zusammen und das flaue Gefühl verstärkte sich. Es knallte dumpf.

„Verflucht!" Artair hustete und spuckte etwas aus.

Ein bitterer Geschmack krabbelte Fias Hals hinauf. *Was willst du hier, Dad?* Jeden Moment konnte Evaine nach Hause kommen. Je länger sie hier hockten, desto dringender wollte sie hier weg. Erklärungen zuckten durch ihre Gedanken. Keine schien gut genug.

„Aha!"

Wieder zuckte Fia zusammen und Ronna packte fester zu.

„Ich hab's gewusst. Ich hab's immer gewusst, du Miststück."

Die Geschwister sahen sich an. In der Dunkelheit wirkte Ronna durchsichtig wie ein Geist. Artair polterte durch den Keller die Treppe hinauf. Oben knallte er die Tür zu und Fia rutschte an der Wand hinunter. Auf dem kalten Beton schloss sie die Augen.

„Oh Gott.“ Sie ließ ihre Schwester los. „Bitte versprich mir, nie wieder irgendwo einzubrechen, ja? Versprich es.“

Anstatt einer Antwort sprang Ronna kreischend zurück und schlug die Hand vor den Mund.

„Was denn?“

Ronnas Finger zitterte und zeigte auf eine fette Ratte unter dem Regal. Der Schwanz schaute heraus.

Keuchend sprang Fia auf und stolperte einen Schritt zurück.

„Igitt, hoffentlich kriegt Evaine das bald in den Griff.“

„Lass uns lieber gucken, was Dad hier gesucht hat.“

„Die Fahrräder!“

„Was? Was ist mit den Rädern?“ Ronna sah sie mit aufgerissenen Augen an.

„Na Dad wird sie erkennen.“

„Glaub ich nicht. Er hat die Schrottdinger nie groß beachtet. Jetzt komm, lass uns nachgucken.“

Die Ratte quiekte und trippelte auf die Geschwister zu. Eine Wollmaus hing an ihrem langen Schwanz.

„Ihhhhhhhh!“ Fia rannte in den Nebenraum und Ronna folgte ihr lachend.

„Du quietscht genauso schön wie die Ratte.“

„Beeil dich. Ich will hier nur noch weg. Das eben war knapp genug.“ Mit zusammengepressten Lippen starrte Fia auf die zerbeulten Kartons. Artair hatte sie aufgerissen und durchwühlt. Fotos verteilten sich auf dem Betonboden. Gesichter aus der Vergangenheit. Ein Junge. Er lag bäuchlings auf dem Boden und hielt Wachsmalstifte in der Hand. Während er zeichnete, leckte er sich über die Lippen. „Es gibt ihn also doch.“

„Was? Wen?“

„Diesen Jay. Ihren Neffen.“

„Evaine hat Geschwister?“

„Offenbar, vielleicht ist sie ja da hingefahren.“

„Ja, vielleicht.“ Ronna bückte sich nach den Fotos und sammelte ein paar auf. „Komisch.“

„Was denn? Lass uns jetzt hier verschwinden.“

„Kein einziges Foto von Mum. Danach hat Dad also gesucht.“ Je länger sie im Keller standen, desto schneller schlug Fias Herz. Was Dad mit den Bildern wollte, wusste sie nicht. Falls Ronnas Theorie stimmte. Etwas anderes überschattete Artairs Wühlerei. Mum und Allan. Die Affäre lag Fia im Magen wie verdorbene Muscheln. „Lass uns jetzt gehen. Wir haben doch, was wir wollten.“

Stumm schlüpften sie durch die Tür und rasten die Treppe hinauf. Fia blieb an der obersten Stufe hängen. Splitter bohrten sich beim Fallen in ihr rechtes Handgelenk.

„Komm schon.“ Ronna zog sie hoch und sie rannten in Richtung Fahrräder. Erst im Schutz der dichten Baumkronen atmeten sie durch und Fia klammerte sich an den Lenker.

„Wir müssen uns was für Dad überlegen.“

„Wir waren spazieren.“ Zu schwungvoll kickte Ronna den Ständer nach oben und stieg auf.

„Sag mal, stört dich das gar nicht?“

„Was?“

„Das mit Mum und Allan.“

„Ich hab's doch gesagt. Es wundert mich nicht. Nicht im Geringsten.“ Ronna trat in die Pedale und Fia hatte Mühe, hinterherzukommen. Jeansstoff klebte an ihren aufgeschrammten Knien. Die Wunden an ihren Handgelenken pochten. Probehalber zog Fia ihr rechtes Bein an und verzog das Gesicht. Trotz der Schmerzen gab sie Gas. An der Hauptstraße holte sie ihre Schwester ein.

„Wehgetan?“ Ronna musterte sie während der Fahrt.

„Es geht. Willst du mir vielleicht irgendwas erzählen?“

„Was denn bitte? Dad dreht durch, aber das ist ja nichts Neues.“

Ronna log schon wieder und Fia bohrte nicht weiter. Ihre Schwester war genauso störrisch wie Mum früher. *Bonnie und Allan.* Fia konnte weiterhin nicht glauben, was sie gelesen hatte. Für sie trug Mum einen Heiligenschein. Eine Affäre hätte sie ihr nie zugetraut. Erneut sah sie die krakelige Schrift auf der Postkarte. Sofort verdrängte sie den Gedanken daran. Der Betrug lag wie ein Klumpen in ihrem Magen. *Sis, warum lügst du?* Etwas *war* damals passiert.

Düster schlängelte sich die Straße die Steilküste hinauf. Stumm strampelten sie gegen beißenden Wind an. Die Müdigkeit kam wie ein Hammerschlag. Auf einmal fiel es Fia schwer, die Augen offenzulassen. Wie ein Spielzeugkreisel drehten sich ihre Gedanken um die Fotos, Allan und Mum. Immer schneller. Einzelne Bilder verschwammen zu einem wilden, zusammenhanglosen Film. Wind rauschte in den Bäumen und Angst schnürte Fias Brustkorb zusammen. An den düsteren Stellen raschelte und scharrte es. Sie trat kräftiger in die Pedale. Groom. Er verfolgte sie.

KAPITEL 33

Hass

Na klasse." Mit einem Kopfnicken deutete Ronna auf die *Heather* und die schemenhafte Gestalt, die an der Reling lehnte.

„Hast du etwas anderes erwartet?" Jede Bewegung fiel Fia mittlerweile schwer. Ihre Arme kribbelten vor Anstrengung, während sie den Motor der *Jeanny* drosselte. „Irgendwie muss Dad ja nach Hause kommen. Was zur Hölle macht er da?"

Ronna richtete sich auf und kniff die Augen zusammen. „Keine Ahnung."

Langsam lenkte Fia das Schlauchboot dichter an die *Heather* heran. Die Schaukelei ausgleichend nahm sie die Taschenlampe aus der Kiste. Ein Papierfetzen segelte in den Atlantik. Mum. Ihr verblasstes Gesicht trieb auf den Wellen davon. Weitere Fetzen dümpelten an der *Jeanny* vorbei. Fia sah hoch und richtete den Strahl der Lampe auf Dad. Artair zerfetzte die Fotos mit unbewegter Miene. Mechanisch wie ein Roboter warf er Mum in Einzelteilen über Bord. „Dad! Was soll das?"

„Ich will nicht mehr an eure Mum oder meinen beschissenen Bruder denken müssen. Das soll das.“ Ohne die Geschwister anzusehen, konzentrierte er sich weiter auf die Zerstörung.

„Hör auf!“ Fia stand auf. Eine Welle warf sie zurück auf die Sitzbank.

„Dad! Das sind unsere Erinnerungen, die du da wegwirfst! Hör sofort auf damit!“ Breitbeinig stand sie da und sah mit aufgerissenen Augen auf Artair. Stoisch zerfetzte er das nächste Bild.

Fia hörte es ratschen und Tränen tropften in ihren Kragen. Hastig beugte sie sich über den Bootsrand und fischte einen Fetzen aus dem Wasser. Mum bei der Gartenarbeit. Glaubte sie jedenfalls. In seiner Wut hatte Dad den rechten Arm abgerissen, genauso wie die Beine. Bonnie lächelte. So glücklich hatte sie nur im Garten ausgesehen.

„Ich ertrage das nicht länger. Dieses Gerede. Sollen sie doch alle verrecken. Diese verlogenen ... diese ... fahrt alle zur Hölle!“

Fia wusste nicht, was sie unheimlicher fand. Dad, der weiter Papierfetzen ins Wasser warf, oder Artair, der zum ersten Mal seit Jahren Gefühle zeigte. Die Muskeln an seinem Hals zuckten und die Hände zitterten. Blass sah er auf die dahintreibenden Fetzen. Mit den roten Wangen sah er aus wie ein diabolischer Clown. Fia schluchzte und angelte einen weiteren Schnipsel aus dem Meer.

„Hat jemand mal an mich gedacht? Wie ich mich fühle, seit ... nein. Natürlich nicht. Ich leide genauso, kapiert ihr das?“ Brüllend warf Artair den ganzen Packen ins Wasser. Plötzlich grinste er. „Was die See sich holt, gibt sie nie wieder her.“ Damit verschwand er im Führerhaus und gab Gas. Heftig schaukelnd trieb die Jeanny zwischen den zerrissenen Bildern. Ronna rutschte zu Fia hinüber und sie hielten sich aneinander fest. Alle glücklichen Erinnerungen an Mum schwammen jetzt im Atlantik. Die Schlechten lauerten zu Hause auf sie.

Kopfschüttelnd sprang Ronna an Land und wartete auf das Tau. Um Dad aus dem Weg zu gehen, waren sie noch zum See gefahren. Stumm hatten sie am Ufer gesessen und auf das schwarze Wasser gestarrt, bis sie vor Kälte zitterten. Mit einem sauren Geschmack schielte Fia auf die *Heather,* die friedlich am Pier lag. Ewig konnten sie ihm nicht aus dem Weg gehen. Fias Schultern brannten, als sie ihrer Schwester das Tau zuwarf. Dabei fiel ihr Blick auf Tráigh Cottage. Sie erstarrte. „Ronna! Shit!"

„Was ..."

Fia sprang auf den Steg und rannte los. Sofort rutschte sie auf dem nassen Holz aus. Brennender Schmerz schoss durch ihre Wirbelsäule. Keuchend rappelte sie sich wieder auf, ohne das Cottage aus den Augen zu lassen. Dicker Qualm kroch aus dem offenen Küchenfenster. Sie hörte Ronna hinter sich schreien und rannte schneller. Nasser Torf schmatzte unter ihren Stiefeln, der Matsch fühlte sich an wie Treibsand.

Schweißgebadet riss Fia die Tür zum Cottage auf. Qualm kam ihr entgegen. Hustend stolperte sie in den Flur. Ihre Augen brannten. Der Geruch kam aus der Küche. Blind wankte Fia durch die Tür. Ronnas Hand legte sich in ihre. Er stand an der Spüle. Wie ein Killer in einem Horrorfilm. Wasser tropfte von seiner Öljacke. Steif wie eine Schaufensterpuppe starrte er auf die verkohlten Reste im Spülbecken.

Um die Gummistiefel hatten sich zwei kleine Pfützen gebildet.

Ronna ließ ihre Schwester los und raste in den Flur. Fia hörte, wie sie alle Fenster aufriss. Sie stolperte vorwärts und quetschte sich an Dad vorbei. Mit einem Ruck drehte sie den Wasserhahn auf. Die Flammen erloschen zischend und der Qualm nahm ihr die Luft zum Atmen. Hustend kam Ronna zurück in die Küche. „Raus hier. Los komm." Sie zerrte Fia nach draußen. Schwer atmend blieben die Geschwister vor der Tür stehen.

Fia stützte sich auf ihre Knie und würgte. „Jetzt verliert er endgültig den Verstand."

„Blödsinn."

Beide fuhren herum. Sie hatten ihn nicht kommen hören. Breitbeinig und mit knallrotem Gesicht stand er in der Tür.

„Sag mal, geht's noch? Willst du das ganze Cottage abfackeln?" Ronna hustete und spuckte etwas aus. „Na klar." Sie lehnte sich gegen die Hauswand. „Warum auch nicht? Ist dir ja sowieso alles egal."

„Wie bitte?" Artair wankte einen Schritt vor.

Trotz der Müdigkeit spannten sich Fias Muskeln an. Obwohl er lallte, klang sein Ton gefährlich.

„Ich sagte, dir ist ja sowieso alles egal."

„Ach ja?" Er bewegte sich nicht. Sein massiger Körper füllte den Türrahmen vollständig aus. „Na, wenn du das sagst."

Ronna richtete sich wieder auf. Das Röcheln ebbte ab. „Du hättest im Suff beinahe die ganze Bude abgefackelt. Ich bin nur wegen meiner kleinen Schwester hier, aber jetzt habe ich die Schnauze voll. Du hast dich einfach nicht im Griff. Damals nicht und heute nicht."

„Noch ein Wort und ...“ Er ballte die rechte Hand zur Faust. Im flackernden Licht der Außenlampe wirkte sein aufgedunsenes Gesicht wie ein prall aufgeblasener roter Luftballon.

„Und was?“ Ronna wich nicht zurück. Aufrecht starrte sie ihren Vater an. „Sperrst du mich dann im Keller ein, so wie damals? Ich bin kein lästiges Kind mehr, merk dir das.“

„Du bist immer noch meine Tochter, also benimm dich auch so.“

„Weißt du was? Darauf kann ich verzichten.“

Seine Faust zuckte. Fia kam sich vor wie in einem Theater. Zwei Schauspieler probten eine Szene. Nichts davon war echt. Sie standen auf einer Bühne, nicht zu Hause vor ihrem Cottage.

Ronna schnaubte. „Ich warne dich. Noch bin ich hier und du wirst mich nicht behandeln wie Mum damals, wenn sie lästig wurde.“

„Halt sofort deinen Rand!“

„Warum? Meine kleine Sis kann ruhig wissen, was ...“

Artair brüllte wie ein Tier. Seine Fäuste schossen vor und Ronna krümmte sich unter dem dumpfen Schlag zusammen. Ein Pfeifen kam aus ihrer Brust. Dad sprang mit einem Satz auf sie zu und packte ihre Jacke. Sein Gebrüll verfing sich in den Bergen und schien sich zu verdoppeln wie ein Donnerschlag. Tränen verschleierten Fias Sicht. Artairs abstehende Haare sahen aus wie Hörner. Selbst die Seevögel schwiegen. Seine Gummistiefel flossen auseinander wie Wachs und bildeten Hufe. Artair grinste, während er Ronna mit der Jacke zu sich heranzog. Sein Gesicht schien zu brennen.

Groom.

„Los. Schlag zu. Ich habe keine Angst vor dir. Nicht mehr. Du bist ein ganz armes Würstchen, weißt du das? Das warst du schon immer. Ein armes Würstchen ohne Freunde."

Fia hörte Stoff reißen. Ronna flog wie eine Puppe von der Treppe. Mit einem dumpfen Knall landete sie auf der Wiese. Torf spritzte auf.

Fia übersprang die zwei Stufen und kniete sich neben ihrer Schwester in den Matsch. „Sis, bist du okay?"

Zitternd setzte sich Ronna auf. Mit ihrer linken Hand massierte sie ihr Steißbein. „Das war's. Endgültig." Sie hustete.

„Komm, gehen wir in mein Zimmer und ..."

„Jetzt hast *du* den Verstand verloren." Ronna musterte sie wie einen dreibeinigen Hund. „Ich bleibe keinen Tag länger in diesem Irrenhaus. Keinen einzigen. Wenn du hierbleiben willst, ist dir echt nicht mehr zu helfen."

Fia schwankte. Schlimmer hätte der Tag nicht enden können. Tränen verschleierten ihre Sicht. Ein nach Bier riechender Schatten stürmte an ihr vorbei. Dad floh auf seine geliebte *Heather*. Ohne ein weiteres Wort humpelte Ronna auf das Cottage zu und knallte die Tür. Es klang endgültig.

„Ronna ..." Fia hielt sich am Türrahmen fest und beobachtete, wie ihre Schwester wahllos Klamotten in den großen Koffer feuerte. Ständig holte sie tief Luft, um etwas zu sagen. Im letzten Moment schluckte sie die Worte wieder herunter. Nichts davon klang angebracht. Heute hatte sie zum zweiten Mal beobachtet, wie Dad auf jemanden einprügelte. Was sollte sie sagen?

„Vergiss es. Ich bleibe keine Sekunde länger hier." Mit einem T-Shirt in der Hand fuhr Ronna herum und starrte Fia mit großen Augen an. In ihrem blassen Gesicht wirkten sie dunkler als sonst und flackerten. Immer wieder schnellte ihr Blick zum Fenster und zur Heather. Träge wie eine Robbe lag sie am Pier. Jeden Moment konnte Dad in der Tür stehen. Im besten Fall schlief er seinen Rausch aus.

Fia lehnte sich gegen das Holz. Die Müdigkeit kehrte mit doppelter Wucht zurück. Ihre Knie zitterten auf einmal. Bei dem Gedanken daran, allein mit Dad hier festzusitzen, wurde ihr wieder übel.

„Und an deiner Stelle würde ich auch von hier verschwinden. Noch heute." Mit einem Seufzer plumpste Ronna auf das Bett und warf das zerknüllte Shirt achtlos zu den anderen. „Sis, warum bleibst du noch hier? Eines Tages wird er noch jemanden umbringen." Ungesagte Worte schwebten im Raum.

In Gedanken sah Fia Scott, der seine Wollmütze knetete. Gegen die Tränen hatte sie keine Chance. „Wegen Finley. Und Scott. Und überhaupt. Ich kann sie doch nicht im Stich lassen." Fia schluckte. „Aber ich verstehe schon."

„Nein Sis, das tust du nicht. Nicht mal ansatzweise. Es ist nicht nur wegen eben."

„Dann erklär's mir." Mit Tränen in den Augen drehte sich Fia zu ihrer Schwester um. „Immer, wenn ich von Dad spreche, machst du so komische Andeutungen. Sag doch einfach, was los ist. Glaubst du, er hat ..."

Anstatt zu antworten, heftete Ronna ihren Blick auf die Pinnwand über dem Schreibtisch. „Erinnerst du dich an das Rennen im Winter, als ..."

„Hör auf damit. Lenk nicht ab. Ich kann mir das nicht vorstellen. Dad ein ..."

„Ich schon. Wach endlich auf, Sis."

Fia betrachtete erneut das Foto. Sinanns Lächeln auf dem Bild wirkte falsch. In dieser Nacht hatte sie sich auf dem Berg den Fuß verknackst. Ronnas Worte bohrten sich wie Pfeile in ihre Brust. Dad ist kein Mörder. Alles in ihr wehrte sich dagegen. „Was ist damals wirklich passiert?“ Fia drehte sich zu ihrer Schwester um.

Schnaubend stand Ronna auf und zerrte weitere Shirts aus dem Kleiderschrank. „Du warst doch dabei. Mum hatte eine Affäre. Mit Allan. Ende der Geschichte.“ Sie knallte den Kofferdeckel auf den zu hohen Klamottenberg. „Mehr gibt's da nicht zu erzählen.“ Obwohl Ronna sich mit ihrem kompletten Gewicht auf den Koffer lehnte, bekam sie ihn nicht zu.

Eine unsichtbare Faust landete in Fias Magen. „Und du hast das die ganze Zeit gewusst?“

„Hör mal, Kleines. Es war nicht leicht damals. Weder für mich noch für Mum. Du hast ständig geheult wegen Dad. Du hattest Angst vor ihm. Vielleicht solltest du die immer noch haben.“ Ronna setzte sich wieder auf die Bettkante.

In ihrem Gesicht entdeckte Fia Falten, die sie vor fünf Minuten nicht gesehen hatte.

„Ja, ich habe es gewusst. Ich habe dir nichts erzählt, weil ich dich schützen wollte.“

„Was du nicht sagst. Meinst du nicht, mit neunzehn wäre ich alt genug?“

„Fia ich ...“ Ronna ließ den Pullover achtlos auf den Boden fallen.

„Weißt du, dass ich seit Stunden darüber nachdenke, wer mein Vater ist? Allan? Oder Dad? Darf ich überhaupt noch Dad sagen?“ Das Zimmer drehte sich um sie und Fia ließ sich kraftlos aufs Bett fallen. Nie wieder würde sie aufstehen können.

Ronna verpasste dem Koffer einen Tritt und setzte sich neben ihre Schwester. „Red keinen Stuss. Dad ist Dad. Leider."

„Und woher willst du das wissen?"

„Fia, ich habe dich in der Wiege liegen sehen. Du hast ständig geschrien."

„Ja und? Das bedeutet gar nichts."

„Doch. Es bedeutet was. Mum hat dich vergöttert."

„Das heißt nichts. Aber ich erinnere mich kaum daran. Alles, was vor ... dieser Nacht passiert ist, ist irgendwie gelöscht. Weg."

„Die meiste Zeit warst du bei mir. Ich habe dir beigebracht, wie man auf einen Baum klettert und ich habe dir deinen ersten Rucksack geschenkt. Für die Schule, weißt du noch?"

Fia lächelte. „Brutus." So hatte sie das Löwenmotiv getauft. Die Erinnerung konnte die Leere in ihrem Inneren nicht vertreiben. Ihr Blick wanderte zu dem überquellenden Koffer. „Du hättest es mir längst sagen müssen."

Ronna fluchte. Pulloverärmel hingen heraus. Hastig stopfte sie alles hinein und drückte die obere Kofferhälfte mit beiden Händen nach unten. Mit einem Klicken rastete das Schloss ein. „Vielleicht. Im Grunde genommen spielt es keine Rolle mehr, weil ..."

Der Schuss kam vom Strand. Die Berge verstärkten das Geräusch. Die Geschwister sprangen auf und fassten sich an den Händen.

Fia rannte zum Fenster und zerrte Ronna mit sich. Im doppelten Tempo hämmerte ihr Herz gegen die Rippen. Jeder Schlag tat weh. Der Schrei blieb ihr im Hals stecken.

„Da!" Ronna zeigte auf die hell erleuchtete *Heather*. Eine schwarze, zierliche Gestalt sprang in ein

Schlauchboot und feuerte einen Gegenstand hinein. Lang und schmal, er sah aus wie ein Gewehr.

Ohne ein Wort zu sagen, raste Fia los. Die Treppe hinunter und durch die Haustür. Die Geräusche von damals drängten sich erneut in ihre Gedanken. Das Knistern. Die knackenden Balken. Obwohl es keinen Rauch gab, hustete sie. Ihr Brustkorb brannte. Wieder sah sie Mum. Verkohlt mit den weißen Zähnen in einem schwarzen entstellten Gesicht. Erst bei Artair auf dem Strand blieb Fia stehen. Auf die Knie gestützt starrte er dem Schlauchboot hinterher. „Wer war das? Gehts dir gut?"

Dad wischte Fias Hand von seiner Schulter. „Lass mich." Ohne ein weiteres Wort humpelte er zurück auf die *Heather*.

„Dad, geht's dir gut? Ist dir was passiert? Wer ..."

„Ich sagte, lass mich in Ruhe! Ich kümmere mich schon darum, keine Sorge."

Keuchend legte Ronna ihre Hand auf Fias Schulter. „Was ist? Geht's ihm gut? Wer war das?"

„Keine Ahnung. Glaub schon." Als die Tür der Kajüte zuknallte, zuckte Fia zusammen. Die Motorgeräusche entfernten sich. „Wenn du mich fragst, war das eine Frau."

„Ja", Ronna nickte, „ich glaub, ich weiß auch welche."

„Denkst du etwa, das war Evaine?" Eine Welle umspülte Fias Füße. Erst jetzt sah sie den dunklen Fleck neben sich im Sand. „Ich glaube, Dad ist verletzt."

Ronna folgte ihrem Blick und nickte erneut. „Scheint so."

Hustend sprang der Motor der Heather an und ihre Augen weiteten sich. „Hat er irgendwas gesagt?"

„Er sagte", Fia räusperte sich, „ich kümmere mich drum."

„Shit. Okay, dann sollten wir die Polizei rufen bevor …“

Wellen rollten über den Strand, als die *Heather* blubbernd ablegte.

Ronna musste nicht weitersprechen. Seit der Prügelei im Bistro dachte Fia ständig daran. Jeder im Dorf hielt Artair mittlerweile für einen Killer, mit dem sie unter einem Dach lebte. „Wenn Dad wirklich …“, die Worte wie kantige Bonbons in ihrem Hals, „etwas damit zu tun hat, wer war dann der Fremde und was wollte er hier?“

„Keine Ahnung. Aber ich schätze, das mit der Polizei können wir uns sparen.“ Mit ausgestrecktem Arm deutete Ronna auf das flackernde Blaulicht hinten in der Bucht. „Sie kriegen ihn so oder so.“

„Willst du immer noch abhauen?“

„Ich kann dich ja schlecht jetzt alleine lassen, oder?“

Erleichterung zuckte wie ein Blitz durch Fia. Wut verdrängte das Gefühl sofort wieder. „Warum hast du mich angelogen?“

Ronna zog ihr Handy aus der Jackentasche. „Um dich zu schützen, hab ich doch gesagt.“ Sie presste das Telefon ans Ohr und wartete.

Fia hörte es tuten. Blau flackernde Lichter umkreisten die *Heather*. Fia horchte in sich hinein. Da war nichts. Keine Angst oder Bestürzung. Ihr Inneres fühlte sich an wie ein leerer Sarg. Kalt und hart. Sollten sie Dad doch verhaften. Er hatte es verdient. Mum dagegen nicht. Fia sah weiße Zähne in dem verkohlten Gesicht. „Weißt du was? Ihr habt alle recht. Warum hierbleiben? Morgen räume ich das Büro aus.“

„Wie bitte?“ Ronna packte Fia an ihren Schultern und schüttelte sie. „Dein Ernst?“

„Ja.“

KAPITEL 34

Endstation

Die Geräusche um mich herum lenkten von meinen schmerzenden Füßen ab. Schon früher hatte ich stundenlang hier am Wasser gesessen und den Vögeln zugehört. Schwungvoll zerrte ich an den Doppelknoten meiner Stiefel. Vor allem an den Fersen schienen sie festzukleben. Die Socken fühlten sich nass an. Endlich konnte ich sie von den Füßen ziehen. Möglichst weit weg von meiner Nase stellte ich die Schuhe auf einen Felsen und legte die Socken daneben. Allein durch die Kälte ließ das Pochen in den Blasen nach. Ich streckte die Beine aus und tauchte sie ins eisige Wasser. Brennender Schmerz schoss durch meine Waden und ich biss die Zähne zusammen. Salzwasser hatte mir schon früher geholfen. Jedes Mal, wenn Artair mich verprügelt hatte und ich nicht weiter wusste. Er war es, der mich vertrieben und mir alles genommen hatte. Ziellos war ich nach den Attacken durch die Berge gestromert und suchte Schutz in alten Hütten. Bonnie lag auf dem Boden und sah in den Himmel, als ich sie zum ersten Mal sah. Lächelnd legte ich den Kopf in den Nacken. Der Sternenhimmel schien direkt aus einem Märchen zu kommen. Genau wie damals.

Isle of Skye, 1977

„Gib her.“ Ich riss ihr das Brot aus den Händen und stopfte es in mich hinein, ohne abzubeißen.

Bonnie sah mir mit aufgerissenen Augen zu und kramte wortlos ein Zweites hervor. „Wie lange hast du schon nichts mehr gegessen?“

„Drei Tage.“ Mit vollem Mund klang es wie „wei waage“ und ich schluckte das Wurstbrot hinunter.

Bonnie setzte sich auf den Boden und lehnte sich gegen die moosige Steinmauer. „Und wo willst du jetzt hin?“

Ich zuckte mit den Schultern und hockte mich neben sie. Ihre Haare rochen heute wie eine frisch gemähte Wiese.

„Ich meine, bis Broadford würde ich mit dem Rad schon kommen.“

Damit bohrte Bonnie in zwei Wunden auf einmal. Ich konnte nicht gleichzeitig weit weg von meinem Bruder und in ihrer Nähe bleiben. Artair würde mich überall finden. In Broadford mit Sicherheit. Ich nahm einen Stein auf und spielte damit. „Broadford ist nicht weit genug.“

„Wegen Artair?"

„Ja." Ich rutschte näher an sie heran. Mein Knie berührte Bonnies und ich spürte die Kanten ihrer Kniescheibe. „Sobald er das mit uns herausfindet, verprügelt er uns beide." Den Rest verschluckte ich. Der Gedanke daran trieb mir die Tränen in die Augen. *Das geht nicht, weil ich dich liebe.* „Sag mal, warum hast du mir eigentlich geholfen? Artair hätte uns jederzeit erwischen können."

Bonnie antwortete nicht. Stattdessen drehte sie sich zu mir um und sah mich an. In ihren Augen funkelte etwas Neues. Sie schienen zu glühen, als hätte jemand darin eine Lampe angezündet. Lächelnd legte sie ihre Hand auf mein Bein und beugte sich zu mir.

Bevor ich es begriff, schmeckte ich Himbeerkaugummi und Erdbeerlipgloss. Ihr Gesicht glühte wie eine heiße Herdplatte. In meinem Magen flatterten Fledermäuse. *Hör nicht auf.* Bonnie lehnte sich zurück und grinste mich an. Sie musste nicht mehr antworten. Weiterhin grinsend legte sie sich auf den Rasen und verschränkte die Arme hinterm Kopf. Wortlos deutete sie mit einem Nicken auf den Platz neben sich. Meine Beine fühlten sich an wie Knete, als ich mich zu ihr legte. Eine Frage ließ mir keine Ruhe, aber ich schob sie immer wieder beiseite. Zwischen den frei liegenden Dachbalken schimmerten Sterne am wolkenlosen Himmel. Klar wie ein Foto der NASA. Die Hütte schwankte für zwei Sekunden. Tränen liefen über meine Wangen und ich schämte mich nicht dafür.

„Hey ..."

„Schon gut", ich schniefte und nahm Bonnies Hand, „es ist nur, ich war seit Jahren nicht so glücklich."

Sie schwieg und ich spürte den heißen, verschwitzten Druck ihrer Finger.

„Und deswegen muss ich hier weg, verstehst du? Warum kommst du nicht mit?“

Mit einem Ruck setzte sie sich auf und der Zauber verpuffte wie eine geplatzte Kaugummiblase. „Das geht nicht.“ Sie zog ihre Hand weg.

„Warum nicht?“ Ich richtete mich ebenfalls auf. „Warum bist du überhaupt mit Artair zusammen? Er ist ein …“

„Ich weiß, was er ist!“ Bonnie rutschte ein Stück von mir weg. „Ich … ich habe Angst vor ihm. Weißt du noch, wie er den Vogel tot treten wollte?“ Mit jedem Wort weiteten sich ihre Augen ein Stückchen mehr. „Ich kann mich nicht von ihm trennen, er würde … mich zerquetschen.“ Sie starrte auf ihre Jeans, eine Träne tropfte auf den Stoff.

„Verstehe. Aber Bonnie, dann solltest du erst recht mitkommen. Geh einfach. Am besten heimlich, nachts. Wir ziehen gemeinsam los. Wenn du bei ihm bleibst, gehst du kaputt.“ Ich wollte sie in den Arm nehmen, traute mich aber nicht.

„Es geht nicht. Gott, Allan, ich bin gerade einmal sechszehn!“

„Ja und? Ich suche mir einen Job und …“

„Hör auf. Das klappt niemals.“

„Weißt du noch, was du im Keller zu mir gesagt hast?“ Ich kniete mich neben sie und nahm ihr Kinn in meine Hände. „Vielleicht schaffst du es irgendwann, Artair zu verlassen. Warum nicht jetzt? Komm mit.“

Sie riss sich los und stand auf. Gras klebte an ihrer Jeans und sie klopfte es ab. „Weißt du eigentlich, was im Dorf gerade abgeht? Artair tobt vor Wut und deine Eltern drehen durch vor Sorge. Ach ja, und Neil frisst nichts mehr. Seit Tagen nicht."

Meine Wangen glühten erneut, diesmal vor Wut. *Ich bin nicht schuld.*

„Wohin überhaupt?"

Ich sah an ihr vorbei durch die moosbewachsenen Fensterrahmen. Jeder Hügel, Baum und Fels dahinter kamen mir vertraut vor. Die ersten Tage hatte ich in ihrem Geheimversteck verbracht. Nachts sah ich Artairs Grinsen und hörte seine Stimme. Mit jedem Tag wuchs die Angst und jetzt hielt ich es nicht länger aus. „Auf die Shetlands. Meinen Eltern schreib ich einen Brief, wenn ich da bin."

„Was?" Bonnie drehte sich zu mir herum. „Wie bitte willst du ohne Geld dahin kommen?"

„Mir fällt schon was ein. Ich suche mir unterwegs Arbeit. Jedenfalls werde ich gehen, noch heute Nacht. Du kannst mir ja schreiben."

„Allan, bitte, ich ..." Sie kam einen Schritt auf mich zu und blieb erneut stehen. Der Abstand zwischen uns fühlte sich an wie eine Festungsmauer. „Versuch doch wenigstens, mich zu verstehen. Ich kann nicht einfach hier weg. Meine Eltern ... das funktioniert alles nicht."

„Dann bleib halt bei deiner tollen Clique und meinem reizenden Bruder."

„Es gibt keine Clique mehr."

Ich sah sie an. „Wie, es gibt keine Clique mehr?"

„Na ja, seit der Aktion auf der Insel legt sich Artair mit jedem an." Erst jetzt sah ich die Trauer in Bonnies Augen. „Er macht alles kaputt."

„Das wundert mich nicht." Das Wörtchen *warum* flackerte immer wieder hinter meiner Stirn auf. Bonnie stand mit hängenden Schultern da. An ihren zuckenden Mundwinkeln sah ich die unterdrückten Tränen. Artair *würde* sie zerstören. Nicht sofort, aber mit Sicherheit irgendwann. So wie jeden, der in seine Nähe kam. Ich blieb vor ihr stehen und legte meine Hand auf ihre knochigen Schultern. „Bonnie, Artair ... er wird dir wehtun. Bleib weg von ihm. Bitte.“ Ich schüttelte sie leicht. „Ich mag dich und ich will nicht, dass dir etwas passiert.“

Sie sah weiter auf ihre Stiefel und schluckte. „Pass auf dich auf. Du bist ganz schön mutig.“ Damit nahm sie ihren Rucksack und schlüpfte durch den zugewachsenen Türrahmen.

Als ich sie Jahre später wiedersah, trug Bonnie keine riesigen Kreolen mehr. Stattdessen verdeckte eine dunkle Sonnenbrille ihre Veilchen.

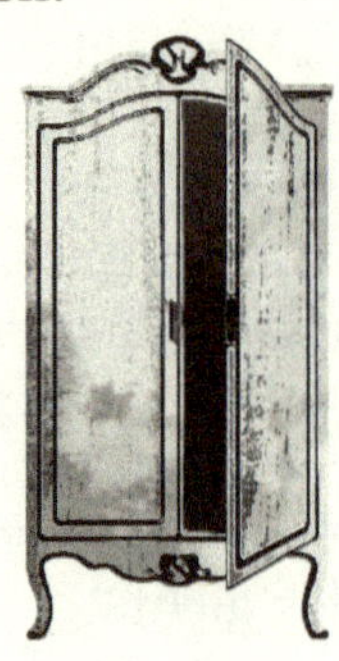

Sein Fuß lugte unter der Decke hervor und der Bauch bildete darunter einen gewaltigen Hügel. Mit geschlossenen Augen lag Artair auf dem Kissen, selbst im Krankenbett sah er aus wie ein schlafender Bodybuilder. Jeden Moment konnte er aufspringen und jemanden verprügeln. Auf dem weißen Bettzeug glich sein Gesicht einer roten Laterne.

Kerzengerade saß Fia auf dem harten Stuhl. Jeder Muskel war angespannt und sie atmete flach. Aus

Angst. Trotz der Polizisten vor dem Zimmer hämmerte ihr Herz und sie wischte die Schweißperlen auf der Stirn hastig ab. Dad hustete und sie zuckte zusammen.

Er blinzelte. „Wolltest du nicht von hier verschwinden?“

Ronna lehnte sich auf ihrem Stuhl zurück und schlug die Beine übereinander. Getrockneter Schlamm rieselte von ihren Stiefeln auf den blitzblank geputzten Boden. „Glaub ja nicht, dass ich wegen dir hier bin.“

„Hatte ich auch nicht gedacht.“ Artair leckte sich über die aufgesprungenen Lippen und räusperte sich. „Was zu trinken wär schön.“

„Soll ich jemanden rufen?“

Ronna schüttelte den Kopf. „Klingeln kann er ja wohl selber.“

„Also“, er hustete, „was willst du noch hier? Warum bist du nicht in Dundee und studierst?“

Ronna stand auf und ging zum Fenster. Mit verschränkten Armen sah sie auf den Parkplatz hinunter. „Vielleicht weil jemand auf dich geschossen hat und ich jetzt Angst um Fia habe?“

„Nimm sie doch einfach mit.“

„Sie ist kein Baby, was ich in eine Tragetasche stopfen kann. Außerdem sitzt deine Tochter neben dir, falls du es noch nicht bemerkt hast.“

„Von mir aus. Ihr solltet von hier verschwinden. Mich buchten sie sowieso ein, sobald ich hier rauskomme.“

„Was du nicht sagst. Und? Hast du die beiden umgebracht?“

Fia zuckte zusammen und schluckte. So direkt zu fragen, hätte sie sich nie getraut. Stundenlang hatte sie letzte Nacht wach gelegen und darüber nachgedacht.

Während sie sich in die Bettdecke krallte, beobachtete sie den Kleiderschrank. Sobald die Angst die kalten Hände auf ihren Brustkorb legte, sah sie es. Hörner zwischen den Lamellen und Hufe auf den Dielen.

Artair schnaubte und schnellte hoch. Mit schmerzverzerrtem Gesicht sank er zurück aufs Kissen. „Spinnst du?"

Endlich drehte sich Ronna zu ihnen um. „Wieso? Hast du oder hast du nicht? Immer wenn jemand verschwunden ist, bist *du* mit der *Heather* unterwegs gewesen. Allein."

„Ronna!" Fia schnappte nach Luft.

„Was denn? Noch mal, wach endlich auf kleine Sis!" Ihr Gesicht ähnelte einer Maske, außer der Wut in ihren Augen regte sich darin nichts.

„Wie ich schon sagte, du spinnst. Nerv mich nicht. Arbeitet in diesem Laden auch mal jemand?" Artair schlug mit der Faust auf die Matratze. „Verdammter Drecksladen." Erneut drückte er auf den Knopf. Das Plastik knackte.

„Brauchst du noch was Dad? Klamotten?"

„Ja. Was zu trinken. Und ... der Ring wäre schön." Artair leckte sich erneut über die Lippen.

„Welcher Ring? Wirst du jetzt etwa gefühlsduselig?"

„Na, Bonnies Ring. Wenn ich schon bald im Bau sitze, will ich wenigstens ein bisschen Familie bei mir haben."

Ronna trat einen Schritt näher an das Bett heran und schnaubte. „Du hast doch alle vertrieben. Hast du dich mal gefragt, wie es weitergehen soll, während du im Knast sitzt?" Ronnas Augen verdunkelten sich.

„Na, wie schon? Die Stevensons kaufen Tráigh Cottage und ihr werdet woanders glücklich. Ende der Geschichte. Was ist jetzt mit dem Ring?“ Er feuerte die Fernbedienung mit dem Knopf gegen den Nachttisch. Krachend landete sie auf dem Boden. „Verdammter Drecksladen.“

„Du machst es dir ganz schön leicht.“

Fia schloss für eine Sekunde die Augen. Der beißende Geruch von Desinfektionsmitteln brannte in ihrer Nase und vermischte sich mit saurem Schweiß. Sie wollte hier weg. „Und was ist mit Finley und Scott? Ist dir das völlig egal?“

„Ich sagte, nerv ...“

Die Tür öffnete sich knarrend und die Geschwister fuhren gleichzeitig herum.

„Wir werden Sie nerven, Mr. MacNiddry. Ob Sie wollen oder nicht.“ Ross drückte die Tür behutsam ins Schloss und ging mit großen Schritten auf das Bett zu. Er nickte den Mädchen zu und stützte sich auf das Gestell am Fußende. „Was genau nervt Sie denn?“ Er lächelte nicht, während er Artair musterte.

„Ich verdurste in diesem verdammten Laden noch.“

„Solange das Ihre einzige Sorge ist. Sie beide“, er sah Ronna und Fia nacheinander an, „holen sich jetzt einen Kaffee. Sie sehen verdammt müde aus. Danach will ich Sie sprechen. Sie beide.“

Ronna pustete sich eine Haarsträhne aus der Stirn. „Wir haben Ihnen doch schon alles erzählt. Wozu das Ganze?“

„Holen Sie sich einen Kaffee.“

„Dad ... der Ring ist ...“ Fia wollte es ihm nicht sagen. Stur starrte er aus dem Fenster. Sagte sie nichts, sah sie ihn vielleicht für Jahre nicht wieder. Eine Mauer aus Angst würde zwischen ihnen stehen und es gab keine Möglichkeit, sie einzureißen. „Dad ...der Ring ist weg.“

KAPITEL 35

Katze kommt

Glassplitter glitzerten auf dem Asphalt. Eiskalter Wind fegte über den Parkplatz. Drei Autos standen dort. Algen hingen an den gestapelten Fischerkörben. Wellen klatschten gegen die schaukelnden Boote. Nicht einmal die Schafe verirrten sich heute hierher.

Länger als Ronna hatte Ross sie ausgequetscht, immer dasselbe gefragt. Zitternd schlug Fia ihren Kragen hoch und trottete auf den Laden zu. In leuchtend roten Buchstaben hatte jemand „Cat is coming" an die Wand des Büros geschmiert. Diesmal ohne Rechtschreibfehler. Durch die zerschlagene Fensterscheibe sah sie die alte Registrierkasse. Nichts davon berührte Fia. Wer immer den Stein durch das Fenster geworfen hatte, zerstörte damit etwas, was längst kaputt war.

Automatisch umklammerte sie ihr Handy, zog es aber nicht aus der Jackentasche. Sinann wollte vorerst nichts von ihr wissen und Ronna büffelte im Cottage. Sagte sie zumindest. Fia trat einen Schritt zurück. Ein Stein schien auch auf ihrem Brustkorb zu liegen. *Katze kommt.* Schon wieder. *Was zum Geier soll das heißen?* Eine Tür quietschte und Fia fuhr herum. Arran kletterte aus dem verrammelten Container. Erleichtert atmete sie aus. „Hey."

Er schloss die Tür ab, bevor er antwortete. „Hey." Wieder einmal sagte er nichts weiter.

„Das da …"

„Ich hätte dich schon noch angerufen. Komm." Er marschierte wieder zurück, ohne eine Antwort abzuwarten und schloss die Hintertür des Containers auf. Fia folgte ihm und betrat Scotts Büro, erleichtert dem eisigen Wind zu entkommen.

Hinter dem Tresen standen zwei Campingstühle und Arran deutete darauf. „Setz dich. Bevor du fragst, ich habe keine Ahnung, wer das war." Er nahm eine Thermoskanne vom Regal und schaltete das Licht ein.

Fia blinzelte, für eine Sekunde tanzten Sterne vor ihren Augen. Seit dem Schuss hatte sie keine Minute geschlafen. „Du siehst müde aus, hier." Arran hielt ihr einen dampfenden Becher hin und Fia legte ihre kribbelnden Finger darum.

„Ich … ich hatte eine miese Nacht. Jemand hat auf Dad geschossen."

Arran nickte und ließ sich in den zweiten Stuhl fallen. „Ich weiß. So was spricht sich schnell rum. Und jetzt?"

„Er liegt im Krankenhaus. Wir waren vorhin da. Eigentlich wollte ich ihm sagen, dass ich weg will."

„Weg? Wohin denn?"

„Keine Ahnung. Jedenfalls weg. Nach Edinburgh vielleicht. Hier ist alles so …" Mit einem Schlag hielt Fia den Druck nicht länger aus. Sie weinte und schämte sich. Für die Tränen und den Schluckauf davon. Unsichtbare Finger quetschten ihr Herz zusammen und sie bekam keine Luft.

Arran sagte nichts. Behutsam legte er eine Hand auf ihren Oberschenkel und wartete.

„Ich ... tut ... mir ... l-leid ..."

„Schon gut. Hör auf damit. In deiner Situation würde wohl jeder irgendwann zusammenbrechen. Ehrlich gesagt, frage ich mich schon lange, warum du nicht längst weg bist."

„Es ... ist ... nicht ... nur ..." Fia kam sich vor wie in einer Sitcom. Obwohl sie nie mehr als drei Worte mit Arran gesprochen hatte, saßen sie jetzt in einem verrammelten Container und sie lud alles bei ihm ab.

„Langsam. Der Reihe nach, wenn du so weit bist."

Es dauerte, bis Fia sich wieder beruhigte. Als sie anfing zu erzählen, dampfte der Tee nicht mehr. Sie ließ nichts aus. Arran hörte schweigend zu und mit jedem Wort wurde der Fels auf Fias Brust ein bisschen leichter. „Das wird mir alles zu viel. Das Dorf hasst mich und Sinann hasst mich jetzt auch. Außerdem habe ich Angst vor Dad und die Firma ist ziemlich pleite."

„Das glaube ich nicht. Also das mit Sinann. Aber versetz dich mal in ihre Lage. Sie vermisst ihren Vater und sie kann ihrer Mutter nicht helfen. Du, entschuldige bitte, aber du eierst rum. Ist doch klar, dass sie nicht mehr kann und will."

Der Streit lag weiterhin wie ein Klumpen in Fias Magen. Ständig dachte sie daran, Sinann anzurufen.

„Du solltest ihr Zeit geben und dich jetzt auf dich konzentrieren. Aber du musst ihr von deinen Plänen erzählen, sonst bereust du es später."

Fia nickte. „Und du hast wirklich niemanden gesehen?"

„Nein. Ich war um sieben hier und da war die Wand schon beschmiert. Was soll das eigentlich heißen, Katze kommt?"

„Keine Ahnung. Aber die Runen bedeuten dasselbe."

„Welche Runen?"

„Jemand hat sie in die Theke geritzt, bei uns im Büro."

„Seltsam. Katze kommt, das ergibt überhaupt keinen Sinn und der Einzige, der sich mit Runen auskennt, ist Scott. Wir sollten ..."

Fias Handy klingelte und sie zuckte zusammen. Fast hätte sie ihren Becher fallen lassen. Die Enge im Container und die Nähe zu Arran lullten sie ein. In der letzten halben Stunde hatte sie sich sicher und geborgen gefühlt. „Ich werd wahnsinnig bei dem Gedanken daran, hier alles aufzugeben." Ronnas Name stand auf dem Display und Fia nahm ab. „Hey."

„An unserem Küchentisch sitzt eine aufgetakelte Ruby und faselt etwas von einem Kaufvertrag. Außerdem war Ross nochmal hier und hat alle Geschäftsunterlagen mitgenommen. Du solltest besser nach Hause kommen. Sofort."

„Ich ..." Ronna hatte schon aufgelegt.

Arran sah sie fragend an.

„Das war meine Schwester. Ich muss jetzt los. Danke für den Tee. Das da draußen ..."

„Hat Zeit. Es ist Winter. Das Fenster kann ich mit Brettern zunageln. Fürs Erste."

In der Tür blieb Fia stehen. Am liebsten hätte sie Arran in den Arm genommen. Der Wind riss an der Metalltür und sie wollte nicht raus in die feindliche Kälte. Sich stattdessen hier mit Arran zu verkriechen, kam ihr paradiesisch vor. „Ich ruf dich an. Danke für alles."

„Ich glaube übrigens nicht, dass mit Cat eine Katze gemeint ist." Arran kratzte sich am Kopf und Fia sah ihn an. „Ich glaube, es ist eine Abkürzung. Für Catrina oder Catherine oder so. Meine Schwester heißt Catrina und wir nennen sie alle Cat."

„Na endlich!" Ronna riss die Haustür auf und winkte hektisch. „Diese Tussi macht mich wahnsinnig."

Fia brachte kein Grinsen zustande, sie war zu müde. Mit gesenktem Kopf betrat sie den Flur und ließ ihre Jacke achtlos auf den Boden fallen. Ronna schloss die Tür. Ruby saß in der Küche, genauso grell geschminkt wie bei ihrem letzten Besuch. Rote Fingernägel trommelten klackernd auf das Holz. Ihr rechter Fuß wippte in lackierten Pumps auf und ab. *Diese Ruby und Maisie* würden sich prima verstehen.

„Hey. Ms ..."

„So langsam sollten Sie wirklich wissen, wie ich heiße."

„Ja tut mir leid. Sie haben ... nicht den besten Zeitpunkt erwischt."

„Tja, das scheint hier so Standard zu sein. Offenbar gibt es keinen guten Zeitpunkt."

„Was also kann ich für Sie tun? Mein Dad ist nicht hier und ich bin wirklich müde."

„Sie könnten mir zum Beispiel etwas anbieten."

Der Wasserkocher schien einhundert Kilogramm zu wiegen. Fia drehte den Hahn auf und der Kocher in ihrer Hand zitterte wild. Ihre Muskeln brannten.

„Lass, ich mach schon." Ronna nahm ihr den Henkel aus der Hand. „Ich kann Ihnen nur schwarzen Tee anbieten, Ms Stevenson."

„Mit ein bisschen Milch, danke. Sagen Sie, was ist hier eigentlich los? Was soll das ganze Polizeiaufgebot da draußen? Gibt es etwas, was ich wissen sollte? Ich möchte nicht die Katze im Sack kaufen, wissen Sie?"

„Zwei Menschen werden vermisst." Fia wusste nicht, warum sie Ms. Stevenson anlügen sollte. Aus den Medien erfuhr sie es irgendwann ohnehin. Sie ließ sich auf einen Stuhl fallen und streckte die Beine.

„Oh, das tut mir leid. Ich nehme an, Sie kannten sich." Neugier und Sensationslust funkelten in ihren Augen.

Ms Stevenson hätte eine gute Klatschreporterin abgegeben, fand Fia.

Sie beugte sich vor, die Betroffenheit in ihrem Gesicht wirkte gespielt. „Wissen Sie, auf dem Parkplatz im Dorf habe ich jemanden gesehen. Einen Landstreicher, glaube ich jedenfalls." Ihre Lippen kräuselten sich.

„Mag sein. Das hier ist nicht das Paradies, sondern ein ganz normales Dorf." Fia lehnte sich zurück, Blitze zuckten vor ihren Augen.

„Ihr Tee." Ronna stellte die Tasse auf den Tisch und setzte sich. „Milch haben wir leider nicht da."

Anstatt sich mit Ruby Stevenson zu unterhalten, wollte Fia ihre Sachen packen. Alles an dieser Großstadtpflanze nervte sie. Lächelnd zog sie die Tasse zu sich heran. Lippenstift klebte an ihren Zähnen. „Ich hoffe, hier gibt es nicht viele."

„Viele was?"

„Landstreicher. Das würde nämlich dem Image schaden. Jeremy und ich haben alles genau geplant."

„Ach ja?" Es gelang Fia nicht, die Feindseligkeit zu unterdrücken.

„Ja und eigentlich wollte ich mit Ihrem Vater darüber reden, auch wenn er, na ja, kein angenehmer Zeitgenosse ist."

„Ms Stevenson, wie meine Schwester schon sagte, das ist wirklich kein guter Zeitpunkt. Kommen Sie am besten in ein paar Tagen wieder oder noch besser, wir melden uns, sobald unser Dad wieder zu Hause ist.“ Ronna hatte sich ebenfalls einen Tee eingeschenkt und trank einen Schluck.

In ihrem Blick lag dieselbe Abscheu, die auch Fia empfand. Die Interessentin erinnerte sie immer mehr an Maisie, je länger sie redete.

Ruby schniefte. „Tja, wenn das so ist, habe ich den weiten Weg wohl umsonst gemacht.“

„Vielleicht hätten Sie vorher anrufen sollen.“

„Tatsächlich?“ Ihre Augenbrauen wanderten in die Höhe. „Wir sind doch hier auf dem Land.“

„Das heißt nicht, das wir alle ununterbrochen zu Hause sitzen und Pullover stricken.“

„So habe ich das auch nicht gemeint. Ich sehe schon, ich bin hier nicht willkommen.“

„Ms Stevenson ...“

„Lassen Sie es gut sein. Ich habe Zeit. Die Unterkunft in Broadford ist sehr hübsch, ich kann warten.“ Sie stand auf und klackerte auf hohen Absätzen Richtung Haustür. „Jeremy und ich sind uns nämlich einig. Wir werden hier ein hübsches kleines Gästehaus bauen und dagegen können Sie beide ...“ Sie zeigte mit dem Finger auf die Geschwister, „rein gar nichts tun.“

KAPITEL 36

Mein kleines Mädchen

Alles lief nach Plan. Die Geschwister schliefen in ihren Betten. Der Sturm machte mir nichts aus. Im Gegenteil. Er verschluckte meine Schritte.

Früher hatte ich an solchen Tagen stundenlang vor dem Kamin gesessen und gelesen. Abenteuergeschichten, am liebsten die vom Abenteuerexpress. Mit der Flut kam der Atlantik näher an das Cottage und ich tröstete mich mit dem Knistern der Flammen. Für eine Minute ließ ich meine Hand auf der Türklinke liegen. Sie fühlte sich kalt an und pickelig vom Rost. Das Haus hieß mich nicht willkommen, daran hatte sich nichts geändert. Hinter der Tür wartete früher mein Bruder, immer bereit für eine Abreibung. Mum weinte, während Dad zuschaute.

Ich atmete tief durch und drückte die Klinke herunter. Vanille. Dieser Geruch war neu. Auf der Flurkommode entdeckte ich Duftstäbchen. In der Küche dagegen roch es nach Tee, Kräutern und Ingwer. Ich schnupperte. Diese Mischung katapultierte mich sofort zurück in die Vergangenheit. Ich saß wieder mit einem blauen Auge am Küchentisch, mit einem Tuch voller Eiswürfel in der Hand. Ich hasste Ingwer, für meine Mutter war die Wurzel allerdings ein Allheilmittel.

„Trink das, dann geht es dir besser." Die Stimme der Toten schienen aus den düsteren Ecken zu kriechen. In Gedanken sah ich Mum mit ihrem Kopftuch Geschirr spülen. „Dein Bruder hat das nicht so gemeint, jetzt sei nicht eingeschnappt. Ihr seid Jungs, da ist das normal."

Artair hatte *immer alles* ernst gemeint. Ich ließ meine Finger über die fleckige Theke tanzen. Bis auf die Tischdecke hatte sich hier nichts verändert. Ich fand den Fliesenspiegel mit den blauen Vierecken weiterhin altbacken und hässlich. Das Ticken der Uhr nervte mich.

Ich schlenderte weiter ins Wohnzimmer. Ein Bücherregal voller Plunder, zwei Sofas. Zweige knallten permanent gegen die Fensterscheiben. Das Heulen drang selbst durch die dicken Wände des Cottage. Ich ließ mich auf die Couch fallen und schluckte. Zwischen den typisch muffigen Geruch mischte sich noch etwas anderes. Es roch süßlich und ein bisschen nach Eisen. Ich grinste. Lächelnd klopfte ich auf den Seesack auf meinem Schoß. Da drin lauerte Groom. Eine alberne Geschichte, die ich Fia gar nicht zugetraut hätte. Vor allem an ihre Sturheit erinnerte ich mich aus Bonnies Erzählungen. Wollte sie etwas nicht, warf sie sich auf den Boden und keine Süßigkeiten dieser Welt konnten sie umstimmen. Gegen das eingebildete Monster kam Bonnie ebenfalls nicht an. Bei jedem Treffen hatte sie mir von Fias nächtlichen Eskapaden erzählt. Meine Nase kribbelte von dem Geruch des Seesacks. Diese Note würde sich nie mehr aus dem Stoff herauswaschen lassen. Tráigh Cottage besaß jetzt einen Makel und ich hatte dafür gesorgt. Wasser von meiner Jacke tropfte auf das Sofa und ich schälte mich aus dem Parka. Von hier aus konnte ich das Meer nicht sehen, aber das Donnern der Wellen kam näher. Schwarze Wolken verschmolzen mit den düsteren Bergen, gemeinsam bildeten sie eine Wand aus Finsternis.

Ich schniefte und stand auf. Asche und Staub bedeckten die Feuerstelle. Angesengte Holzscheite stapelten sich in einem wilden Haufen. Die Bilder auf dem Kaminsims hatten sich verändert. Fotos hatten hier immer gestanden. Dad in seinem guten Kilt. Mum mit Schürze und Kopftuch. Diese Erinnerungen hatte Artair abgeräumt und entsorgt wie einen Sack Müll. Allein Dad durfte seinen Platz behalten. Aufrecht und stolz, mit einem Bein auf einem Felsen stand er da. Daneben ein Bild von Fia und Ronna, zusammen mit einer schwarzhaarigen Schönheit. Ihr südländischer Touch passte nicht zum Dorf. Sinann. Bonnie hatte von ihr erzählt.

Ich wischte den Dreck in der Feuerstelle mit der Hand beiseite und schichtete frisches Holz auf. Als die Flammen gleichmäßig über die Holzscheite züngelten, ließ ich mich wieder auf die Couch fallen. Mit jedem Knacken drifteten meine Gedanken weiter in die Vergangenheit ab. Geister huschten durch die leeren Räume. Graue Gestalten mit eigenen Geschichten. Dad, der grinsend eine Flasche aus seinem Versteck hinter den Schallplatten zog. Warum nicht? Ein Whisky schadete nicht. Ich stand auf und zog die Platten aus dem Regal. Fia liebte die alten Scheiben abgöttisch. Durch Bonnie kannte ich meine Nichten besser, als sie es ahnten. Stundenlang hatten wir geredet, bis einer von uns es nicht mehr ausgehalten hatte. Jedes Mal landeten wir im Bett oder vor dem Kamin. Ich hustete und stand auf. Der lange Marsch hatte mich ausgetrocknet. Wo Artair seinen Whiskey aufbewahrte, wusste ich genau. Im Schrank hinter den Schallplatten. Wie Dad. Leise zog ich eine Flasche heraus und schnupperte. Staub bedeckte das Glas.

„Das ist gut für die Seele, Junge.“ Dad. Er saß auf der Couch und prostete mir zu. Der jahrelange Alkoholkonsum hatte tiefe Falten in sein Gesicht gegraben. Ich duckte mich sofort. Bei ihm wusste ich nie, was als Nächstes kam. Eine Ohrfeige, ein Knuff oder eine Umarmung. Ein Holzscheit knackte und riss mich aus meinen Gedanken. Wärme breitete sich langsam im Zimmer aus und das Brüllen des Sturms rückte in den Hintergrund. Wie ein leiser gedrehtes Radio schwollen die Geräusche draußen ab. Jetzt saß Bonnie neben mir, blass und übernächtigt von der Übelkeit. Zusammen mit Evaine hatte sie mich damals auf Shetland besucht. Mit Ingwertee kamen wir in diesem Fall nicht weiter. Was sie erzählte, änderte alles.

Lerwick, Shetland 1990

„Dein Ernst?“ Evaine stand an der geschlossenen Badezimmertür und verzog das blasse Gesicht. Würgend hing Bonnie über der Toilette. Seit heute

Morgen übergab sie sich immer wieder und es klang jedes Mal, als würde sie ein ganzes Buffet herauswürgen.

„Vielleicht hat sie die Überfahrt nicht vertragen."

Kopfschüttelnd setzte sich Evaine zu mir aufs Sofa. „Nein, das geht schon eine ganze Zeit lang so. Zum letzten Mal hat sie dich doch im Oktober besucht, oder?"

„Ja, warum?" Bonnie kam regelmäßig nach Shetland. Wie sie das vor Artair verheimlichte, interessierte mich nicht. Hauptsache, er erfuhr es nie.

„Weil ihr seitdem ständig schlecht ist und wenn du mich fragst, hat sie auch ein bisschen zugelegt."

In Gedanken lief das letzte Treffen wie ein Film in meinem Kopf ab. Es durfte nicht sein. Ich lehnte mich zurück, die alte Couch protestierte quietschend. „Großer Gott, sie wird doch wohl aufgepasst haben."

„Tja, ich nehme an, ihr hattet Sex?"

„Na was denkst du denn?" Bei dem Gedanken an die Nacht im Bootshaus spürte ich jetzt noch ein heißes Prickeln am ganzen Körper. Um sie zu überraschen, hatte ich überall Kerzen verteilt. In eine Wolldecke gekuschelt teilten wir uns Butterplätzchen, bis wir es wie immer nicht mehr aushielten. Wie Tiere fielen wir übereinander her. Bonnie würgte erneut und Galle schoss in meinen Mund. „Igitt. Es scheint ihr wirklich schlecht zu gehen."

Evaine nickte. „Ja, wie gesagt, schon eine ganze Weile." Sie stand auf. „Ich werde ihr wohl mal einen Tee machen." An ihrem Schlucken und der weißen Gesichtsfarbe sah ich, wie sehr ihr die Geräusche aus dem Bad zu schaffen machten. „Oktober. Das heißt, sie müsste jetzt etwa im vierten Monat sein. Artair wird es herausfinden. Früher oder später."

Endlich rauschte der Wasserhahn im Bad. Ich atmete auf. Von Würgegeräuschen wurde mir selbst schlecht. Der Schlüssel drehte sich klackend und Bonnie wankte zum Sofa. Schweiß glitzerte auf ihrer weißen Haut und nassgeschwitzte Haarsträhnen klebten an ihrer Stirn.

„Evaine macht dir einen Tee."

Sie nickte und setzte sich neben mich. Ich roch bittere Magensäure und schluckte erneut.

„Danke."

„Geht es wieder?"

„Ja. Tut mir leid."

„Jetzt hör schon auf. War bestimmt die Überfahrt."

Bonnie stützte sich auf ihre Oberschenkel und verbarg das Gesicht in den Händen. Ihre Beine zitterten leicht. „Das ist nicht wahr und das weißt du genau."

Also doch. Die Erkenntnis traf mich mit voller Wucht, als hätte mir ein Pferd in den Magen getreten. Vorneübergebeugt saß ich auf dem Sofa. *Artair wird sie umbringen.* Die Angst um Bonnie verdrängte die Vorfreude auf ein eigenes Kind. Genau das hatte ich mir immer gewünscht. Schon damals in dem kaputten Stall träumte ich von einer Familie mit der Frau meines Bruders. Den Kindern würde ich Zöpfe flechten, die in der untergehenden Sonne leuchteten. Etwas anderes als ein Mädchen kam für mich nicht infrage. Im Kopf kaufte ich ihr das erste Kleid. Ingwerduft waberte durch das Wohnzimmer.

„Also, wie soll das jetzt weitergehen?" Evaine stand mit einer dampfenden Tasse Tee in der Tür.

„Keine Ahnung." Mit Tränen in den Augen drehte sie sich zu mir herum. „Es ist sicher von dir, Allan. Das wollte ich dir nicht am Telefon sagen."

Ich nahm ihr Gesicht in meine Hände. „Wir schaffen das schon. Irgendwie. Stell dir mal vor, unser Baby! Wow!“ Ich küsste eine Träne weg.

„Ihr schafft das also. Und wie, wenn ich fragen darf? Ich brauche jetzt einen Whisky.“ Evaine nahm die Flasche vom Tisch und schenkte sich ein Glas ein. „Wie naiv seid ihr eigentlich? Spätestens in zwei drei Wochen wird man deine Kugel sehen, Bonnie. Ganz abgesehen von der Kotzerei. Hast du vergessen, wer dein Ehemann ist?“

Ich nahm Bonnie die zitternde Tasse aus der Hand und stellte sie auf den Tisch. „Wie wäre es, wenn du dich zur Abwechslung mal ein bisschen für deine beste Freundin freust?“

„Freuen? Artair wird dich umbringen, Bonnie. Sobald er es merkt, wird er dich zu Tode prügeln. Wundert mich, dass er bis jetzt nichts gemerkt hat.“

„Dann müssen wir dich eben hierher schaffen.“ Ich legte eine Hand auf Bonnies Oberschenkel. Die Haut unter dem Jeansstoff fühlte sich glühend heiß an und sie weinte weiterhin.

„Und wie soll das bitte funktionieren? Willst du deine Zukünftige vielleicht kidnappen?“

Lächelnd schenkte ich mir ebenfalls einen Whisky ein. „Nein, aber du.“

„Was? Spinnst du?“ Evaine vergaß das Glas in ihrer Hand und Whisky tropfte auf den Boden. Hastig stellte sie es auf den Tisch.

„Nein, ich meine es ernst. Von hier aus kann ich gar nichts machen. Aber du. Wenn sich Bonnie nachts aus dem Staub macht und du sie heimlich zur Fähre bringst, könnte es funktionieren.“

„Na klar. Und was erzähle ich Artair für den Rest meines Lebens? Deine Frau hat sich in Luft aufgelöst?“

„Na, die Wahrheit. Sie ist verduftet. Du musst ja nicht sagen, wohin und mit wem. Artair ist ein Schwein und er hat es verdient."

Evaine lachte, es erinnerte mich an Kiesel in einer leeren Blechkanne. „Ich hätte keine ruhige Minute mehr." Sie presste die Lippen aufeinander, bis sie weiß aussahen.

„Im Ernst, Ev, das könnte wirklich funktionieren." Bonnie reckte ihr spitzes Kinn nach vorn und sah ihre Freundin an. Entschlossenheit flackerte in ihren Augen.

„Was?" Evaine dagegen sah skeptisch aus.

„Ev, ich kann nicht bei ihm bleiben." Bonnie klopfte auf ihren Bauch. „Jetzt nicht mehr. Du hast es doch selbst gesagt. Er wird mich umbringen."

„Also willst du dich nachts davonstehlen. Du fährst über die Bucht und ich fahre dich nach Aberdeen und lüge für den Rest meines Lebens."

„Ganz genau." Sie drehte sich zu mir um und sah mich mit glänzenden Augen an. Die Blässe von vorhin war verschwunden, stattdessen glänzten ihre Wangen rosarot. „Es ist übrigens ein Mädchen."

In diesem Moment breitete sich eine angenehme Wärme in meinem Körper aus. Alles schien perfekt. In Gedanken weit weg starrte ich in die tanzenden Flammen und malte mir aus, wie ihr Zimmer aussehen würde. Nicht rosa. Ob sie Einhörner mochte oder lieber Feen? Mädchen brauchten ein Puppenhaus. Ich würde das größte auf ganz Shetland besorgen. Bonnies heiße Hand lag auf meinem Bein. Hoffentlich erbte sie ihr leuchtend rotblondes Haar und nicht den braunen Krauskopf der MacNiddrys. Ich würde sie vergöttern, egal wie sie aussah. Mein kleines Mädchen.

KAPITEL 37

Die Ziege

Ronna schnarchte leise nebenan und Fia dachte nicht eine Minute an Groom. Solange sie ihre Schwester hören konnte, kam das Monster nicht. Sie schluckte und drängte die Tränen zurück. Genau wie Pei vertrieb Ronna den Dämon. Der Atlantik donnerte auf den Strand und Fia drehte sich auf die andere Seite. Die Bettdecke wickelte sich klamm vom Schwitzen um ihre Beine. Strampelnd befreite sich Fia davon und schob sie an das Fußende. Obwohl draußen ein Sturm tobte, lief ihr der Schweiß über den Rücken. Ständig bildeten sich in ihrem Kopf neue Namen, die zu Cat passten. Catrina, Catriona. Catherine.

Unten knallte etwas und Fia riss die Augen auf. Schwer atmend verfolgte sie die flimmernden blauen Lichter an der Decke. Schon als kleines Kind wollte sie ohne Nachtlicht nicht schlafen. Seit dem Feuer bestand sie darauf. Groom war mit Mums Tod immer bedrohlicher geworden. Brennende Hörner, die sich in ihrem Schrank versteckten. Hufe, die über Dielen scharrten. Knarrend öffnete sich unten eine Tür.

Keuchend fuhr Fia in die Höhe. Angst schnürte ihr den Hals zu. Der Sturm übertönte ihren hämmernden Herzschlag. Mit aufgerissenen Augen sah sie auf die Verbindungstür. Jemand lief im Erdgeschoss herum. Ihre Schwester schnarchte weiter. Wieder knallte es und diesmal schrie Fia auf. Polternd landete etwas Schweres auf dem Boden.

„Ronna." Sie bekam kaum Luft. Aus dem Schrei wurde ein leises Quieken. Donnernd brandete das Meer in die Bucht. Der Sturm hielt die Geschwister heute Nacht hier gefangen. Bei diesem Wetter glich Tráigh Cottage der Gefängnisinsel Alcatraz. Niemand kam herein oder heraus. Schritte eilten durch den Flur. Fia sprang schreiend auf und rannte hinüber in das andere Zimmer. „Sis!"

„Was?" Wie eine ferngesteuerte Puppe fuhr Ronna hoch.

„Da unten ist jemand!" Stocksteif stand Fia vor dem Bett ihrer Schwester und klammerte sich an die Decke. Panisch hatte sie das warme Frottee hinter sich hergezerrt.

„Was?" Verständnislos sah Ronna ihre Sis an. Heulend schmetterte der Wind einen Ast gegen das Fenster.

„Da unten ..." Mit einem Knall schlug die Haustür zu. Fia schrie.

„Shit!" Ohne zu zögern, sprang Ronna aus dem Bett und riss die nächstbeste Kommodenschublade auf. „Ich brauch was ..." Block und Federmappe flogen auf die Dielen.

Fia raste in ihr Zimmer und nahm das Haarspray vom Nachttisch. „Hier, besser als nichts."

Mit der Spraydose in der Hand öffnete Ronna leise die Zimmertür und spähte hinaus. „Komm."

„Sollten wir nicht lieber die Polizei rufen?“ Fia krallte sich am Türrahmen fest. Erneut knallte die Haustür und sie schrie auf.

„Psssst.“ Ronna schlich aus dem Zimmer. An der Tür zum Wohnzimmer blieb sie stehen. Zitternd lag ihre Hand auf der Klinke. „Bei dem Sturm? Das dauert viel zu lange.“

Starr wie zwei Schaufensterpuppen standen die Geschwister an der Tür und lauschten. Mit jedem Knall zuckten sie zusammen. Das Cottage ächzte und stöhnte.

„Ich höre nichts. Du?“

Stumm schüttelte Fia den Kopf.

Mit einem Ruck riss Ronna die Tür auf und stürmte schreiend hindurch. Düster lag das Wohnzimmer da. Das Knallen kam aus dem Flur.

Fia sah zur Couch und wich keuchend zurück. Etwas starrte sie an. Schwarze Augen schimmerten in der Dunkelheit. Weiße Zähne glitzerten ihr entgegen. Sofort schossen Bilder von Mum in ihren Kopf. Bonnie, die zusammengekauert und verkohlt in den Trümmern gelegen hatte. Gekrümmte Hörner schälten sich aus der Finsternis. Groom. Er war gekommen, um sie zu holen. Endgültig. Schreiend schlug Fia die Hand vor den Mund und konnte nicht mehr aufhören, bis ihre Schwester sie grob schüttelte.

„Geh in die Küche. Mach alle Lichter an und ruf Ross an. Los!“ Brutal schubste Ronna sie aus dem Zimmer und Fia taumelte gegen die Küchentheke.

Weinend stolperte sie in den Flur und schlug auf den Lichtschalter. Regentropfen peitschten durch die offene Haustür. Mit aller Kraft stemmte sie sich dagegen und sperrte den Sturm aus. Tränen liefen über ihre Wangen, als sie zurück in die Küche schlurfte.

Ihre Knie gaben nach und Fia landete neben dem Stuhl auf dem Boden. Weinend blieb sie sitzen. Ronna raste durch das Cottage und Fia hörte das Klacken der Lichtschalter. *Die Polizei.* Das Handy lag in ihrem Zimmer neben dem Bett. *Zu weit weg.* Wie ein Kleinkind hangelte sie sich am Küchenstuhl in die Höhe und setzte sich an den Tisch. Ronna kam mit einem Zettel in der Hand hereingerast.

„Hast du Ross angerufen?"

Anstatt zu antworten, krallte sich Fia in die Tischdecke.

„Oh Mann. Ich habe alles abgesucht. Hier ist niemand mehr. Bin gleich wieder da."

Fia hörte ihre Schwester telefonieren. Der heulende Sturm verschluckte die Einzelheiten.

„So." Ronna kam zurück und legte das Handy und den Zettel auf den Tisch. „Vor morgen kommt niemand über die Bucht. Ich brauche jetzt erstmal einen Tee."

Als Erstes sah Fia das leuchtende Rot. Genau wie im Hafen hatte jemand die Buchstaben mit blutroter Farbe auf den Zettel gekritzelt. „Wo hast du das her?"

Mit dem Wasserkocher in der Hand drehte sich Ronna um und verzog das Gesicht. „Aus dem Maul dieser Ziege."

„Welcher Ziege?"

„Na, das Ding auf dem Sofa. Ein Ziegenkopf. Sobald Ross hier war, verbrennen wir ihn. Das Teil stinkt."

Fia nahm den Zettel mit den Fingerspitzen. Ein pelziger Ball schien in ihrem Hals hin und her zu springen.

Kennst du die Kraniche des Ibykus? Am
Ende kommt alles raus. Verschwinde.

„Die Kraniche des Ibykus?“ Fia legte den Zettel zurück auf den Küchentisch. Ronna stellte die Teekanne auf den Herd und schaltete die Flamme an.

„Was?“

„Na, das steht hier. Am Ende kommt alles raus.“

Während das Wasser blubberte, tippte Ronna etwas in ihr Handy. „Hier. Friedrich Schiller. Das ist ein Gedicht.“ Der Kessel pfiff und sie nahm ihn vom Herd. „Unser Unbekannter scheint ein Poet zu sein.“

Übelkeit trieb den pelzigen Ball langsam in Richtung Rachen. „Wie bitte? Sag mal, was ist eigentlich los mit dir? Hier wurde gerade eingebrochen und jemand hat einen Ziegenkopf auf unser Sofa gelegt. Mit einer Nachricht. Du wirkst so ... abgebrüht.“

„Was sollen wir denn jetzt deiner Meinung nach machen? Ross weiß Bescheid und vor morgen früh kommt eh niemand über die Bucht. Also trinken wir Tee und warten.“

„Hast du gar keine Angst? Immerhin *war* jemand hier und da es stürmt, ist er das vielleicht immer noch. Hallo?“

„Doch, hab ich.“ Ronna pfefferte das Teesieb in die Spüle und stellte die Kanne auf den Tisch. Seufzend ließ sie sich auf ihren Stuhl fallen. „Es nützt aber nichts. Aber ich für meinen Teil werde nach Dundee zurückfahren. So schnell wie möglich. Kommst du jetzt mit?“

Obwohl sich alles in ihr zusammenzog, nickte Fia. „Ja. Erstmal. Bis ich einen Job gefunden habe.“

Ronna schlug mit der flachen Hand auf den Tisch. „Na also. Ich hatte schon an deinem Verstand gezweifelt. Dann pack deine Sachen. Sobald wir können, hauen wir hier ab.“

Aus dem Wohnzimmer kam ein stechender Geruch und Fia konzentrierte sich auf die Treppe. Er kratzte in

Fias Hals und sie kämpfte gegen den Würgereiz an. Sie hatte so etwas schon einmal gerochen. In jener Nacht, überdeckt vom Brandgeruch. Dennoch hatte das schwarze Ding mit den Zähnen denselben süßen Geruch verbreitet. Jahrelang hatte sie Groom jede Nacht gesehen und gehört. Wie eine dämonische Ziege aussah, wusste sie. Mit angehaltenem Atem rannte sie an der Wohnzimmertür vorbei hinauf in ihr Zimmer.

KAPITEL 38

Ronna

Wir fahren gleich durch bis Dundee. Da kannst du dir dann alles in Ruhe überlegen.“ Ronna saß auf dem Bett und sah ihr beim Packen zu.

„Erst mal müssen wir hier wegkommen.“ Es dauerte ewig. Am liebsten hätte Fia alles eingepackt. Die Kinderbücher, mit denen ihre Sis Groom früher vertrieben hatte. Das Wunderspray für die Notfälle. Lächelnd betrachtete Fia die schlichte Sprühflasche, mit der Bonnie ihre Pflanzen befeuchtet hatte. Ihre Sis hatte das Wasser in ein magisches Abwehrmittel verwandelt, indem sie einen Aufkleber auf das weiße Plastik klebte. Ein Einhorn mit blauer Mähne.

„Sis“, Ronna stützte sich auf ihre Knie, „du kannst schlecht das ganze Cottage einpacken. Dein Zimmer läuft dir ja nicht weg. Wir kommen wieder, wenn sich alles ein bisschen beruhigt hat. Ausräumen müssen wir hier doch sowieso.“

„Du hast dir ja auch einfach alles neu gekauft.“ Mit beiden Händen zerrte sie einen Pullover aus dem Kleiderschrank. Der Rest des Stapels landete auf den Dielen und Fia bückte sich danach. „Hast es dir leicht gemacht. Eine ganz neue Ronna. Ich *hänge* zufällig an meinen Sachen!“

„Mensch, ich doch auch. Aber damals ... ich wollte hier nur noch weg.“ Ronna legte sich auf das Bett und verschränkte die Arme hinterm Kopf. „Ich hab's echt nicht mehr ausgehalten. Ich habe nie verstanden, wie du es so lange mit Dad aushalten konntest.“

„Und ich halte *das* nicht bis morgen aus.“ Fia zeigte auf die Tür. Im ganzen Erdgeschoss roch es nach Verwesung und Blut.

„Du hast Ross doch gehört.“ Ronna setzte sich auf. Die Matratze knarrte. Ihre Tasche stand längst fertig gepackt im Flur.

„Nein hab ich nicht. Du hast mit ihm telefoniert.“ Etwas knallte gegen die Hauswand. Fia ließ die Socken in ihrer Hand fallen.

„Wir können hier nicht weg. Noch nicht jedenfalls.“

„Das ist Wahnsinn. In den Filmen läuft das irgendwie immer anders.“

„Nur ist das hier kein Film.“ Ronna stand auf und verschwand im Kleiderschrank.

„Was machst du da?“

„Ich wollte dir was zeigen.“ Ihre Stimme klang dumpf zwischen den Jacken und Mänteln. Fia hörte ein Scharren und ihre Sis kam mit einem Schuhkarton in der Hand wieder zum Vorschein.

„Äh ...“

Ronna grinste. „Meine Schätze.“

„Aha. Und was willst du mir jetzt zeigen?“

Bevor sie antwortete, setzte sich Ronna wieder aufs Bett und klopfte neben sich auf die Matratze. „Vielleicht setzt du dich lieber.“

Fia gehorchte stumm.

Ronna nahm den Deckel ab und das Grinsen verschwand aus ihrem Gesicht. „Dad wusste von der Affäre."

Der Sturm draußen verstummte. Etwas piepte in Fias Ohren. „Was?"

Ronna angelte ein Blatt Papier aus dem Karton. Abgerissen von einem Schulblock. „Auf der *Heather* habe ich einen Brief gefunden, damals. Von Mum."

Fia saß steif auf dem Bett. Sobald sie sich bewegte, würde Tráigh Cottage einstürzen und die Geschwister begraben.

„Sie hat sogar Herzchen draufgeklebt. Hier. Lies."

Ronna reichte ihr das Papier und Fia nahm es mit zitternden Händen. Sämtliche Geräusche um sie herum verstummten. Bonnies raue Stimme geisterte durch ihren schmerzenden Kopf. Jede Zeile verstärkte die Übelkeit und Mums Handschrift trieb ihr Tränen in die Augen.

Allan,
bitte verzeih mir. Ich kann es nicht. Noch nicht. Gib mir etwas Zeit. Ohne meine Töchter gehe ich sowieso nirgendwo hin. Das verstehst du sicher. Ich liebe dich, daran ändert sich nichts.
Bis bald,
Bonnie

Fia ließ den Brief sinken. „Glaubst du ..."

„Ich glaube gar nichts. Aber Fakt ist, Dad wusste Bescheid. Und du weißt, wie er sein kann."

„Und jetzt? Weiß Ross davon?" Das Blatt Papier in Fias Hand schien zu glühen und sie legte es zurück in den Karton.

Ronna musterte ihre Schwester. Ihre Züge verhärteten sich. „Nein und das muss er auch nicht."

„Wie bitte? Wir können das doch nicht verheimlichen!" Fia konnte es nicht fassen. „Du hättest ihn schon damals abgeben sollen. Wer weiß, vielleicht hätte der Brand aufgeklärt werden können!"

„Wieso nicht? Wieso können wir das nicht verheimlichen?" Ein Glanz trat in ihre Augen, der Fia nicht gefiel. Plötzlich wirkte Ronna hart und fremd.

„Willst du Dad etwa ans Messer liefern? Dieser Brief ist ein Motiv, Sis."

„Selbst wenn, ich lüge nicht für Dad. Das habe ich mir geschworen, als Scott verschwunden ist." Mit einem bitteren Geschmack im Mund sah Fia auf ihre Schwester. Der Hass in ihren Augen jagte ihr Angst ein.

„Ich auch nicht." Etwas Neues mischte sich in den hasserfüllten Glanz. Mitleid. „Du bist Mum sehr ähnlich, wusstest du das?" Für eine Sekunde schimmerten Tränen in Ronnas Augen.

„Wie kommst du denn jetzt darauf?" Mit jedem Wort verwandelte sich Ronna ein bisschen mehr. Ihr Gesicht verhärtete sich und Schatten verdunkelten ihre Züge. Fias Herz klopfte und ihr Blick huschte hinüber in ihr Zimmer. Groom. Er wartete. Die ganze Zeit über hatte er sie verfolgt und jetzt sah Ronna aus, als ob sie das Monster wie einen Parasiten in sich verstecken würde. „Ich habe dir hunderttausend Chancen gegeben."

„Chancen wofür?"

Ronna hob die Arme und ließ sie schnaubend wieder fallen. „Mitzukommen. Das alles hier hinter dir zu lassen. Neu anzufangen. Aber du wolltest nicht hören. Ich habe mir übrigens auch etwas geschworen, damals am Grab. Unser Pakt, weißt du noch?"

Fia atmete flach und rutschte schweigend ein Stück von ihrer Schwester weg. Die Frage hing wie ein Bissen vergammeltes Brot in ihrem Hals. Sie ließ sich nicht ausspucken.

„Ich habe mir geschworen, Dad eines Tages umzubringen. Es gibt vieles, was du nicht weißt, kleine Sis. Er ist kein Mensch. Dad ist … ein Ungeheuer."

„Wie Groom."

„Blödsinn. Dein bekloppter Groom ist Einbildung, weiter nichts. Dad ist real. Wir haben einen Plan und du stehst uns im Weg mit deiner verdammten Sturheit. Das Cottage hier und die Bucht da. Bla bla bla."

„Wir?" Ronna stand vor ihr und starrte sie an. Schatten tanzten über die Wände hinter ihr. Schwarze Gebilde mit Hörnern. „Wer ist bitte *wir*? Dieser Fremde …" Weiter kam Fia nicht.

„So fremd ist er gar nicht. Es tut mir leid, Sis. Aber du hättest auf Sinann hören sollen."

Der Schlag kam aus dem Nichts. Grellweiße Punkte explodierten vor Fias Augen. Stöhnend sackte sie auf die Matratze und rutschte vom Bett. Der Boden schwankte. Als Letztes sah sie Ronnas Stiefel, die sich in Hufe verwandelten.

KAPITEL 39

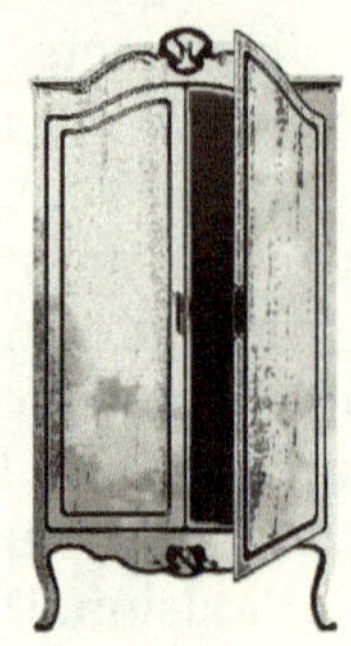

Nirgendwo

Als Erstes nahm Fia das Schaukeln und die Hitze wahr. Etwas drückte sich in ihr Rückgrat und die Füße pochten. Dunkelheit verschluckte alles um sie herum. Der Boden unter ihr hüpfte auf und ab. Es roch nach künstlicher Vanille. *Wie der Wunderbaum in Dads Landrover*. Ein erneuter Ruck schleuderte sie gegen die Decke. Fia keuchte und versuchte, sich zu strecken. Keine Chance. Sie zwang sich zur Ruhe und überlegte.

Als Letztes hatte sie ihre Koffer gepackt. Ihr Zimmer. Sie war nicht mehr auf Tráigh Cottage. Blut lief immer wieder in ihren Mund. Der penetrante Geruch verfing sich in ihrem Magen. Sie schluckte. Der Wunderbaum. Dads Landrover. Sie fuhren. Schlaglöcher schleuderten sie in ihrem Gefängnis hin und her. Vorne dudelte Musik. *The Road to the Isles*. Ronnas Lieblingssong.

Schlagartig kam die Erinnerung zurück und damit der Schmerz. Eine Bombe schien in Fias Kopf zu explodieren. Ronna. Ihre eigene Schwester. Stöhnend schloss sie wieder die Augen. Selbst die heißen Tränen konnte sie nicht wegwischen.

Gefühlte Stunden später hielt der Landrover mit einem Ruck an. Eine Tür schlug zu und Schritte näherten sich. Knarrend öffnete sich die Kofferraumklappe und Fia kniff die Augen zusammen. Graues Dämmerlicht sickerte in ihr Gefängnis.

„Was ..."

„Ah Prinzesschen ist endlich wach. Wurde auch Zeit, wir sind da."

Das klang zwar nach ihrer großen Sis, aber am Auto musste eine Fremde stehen. Ronna würde sie niemals bewusstlos schlagen. Mit brennenden Schultern versuchte Fia, ihre Arme in eine bequemere Position zu bringen. Jemand hatte sie mit Kabelbindern gefesselt und ihre Füße wie ein Paket zusammengeschnürt. Übelkeit trieb bittere Galle in ihren Mund. Sie träumte. Das war der Grund. Ein bizarrer Traum, der niemals wahr sein konnte. Fia würgte. „Schlecht."

„Kann ich mir denken. Hast früher schon beim Autofahren gejammert. Außerdem dürftest du mindestens eine Gehirnerschütterung haben. Kotz mir ja nicht ins Auto. Wie gesagt, wir sind da."

„Wo da?" Das Sprechen ließ sie wieder würgen und sie schluckte krampfhaft dagegen an. Diese neue Ronna jagte Fia eine Heidenangst ein. Was, wenn sie sich doch übergab? Schlug sie dann erneut zu?

„Das kann dir eigentlich völlig egal sein. Nur so viel, du darfst bald wieder nach Hause, wenn du dieses verdammte Cottage noch so nennen willst."

„Was hast du vor?" Lange hielt Fia die Übelkeit nicht mehr aus. Das Dröhnen in ihrem Kopf verstärkte sich mit jeder Minute. Ronna lachte und es klang überhaupt nicht nach ihrer großen Sis. Eher wie ein auf Freundlichkeit programmierter Roboter.

„Auch das kann dir egal sein.“ Ronna kickte einen Kieselstein in die Finsternis. „Er müsste gleich hier sein.“

Fia schwieg. Mittlerweile spielte es keine Rolle mehr, von wem ihre Sis sprach. Wer der Fremde war. Der Verrat schien Löcher in ihr Herz zu fressen. Das letzte Mal hatte sie diesen Schmerz gespürt, als sie Mums verkohlte Leiche gesehen hatte. Genau wie damals schien sich jemand mit einem Skalpell durch ihren Brustkorb zu arbeiten. Systematisch und langsam. Die guten Erinnerungen wurden präzise herausgeschält und vernichtet. Tränen tropften auf Fias Jeans. Alles andere erschien unwirklich. Die kratzige Wolldecke, die seit Jahrhunderten in Artairs Auto lag und in der sich ihre Füße jetzt verhedderten. Das Heulen des Sturms und die Stimme aus dem Radio. Die Kälte. Ihre Schwester, die breitbeinig vor ihr stand. Ein Klon von Ronna wartete auf irgendwen. Eine einzige Frage ließ Fia nicht los und sie musste darüber reden, selbst jetzt.

„Warum?“ Die schwarze Gestalt in der Dunkelheit war nicht Ronna. Ihre Sis hätte sie niemals verraten.

„Hab ich doch gesagt. Du stehst uns im Weg. Bin gleich wieder da.“

Nichts von dem, was ihre Schwester sagte, ergab einen Sinn. Jetzt habe ich gar keine Familie mehr. *Mum ist tot. Dad verliert den Verstand und Ronna hat mich verraten.* Sie wälzte sich auf die andere Seite. Ihr linkes Schulterblatt brannte. Dünne Kabelbinder schnitten sich in Fias Handgelenke. Ihr Magen krampfte erneut und Fia krümmte sich. Sie würgte und schluckte das Erbrochene wieder herunter. Der Klon hatte es verboten.

Ein weiteres Auto näherte sich. Stotternd erstarb der Motor. Mit der Wucht eines Keulenschlags begriff Fia das Ausmaß ihrer Situation. Niemand konnte ihr helfen. Zitternd tastete sie ihre Hosentaschen ab. Kein Handy. Sinann sprach momentan ohnehin nicht mit ihr und wusste nicht, wohin Ronna sie entführt hatte. Sie ahnte nicht einmal etwas von ihrem Verrat. Von Scott und Finley fehlte weiterhin jede Spur. Weißer Nebel legte sich über ihr Sichtfeld. Fia konnte nicht mehr. Würgend krümmte sie sich zusammen.

„Nein! Nicht im Auto." Hektisch zog Ronna ein Messer aus ihrer Tasche und schnitt die Kabelbinder durch. Schritte rannten auf den Landrover zu. Hände griffen nach ihr und zerrten sie brutal aus dem Auto. Wie ein Paket landete Fia auf dem Boden. Steinchen bohrten sich in ihre Wangen. Der weiße Nebel verwandelte sich in Dunkelheit. Sie spürte, wie eine Hand grob ihren Arm packte.

„Leg sie auf die Seite, sie muss kotzen." Diese Stimme kannte Fia nicht. Rau und mit einem tiefen Grollen redete der Fremde auf Ronna ein. Die Worte erinnerten Fia an Felsen, die von den Black Cuillins polterten. Groom. Das Monster konnte sprechen. Krämpfe schüttelten Fia, sie bekam keine Luft. Endlich kam das schwarze Nichts zurück. Stöhnend schloss sie erneut die Augen, froh über die Bewusstlosigkeit.

KAPITEL 40

Allan

Schaf. Als Erstes stach Fia der muffige Geruch von nasser Wolle in die Nase. Etwas knabberte an ihrem Bein und sie zog es erschrocken zu sich heran. Groom. Das Monster stand direkt vor ihr. Seine gewundenen Hörner lagen eng an seinem düsteren Gesicht. Mit tiefschwarzen dämonischen Augen starrte das Ding Fia an. Zerklüftete Hufe berührten ihren Oberschenkel. Starr blieb sie liegen. Wie eine Tote. Weglaufen konnte sie nicht. Genau wie im Auto schien sich ein Netz aus Nägeln um ihre Schläfen zu spannen. Ihr Hals kratzte und der gallige Geschmack ließ sich nicht herunterschlucken. Groom stampfte auf und trottete weg von ihr. Fia musste träumen. Das Monster sah aus wie ein zotteliges Schaf und das gehörte nicht in ihr Zimmer. Für eine Sekunde kniff sie die Augen zusammen, um das Ungeheuer zu vertreiben. Es funktionierte. Als sie erneut hinsah, war Groom verschwunden. Erst jetzt wagte sie es, sich umzusehen. Das Bild stabilisierte sich und Fia erkannte bröckelige Mauern. Regen trommelte auf ein Blechdach. Durch ein fenstergroßes Loch sah sie schnell vorbeiziehende, dunkelblaue Wolken. Neben ihr stand ein dreckiger Eimer und über Fia stank es nach verstopftem Abfluss. Ronna hatte sie an den Siphon eines Waschbeckens gekettet. Wenigstens konnte sie ihre Beine bewegen. Um das Kribbeln zu vertreiben, strampelte sie wild, wie früher im Bett, um Zeit zu gewinnen. Ohne Geschichte hatte sie sich geweigert, zu schlafen, und Bonnie hatte Bücher gehasst. Ronna sprang fast jeden Abend für Mum ein.

Ihre Sis, die jetzt nicht mehr existierte. Weinend zog sie an der Kette. Seit wann besaß ihre Sis Handschellen? Außer weiteren brennenden Schürfwunden erreichte Fia damit nichts. Langsam rutschte sie über den dreckigen Betonboden und lehnte sich an die Wand. Spitze Steine bohrten sich in ihren Rücken. Immer wieder spulten sich die letzten Stunden wie eine gesprungene Schallplatte in ihrem Kopf ab. Ihre Sis belog sie vermutlich bereits seit Jahren. Nichts von ihrer Fürsorge war echt. *Wie lange schon, Ronna? Hast du mich jemals geliebt oder immer nur geduldet?* Ihr Leben fiel in sich zusammen wie die Hütte, in der sie festsaß. Als leuchtende Guppys huschten die Gedanken durch ihren dröhnenden Kopf. *Jeden Tag*. Ein Versprechen, was nie etwas bedeutet hatte.

Schritte näherten sich der Tür und Fia zerrte an ihrer Kette. Der rostige Wasserhahn tropfte schneller. Sie bekam keine Luft und rutschte so nah an die feuchte Wand heran wie möglich. Ein Schloss klapperte. Fia keuchte. Vor *dieser* Ronna fürchtete sie sich. Knarrend schwang die Tür auf und schlug scheppernd gegen die Steine. Etwas rieselte auf den

Betonboden. Düster zeichnete sich die Silhouette des Mannes am grauen Nachthimmel ab. Er wirkte riesig und grob, als hätte ein untalentierter Künstler ihn direkt aus dem Stein gehauen. In der rechten Hand trug der Fremde etwas. Bewegungslos blieb er in der Tür stehen und starrte Fia an. Sie kniff die Augen zusammen. *Tu es schnell, was immer du vorhast. Bitte. Töte mich von mir aus. Aber schnell.*

„Ich nehme mal an, du hast Durst?"

Fia blinzelte. Diese Stimme. Ihre Muskeln verkrampften sich wie zu fest gespannte Gitarrensaiten. Es konnte nicht sein. Mit Sicherheit träumte sie wieder. Von einem freundlichen Riesen, aber die gab es nicht. In keiner Welt, die sie kannte. Schritte kamen auf sie zu. Etwas Schweres wurde abgestellt.

„Keine Angst, ich werde dir nichts tun."

Stumm beobachtete Fia, wie der riesige Fremde durch den Raum schlurfte und das Licht einschaltete. Sterne explodierten vor ihren Augen. Erst jetzt bemerkte sie den Trugschluss. Vor ihr stand kein Riese, sondern ein absoluter Durchschnittstyp. Ihr Verstand hatte ihr etwas vorgegaukelt.

„Na, lass mal sehen. Ronna hat dir wohl einen ordentlichen Schlag verpasst. Entschuldige, aber es ging nicht anders. Du hättest früher gehen sollen. Viel früher. Jetzt, wo Artair unter Verdacht steht, konnten wir nicht länger warten. Dieses Schwein gehört uns."

Sie kannte diese Stimme. Tief und kratzig, wie die eines Märchenerzählers. Erst jetzt sah sie den Fremden genauer an. Er wirkte nicht wie ein Killer. Im Gegenteil. Er hockte vor ihr und die braunen Augen kamen ihr bekannt vor. Mitleid und Besorgnis schimmerten darin. Sommersprossen verteilen sich auf dem kantigen Gesicht. Wilde Locken standen in sämtliche Richtungen ab. Er lächelte sanft. Narben überzogen seine Arme.

„Weißt du, eine Tochter wie dich habe ich mir immer gewünscht. Eine, die mich mit großen Augen ansieht, wenn ich ihr etwas erzähle. Vor dem Kamin. Eine Prinzessin."

Das tiefe Brummen lullte sie ein. Diesen beruhigenden Bass hatte sie auf dem Anrufbeantworter schon einmal gehört und mit einem Schlag erkannte sie den Fremden. „Onkel Allan!"

Er nickte und streckte seine riesigen Hände nach ihr aus. „Darf ich?"

Flach atmend ließ sie ihn die Wunde untersuchen. Jede Berührung trieb einen heißen Bolzen in ihren Kopf.

„Könnte schlimmer sein, aber eine ordentliche Gehirnerschütterung wirst du schon haben. Also, hast du Durst?"

Fia nickte. Ihr Hals fühlte sich an wie eine Käsereibe. Allan nahm eine Plastikflasche aus seinem Rucksack und sie stürzte das kalte Wasser herunter.

„Mach mal langsam, sonst musst du dich wieder übergeben." Er riss ihr die Flasche aus der Hand und zog sich einen Stuhl heran.

„Wir haben nach dir gesucht." Einmal mehr traf sie der Verrat ihrer Schwester wie ein Faustschlag. „Dad will Tráigh Cottage verkaufen."

Als Allan nickte, wippten seine Locken auf und ab wie Sprungfedern. „Ich weiß, aber das spielt ehrlich gesagt keine Rolle."

Stimmt, ich kann ohnehin nicht zurück. „Wo sind Scott und Finley? Leben sie noch? Und wer hat auf Dad geschossen? Was hast du mit Pei gemacht? Was willst du von uns und warum bist du damals einfach abgehauen?“

Allan lachte. „Du bist wie eine Dreijährige. Kinder wollen auch immer alles wissen. Du nervst mit deiner Fragerei. Nur so viel, Pei lebt und es geht ihr gut.“ Anstatt weiter zu antworten, packte er seinen prall gefüllten Rucksack aus. „Für den Fall, dass du Hunger bekommst. Glaube ich zwar nicht bei der Gehirnerschütterung, aber man weiß ja nie.“ Als hätte er Fia zum Picknick eingeladen, breitete er ein kariertes Tischtuch auf dem Boden aus. Darauf drapierte er ein Stückchen Käse, Sandwiches und einen Apfel.

„Wo bin ich hier?“ Beim Anblick der Lebensmittel kehrte die Übelkeit zurück. Vor allem der Camembert roch nach verwesender Ziege.

„Kleines, du fragst zu viel. Früher mochte ich das an dir. Jetzt gehst du mir auf die Nerven. Alles zu seiner Zeit.“

„Wo ist meine Schwester?“

„Deine Schwester? Das überrascht mich. Ich dachte, nach der Nummer willst du sie nie wieder sehen. Willst du wirklich nicht?“ Allan schnitt ein Stück Käse ab und stopfte ihn in sich hinein. Rülpsend schlug er sich auf die Brust. „Bitte entschuldige. Meine Manieren habe ich wohl auf der Straße eingebüßt. Eins hat sich allerdings nicht verändert. Ich habe immer Hunger. Oh und deine Sinann, also die kann kochen.“

„Sinann? Was hast du mit ihr vor?“

Er wedelte ihre Frage beiseite und mampfte ein weiteres Stück. „Gar nichts. Ich sag nur, dass sie gut kochen kann. Wirklich gut.“

„Woher willst du das wissen? Du warst nie im Bistro. Wie lange lebst du eigentlich schon auf der

Straße?“ Fia wollte mit Allan reden, aber seine Art jagte ihr den kalten Schweiß auf die Stirn. In der einen Sekunde fand sie ihn sogar nett und mit einem Schlag saß ein Typ vor ihr, den sie nicht einschätzen konnte. War er ein Killer? Fragen geisterten durch ihren schmerzenden Kopf wie ein ganzes Bienenvolk. Zwischendurch stachen sie zu. „Du warst also der Fremde.“

Grinsend wischte er das Messer mit den Fingern sauber und steckte es wieder in den Rucksack. „Damit du mir nicht auf Ideen kommst. Ich versteh schon, was du bezwecken willst. Wahrscheinlich hast du tausend Fragen. Aber keine Sorge. Es ist nicht für lange und schon bald werden wir uns länger unterhalten. Außerdem bekommst du Gesellschaft. Wie gesagt, ich will dir nicht wehtun. Solange du dich benimmst.“ Mit einem Ruck zog er den Reißverschluss des Rucksacks zu und stand auf.

„Onkel Allan?“

„Nenn mich bitte nicht so. Für dich bin ich ein Fremder und ob ich dich am Leben lasse, hängt von dir ab. Von dir und deinem Dad. Nenn mich einfach Allan.“

Fia schluckte. Mit Sicherheit hatte sie sich verhört. Er log. Auf jeden Fall. „Allan?“

„Ja?“ Er warf den Rucksack auf den Rücken und sah sie an.

„Hast du Mum geliebt? Ich meine, wirklich geliebt?“ Diese Augen. Sie erinnerten Fia an einen Teddy und dafür hatte sie ihn früher vergöttert. Obwohl sie damals kaum denken konnte, hatte sich die dunkle, sanfte Farbe seiner Kulleraugen in ihr Gedächtnis gebrannt. Genau wie das tiefe Grollen seiner Stimme. Er blieb in der Mitte des Raumes stehen und sah auf den Boden. Mit einem Schlag sah er aus wie ein Kind, was seinen Teddy verloren hatte.

„Und wie. Ich habe sie nicht nur geliebt. Sie war mein Ein und Alles. Vielleicht verstehst du das eines Tages den Unterschied."

„Bin ich ... bist du ..." Fia leckte sich über die aufgesprungenen Lippen. Trotz ihrer Schmerzen musste sie es wissen.

„Dein Dad? Nein. Aber es gab Zeiten, da hätte ich mir das gewünscht." Damit stiefelte Allan durch die Tür. Ketten rasselten und ein Schloss schnappte zu. Das Geheul des Windes schwoll wieder an. Ein Auto fuhr davon. Kälte kroch durch die Ritzen in der alten Mauer. Zitternd zog Fia ihre Knie so nah wie möglich an den Körper und legte ihr Gesicht darauf.

Einzelne Geräusche sickerten mit jeder weiteren Stunde in Fias Bewusstsein. Der Atlantik donnerte in der Nähe gegen die steilen Klippen. Möwen kreisten über der Hütte. Schafe blökten. Ohne Zeitgefühl lauschte Fia auf das stetige Tropfen des Wasserhahns. Uhr und Handy hatte Allan ihr abgenommen. Immer wieder dachte sie an Sinann und ihren Streit. Er schien schon Jahre zurückzuliegen. Sogar die Einzelheiten im Bistro verblassten langsam. Fieberhaft überlegte Fia, ob der Serviettenhalter rot oder schwarz war. Mit der Reue kam die Angst um ihre beste Freundin. Was hatte sie mit der ganzen Sache überhaupt zu tun? Onkel Allan sah nicht aus wie ein Killer, aber er verhielt sich wie ein Verrückter, der seine Pillen vergessen hatte.

Als die Kette das nächste Mal rasselte, dämmerte es. Graues Licht fiel durch das Loch im Dach. Der Wind hatte die Wolken auseinandergerissen. Das

Schloss schnappte auf und Allan betrat die Hütte. Keuchend drückte sich Fia an die Mauer. Er war nicht allein.

„Da rüber." Evaine stolperte wimmernd vorwärts. Allan schubste sie brutal gegen die Wand. „Mach keinen Ärger."

Fia biss sich auf die Lippen, um nicht loszuschreien. Evaine fiel auf die Knie. Blut tropfte von ihrer Augenbraue auf den Beton. Er trat ihr in den Bauch und die Farmerin sackte in sich zusammen.

„Entschuldige Fia, das hier tut mir leid. Ist nicht gerade höflich, ich weiß. Muss aber sein."

Evaine lag auf dem Boden wie ein Fötus und rührte sich nicht. Erst jetzt sah Fia das schwarz unterlaufene Auge und die klaffende Platzwunde darüber. Blut strömte über ihr weißes Gesicht. Fia blieb stumm. In den letzten Stunden hatte sie gelernt, nicht zu viele Fragen zu stellen. Sie hing an ihrem Leben, auch wenn es sich momentan wie ein Horrorfilm anfühlte. Was immer ihr Entführer vorhatte, sie durfte ihn nicht reizen. Außerdem verstärkte Reden die pochenden Schmerzen in ihrem Kopf.

„Warum? Warum tust du das? Was habe ich dir denn getan?" Blutbläschen bildeten sich zwischen Evaines Lippen. Sie klang wie jemand, der sich gerade die Zähne putzte.

Wie beim letzten Mal setzte sich Allan auf einen der Stühle. Das Holz knackte laut und Fia zuckte zusammen.

„So warst du schon früher. Nimmst alles gleich persönlich. Herrgott noch mal. Das konnte ich noch nie an dir leiden."

„Ich war doch die Einzige, die immer zu dir gehalten hat."

Allan lachte und ein unsichtbarer Kübel Eiswürfel landete in Fias Nacken. Groom. Es klang wie ein tödlicher Felsrutsch. „Du?" Er schlug sich vor Lachen auf den Oberschenkel und Fia zuckte zusammen. „Ausgerechnet du?"

Onkel Allan stand auf und trat ein paar Schritte auf das Loch in der Wand zu. Schatten legten sich über sein Gesicht, während er auf die grasenden Schafe draußen starrte. Schmerz und Enttäuschung schimmerten in seinen Augen. Evaine lag auf dem Boden und rührte sich nicht. Blut tropfte ungehindert aus ihrem Mund auf den Beton. *Warum stehst du nicht auf und läufst weg?* Allan hatte sie nicht gefesselt. *Geh einfach.*

„Keiner von euch hat je zu mir gehalten und das weißt du genau. Du am allerwenigsten. Yellowbelly, das war doch deine Idee?" Dunkel und bedrohlich polterte sein Bass durch die verlassene Hütte. Wie ein nahendes Gewitter in den Bergen.

„Wir haben dich befreit." Evaine hustete und ein blutiger Schwall spritzte auf den Boden.

„Ja, das habt ihr. Nobel von euch." Er kam näher und blieb direkt neben ihr stehen.

„Warum tust du mir jetzt weh? Wir wollten das alles gemeinsam durchziehen."

„Ach Evaine." Allan kniete sich neben sie und zog etwas aus der Tasche seines Parkas.

Fia hielt die Luft an. Die Klinge blitzte im grauen Dämmerlicht.

„Glaubst du, ich weiß nicht, wer mich damals verraten hat? Nach der Sache auf der Insel?"

„Bonnie hätte sterben können!"

„Und Artair hätte mich beinahe totgeprügelt. Aber das wusstest du natürlich und hast es in Kauf genommen." Lächelnd spielte Allan mit dem Messer und hielt es in die Höhe.

Warum wehrst du dich nicht? Mit einem Schlag sah er nicht mehr aus wie ihr freundlicher Onkel, der gerne Geschichten erzählte. Sein Grinsen wirkte kalt und Hass blitzte in seinen Augen. Jahrelang aufgestaute Verachtung.

„Ich war für euch immer nur der Yellowbelly. Ein Versager. Ein Niemand. Erinnerst du dich an den Tag in der alten Hütte?"

„Es gab viele Tage in einer alten Hütte." Evaine lag wie festgeklebt weiter am Boden. Jeder Atemzug klang mittlerweile nach einem blubbernden Suppentopf. Ihr Gesicht wirkte weißer als die fleckigen Farbreste an den Wänden.

„Ja, aber ich meine den, an dem du dich für meinen Bruder entschieden hast."

„Gott Allan, ich habe mich nie *für* jemanden entschieden oder gegen dich. Ich wollte Bonnie helfen."

Allan schwieg und legte eine Hand auf Evaines Oberschenkel. In seinen Pranken sahen ihre Beine aus wie dünne Stöckchen. Lächelnd stach er zu. Mit hämmerndem Herzen sah Fia auf das Blut. In kleinen Rinnsalen sickerte es aus der Wunde und bildete eine rote Blüte auf ihrer Jeans. Wie eine Rose im Frühling. Evaine krümmte sich weinend.

„Nur, damit du mir nicht fliehst." Schnell zog er das Messer aus der Wunde und rammte es in ihr anderes Bein. Still lag Evaine da.

Sie ist tot. Übelkeit wühlte in Fias Magen. „Hör auf. Bitte." Fia hustete. Die Worte fühlten sich an wie verschluckte Nadeln. Der Bienenschwarm surrte weiter durch ihren Kopf. Was ist damals passiert? Pieks. Wo sind Finley und Scott? Pieks. *Sie sind tot, du dummes Ding*. Der gute Onkel Allan, der Geschichtenerzähler hat sie getötet.

Er beachtete ihr Flehen nicht. Stumm und konzentriert stach er das Messer immer wieder in Evaines Waden. Sie roch seinen sauren Schweiß. Als er sich umdrehte, rutschte Fia weg von ihm und dem Blut. Die Flecken auf dem Beton breiteten sich mit jedem Stich weiter in ihre Richtung aus. Die Kette klirrte.

„So. Sicher ist sicher." Mit einem schnellen Schnitt durchtrennte er ihre Achillessehnen. Es knallte. Wie ein geplatzter Luftballon auf dem Jahrmarkt.

Fia schluckte die hochkommende Galle hinunter. Allan richtete sich auf und drehte den Wasserhahn auf. Es quietschte. Sorgfältig wusch er die Klinge im Waschbecken ab. Fia wollte nicht hinsehen, aber ihr Blick wanderte immer wieder zu der gekrümmten Gestalt neben ihr.

„Keine Angst, sie lebt noch. Sie ist nur ohnmächtig." Er steckte das Messer zurück in die Jackentasche und sah auf seine Armbanduhr. „Ronna müsste bald hier sein. Ich warte so lange draußen, wenn es dir nichts ausmacht. Hier stinkt es."

„Wie spät ist es?"

„Acht Uhr, aber das sollte dir egal sein, Kleines." Damit stand er auf und verließ die Hütte.

Fia lehnte den Kopf gegen die feuchte Wand und schloss die Augen. *Meine Familie besteht aus einer Horde Monster. Sie sind alle wie Groom.* Seit Jahren lauerten sie im Schatten der Berge und warteten. Jetzt zeigten sie ihr wahres Gesicht. In Gedanken hörte Fia Sinann lachen. Eine Wolke aus Gestank nach Eisen und Fäkalien zerstörte diese tröstende Vorstellung. Evaine gab keinen Laut von sich. Gemeinsam warteten sie auf den Tod.

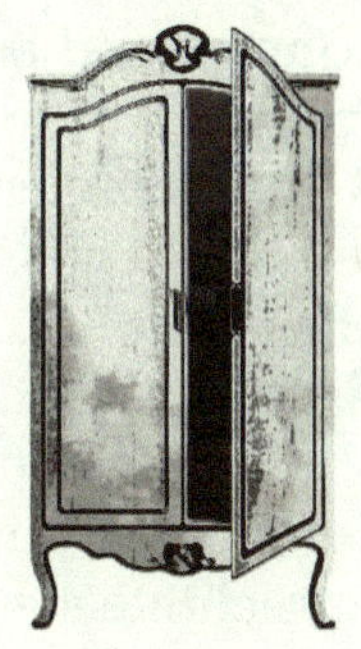

KAPITEL 41

Dinner

„So. Dann wollen wir mal."

Die Tür des Cottage flog auf und Fia schreckte hoch. Die letzten Stunden waren träge wie schleimige Brühe an ihr vorbeigeflossen. Gedanken an die schönen Zeiten mit ihrer Schwester hatten sich mit den Erinnerungen an Mum abgewechselt. Immer wieder funkte Allan dazwischen. Sobald Fia döste, teilte er Mum in Stücke. Lachend warf er die blutigen Körperteile ins Meer, als wären es Fischköder. Arme und Beine schwammen im Atlantik. Allein der Kopf lag noch verkohlt am Strand. Wie Perlen reihten sich die weißen Zähne aneinander. Sobald Allan Schwung holte, um Mum zu treten, wachte Fia auf. Sofort schielte sie hinüber zu Evaine, die sich nicht rührte. Ihre Hände kribbelten von der unnatürlichen Haltung. Wie Felsbrocken donnerten die Tatsachen durch ihren Kopf. Sie saß irgendwo in einem zerfallenen Cottage, gefangen von Monstern, die früher zu ihrer Familie gehört hatten. Das war vorbei, so wie alles andere.

Ronna stand bewegungslos vor ihr. Sie sah aus wie immer. Schlamm klebte an ihren Stiefeln, weiße Haut schimmerte durch die Löcher in den hautengen Jeans. Wie sonst trug sie einen derben Strickpullover. Alles stimmte, bis auf ihr Gesicht. Eine Maske aus Hass lag über der wahren Ronna.

Allan schlenderte in den Raum und stellte seine Reisetasche auf den Boden. Er ging zu Evaine und betrachtete sie. Ohne Vorwarnung trat er sie in den Magen und zuckte mit den Schultern.

„Lass sie doch einfach." Selbst die Stimme ihrer Schwester hatte sich verändert. Die Gleichgültigkeit darin kannte Fia nicht. „Hey Sis. Hunger?"

Fia schüttelte stumm den Kopf. Mit *dieser* Ronna wollte sie nicht reden.

„Wie auch immer. Jedenfalls werden wir uns jetzt einen schönen Abend machen. Mit Dad haben wir uns nie einen schönen Abend gemacht. Onkel Allan, kannst du drüben schon einmal den Tisch abwischen?" Summend stiefelte Ronna auf die Tasche zu und packte sie aus.

Fast hätte Fia laut gelacht. Das war grotesk. Geräusche waberten über die Mauerreste, ohne das Tropfen aus dem Wasserhahn zu verdrängen. In der letzten Nacht hatte sie das stetige Ploppen fast wahnsinnig gemacht.

„Ich habe sogar an deinen Lieblingskäse gedacht, Sis und es gibt Wein." Ronnas Stimme klang fröhlich und Fia sah erneut auf das Häufchen Elend neben ihr.

„Hey", flüsternd stieß sie die reglose Farmerin mit der Fußspitze an, „wach auf. Bitte." Als Evaine die Augen öffnete, rutschte Fia ein Stück zur Seite. Das viele Blut brachte ihren Magen zum Rotieren. Ein pelziger Flummi steckte in ihrem Hals.

„Spiel einfach mit."

„Was?" Fia beugte sich vor, ohne sich den rostbraunen stinkenden Pfützen mehr als nötig zu nähern.

„Spiel mit oder sie bringen dich um. Deine Schwester ..." Evaine hustete und erneut lief ein dünnes rotes Rinnsaal aus ihrem Mund, „sie ist ...wie dein Dad."

Fia schloss die Augen. Jahrelang hatte sie mit Groom über ihre Ängste und Geheimnisse geredet. Sie hatte ihrer Sis vertraut. „Was soll das heißen wie mein Dad? Hat er ..."

„Ich weiß es nicht." Husten.

Fia wich nicht rechtzeitig aus und rote Tropfen spritzen auf ihre Hand.

„Deswegen habe ich mich nie gemeldet. Wegen ihr. Ich hatte ... ich hatte Angst. Spiel das Spielchen mit oder du bist tot."

Jemand wischte nebenan mit einem feuchten Lappen über den wackeligen Tisch in der Mitte des großen Raumes. In ihrer liegenden Position konnte Fia Ronnas Oberkörper sehen. Energisch schrubbte sie die Tischplatte und lächelte dabei.

„Ruhe da drüben." Allan. Die gute Laune der beiden steigerte Fias Angst.

„So. Dann mal los." Er löste ihre Fesseln und zog Fia auf die Beine.

Sofort drehte sich das Cottage um sie.

„Na na, tief durchatmen." Allan hielt sie fest, bis Fia nicht mehr schwankte.

Seine Finger gruben sich in ihre Schulterblätter wie Bohrer. Grob schubste er sie vorwärts.

„Setzen." Er deutete auf einen der wackeligen Stühle und Fia gehorchte. Länger hätte sie ohnehin nicht stehen können. Das Holz knackte unter ihr. Ronna zog eine Tischdecke aus der Tasche und breitete sie aus.

„Wegen der Gemütlichkeit." Lächelnd stellte sie zwei Kerzenständer auf den Tisch. „Wir wollen es ja schön haben, oder?"

„Was habt ihr mit uns vor?" Fia mied den Blick auf das unbekümmerte Gesicht ihrer Schwester und sah auf die roten Karos. *Evaine*. Seit Stunden lag sie blutend und regungslos auf dem kalten Boden. Die Wunden an ihren Beinen sahen aus wie eine bizarre Kraterlandschaft. „Sie verblutet."

Ronna zuckte mit den Schultern und pflückte ein paar Krümel aus dem Stoff.

„Oh, du hast beschlossen zu reden. Bestens. Wie ich schon sagte, wir werden uns jetzt einen schönen Abend machen. Mach uns das nicht kaputt, Fia." Allan stellte eine Tupperdose auf den Tisch.

„Eigentlich hätten wir eine Familie sein sollen, verstehst du?" Ronna schob einen der Kerzenständer einen Millimeter weiter nach links und trat einen Schritt zurück. Mit einem Nicken betrachtete sie ihr Werk.

Der gedeckte Tisch schien aus einem anderen Universum zu kommen. Drumherum zerfiel alles. Auf Mums guten Tellern lagen Käse, Wurst und verschiedene Dips. Ronna hatte anscheinend das ganze Tráigh Cottage in der Sporttasche verpackt. Bei dem Geruch musste Fia an Sinann und Blair denken. Knoblauch, die Soßen im Bistro rochen ebenfalls danach. „Wir?" Das Wort *Familie* brachte Fias Magen zum Schlingern.

„Ja." Allan drapierte Obststückchen auf eine silberne Platte und pfiff dabei. „Bonnie, ihr beide und ich."

Ronna warf ihrem Onkel einen warnenden Blick zu und Angst schnürte den unsichtbaren Strick um Fias Brustkorb ein Stück enger.

„Mein Bruder hat keine Familie verdient." Mit ruhiger Hand zündete Allan die Kerzen auf dem Tisch an, trotz der Wut in seinen Augen. Schatten tanzten durch den Raum und verwandelten die Farbfetzen an den Wänden in verrenkte Gestalten. Allan ging zum Kamin und fegte die trockenen Blätter und den Staub beiseite. Ronna entkorkte den Wein und zauberte drei saubere Gläser aus der Tasche.

Fragen schossen durch Fias Kopf. *Wie lange noch? Was habt ihr mit mir vor?* Nicht eine davon stellte sie laut. Sie fürchtete sich vor den Antworten.

„So, lasst uns essen. Du machst uns doch keinen Ärger, oder?" Ronna sah ihre Sis mit hasserfüllten Augen an.

Fia schüttelte den Kopf. Ihr Blick fiel auf die Badezimmertür. Ständig fragte sie sich, ob die Farmerin noch lebte. Kerzenschein flackerte durch den Raum. Schatten huschten über die zerstörten Küchenschränke. Es stank nach Blut, Schimmel und Rattenkot.

„Sicher ist sicher." Ronna bückte sich und fesselte mit einer schnellen Bewegung Fias Füße.

Das Klicken der Handschellen schnürte ihren Hals endgültig zu. Keinen Bissen würde sie herunterbekommen.

„Du magst doch Rosé, oder? Hat deine Schwester jedenfalls behauptet." Allan nahm die Weinflasche. Ohne eine Antwort abzuwarten, schenkte er ein. „Slainte. Auf einen schönen Abend."

Sie hielten ihre Gläser in die Höhe und sahen Fia an. Eine Ratte huschte durch die verfallene Hütte. Fiepend trippelte sie Richtung ehemaliges Badezimmer und verschwand darin. Von Evaine kam kein Laut. In Gedanken sah Fia das Tier an den blutenden Wunden nagen. Rote Klumpen klebten an ihren

Zähnchen. Während hier ein groteskes Stück aufgeführt wurde, starb die Farmerin wahrscheinlich in einer Pfütze aus Blut, Dreck und Kot.

„Fia?" Allan folgte ihrem Blick. „Achte gar nicht auf sie. Sie stirbt früher oder später sowieso und sie hat es auch nicht anders verdient. Sie hätte mich damals eben nicht verraten dürfen."

Die Ratte huschte mit einem Stückchen Fleisch zwischen den Zähnen aus der Tür. *Spiel mit oder du bist tot.*

„Wie du willst. Slainte." Gläser schlugen klirrend aneinander. Ronna und Allan nickten sich zu und tranken.

Fia rührte ihren Wein nicht an. Ein schmatzendes Geräusch mischte sich in das Klirren. Es kam aus der Ecke, in der die Ratte verschwunden war. Mit Tränen in den Augen starrte sie auf ihre Schwester, die sich genüsslich ein Stück Käse in den Mund steckte. „Also, was willst du wissen?"

„Was spielst du für ein perverses Spiel, Ronna?"

„Gar keins. Käse?" Sie hielt Fia den Teller hin. Achselzuckend stellte sie ihn wieder ab, als Fia sich nicht rührte. „Es gibt etwas zu erledigen und dabei stehst du uns im Weg. So einfach ist das."

„Wie lange wusstest du schon von Onkel Allan?"

„Seit meinem Studium."

„Seitdem haben wir regelmäßig telefoniert. Jetzt probier doch wenigstens mal. Deine Schwester hat mich quasi eingeladen, da konnte ich nicht Nein sagen." Allan hielt ihr den Teller direkt unter die Nase und Fia nahm ein Stück. Endlich stellte er den Käse wieder ab.

„Was hast du mit Finley und Scott gemacht?" Sie musterte Allan, der jetzt eine Scheibe Salami von der Silberplatte angelte.

„Ich? Gar nichts. Du kannst wirklich stolz auf deine Schwester sein. Das alles war ihre Idee. Ein genialer Plan, wenn du mich fragst. Wirklich genial, deine Sis.“ Er stopfte sich die Wurst in den Mund.

Nickend trank Ronna einen Schluck Wein. „Onkel Allan hat auch seinen Teil dazu beigetragen.“

Je mehr die beiden redeten, desto weniger begriff Fia. Die Worte ergaben keinen Sinn. Was war Ronnas Idee? „Wieso hast du mich verraten?“ Um nicht den Verstand zu verlieren, konzentrierte sich Fia auf den größten Schmerz.

„Ach Sis, du hattest jede Menge Chancen. Du hättest nur Ja sagen müssen.“

„Ja wozu?“

„Jetzt stell dich nicht dümmer an, als du bist. Wie oft habe ich dich gefragt, ob du mit nach Dundee kommst? Ich wollte dir nie wehtun, Sis. Du hast mir mit deiner Sturheit und Warterei einfach keine Wahl gelassen.“

Die Ratte trippelte zurück ins Badezimmer und Fia schloss für eine Sekunde die Augen.

„Sie ist eben genauso stur wie ihre Mutter. Du solltest einen Schluck trinken, Kleines. Siehst ganz schön blass aus. Wir haben es doch schön hier, oder nicht?“

Fia nahm ihr Glas und nippte, um sich von der Ratte und Evaine abzulenken. Sie saß in einem tödlichen Spiel fest, einer perversen Gameshow. Die nächste falsche Antwort oder Frage würde sie umbringen. Der Wein schmeckte bitter und sie stellte das Glas hustend wieder auf den Tisch. Evaine kreischte im Badezimmer. Die Ratte raste zurück in ihre Ecke. Frisches Blut klebte in ihrem Fell. In ihren Pfötchen hielt sie einen kleinen Fleischbrocken.

Allan lachte und schlug mit der geballten Faust auf den Tisch. Der Stuhl unter ihm knackte. „Köstlich." Seine Barthaare zitterten wie bei einem Walross. „Wir müssen Evaine gar nicht töten." Vor lauter Lachen bekam er kaum Luft und die Worte klangen abgehackt. „Sie wird einfach gefressen. Von einer Ratte."

Ronna lehnte sich auf ihrem Stuhl zurück. Sie sah gar nicht hin, sondern musterte ihre Schwester. Der hasserfüllte Glanz in ihren Augen lähmte Fia. „Morgen machen wir einen kleinen Ausflug. Willst du wirklich nichts essen? Siehst echt käsig aus."

Fia stürzte den Wein in einem Schluck herunter. Das Glas in ihrer Hand zitterte heftig. „Wohin?" Sie hörte, wie die Ratte fiepend davon trippelte. Evaine wimmerte.

„Wirst du dann schon sehen." Ronna schenkte sich nach und drehte das Weinglas in ihren Händen. „Ich wünschte, du wärst mitgekommen. Das alles hier, hätte nicht sein müssen. Bis auf die Sache mit Evaine."

„Der Einbruch war also ein Fake? Du und Onkel Allan, ihr habt gemeinsame Sache gemacht."

Ronna trank und nickte. „Ja. Allan, Evaine und ich. Ich hatte die Idee. Allan hat den Lockvogel gespielt und Evaine tja, sie sollte eigentlich nur auf Pei aufpassen." Sie leckte sich über die Lippen und nahm ein Stück Käse. „Aber dann hat die dämliche Kuh auf Dad geschossen, gegen die Abmachung."

„Evaine hat sich noch nie an irgendwelche Abmachungen gehalten." Allan lehnte sich nach vorn. Der Stuhl unter ihm knackte. Er nahm sein Glas und trank es in einem Zug aus. Fasziniert sah Fia auf seine Narben. „Sie hat damals eurem Dad gesteckt, wer das Boot manipuliert hat. Sie hat es nicht hingekriegt, so wie früher. Was bitte ist daran so schwer, einen Ring zu klauen?"

„Kapier ich nicht." Tatsächlich begriff Fia gar nichts. Angst hielt sie aufrecht. Blitze zuckten vor ihren Augen und sie schwitzte vor Schmerzen. Ronna schenkte sich Wein ein.

„Ach Sis, du wirst es schon noch verstehen. Bald. Unser Ausflug morgen, der ist wichtig. Du wirst sehen." Kichernd leerte sie ihr Glas. „Wir haben uns übrigens die Todesclique genannt. Allans Idee."

„Wer wir?"

„Na, Onkel Allan, Evaine und ich."

„Wir waren immer eine Todesclique, damals schon." Allan rülpste und schenkte sich erneut ein.

Den Rest des Abends verdrängte Fia, sobald sie wieder angekettet im Badezimmer lag. Die Ratte war verschwunden, Fia sah die Bissspuren in Evaines Oberschenkeln. Der Gestank ließ sie flach atmen. Nach dem Essen hatte sie sich wieder übergeben und der scharfe Geruch vermischte sich mit Eisen und Urin.

„Hey." Fia war zu müde, um Evaine erneut anzustupsen.

„Du lebst ja noch. Herzlichen Glückwunsch." Die Farmerin redete, rührte sich dabei jedoch nicht. Ihre Stimme klang wie die eines Kindes im Hospiz. Sie lag auf der Seite, mit dem Gesicht zur Wand. Mit jedem Atemzug hörte Fia ein schleimiges Brodeln.

„Pei lebt?"

Evaine nickte. „Ja. Dein Onkel liebt Tiere, er würde ihr niemals etwas tun."

„Was war euer Plan?" Diesmal ließ sich die Farmerin Zeit mit der Antwort. Ihre Schultern hoben und senkten sich, während die Dunkelheit durch das winzige Fenster über Fias Kopf kroch. In der Ferne hörte sie das Meer. *Wir sind also irgendwo an der Küste*. Als die Farmerin Luft holte, zuckte Fia zusammen.

„Das ist doch jetzt egal. Die Sache mit dem Boot ... Scott und Finley hätten Bonnie damals beinahe umgebracht. Dafür habe ich sie immer gehasst. Und Allan hasst sowieso jeden aus der Clique. Wegen Yellowbelly."

Fia fragte nach, um sich von den Kopfschmerzen abzulenken. Konzentrieren konnte sie sich nicht und die ganzen Erklärungen klangen wie eine Gebrauchsanleitung auf Japanisch. „Yellowbelly ... Onkel Allan, ich kann ihn mir nicht als Feigling vorstellen."

Evaine blieb regungslos liegen. Ihre Starre jagte Fia Angst ein.

„Dein Dad, Finley, Scott, Yellowbelly, ich und deine Mum. Wir hingen ständig zusammen. Bis ... ich wollte ..." Evaine röchelte. „... ich hab auf Artair geschossen. Ich wollte dich beschützen ..." Erneutes Husten und diesmal klang es wie ein kaputter Motor, der nie wieder anspringen würde. „Immer."

Der Rest des Satzes ging in dem Knall der Tür unter. Schritte polterten durch den Raum und Fia musste nicht hinsehen, um Allan zu erkennen.

„So. Du wolltest klein Fia also beschützen. Vor wem? Vor mir oder meinem Bruder? Du hast mich immer schon gehasst, oder?"

Selbst jetzt rührte sich Evaine keinen Millimeter. Schwer atmend blieb sie auf dem dreckigen Boden liegen, ohne zu Allan aufzusehen. „Hab ich nicht. Ich hätte mir sogar gewünscht, Bonnie wäre schon damals mit dir gegangen. Aber das war dir ja schon immer egal. Du bist blind vor Hass, das warst du schon immer."

„Trotzdem hast du mich verraten. Du hast ja keine Ahnung, was Artair mit mir gemacht hat. Jeden Tag. Das war schlimmer als eure Sprüche. Schlimmer als Yellowbelly." Allan trat ihr mit voller Wucht in den Rücken und das schleimige Brodeln verstummte. „Wegen dir wäre ich beinahe ertrunken, wusstest du das? Hier drin", er tippte sich an die breite Stirn, „sehe ich dich. Wie du und Artair eure Köpfe zusammensteckt. Er hätte mich fast umgebracht, in dieser verdammten Pfütze!"

Allan fummelte etwas aus seiner Hosentasche. Sein Adamsapfel hüpfte, als er den Ring in die Höhe hielt.

Mum. Drei Schläge lang setzte Fias Herz aus. Jetzt ahnte sie, worum es ihrem Onkel ging.

Schemenhaft und steif stand er da wie eine Statue, mittlerweile hatte sich Finsternis über das Cottage gesenkt.

„Abgehauen wäre ich auch so, irgendwann. Aber wegen dir habe ich wieder ins Bett gemacht, nach der Sache mit dem Boot. Jede verdammte Nacht." Er steckte den Ring in die Hosentasche und stellte sich breitbeinig über Evaine, die jetzt keuchend zu ihm hinaufstarrte. Ihr Brustkorb hob und senkte sich hektisch. Ihr linkes Auge war zugeschwollen. Die schwarze Verfärbung wirkte in ihrem weißen Gesicht monströs. „Artair hat uns alle zu Monstern gemacht und du ... du hast dich für ihn entschieden. Für den Weg des geringsten Widerstandes. Wie immer. Wegen dir musste ich so plötzlich verschwinden. Hättest du doch bloß deine dämliche Klappe gehalten. Dann hätte ich mich besser vorbereiten können und Bonnie wäre vielleicht noch am Leben."

„Allan ... Ich habe ... nie ... ich habe immer zu dir gehalten!“

Bewegungslos lag Evaine am Boden. Sie atmete kaum noch. Tränen tropften auf den schmutzigen Beton unter ihrem fahlen Gesicht. Ihre Hand zuckte nicht einmal mehr.

„Red keinen Stuss.“ Er brach ihr Genick mit einer einzigen Handbewegung.

KAPITEL 42

Catrina

Stimmen draußen vor der Hütte weckten Fia auf. Sie war so weit weg von Evaines leblosem Körper gerutscht, wie ihre Fessel es zuließ. Ohne ein Wort hatte Allan ihre Fesseln überprüft. Wie einen Müllsack hatten sie die Leiche liegenlassen.

Fia leckte sich über die geschwollenen Lippen. Die Kälte in der alten Hütte lähmte sie mit jeder Stunde ein bisschen mehr. Nach den Nadelstichen kamen die Schmerzen. Schritte entfernten sich von der Tür, die mit Schwung aufgestoßen wurde. Ihr Zeitgefühl hatte Fia schon vor Stunden verloren.

Ronna stiefelte direkt auf sie zu. Draußen herrschte Dunkelheit. Für eine Sekunde konnte Fia den Mond sehen. Gefühlt saß sie seit Wochen in der elenden Hütte. Der Hunger war verschwunden, ihr Körper bestand aus nichts als Schmerzen. Dafür quälte sie brennender Durst und sie hustete ununterbrochen.

„Wie versprochen machen wir jetzt einen kleinen Ausflug."

„Wie spät ist es?“ Probehalber zog Fia ihre Knie näher an den Körper. Ein dumpfer Schmerz breitete sich in den Beinen aus. *Wie lange wollt ihr mich noch hier liegenlassen? Bis ich erfriere? Oder verdurste?* „Ich hab Durst.“

Ronna zuckte mit den Schultern. „Spielt das eine Rolle? Aber gut, es ist drei Uhr früh und ich habe Wasser dabei.“ Sie löste die Kette und behielt sie in der Hand wie eine Hundeleine. „Hör zu. Du machst mir keinen Ärger, klar?“ Ronna zog eine Pistole aus der Tasche und spielte mit dem Abzug. Mit einem Schnalzen steckte sie die Waffe wieder in ihre Jackentasche.

„Du ... du würdest mich wirklich ... erschießen?“ Fia suchte in den Augen ihrer Schwester nach einem Nein. Stattdessen fand sie Kälte und Verbitterung. Ronna nickte.

„Ja.“

Mit diesem einen Wort zerstörte sie alles, was Fia je geliebt hatte. Die Hütte um sie herum verblasste, während ihr Blick an Ronnas Gesicht hängen blieb. Liebe und Fröhlichkeit waren verschwunden. Jemand hatte sie abgewischt wie alberne Kritzeleien von einer Tafel. Dafür entdeckte Fia harte Kanten und eine neue Gleichgültigkeit. Klirrend landete die Kette auf dem Boden und Fia schnappte nach Luft.

„Sobald du auch nur versuchst abzuhauen ...“ Ronna klopfte auf die Tasche ihres Parkas.

„Wann bist du bloß so geworden? Sis, das kann doch alles nicht dein Ernst sein! Bitte! Du bist doch keine ...“ Tränen liefen über Fias Wangen. *Mörderin.* Angst, Trauer, Wut und Enttäuschung bildeten einen riesigen Sumpf. Mit jedem Wort versank Fia tiefer in dem kalten, tödlichen Morast.

„Du hast ja keine Ahnung. Los komm." Damit stand Ronna auf und ging zur Tür. Schnaubend drehte sie sich zu Fia um. „Wir haben nicht ewig Zeit."

Nichts spielte für Fia mehr eine Rolle. Sie hatte alles verloren. Zitternd kam sie auf die Beine und hielt sich an der Wand fest. Ihre Muskeln brannten, als hätte sie jemand angezündet. Die bröckeligen Mauerreste schwankten. Weißer Nebel waberte vor ihren Augen.

„Jetzt stell dich nicht so an. So lange sitzt du hier noch nicht fest."

Weinend torkelte Fia auf die verschwommene Gestalt an der Tür zu. Die rotblonden Haare ihrer Schwester leuchteten wie eine Boje. Daran konnte sie sich orientieren. Alles andere schwankte wild wie der aufgewühlte Atlantik.

Ronna packte sie grob am Arm und zerrte sie nach draußen.

Die kalte Luft krallte sich wie ein Raubtier in ihren Pullover. Wenigstens an eine Jacke hätte ihre Schwester denken können. *Nein.* Fia korrigierte sich in Gedanken. Nicht *diese* Ronna.

„Steig ein."

Fia kletterte schweigend auf den Beifahrersitz des Landrovers und Ronna knallte die Tür hinter ihr zu. Die Gerüche erinnerten sie an zu Hause. An ein warmes Nest, was es nicht mehr gab. Früher hatte sie das penetrante Aroma des Wunderbaums gehasst. Vanille, vermischt mit Hundegeruch. Der Landrover roch nach Pei. Das Mädchen neben ihr trug wie immer ihr Lieblingsparfüm. Nichts davon gehörte länger zu ihrem Leben. Ronna startete den Motor und Fia sah aus dem Fenster. Sie wollte nicht wissen, wo sie hinfuhren. Mehr Schmerz konnte sie nicht ertragen.

„Aussteigen.“ Ronna hatte den Landrover am Straßenrand geparkt und hielt die Beifahrertür auf. Immer wieder sah sie sich um. Um die Kälte zu vertreiben, trat sie von einem Bein auf das andere. Fia rutschte vom Sitz und landete hart auf den Knien. Split bohrte sich in ihre Haut.

„Meine Güte. Hättest mal was essen sollen.“

Ohne sich zu rühren, blieb Fia auf der kalten Schotterstraße sitzen. Selbst wenn sie gewollt hätte, ihre Kraft reichte nicht zum Aufstehen. Die Umrisse einer Ruine zeichneten sich schwarz neben der Straße ab.

„Man, jetzt steh endlich auf!“ Ronna zerrte sie in die Höhe und hielt sie am Kragen fest.

Willenlos ließ sich Fia über den morastigen Acker schleifen. Ihre Beine bewegten sich automatisch, während sie an die Pistole in Ronnas Jackentasche dachte. Ständig wiederholte sich die Szene in ihrem Kopf. Ihre geliebte Sis, die ausdruckslos vor ihr stand und Ja zu ihrem Tod sagte.

„Hier ist es.“

Fia blieb stehen und sah auf das nasse Gras. Verwitterte Grabsteine verteilten sich rund um die Ruine. Efeu wickelte sich um die verrosteten Zäune der Grabmäler. Die geschwungenen Spitzen sahen aus wie Pfeile. „Hier ist was?“

Ronna antwortete nicht. Stumm zog sie eine kleine Taschenlampe aus ihrer Tasche und schaltete sie ein.

Als der gleißend helle Kreis auf den Namen und das Datum fiel, stolperte Fia zwei Schritte zurück. Die Kritzeleien und die Runen. Mit einem Schlag ergaben die wirren Andeutungen einen Sinn. *Kat. Katze kommt.* Arran hatte es erraten und sie wollte es nicht wahrhaben. Cat war ein Name. Eine Abkürzung für ein kleines Mädchen.

„Nein.“ Kopfschüttelnd stolperte Fia einen weiteren Schritt zurück. „Das kann nicht sein.“ Catrina MacNiddry, 05. Oktober 1990. Kein Geburtsdatum. Die Blumen im Schein der Taschenlampe sahen frisch aus.

„Sie hätte Catrina heißen sollen.“

Fia starrte auf die eingemeißelten Buchstaben und schwieg. Ihr ganzer Körper zitterte.

Ronna sah mit gefalteten Händen auf den kleinen Gedenkstein. „Wir haben ... hatten eine Halbschwester, Sis. Ich dachte, das interessiert dich vielleicht. Ihr hättet euch bestimmt gut verstanden.“

Fia räusperte sich. Sie wollte etwas sagen, aber die Worte blieben an dem Pelz in ihrem Hals hängen. *Eine Halbschwester. Wieso stehen wir hier an ihrem Grab?* „Woran ist sie gestorben und wie lange weißt du das schon?“

„Gestorben?“ Ronna lachte und eine Gänsehaut überzog Fias Arme. „Cat ist nicht einfach gestorben, kapiert? Sie wurde ermordet. Und seit wann ich das weiß, ist wirklich egal.“

„Und warum hast du mir das nie erzählt?“ Wut verdrängte die Angst und Fia ballte die Hände zu Fäusten. „Was bist du nur für ein Monster?“

„Ich?“ Lachend zog Ronna die Pistole aus der Tasche und wedelte damit herum. „Oh Fia, ich bin hier nicht die Böse. Da liegst du vollkommen falsch. Bedaure.“

„Du würdest mich erschießen.“

„Darum geht es hier aber nicht. Ich wollte dir Catrinas Gedenkstein zeigen und dir von ihr erzählen, nichts weiter.“

„Was hast du mir noch alles verschwiegen? Mum wurde ermordet, stimmts?“ Hitze überzog Fias Wangen und das Zittern verstärkte sich. Langsam zog sie die geballten Fäuste aus der Tasche. „Stimmt doch, oder? Der Brand ... das war kein Unfall."

„Wir müssen jetzt zurück."

Fia schüttelte den Kopf. „Nein."

„Wie war das?" Ronna richtete die Pistole auf Fias Gesicht.

„Erschieß mich doch, du ..." Der verfallene Friedhof verschwamm. Alles neben Ronna hörte auf zu existieren.

„Ich bin immer noch deine große Schwester."

„Nein. Du warst nie meine Sis. Du hast mich belogen, jahrelang. Über Mum, Allan ... über alles! Du bist ein ... Tier ... ein Monstrum! Was hast du damals am Fluss wirklich geschworen? Rache? War es das?" Rote Blitze zuckten vor Fias Augen. Zorn quetschte ihren Brustkorb zusammen und sie rang nach Luft.

„Sis, du erkennst deine wahren Feinde nicht. Das hat sich nie geändert."

Der Knall scheuchte eine Krähe auf. Etwas schlug gegen Fias Oberschenkel. Mit großen Augen sah sie an sich herunter. Wie in Zeitlupe verfärbte sich die Jeans. Im Mondlicht wirkte das Blut schwarz. Ihr Blick wanderte von der Wunde zu ihrer Schwester. Breitbeinig stand sie vor ihr und umklammerte die Waffe. Ronna hatte auf sie geschossen. Ein absurder Gedanke. Erst jetzt spürte sie den Schmerz. Fia sackte zusammen, ohne ihre Sis aus den Augen zu lassen. Obwohl sich unsichtbare Zähne in ihr Bein wühlten, wollte sie es nicht glauben. Erneut starrte sie auf die blutgetränkte Jeans. Ronna hatte auf sie geschossen. Fia sackte in das nasse Gras und schloss die Augen. *Du hättest mich gleich umbringen sollen.*

KAPITEL 43

Ohne Hoffnung

Der Rückweg in ihr kaltes Gefängnis verschwamm zu einem wirren Traum aus Schmerzen, Stimmen und Lügen. Sie hörte Gerede, verstand aber kein Wort. Groom, der aussah wie Allan, trug sie schimpfend aus dem Auto und legte sie in der Hütte auf den Boden. Gelbliche tote Augen starrten sie an. Ein süßlicher Geruch schwirrte durch den Raum wie die Fliegen, die auf der Leiche herumkrabbelten. Wieder Stimmen, Wortfetzen drangen in Fias Bewusstsein. *Loswerden. Heute Nacht. Meer.* Groom fummelte an der Wunde herum und Fia verstand nicht, wieso ein Monster ihr half. Allan und Ronna wollten sie ohnehin in den Atlantik schmeißen. Immer wieder jagte der Schmerz eine Welle aus Übelkeit durch ihren Körper. Stöhnend lag sie auf dem Beton und sah auf die mit Moos bewachsenen Balken und den verfallenen Dachstuhl über sich. Wie Knochen ragten sie in den Himmel. *Ich werde hier in dieser Hütte sterben. Ermordet von meiner eigenen Familie.* Die Erkenntnis verankerte sich in ihren Gedanken wie die Lösung einer Mathematikaufgabe. Logisch und zweifellos korrekt. Groom zurrte den Verband fest und das Brennen verwandelte sich in ein dumpfes Pochen. Tränen rannen über ihre Wangen. Er würde sie töten. Vor ein paar Stunden hätte ihr der Gedanke etwas ausgemacht. Jetzt lag sie stumm auf dem Boden und sehnte sich nach dem Ende.

Der dumpfe Knall weckte Fia. Würgend versuchte sie, sich aufzusetzen. Der süßliche Geruch stach ihr in die Nase. Eine Fliege hockte auf dem blutgetränkten Verband an ihrem Bein. Fia wollte sie verscheuchen, sank aber stöhnend zurück auf den Beton. Wieder hörte sie draußen einen dumpfen Knall. Das Gelb in Evaines Augen hatte sich in ein dunkles Braun verwandelt. Schluckend sah Fia auf die schwarzblau verfärbten Fingerspitzen.

„Hey ... bitte ... ich ...“ Hustend rang sie nach Luft. Klock. Immer wieder dieser dumpfe Knall, den sie nicht einordnen konnte. Schritte näherten sich und sie wollte sich erneut aufrichten.

„Liegenbleiben.“

Allan. Er kniete sich neben sie. Salzige Luft wehte mit ihm herein.

„Wenn du mich fragst, ist Ronna zu weit gegangen.“ Er kicherte. „Hab schon mit ihr geschimpft. Was macht die Wunde? Lass mich mal sehen.“

Trotz der beißenden Schmerzen bemerkte Fia, wie entschlossen und gleichzeitig vorsichtig Allan den blutigen Verband entfernte. Seine Narben sahen aus wie eine dreidimensionale Landkarte.

„Ich musste deine Hose aufschneiden. Ich hoffe, das war nicht deine Lieblingsjeans.“

„Ist jetzt ja wohl auch egal.“

„Schsch. Nicht reden. Du brauchst deine Kraft noch." Allan tastet schnell und gezielt ihr Bein ab. Dabei brummelte er vor sich hin.

„Du … du bist Arzt, oder?"

„Ja. Merkt man das etwa? Na ja, immerhin konnte ich deinen Dad so aus der Klinik schleusen. Schätze, du brauchst was gegen die Schmerzen." Er tupfte etwas auf ihr Bein und zog einen neuen Verband aus der Jackentasche. Mit routinierten Bewegungen versorgte Allan die Wunde.

Klock. „Was macht Ronna da draußen?"

Lächelnd schraubte er eine Wasserflasche auf und goss etwas in einen Pappbecher. „Hier. Gegen die Schmerzen." Allan half Fia, sich aufzusetzen und hielt ihr den Becher an die Lippen.

Das eiskalte Wasser brachte Fia zum Husten. Sie schluckte die Pille herunter und legte sich wieder hin.

„Wir bereiten das Finale vor und du wirst dabei in der VIP-Lounge sitzen."

„Was soll das heißen?" Jedes Wort rammte ein Reibeisen in ihren Hals.

„Fia Kleines, es gibt vieles, was du nicht weißt. Von meiner kleinen Cat hat dir Ronna ja nun erzählt." Allan stand auf und wandte sich von ihr ab.

Aus dem Augenwinkel sah Fia, wie sich seine Kiefermuskeln verkrampften. Sein Adamsapfel hüpfte. Als er sich wieder herumdrehte, war die Farbe aus seinem Gesicht verschwunden. „Ich kann mir vorstellen, wie sehr du deine Schwester jetzt hasst. Würde mir an deiner Stelle genauso gehen und sie hätte nie auf dich schießen dürfen."

„Sie ist nicht mehr meine Schwester."

„Oh doch, das ist sie. Mehr, als du ahnst." Holzbeine scharrten über den Beton. Allan zog sich einen

Stuhl heran. Sein Gesicht schwebte dabei in einem Nebel aus Schmerzen und Kälte. „Weißt du, Ronna hat dich jahrelang beschützt, indem sie dir nie die Wahrheit gesagt hat. Dass du im Dorf bleibst, war nie ihr Plan. Sie wollte, dass du gehst. Studierst, so wie sie. Weit weg von Tráigh Cottage."

„Beschützt vor wem?"

Allan ließ sich Zeit mit der Antwort. Klock. Mit einem Schlag konnte Fia das Geräusch einordnen. Brennholz. So hatte es geklungen, wenn Dad hinter dem Haus Feuerholz aufschichtete. Der Stuhl knarzte. Ronna warf draußen Holz auf einen Haufen.

„Onkel Allan? Vor wem?"

Er sah sie an und Trauer schimmerte in seinen Augen. „Vor deinem Dad. Er ist das wahre Monster, Fia."

Kapitel 44

Feuer

Tráigh Cottage, 05. Oktober 1990

Von Anfang an hatte ich an dem Plan gezweifelt. Es klang zu leicht. Mit der Bonnie verschwanden wir zusammen in der Nacht. Es musste ein Donnerstag sein. Da spielte Artair in Broadford Dart und kam vor vier Uhr morgens nicht nach Hause. Wie jede Woche holte Scott ihn ab und meistens fiel er in diesen Nächten betrunken ins Bett. Die *Little Twin* hatte die Bucht schon vor Stunden verlassen. Im letzten Moment wollte Evaine nichts mehr mit der Flucht zu tun haben. Jeder im Dorf fürchtete sich vor meinem Bruder, die Farmerin bildete keine Ausnahme. Ich sah auf die Uhr. Pünktlich um Mitternacht wollten wir ablegen. Einen weiteren Plan gab es nicht. Ich freute mich auf mein kleines Mädchen, sogar auf einen Namen hatten wir uns schon geeinigt. Catrina. Wie Grandma. Die Reine. Das Kind konnte nichts für unsere verkorkste Familie. Sie würde auf den Shetlands aufwachsen. Weit weg vom Dorf.

Ich streckte das rechte Bein aus. Von der Kälte kribbelte mein Gesäß. Tagelang hatten wir diskutiert. Bonnie wollte nicht alleine fliehen. Mit mir an ihrer Seite fühlte sie sich sicherer. Als ob ich eine Chance gegen meinen feinen Bruder hätte. Dennoch hörte ich auf sie und mietete mir ein Ferienhaus in Broadford. Heute war es so weit. In einer halben Stunde tuckerten wir einer ungewissen Zukunft entgegen. Im Moment hatte ich keinen Job und Artair würde uns ein Leben lang jagen. Daran zweifelte ich nicht. In Gedanken packte ich den Rucksack ein zweites Mal. Pfefferspray für den Notfall. Tabletten gegen Übelkeit und Tickets für die Fähre.

Meine Beine kribbelten. Wasser tropfte mir in den Nacken. Endlich gingen auf Tráigh Cottage die Lichter aus. Die Mädchen schliefen. Die Knie schmerzten und ich rutschte in eine bequemere Position. Von der Höhle aus konnte ich das Wohnhaus gut sehen. Im Badezimmer ging das Licht wieder an und ich richtete mich auf. Mit einem dumpfen Knall landete etwas im Gras und jemand huschte in Richtung Strand. Die dürre Gestalt kletterte an Bord und verschanzte sich im Führerhaus. Die *Bonnie* blieb dunkel.

Mein Herz schlug auf einmal doppelt so schnell, während ich mir unser zukünftiges Leben ausmalte. Ein kleines Cottage am Meer. Catrina, die friedlich vor dem Kamin spielte. Bonnie, die mir mit der Gartenschere in der Hand zuwinkte. Meine Frau. Meine wunderschönen Mädchen. Ich lächelte und ein warmes Kribbeln breitete sich im Bauch aus. Schon bald würde die Vorstellung Wirklichkeit. Außer dem Atlantik rührte sich nichts mehr in der Bucht. Das Boot schaukelte friedlich am Anleger, glitzernde

Wellen rollten auf den Strand. Es war so weit. Mit einem Schlag breitete sich Panik in mir aus. Was, wenn Artair uns auf die Schliche kam oder Evaine ihren Mund nicht halten konnte?

Ich nahm den Rucksack und stand auf. Ein Leben lang hatte ich mich vor meinem Bruder versteckt. Nachts lauschte ich auf Schritte, anstatt zu schlafen. Tagsüber rannte ich in die Berge und verkroch mich in alten Hütten und Höhlen. Mum und Dad sagten nichts und fragten nicht. Mit Schwung warf ich mir den Rucksack auf den Rücken. Yellowbelly. Diese Zeiten mussten endlich ein Ende haben. Ich war kein kleiner Junge mehr. Bonnie wartete auf mich. Mit Prinzessin Catrina im Bauch.

Das ungute Gefühl kam auf dem Anleger. Ich blieb stehen und sah auf das glitzernde Wasser unter meinen Füßen. Gluckernd schlug es gegen den Steg. Alles sah friedlich aus. Düster lag das Cottage da. Auf der anderen Seite der Bucht schliefen mit Sicherheit ein paar Robben auf den Felsen. Auf dem Boot blieb es dunkel. Ich verdrängte Yellowbelly gewaltsam aus meinen Gedanken und sprang an Bord. Ich war kein Feigling. Für Cat würde ich kämpfen. Hartnäckig nagte das schlechte Gefühl an mir. Wie eine Ratte, die einen Kadaver gefunden hatte.

Bonnie saß auf der Bank im Führerhaus und sah mir mit großen Augen entgegen. Sie rührte sich nicht. Steif wie eine Puppe saß sie da und tat gar nichts, außer zu starren. Die Ratte in meinem Kopf schlug ihre Zähnchen tief in das verwesende Fleisch. Ich schluckte. Hier stimmte etwas nicht. *Lauf weg*. Warum kam sie mir nicht entgegen und küsste mich wie sonst auch? Ihre Unbeweglichkeit steigerte meine Panik.

Wieso rührte sie sich nicht? *Lauf. Schnell.* Mit hämmerndem Herzen schlich ich auf sie zu und keuchte. Bonnie konnte sich nicht bewegen. Der Klebestreifen über ihrem Mund erstickte ihre Schreie. Grunzend wollte sie mich zu warnen. Die Kabelbinder schnitten tief in ihre Handgelenke. Sie versuchte, sich loszureißen. Jemand hatte ihre Arme in einem schmerzhaften Winkel an die Stange gefesselt. Der Rechte sah gebrochen aus. Ihre Haut glänzte ölig. Mein Blick fiel auf ihren noch flachen Bauch. Catrina. Tränen liefen über ihre blassen Wangen. Die Angst um das Baby lähmte mich. Wie festgeklebt blieb ich auf dem Deck stehen, anstatt das einzig Vernünftige zu tun. *Lauf, du Idiot.* Mein Verstand brüllte, während ich dastand und Bonnie anstarrte.

„Hast du etwa wirklich geglaubt, ich lasse euch Turteltauben einfach so gehen, Bruderherz?“

Er hatte sich in der Koje versteckt und gelauert. Ich dachte an das Pfefferspray in meinem Rucksack. Das Quietschen seiner Gummistiefel ging in Bonnies Gewimmer unter. Mit einem großen Schritt kletterte er an Deck. Ich wich zurück.

„Du bist und bleibst eben ein Yellowbelly. Ihr beide geht nirgendwohin, klar?“

„Warum lässt du uns nicht endlich in Ruhe?“

„Warum sollte ich? Du vögelst mit meiner Kleinen und das seit Jahren. Glaubst du ich weiß nicht, wer dich damals aus dem Keller befreit hat?“

Blut lief an Bonnies Armen herunter, während sie weiter an ihren Fesseln riss. Ein einziger Gedanke krallte sich in meinem Kopf fest. *Catrina.* „Was willst du von uns?“

Artair zog etwas aus seiner Hosentasche. Mit einem Klicken ließ er das Feuerzeug aufschnappen.

Erst jetzt roch ich es. Der Benzingeruch kam von Bonnie. Der Film auf ihrer Haut war kein Schweiß. Blind schlug ich nach dem Arm meines Bruders und jaulte. Spielerisch wehrte er den Schlag ab. Sein Unterarm fühlte sich an wie eine Felswand. Weinend prügelte ich auf ihn ein wie ein bockiges Kind auf den Brustkorb seines Vaters. Ich hatte nicht die geringste Chance. Artair stieß mich zu Boden und trat mir in den Rücken. Bonnie wimmerte. Zuerst roch ich es. Beißender Rauch brannte in meinen Augen. Das Wimmern steigerte sich zu einem erstickten Schrei. Ich kroch zu ihr, auf die Flammen zu. Sie flackerten an Bonnies Hosenbeinen. Mein Rücken pochte, aufstehen war unmöglich. Panisch robbte ich weiter, dabei wechselten sich zwei Gedanken ab wie bei einem Tischtennisspiel. *Bonnie. Cat.*

„Du bekommst, was du verdienst, Yellowbelly. Ihr beide werdet nie zusammenleben. Ihr werdet heute Nacht zusammen sterben. Ist doch auch sehr romantisch."

Artair zündete den Steuerstand an und sprang lachend von Bord. Nie würde ich dieses kehlige Gekicher vergessen. Hustend stemmte ich mich in die Höhe. Die Hitze brannte in meinen Lungen und ich bekam keine Luft. Rauch kratzte im Hals. Der Schmerz im Rücken trieb mir Tränen in die Augen. Blind tastete ich mich an Bonnies Armen entlang. Mit der rechten Hand zog ich ein Springmesser aus der Hosentasche. Flammen fraßen sich knackend durch das Holz. Mit einem Schrei durchtrennte ich die Kabelbinder. Bonnie zappelte in ihren Fesseln. Das Feuer verschlang ihre Jeans und leckte an ihrem Oberkörper. Glühende Wolle trudelte auf die Planken. Ihre Arme verfärbten sich. Die Flammen erreichten ihr Gesicht und ich würgte vor Entsetzen. Sie schrie. Ein riesiger Mund in einem schwarz-roten Inferno. Blasen bildeten sich auf ihren Wangen. Die wunderschöne kupferrote Mähne war verschwunden. Funken und Glassplitter flogen durch den Steuerstand, als die Scheibe des Radars explodierte. Bonnie fiel nach vorn und blieb reglos auf den Planken liegen. Ich packte ihre Unterarme und zerrte sie Richtung Wasser. Das Feuer fraß auch mich auf. Blasen überzogen meine Arme, Stofffetzen klebten auf der schwarzbraunen Haut. Schmerzen. *Catrina. Bonnie.* Etwas anderes hatte in meinem Kopf keinen Platz mehr. Je länger das Feuer wütete, desto weniger blieb von ihrer wilden Schönheit übrig. Ihre Haut wirkte jetzt schwarz. Jemand sprang an Deck. Durch einen Tränenschleier erkannte ich nichts, außer die rotblonden Haare.

„Spring“, raunte sie mir zu und packte die verkohlte Gestalt, die einmal Bonnie gewesen war. „Spring ins Wasser und hau ab! Evaine hat euch verraten.“

Ronna. Niemand sonst klang wie die wiedergeborene Bonny Tyler. Sie wusste Bescheid, kam aber zu spät.

Das Bein brannte. Fia lag zitternd auf dem Boden. Der Rest von ihr schien in einem Gefrierfach festzustecken.

Sie sehnte sich nach einer Decke und zog die Ärmel ihres Pullovers so weit herunter wie möglich. Schmerzen hielten sie davon ab, sich zusammenzurollen wie ein Embryo. Ronna und Allan kümmerten sich nicht um sie. Draußen herrschte jetzt, außer dem Rauschen des Meeres, Stille und die fehlenden Geräusche jagten Fia Angst ein.

In den letzten Stunden hatte sie Zeit gehabt, über den Holzhaufen nachzudenken. Immer wieder schoben sich Bilder der verkohlten Gestalt in den Trümmern dazwischen. Weiße Zähne blitzten in der Dunkelheit. Sie wusste, wozu Ronna und Allan den Haufen aufgeschichtet hatten. Zulassen wollte sie die Bilder nicht. Sobald sie an den Holzhaufen dachte, wiederholte sich die eine Nacht wie ein Film in ihren Gedanken. Ein Endzeitthriller mit anderen Schauspielern. Evaines Leiche lag weiterhin neben ihr. Der Geruch hatte sich für immer in Fias Kopf eingebrannt. Süß und widerlich. Auf dem Tisch sah sie die Reste des Familienessens. Eine angebrochene Flasche Wein, der Käse hatte mittlerweile einen weißen Pelz.

Allan betrat die Hütte. Fia blieb liegen, heiß und klobig, wie ein unnützer Klotz, lag ihr Bein da.

„Bitte. Mir ist so kalt." Eine schwielige Hand legte sich auf ihre Stirn.

„Kein Wunder, du hast Fieber, Kleines. Die Wunde hat sich entzündet. Hier."

Zitternd wickelte Fia die Decke fest um ihren Körper. Dennoch hörten die Kälteschauer nicht auf. Im Gegenteil. Jedes Zittern jagte brennende Schmerzen durch ihr Bein.

„Nicht mehr lange. Du musst nur noch ein paar Stunden durchhalten. Schaffst du das?"

Fia schwieg. Ihr Körper verkrampfte sich. Zwischen ihrer Haut und der Decke bildete sich ein glühender Hitzefilm.

„So kannst du natürlich nicht zugucken. Schade."

Stanniolpapier knisterte und Wasser gluckerte. Sie sah nicht hin. Allans Stimme schien durch einen leise gedrehten Lautsprecher zu kommen.

„Hier nimm. Sonst riskieren wir eine Blutvergiftung."

Widerstandslos ließ sich Fia die Tablette in den Mund schieben. Jeder Schluck brannte in ihrem Hals. Die Decke roch nach Motten.

„Du musst keine Angst haben. Bald ist es vorbei. Artair wird bald hier sein."

Allan stand auf und ging zum Küchentisch. Fia sah nichts, außer seinen Beinen. Sie hörte ihn schlucken.

„Eine gute Show braucht immer einen guten Drink, findest du nicht? Na, wie auch immer. Jedenfalls wird sich Artair das nicht entgehen lassen."

„Auf keinen Fall. Das mit dem Ring war eine gute Idee. Du siehst beschissen aus, Sis."

Ronna. Fia reagierte nicht auf sie. Stumm blieb sie am Boden liegen und schloss die Augen. Die Reibeisenstimme ihrer Schwester dröhnte in ihrem Kopf.

„Das Bein hat sich entzündet. Ich hoffe, Artair lässt sich nicht ewig Zeit. Ich hätte nie gedacht, dass meinem Bruder überhaupt irgendwas von Bonnie wichtig ist."

„Er wird schon kommen und meine kleine Sis ist zäher, als du glaubst. Der Ring war ihm immer wichtig. Wegen des Steins. Er ist wertvoll, glaube ich."

„Materialistisch war er eigentlich nie. Wundert mich."

„Keine Ahnung, aber ..."

Die Stimmen schwirrten hin und her wie Nachtfalter um eine Lampe. Hinter Fias Schläfen pochte es im selben Rhythmus wie in ihrem Bein.

„Sag mal, woher wusstest du damals eigentlich, dass Artair eure Mum umgebracht hat?“

„Es konnte gar nicht anders sein. Er hat es mir ja selbst gesagt. *Im Tod vereint wie Romeo und Julia.* Das waren seine Worte.“

Mittlerweile musste sich Fia konzentrieren, um etwas zu verstehen. Ihr Körper glühte und die Sätze flossen davon wie schleimige Aale. „Warum hast du das Feuer dann nicht verhindert? Wieso bist du nicht hinterher? Du hättest Bonnie retten können. Wieso hast du nicht die Polizei gerufen?“

„Wieso wieso! Weil ich bewusstlos in meinem Zimmer lag! Deshalb!“ Fia hörte, wie Ronna durch den Raum stiefelte und Schränke aufriss. „Gibt's in diesem Drecksloch eigentlich irgendwo noch Wein? Dad war clever. Er wusste übrigens immer von eurer Affäre. Die ganzen Jahre.“

„Wie?“

„Gott Onkel Allan, ihr hättet euch halt weniger Liebesbriefchen schreiben sollen. Na endlich.“ Der Schraubverschluss klang für Fia nach einem rostigen Nagel auf einer Tafel.

„Also hat er die ganzen Jahre auf den richtigen Moment gewartet und nichts gesagt. Dieses elende Schwein.“

Wein gluckerte. „Als ich aufgewacht bin, war es zu spät. Da brannte die *Bonnie* schon. Ich habe gesehen, wie Dad davongerannt ist. Ich hätte nie gedacht, dass er zu sowas fähig ist.“

„Ich schon. Glaub mir Ronna, dein Dad ist ein Monster und ich hoffe, er kommt bald. Deine Schwester wird nicht mehr lange durchhalten.“

Tráigh Cottage, 05. Oktober 1990

Das kalte Wasser lähmte mich und ich versank. Über mir hörte ich das prasselnde Feuer und Schreie. Sie kamen von Ronna. Dazwischen Hundegebell. Immer wieder brüllte sie Bonnies Namen. Umsonst. Die Liebe meines Lebens existierte nicht mehr. *Catrina.* Erst jetzt ruderte ich gegen den Sog an und kam prustend an die Oberfläche. Der Feuerschein leuchtete in der Bucht. Die *Bonnie* sah aus wie ein verkohltes Gerippe. Treibholz schwamm um mich herum und ich packte einen Balken. Trotz des eiskalten Meerwassers lösten sich Hautfetzen von meinen Armen. Ich betrachtete die schemenhaften Flecken. *Tut nicht mal weh.*

Ich paddelte seitwärts, weg von der *Bonnie* und dem Cottage. Wellen klatschten mir ins Gesicht und ich presste die Lippen aufeinander. Die Schreie ebbten ab, dafür schwoll das Grollen der Brandung an. Rauch versperrte mir die Sicht auf den Strand, aber das spielte keine Rolle. Ich hatte genug gesehen. Bonnie war tot und Cat starb mit ihr. *Ich muss nur um den Felsen herum.* Ich schwamm und umklammerte das verkohlte Treibholz. Mit jedem Zug wuchs der Zorn in mir. Wie ein Motor trieb er mich vorwärts und ich verlor das Zeitgefühl. Weinend strampelte ich den flachen Felsen des Ufers entgegen. Genau hier hatte Artair gelauert. Damals, nachdem wir sein Boot manipuliert hatten. Ich biss die Zähne zusammen und spuckte einen Schwall Salzwasser aus. Jetzt drehen wir den Spieß um. Die Felsinseln kamen näher und ich strampelte schneller. Das kalte Wasser raubte meine Kraft. Bald würden die Krämpfe einsetzen. Ich grinste. Wenigstens etwas Nützliches hatte Artair mir beigebracht. *Du kannst so viele Minuten im Meer bleiben, wie es kalt ist,* hörte ich ihn sagen. Mir blieben dementsprechend höchstens acht, um zu überleben.

Endlich stießen meine Füße auf Grund. Ich krabbelte den Felsen hinauf und blieb auf dem Rücken liegen. Die Sterne verschwammen zu einem Kreisel, der sich wild drehte. Der Feuerschein verfolgte mich. Rotorange waberte er über die schwarzen Flanken der Berge. *Catrina. Kleines Mädchen. Bist du jetzt da oben? Schaust du zu?* Bilder flackerten durch meinen Kopf. Von einem Leben, was sie nie haben würde. Cat in Schuluniform und mit ihrem Uniabschluss in der Hand. Händchenhaltend mit ihrem ersten Freund. Wie gerne hätte ich sie anschließend getröstet. Nur würde Cat nie unter Liebeskummer leiden. Auf die Liebe folgte meistens Kummer. Das hatte ich heute Nacht gelernt. Das höhnische Grinsen meines Bruders schob sich vor die Bilder meines jetzt toten Mädchens. *Ich werde dich jagen, Artair. So lange du lebst. Ich werde dich umbringen. Das schwöre ich heute Nacht beim Leben meiner Tochter.*

KAPITEL 45

Groom

„Hey."

Als Erstes kam der Schmerz, dann die Kälte. Alles an Fias Körper schien eingefroren, bis auf ihr Bein. Sie versuchte gar nicht, sich zu bewegen oder zu reagieren. Die Gestalt neben ihr sah aus wie ein gesichtsloser Schatten. Groom. Jetzt holte er sie.

„Hey, es geht los. Komm. Du musst aufstehen."

Fia begriff nicht. Die Kette klirrte. Pranken zogen sie hoch. Die Konturen ihrer Umgebung zerflossen wie nasse Tusche. Groom trug sie nach draußen und legte ihren glühenden Körper auf die Erde. Kalter Wind wehte ihr ins Gesicht und der Nebel lichtete sich. Der Scheiterhaufen. Jemand stand dort. Fia blinzelte und stützte sich auf ihre Ellenbogen. Gummistiefel. Kurze wuschelige Haare. Eine Öljacke und O-Beine. *Dad.* Stimmen wehten durch die Dunkelheit. Eine davon gehörte ihrer Schwester, beziehungsweise der seltsamen Version von Ronna.

„Du hast Mum getötet. Und Finley. Und Scott. Grund genug."

„Du hast mir alles genommen, Bruderherz. Die Liebe meines Lebens, mein kleines Mädchen und mein Zuhause. Dafür wirst du heute Nacht brennen."

Fia hustete und richtete sich weiter auf. Ronna und Allan spielten Cowboy und Indianer. Beide beobachteten Dad, der kopfüber an einem Ast baumelte. Seine Hände würden als erstes Feuer fangen. Das war kein Spiel. Panik drängte die Schmerzen in den Hintergrund. Sie musste irgendwie ins Cottage zurück und Dad retten. Schwere Steine, um jemanden zu erschlagen, gab es in der zerfallenen Hütte genug. Probehalber bewegte sie ihr rechtes Bein und bereute es sofort. Glühende Klauen gruben sich in die Wunde und sie würgte.

„Bitte. Bitte nicht."

Dieses Wort hatte Fia noch nie von Dad gehört.

„Hör auf. Das ist widerlich." Ronna trat einen Schritt auf den Scheiterhaufen zu. „Du wirst brennen, so wie du Mum verbrannt hast. Hast du wirklich geglaubt, ich hätte keine Ahnung?"

Artair schnaubte. Sein Atem rasselte.

„Du hast Mum nie geliebt. Du hast überhaupt nichts geliebt. Das hier", Ronna klopfte auf das Schmuckkästchen in ihrer Hand, „ist eine Lüge. Nichts weiter."

„Das ist nicht wahr!"

„Und wie das wahr ist." Allan trat neben seine Nichte und ging in die Knie. „Du hast nicht nur deine eigene Frau, sondern auch mein Baby umgebracht. Sie hätte Catrina heißen sollen, wusstest du das? Catrina, die Reine."

Artair schwieg und schloss für eine Sekunde die Augen. Eine Träne tropfte auf das Holz. Keuchend stolperte Allan zurück, als säße er vor einem riesigen Spinnennest.

„Du hast es gewusst." Er rang nach Luft und blieb im nassen Gras sitzen. Mit aufgerissenen Augen starrte er auf seinen Bruder. „Du hast ... was bist du nur für ein Monster!" Mit einem Schrei sprang Allan auf und legte die Hände um Artairs Hals.

Fia krallte sich in die Erde und riss ein Grasbüschel aus dem Boden. Wie eine Stampede donnerte sein Gebrüll über die Insel. Der Schmerz darin war für Fia kaum zu ertragen. Artair röchelte. Wie eine hilflose Puppe baumelte er an dem knarrenden Ast.

„Aufhören!" Ronna zerrte an Allans Schultern. Ohne hinzusehen, stieß er sie beiseite. Sie flog nach hinten und rappelte sich sofort wieder auf. „Hör auf! Du bringst ihn ja um!"

„Und?"

„Nicht so! Er soll leiden, weißt du nicht mehr? Leiden wie Mum!"

Ein Windstoß fegte die Hüttentür gegen die Wand. Für eine Sekunde sah Fia auf Evaines leblosen Körper. Das Röcheln verstummte und sie kroch langsam auf die Hütte zu.

„Er hat es gewusst, Ronna!"

Ein weiterer Meter.

„Lassen wir ihn brennen."

Ronna bückte sich und nahm einen Benzinkanister. Beißender Gestank wehte zu Fia hinüber. *Weiter. Das ist deine Chance.* Ein Feuerzeug klickte und der Kanister landete mit einem dumpfen Knall im Gras. Artair brüllte und wand sich wie ein Aal. Der Ast knackte.

„Zünd ihn an und genieß die Show." Ronna fischte einen Ast aus dem Haufen und entzündete ihn.

„Nein!" Artair schwang hin und her wie ein Pendel.

„Mit dem größten Vergnügen." Allan nahm den Ast und kreischte vor Freude.

Mit zusammengebissenen Zähnen kroch Fia weiter. Quälend langsam näherte sie sich der Hütte. Sie vermied den Blick zurück. Allan und Ronna konzentrierten sich auf Dad. Sie merkten es nicht. Der Geruch. Fia erkannte ihn sofort und robbte schneller trotz der Schmerzen. Verbranntes Fleisch. Wind trug Artairs Schreie auf das Meer hinaus. Ein brennender Körper roch anders als ein angebranntes Steak. So hatte Mum gerochen. Fia kroch und streckte die Hände nach dem Türrahmen aus. Noch zwei Meter, dann hatte sie es geschafft.

Flammen loderten auf und leckten an seinen Händen. Ein orangeroter Schein erhellte den Strand. Sein Gebrüll steigerte sich mit jeder Sekunde. Allan warf die Arme in die Luft und jubelte wie bei einer Siegerehrung. Robben flohen platschend in den Atlantik.

Jetzt. Fia zog sich am Türrahmen in die Höhe und atmete tief durch. Sie hatte nur diese eine Chance.

Hundegebell mischte sich unter das Gebrüll. Artairs Schreie klangen jetzt hoch und schrill wie die einer hysterischen Frau. Allan jubelte weiterhin. Das Bellen kam näher. Weiße Zähne in verkohltem Fleisch. *Konzentrier dich.* Etwas Warmes, Weiches stupste in Fias Kniekehle.

Sofort sackte sie wieder in sich zusammen. Artair verstummte. Ihr blieb nicht viel Zeit. Der flackernde Feuerschein tanzte über die steinernen Wände. Eine Hundeschnauze bohrte sich in ihren Bauch. *Ich bin wieder bewusstlos.* Eine nasse Zunge schlabberte durch ihr Gesicht. *Das kann nicht sein.* Es roch nach Hund, selbst in ihrem Traum. Probeweise öffnete Fia die Augen und erkannte das bunte Halsband sofort.

„Pei." Heiße Tränen flossen über ihre Wangen. „Oh Gott, Pei." Der warme Hundekörper schmiegte sich an sie und gab ihr Kraft.

„Was zur Hölle ...?" Der Rest ging draußen in einem Schmerzensschrei unter. Allan brüllte. „Wo kommen die denn auf einmal her?"

Wie eine Sirene jaulte Artair ein letztes Mal auf. Holz knackte. Fia ließ die Tür nicht aus den Augen. *Bitte lass Allan zuerst kommen. Ronna hat auf dich geschossen, vergiss das nicht.* Sie wollte ihrer Schwester nicht wehtun, trotz allem. Durch die offene Tür sah sie Artair. Wie die Stöckchen eines Lagerfeuers baumelten seine Arme in den Flammen. Das Feuer hatte seine Haare aufgefressen und kroch langsam an seinen Beinen hinauf. Er schrie nicht mehr. Etwas tropfte aus seinem Gesicht in das lodernde Holz. Ronna sah ihn ausdruckslos an, ohne sich zu rühren. Sie hielt Torcall und Iomhar im Nacken fest und betrachtete seinen Tod wie ein Kasperletheater.

Allan dagegen tanzte um seinen Bruder herum, als wäre er auf einem Festival. Schatten flackerten in ihren Gesichtern, die sich durch die Hitze rot verfärbt hatten.

„Hey, wo ist ...?" Ronna sah sich um, ohne die Hunde loszulassen. Ihr Blick fiel auf die Hütte und sie kam näher.

Bitte Allan, geh dazwischen. Knurrend rissen sich die Hunde los und warfen ihn mit einem Sprung um. Sie hatten den Geruch des Todes gewittert. Der Aufprall erstickte seinen Schrei. Kläffend verbissen sich die Hütehunde in seine Unterschenkel.

„Sis?" Ronna kam herein und Fia erkannte die Wut an ihren geballten Fäusten und dem tanzenden Adamsapfel. „Hey, du verpasst noch die ganze Show."

Fia krallte sich in das warme Fell. Pei stand mit hochgezogenen Lefzen neben ihr. Aus ihrer Kehle kam ein tiefes Grollen. Sabber tropfte auf den Boden. „Wessen Idee war das? Mit dem Scheiterhaufen? Wer von euch beiden ist kränker?"

„Was?" Ronnas Blick fiel auf Pei und sie wich mit aufgerissenen Augen zurück. Gleichzeitig zog sie ihre Waffe. Pei knurrte. Fia ließ die Hündin los und schluckte. „Fass."

Wie eine Kanonenkugel schoss Pei auf Ronna zu und biss in ihr Bein. Schreiend wälzte sie sich auf dem Boden hin und her. Blut durchtränkte ihre Jeans.

Allan stürmte herein. Sein Blick pendelte zwischen den Geschwistern hin und her. „So ist das also. Da lässt man dich leben und …" Schnell wie ein Raubtier stürzte sich Allan auf Pei. Bevor er sie von Ronna wegreißen konnte, flogen Torcall und Iomhar durch die Tür. Hunde und Menschen verschmolzen zu einem Knäul, Blut spritzte gegen die Wände. Nach zwei Minuten war alles vorbei.

Ronna lag auf dem Boden. Ihr Atem klang jetzt wie der von Dad vorhin. Röchelnd presste sie ihre blutende Hand auf den Bauch. Die Hunde lagen wie Statuen neben ihr. Unter ihrem Bein bildete sich eine rote Pfütze. Fia kroch auf sie zu. Allan rührte sich nicht mehr. Knackend brach der Ast draußen ab und Artairs Körper fiel wie ein Sack herunter. Das Feuer hatte ihn aufgefressen. Bis auf das Prasseln der Flammen wurde es still. Der Tod roch wie eine Mischung aus Eisen, verbranntem Fleisch und Verwesung. Er lag über der alten Hütte wie eine Decke, unter der Fia langsam erstickte. „Wo sind Finley und Scott?"

Ronna keuchte, Blut lief aus ihrem Mund. „Im Meer."

„Wieso Sis? Wieso Finley und Scott?"

„Das war Allans Idee." Sie hustete und Blutbläschen bildeten sich auf ihren Zähnen. „Die ganze Clique ... sollte sterben." Ronna spuckte einen Schwall Blut aus. „Und dazu brauchte er Dad ... und seinen Jähzorn."

Puzzleteile fügten sich in Fias Kopf zusammen und drifteten wieder auseinander. Sie verstand es nicht.

„Verstehst du denn nicht? Das Freundschaftsbändchen ... die Runen ... damit hat er Dad dazu gebracht. Ihn zum Sündenbock gemacht. Ich wollte nur Dads Tod. Deswegen habe ich nach Allan gesucht. Wir wollten ihn zusammen umbringen, schon seit Jahren. Das Studium war nur eine Tarnung. Du ... du warst nur immer im Weg. Hast auf das Cottage aufgepasst wie eine Glucke. War es gemütlich an Dads Rockzipfel?"

„Zum Mörder."

„Was?"

„Ihr habt Dad zum Mörder gemacht."

„Er hat Mum getötet. Und das Baby."

Die Hütte drehte sich. „Groom. Jetzt weiß ich es."

Ronna stöhnte. In ihrem Brustkorb blubberte es.

„Du bist Groom. Du warst es immer, die ganzen Jahre." Endlich kam die Dunkelheit.

EPILOG

Was meinst du, hätte ich doch bleiben sollen?"

Pei sah zu ihr auf und leckte sich über die Schnauze. Graue Haare umrahmten ihre braunen Augen. Die Hündin war alt geworden, so wie Fia sich fühlte. Neben ihrem Biologiestudium arbeitete sie bei einer Touristenagentur und der Job machte ihr sogar Spaß. Es waren die Albträume, die sie jede Nacht auslaugten. Immer wieder sah sie Artair auf dem Scheiterhaufen. In Fetzen löste sich seine verbrannte Haut. Sein Grinsen hing in der Luft, brannte sich in ihr Gedächtnis genau wie bei Mum. Trotz der Therapiesitzungen wohnte Groom weiterhin in ihrem Kleiderschrank.

Fia drehte sich auf dem Schreibtischstuhl herum und ließ ihren Blick durch das Zimmer schweifen. Ein Studentenwohnheim war von Anfang an nicht infrage gekommen, wegen Pei. Bilder pflasterten die Wände des Arbeitszimmers. Sinann beim Kellnern im Studentencafé, schräge Selfies von Studentenpartys. Pei am Strand und auf ihrem Bett. Bücher stapelten sich bis unter die Decke. Keins davon hatte Fia gelesen. Weder die Fachbücher noch die Romane. Mit durchschnittlichen Noten hangelte sie sich durch das Semester und tat so viel wie nötig. Nicht ein bisschen mehr. Es reichte, gerade so. Nichts hier drin erinnerte an Tráigh Cottage. Fia hatte alles zurückgelassen, außer Pei. Mit Tränen in den Augen streichelte sie die Hündin, die sich neben ihrem Stuhl genüsslich streckte und gähnte. Energisches Klopfen riss Fia aus ihren Gedanken.

„Hey." Sinann kam herein und feuerte ihren Rucksack in die Ecke. „Grübelst du schon wieder?" Pei erhob sich langsam und schnüffelte an ihrem Hosenbein. Nach einer kurzen Begrüßung trottete sie zurück an ihren Platz und ließ sich mit einem Schnaufen fallen.

Fia gab sich einen Ruck. „Nein. Ich hab nur ..."

„Du hast gegrübelt. Ach Fia, wann hörst du endlich auf, dich an die Vergangenheit zu klammern? Heute Abend wollen wir in den Pub. Sag bitte nicht Nein."

„Ich bin müde."

„Das bist du immer. Komm schon." Sinann blieb neben dem Schreibtisch stehen. „Lernen tust du jedenfalls nicht, Spaßbremse." Ihr Blick lag auf dem Bildschirm und der Google Seite. Hastig klickte Fia auf das Minus und das verräterische Suchfeld verschwand. „Du tust es schon wieder."

Sinann ließ sich auf die Couch fallen und prustete sich die Haare aus der Stirn.

„Es lässt mir einfach keine Ruhe, versteh das doch." Mindestens einmal am Tag musste sie Tráigh Cottage googeln. Jeremy und Ruby hatten das Haus wirklich in ein Ferienhaus verwandelt und es gab sogar Menschen, die es buchten.

„An deiner Stelle würde ich das alles vergessen wollen.“ Ohne hinzusehen, kraulte Sinann Pei. „Ich jedenfalls will nicht mehr daran denken. Nie wieder.“

Fia dachte an Finleys Beerdigung. Seine Leiche blieb bis heute verschwunden. Genauso wie die von Scott. Erneut hörte sie Onkel Allan. Was die See sich einmal holt, gibt sie nie wieder her. Anstatt der Körper hatten sie eine Wollmütze, einen Topf und Fotos begraben. „Ich ... ich träume jede Nacht davon. Das macht mich fertig.“

Sinann legte eine Hand auf Fias Schulter. „Das ist doch klar. So was verarbeitet man nicht mal eben so. Irgendwann wird es besser, glaub mir. Was ist jetzt mit dem Pub?“

Fia ertastete Sinanns Hand und drückte sie fest. „Na gut. Weil du es bist.“

„Arran kommt übrigens auch.“

Das Stimmengewirr nervte Fia. Sie musste brüllen, um sich mit den anderen zu unterhalten. Vor ihr auf dem Tisch stand ein unangetasteter Burger. Er glänzte fettig. Anstatt zu essen, nahm sie ihr Bierglas und trank.

„Kein Hunger?“ Arran schrie ebenfalls, gegen seine Gewohnheit.

„Kommt schon noch. Wie war die Klausur?“

Er verzog das Gesicht und säbelte ein Stück von seinem Steak ab. „Geht so. Hätte nicht gedacht, dass Kunst und Musik so theoretisch sein können.“ Kauend sah er Fia an und wie immer lag dabei ein warmer Glanz in seinen Augen. Momentan wollte sie jedoch keine Beziehung. Jahrelang hatte sie ihr Zuhause mit einem Mörder geteilt. Männer interessierten Fia vorerst nicht.

Sinann beobachtete die beiden lächelnd. Sie hatte Fia gerettet. Nachdem keine Nachrichten mehr kamen, fuhr sie mit einem unguten Gefühl zu Evaine. Beim Anblick des leeren Farmhauses, der ausgehungerten Hunde und den verwahrlosten Schafen hatte sie die Polizei gerufen und ihr damit das Leben gerettet. *Nein,* korrigierte Fia stumm, *ohne die Hunde wäre ich jetzt tot. So wie Ronna und Dad.*

Drei Wochen hatte Fia danach im Krankenhaus gelegen und ihr Bein schmerzte bei wechselndem Wetter bis heute. Sie bemühte sich, ihr neues Leben zu genießen. Jetzt studierten alle drei in Edinburgh und mit ihrer besten Freundin teilte sie sich die Wohnung.

„Hey, hör sofort auf zu grübeln." Sinann hielt ihr Glas in die Höhe. „Hast du aus deinen Fehlern immer noch nichts gelernt? Klammer dich nicht an etwas, was es nicht mehr gibt. Das Dorf ist Vergangenheit. Endgültig."

Fia nickte ohne Überzeugung. Es würde sie immer verfolgen, jeden Tag ihres restlichen Lebens. Selbst ihre Psychologin sagte das. Dad war tot, genauso wie Ronna. Allan saß im Gefängnis.

„Hey, wisst ihr was? Da drüben steht ein Klavier." Ohne weitere Erklärung stand Arran auf und ging hinüber zur Bühne. Lächelnd setzte er sich auf den Hocker und als er die ersten Töne anschlug, lehnte sich Fia auf der Bank zurück. Seine tiefe Stimme beruhigte sie und mit einem Schlag sah der Burger lecker aus. Das Stimmengewirr im Pub verstummte. Arran spielte für sie.

„Du hast recht." Fia nahm ihr Glas und hielt es Sinann entgegen.

„Hä? Womit denn?"

„Es gibt Leben außerhalb des Dorfes."

DANKSAGUNG

Wie im Buch beschrieben gleicht der Parkplatz im Dorf einem Rummelplatz. Hier stehen zwar keine rasanten Fahrgeschäfte, dennoch schlägt hier das Herz des Ortes. Jeder kann sich auf den anderen verlassen. Deswegen und wegen seiner spektakulären Landschaft hat mich dieser einsame Flecken Erde nachhaltig beeindruckt. An erster Stelle stehen die Menschen, die hier leben. Sie haben mir bei der Recherche geholfen. Ihnen gilt mein besonderer Dank. Genau wie Fias Herz schlägt das der Dorfbewohner für *ihre* Insel. Auf jeder Bootstour habe ich die Liebe für ihre Heimat zwischen den Zeilen herausgehört.

„Um hier zu leben, musst du es mindestens zwei Winter ausprobiert haben.“

Das sagte **David Brown** letztens zu mir. Seit Jahren fährt er mit den Touristen zu den Inseln. Er verkörpert Scott in meiner Geschichte. Ich hoffe, das Dorf wird niemals zum Hotspot und bleibt ein Geheimtipp. Die kleinen Dinge verleihen diesem Ort seinen Charme. Das Herz der Menschen, auch das von David Brown.

Ein großes Danke geht auch an **Bettina Reimann**, die sich auf den letzten Drücker noch einmal um viele Fehlerteufel gekümmert hat.

Ich danke **Ilka Sommer** für ihr Lektorat und Korrektorat. Wie so oft musste ich herzlich Lachen und ja liebe Ilka, Artair ist kein netter Mensch.

Mit viel Herzblut hat sich **Mary Kuniz** mit mir durch die Geschichte gekämpft. Danke dafür!

Enormen Einsatz hat auch **Laura Newman** gezeigt und Groom ein Gesicht gegeben.

Mein größter Dank gilt denjenigen, die mich jeden Tag unterstützen. Mit einer Umarmung, Zuspruch oder Zeit. Ohne meinen Mann **Andreas Stiegler**, Freunde und meine Familie hätte ich kein einziges Buch geschrieben. Ohne Euch wäre ich keine Autorin und hätte die Orte in meinen Thrillern nie gesehen.
Danke. An dieser Stelle auch für jemanden, der nicht mehr da ist. Im Herzen schreibst du alle Geschichten mit, **Papa** und ich habe bei jeder Lesung dein Foto in der Hosentasche.
David Browns Tipp werde ich beherzigen und irgendwann einmal im Winter in das Dörfchen reisen. Wer weiß, vielleicht entsteht daraus eine weitere Geschichte?
Danke, liebe **Leserinnen** und **Leser** für Eure Treue. Ihr werdet es als Erstes erfahren.

ÜBER DIE AUTORIN

Anna Dugall wurde 1979 in Hannover geboren und startete früh mit dem Schreiben. Schon in der Grundschule und Orientierungsstufe schrieb sie ihre ersten Geschichten. Für ihre Kurzgeschichten „Stille“ und „Meinst Du, ein Monchichi kann fliegen?“ erhielt sie 1998 jeweils den 5. und 3. Platz bei einem schulischen Literaturwettbewerb.

Das Schreiben hat Anna Dugall nie losgelassen, 2012 – 2014 volonierte sie beim Degener Fachverlag für Fahrschulmedien und widmete sich dort den Texten für die Lehrbibliothek des Verlags. Es folgten Arbeiten für den Marktspiegel Burgdorf und die Peiner Allgemeine Zeitung.
2021 erschien ihr erster Thriller „Stille unter der Erde“ und bereits 2022 der zweite Psychothriller „Jennas Fluch“. Beide spielen in Schottland, denn Anna Dugall ist bekennender Schottland-Fan. Für die Recherche ihrer Bücher reist sie am liebsten selbst nach Edinburgh und in ihrer Wahlheimat Peine lebt sie die schottische Kultur.
Mit ihrem Roman „Vergessene Dämonen“ fängt die Autorin die Besonderheiten der schottischen Hauptstadt mit eigenwilligen Charakteren ein. Ein Ziel, was Anna mit jedem Buch verfolgt.
Grusel, Psychospielchen, Mord und der raue Charme Schottlands – das ist der Mix den Anna liebt und vor allem ihre Liebe zu Good old Scotland möchte sie ihren Lesern näherbringen.

Website:
www.anna-dugall.de
Instagram:
https://www.instagram.com/anna_dugall_autorin

Weitere Romane der Autorin finden Sie auf den nächsten Seiten.

Erst hörst du nur ein Flüstern.
Bis der Tod an deinem Bett sitzt.

Isabell hat es geschafft, die Dämonen ihrer Kindheit zum Schweigen zu bringen Schon damals musste sie lernen, Gewalt und Mobbing stumm zu ertragen. Mittlerweile führt sie ein kleines Schmuckgeschäft im Herzen von Edinburgh und kümmert sich rührend um ihre kleine Schwester Mhairi. All ihre Liebe und Leidenschaft fließen in die kreativen Schmuckstücke. Das Flüstern scheint verstummt.
Bis Praktikantin Sienna bei ihr anfängt und der arrogante Roy Clark mit der kleinen Ann ihren Laden betritt. Auf einmal hört Isabell das Flüstern erneut und wie damals streckt der Tod seine Finger nach ihr aus. Sienna tritt mit ihren Recherchen eine Lawine los und was als leises Grollen beginnt, droht bald nicht nur Isabell in den Abgrund zu reißen.
Traust du dich, dem Flüstern zu lauschen? Isabells Geschichte wartet darauf, dich bis in deine Träume zu verfolgen.

Wem kannst du vertrauen, wenn du dir selbst nicht traust?

Endlich kann sich Samantha ihren Traum erfüllen und die alte Psychiatrie renovieren. Zwar verhalten sich die Dorfbewohner von Anfang an feindselig, aber Sam schlägt alle Warnungen in den Wind. Sie hat ihr Traumschloss gefunden und alles scheint perfekt – bis immer mehr seltsame und zunehmend gefährliche Ereignisse die Idylle zerstören.

Hätte Sam auf die Einheimischen hören sollen? Welche Geheimnisse lauern hinter den alten Mauern und welche Rolle spielt dabei die vergessene Puppe, die sie hier gefunden hat? Auf ihrer Suche nach der Wahrheit gerät Sam in ein perfides Psychospiel, aus dem es kein Entkommen zu geben scheint.

Sieh genau hin, denn Geheimnisse ruhen tief unter der Oberfläche.

Vor zwei Jahren verschwand Nathairas Zwillingsschwester Siana ohne jede Spur. Ihre Familie ist verzweifelt, und vor allem Nathaira zerbricht fast an diesem Schicksalsschlag.
Die Ermittlungen der Polizei stehen schon viel zu lange still, allein Nathaira findet keine Ruhe. Als sie auf Sianas geheimes Tagebuch stößt, bringt sie die furchtbaren Ereignisse von damals wieder ins Rollen. Gemeinsam mit ihrem Bru-der Stratton und ihrer Freundin Rae beschreitet sie auf der Suche nach ihrer Schwester einen gefährlichen Pfad.
Ohne es zu ahnen, stört sie damit einen Mann ... den Mann im Anzug, der vor allem eines will: Jeden töten, der etwas über Sianas Verschwinden weiß.
Denn Sianas Geheimnis gehört allein ihm und der Stille unter der Erde.

www.ingramcontent.com/pod-product-compliance
Lightning Source LLC
LaVergne TN
LVHW041053080826
845145LV00007B/1559

* 9 7 8 3 9 8 2 3 0 6 4 9 0 *